Sina Blackwood

Jakon von Silberfels

2

Bibliografische Informationen der Deutschen Nationalbibliothek
Die Deutsche Nationalbibliothek verzeichnet diese Publikation in
der Deutschen Nationalbibliografie; detaillierte bibliografische
Daten sind im Internet über http://dnb.de abrufbar.

Herstellung und Verlag:
BoD – Books on Demand, Norderstedt
ISBN: 9783746075396

Die Hüterin des Nadroman

„Du musst den alten Schwur erfüllen. Du wirst jeder Liebe entsagen, und wenn die Zeit gekommen ist, die Frau des Königs von
Tlul werden", flüsterte eine Stimme in der Tiefe der Höhle. „Bist
du bereit, deine Liebe für dein Volk zu opfern?"

„Ich bin bereit."

Eine zweite Stimme erklang: „Du wirst das Glück deines Volkes
mit großem Schmerz und deinem Blut erkaufen. Und es wird
keine Hoffnung für dich geben. Bist du bereit, dein Leben für
dein Volk zu geben?"

„Ich bin bereit."

„So nimm den heiligen Stein Nadroman. Er wird uns zeigen, ob
du würdig bist, sein Geheimnis zu bewahren. Wenn nicht, wird er
dich hier und jetzt grausam töten", hallte es durch die Grotte, die
vom Schein zweier Fackeln notdürftig erhellt wurde.

Das zierliche Mädchen mit dem langen goldblonden Haar
wandte sich einem Eisenbecken in der Mitte der Höhle zu. Heller
als die glühenden Kohlen leuchtete der blaue, fast faustgroße
Kristall zwischen ihnen. Sie streckte, ohne zu zögern, ihre Hand
aus, umfasste den Kristall und zog ihn aus der Glut.

Verwundert betrachtete sie ihre Haut, die völlig unversehrt war.
Sie hatte nicht einmal die Hitze des Feuers gespürt.

Im Kohlebecken begann es zu knistern. Funken sprühten auf.
In einem Lichtblitz verwandelte sich das Becken in eine goldene
Muschel mit weit geöffneten Schalen. Im Inneren wurde ein rotes
Samtpolster sichtbar.

Das Mädchen legte den blauen Stein darauf, als wisse es genau,
dass das der rechte Weg sei. Sofort schloss sich die Muschel.

„Das war die letzte Prüfung", flüsterten die Stimmen im Chor.
„Du hast sie bestanden, Prinzessin Daria von Siddra. Wenn du
Rat und Hilfe brauchst, dann komm in diese Grotte. Der Nadroman wird dich stets geleiten. Und merke dir: Wenn du stark
bleibst, kannst du alles erreichen. Alles, alles, alles ...", verhallten
die Stimmen leise.

5

Daria wandte sich zum Gehen. Sie hätte nicht einmal sagen können, was sie dachte und fühlte. Fast wie betäubt legte sie den Weg zurück, den sie gekommen war. Ein unerwartetes Geräusch vor dem Ausgang der Grotte ließ sie kurz verweilen. Regen! Nun lief sie schneller. Tatsächlich – es regnete. Sie trat hinaus und streckte ihr Gesicht den finsteren Wolken entgegen. Große Tropfen liefen über ihre Haut. Ein glückliches Lächeln umspielte ihre Lippen. Sie hatte es geschafft. Sie hatte es tatsächlich geschafft.

Seit dem Tod ihrer Großmutter, der letzten Hüterin des heiligen Steines, hatte es nicht mehr geregnet. Seit einem halben Jahr verdorrte das Land. Das Vieh starb und Hunger plagte das Volk von Siddra.

„Bringt die Prinzessin in die Grotte des Schicksals", baten die Ratsherren ihren König. „Oder alle werden sterben."

König Aron zog unwillig die Augenbrauen zusammen. „Sie ist ja fast noch ein Kind. Lasst Euch was anderes einfallen."

Daria wusste, dass sie früher oder später in die finstere Höhle im Wald gebracht werden würde. Sie hatte oft mit Großmutter darüber gesprochen. Und sie hatte die Worte ihrer Mutter im Ohr, die einmal zu Großmutter gesagt hatte: *Daria wird dir von Tag zu Tag immer ähnlicher.*

Nun war Großmutter tot. Der Nadroman hatte keine Hüterin mehr. Die Verbindung zwischen ihm und dem Volk von Siddra war unterbrochen. Er, der Spender des Lebens, verweigerte ihnen seine Gaben. Erst wenn ein neuer Hüter bereit wäre, sein Leben dem Stein zu weihen, käme Siddra erneut zu Wohlstand.

In jener Nacht hatte Daria von ihrer Großmutter geträumt. Großmutter stand am Eingang einer Höhle und winkte ihr. Daria lief auf sie zu, doch bevor sie sie erreichte, zerfloss ihre Gestalt in einem wundervollen blauen Licht.

Daria erwachte. Die halbe Nacht saß sie am Fenster, den Blick unverwandt auf das Bergmassiv gerichtet, als könne sie ihre Großmutter vielleicht doch noch einmal sehen.

6

Am Morgen blieb sie zögernd vor der Tür des Thronsaales stehen. Heftiger Wortwechsel drang bis zu ihr.

„… zum letzten Mal: Daria ist noch zu jung! Ich werde meine Tochter nicht leichtfertig opfern! Geht!"

Daria zog sich eilig in ihre Gemächer zurück. *Warum behandeln sie mich wie ein Kind? Warum? Ich bin vierzehn! Die Kinder der Bauern und Handwerker arbeiten in diesem Alter genau wie die Erwachsenen. Die Mädchen werden mit sechzehn meist schon verheiratet.*

Und was ist mit mir? Bin ich denn zu gar nichts nütze? Großmutter und der Nadroman brauchen mich. Wer soll denn sonst den Stein bitten, seine Gaben wieder fließen zu lassen? Ja natürlich, der Traum – Großmutter und Nadroman haben mich gerufen! Und ich werde sie nicht im Stich lassen.

Daria öffnete eine ihrer Kleidertruhen. „Ach, da ist es ja", murmelte sie erfreut. Sie nahm ein kleines Bündel heraus. Vorsichtig schlug sie das Tuch auseinander. Ein schlichtes weißes Seidenkleid kam zum Vorschein.

Das Kleid, welches Großmutter getragen hatte, als sie die Hüterin des Nadroman wurde. Daria hielt es sich an. Dann lief sie zur Tür, legte das Ohr ans Holz und lauschte. Zufrieden drehte sie den Schlüssel herum.

Es war nicht ganz einfach, ohne die Hilfe ihrer Zofe das Kleid abzulegen, welches sie trug. Bänder hier, Bänder da, Bänder dort. Daria verrenkte sich fast den Arm, um die Schnüre am Rücken zu lösen. Geschafft! Vorsichtig schlüpfte sie in das weite, hemdartige Kleid ihrer Großmutter. Eine geflochtene Seidenschnur am Ausschnitt, mit der man es zusammenziehen konnte, war alles. Ihr fiel ein, dass noch ein breiter Gürtel dazugehört hatte. Sie fand ihn am Grunde der Truhe.

„Passt!" Daria betrachtete sich im Spiegel. „Großmutter, ich werde dich nicht enttäuschen." Aus einer anderen Truhe zog sie einen grauen Umhang mit Kapuze.

In der größten Mittagshitze, als alles Leben im Schloss und der Umgebung ruhte, schlüpfte sie ungesehen hinaus und eilte in Richtung der Berge davon. Ihr goldglänzendes Haar hatte sie unter der Kapuze verborgen.

Niemand durfte sie erkennen. Womöglich brächte man sie ins Schloss zurück. Zwei- oder dreimal huschte sie hinter einen trockenen Busch, um eiligen Händlern nicht in die Quere zu kommen. Der Umhang, grau wie der nimmer endende Staub auf dem Weg, half ihr dabei.

Bald war ihr Mund völlig ausgetrocknet. Der Staub, der in einer dicken Schicht über dem ganzen Land lag, reizte die Augen und die Lunge. Daria trieb sich selbst immer wieder vorwärts. Was sollte aus ihrem Volk werden, wenn die Dürre noch länger anhielt?

„Ja, mein Volk. Es ist auch mein Volk", flüsterte sie trotzig. Eine halbe Stunde später erreichte sie den Waldrand. Die hohen, wenn auch halb vertrockneten, Bäume gaben etwas Schatten. Daria streifte die Kapuze ab. Forschend betrachtete sie die Umgebung.

Sie wusste nicht, wo die heilige Grotte war. Sie hatte nur ihre Erinnerungen aus dem Traum. Ein Schmetterling, blau wie das Licht in ihrem Traum, gaukelte in der Luft. Daria wollte ihn sich von nahem anschauen. Langsam flog er tiefer in den Wald hinein. Das Mädchen folgte ihm. Plötzlich war er verschwunden.

Daria schaute sich um. Zwischen den Bäumen wurde der Eingang einer Höhle sichtbar. Ihr Herz schlug schneller. Genau dort hatte Großmutter in ihrem Traum gestanden und gewinkt. Daria ging zögernd auf den finsteren Schlund zu. Sie lauschte.

Stille. Absolute Stille. Sogar die Vögel waren verstummt.

„Ich bin nicht so weit gelaufen, um kurz vor dem Ziel umzukehren", flüsterte sie, sich selber Mut zu machen. Dann überwand sie sich, tat den ersten Schritt und ging vorsichtig in die Finsternis.

Eigentlich hätte es dunkler werden müssen, je tiefer sie in den Stollen eindrang. Stattdessen blieb ein graues Zwielicht. Außerdem roch es nach Rauch. Fast so, wie die Pechfackeln im Turm des Schlosses. Noch ein paar Schritte, dann fiel ihr Blick tatsächlich auf zwei Pechfackeln, welche in eisernen Haltern an der Wand steckten.

Der Gang mündete in einer Höhle, von der verschiedene Gänge abzweigten. Daria blieb stehen. Ein kalter Luftzug traf sie. Sie hatte das Gefühl, von eisigen Geisterhänden berührt zu werden. Ein Wispern und Wimmern drang aus den Wänden, das ihr das Herz vor Angst abschnürte.

„Du bist also gekommen, um das Schicksal herauszufordern", hauchte es hinter ihr.

Daria drehte sich nicht um. „Nein, ich bin gekommen, um dem Nadroman zu dienen. Ohne seine Gaben ist unser Volk verloren."

„Hört! Hört!", säuselte es neben ihr. „Glaubst du wirklich, dass gerade du die Opfer bringen kannst, die der Stein verlangt?"

„Wenn ich es nicht versuche, werde ich die Antwort auf diese Frage auch nicht bekommen", antwortete Daria mit fester Stimme.

„Kluges Mädchen", kicherte es von irgendwoher. „Man sollte ihr eine Chance geben. Immerhin hat sie unser Refugium aus eigener Kraft gefunden."

„Du kannst wohl den Tod nicht erwarten?", zischte jemand aus einem der Gänge.

„Ich möchte leben", entgegnete Daria leise. „Ich möchte aber auch, dass mein Volk leben kann."

„Erstaunlich, wirklich erstaunlich. Das Küken hat die Qualitäten einer Glucke. Lasst uns mit der Prüfung beginnen …"

Und nun regnete es. Der Regen spülte den Staub der letzten Monate hinweg, der Wald duftet würzig nach Tannennadeln und Harz. Das Moos am Fuße der Bäume sog das begehrte Nass auf wie ein Schwamm. Daria schüttelte den Kopf. Regentropfen sprühten aus ihrem Haar. Sie weinte vor Glück.

Ein leises Murmeln verriet, dass eines der Bächlein endlich wieder Wasser führte. Daria schöpfte es mit der Hand und trank. Dann machte sie sich auf den Heimweg. Diesmal ging sie stolz erhobenen Hauptes. Sie hatte es nicht mehr nötig, sich vor irgendjemandem zu verstecken. An einem Feldrain traf sie einen alten Bauern, der überglücklich zuschaute, wie der Regen seine Felder tränkte.

„Prinzessin Daria?!" Verwundert rieb er sich die Augen. „Dann ist es also wahr!", jubelte er plötzlich. „Dank sei der neuen Hüterin des Steines. Mögt Ihr ein langes, glückliches Leben haben."

Er begleitete sie ein Stück des Weges. Immer mehr Menschen schlossen sich an. Kurz vor dem Schloss glich es fast einem kleinen Triumphzug. Ein paar Männer aus Arons Leibgarde ritten ihr entgegen. Mit äußerster Ehrerbietung grüßten sie die neue Hüterin. Sie boten ihr an, sie auf einem der Pferde mitzunehmen.

Daria winkte dankend ab. „Ich habe meinen Weg zu Fuß begonnen und ich werde ihn auch zu Fuß beenden."

Niemand hätte ihr, zu widersprechen gewagt. Dem Nadroman sagte man eine geheimnisvolle Macht in der Hand seines Hüters nach. So wendeten die Reiter und ließen ihre Tiere langsam vor Daria hergehen.

Inzwischen hatte die Sonne die letzten Wolken vertrieben. Im Abendlicht schritt Daria durch das große Portal. Der Hofgärtner lief mit seinen Gehilfen auf sie zu. Mit einer tiefen Verbeugung zogen sie ihre Hüte. Endlich hatte das leidige Wasserschleppen für die vielen Pflanzen in den Ziergärten ein Ende. Die Prinzessin winkte ihnen fröhlich zu.

Im Thronsaal waren die Ratsherren zu Füßen des Königspaares versammelt. Sie applaudierten stehend der jüngsten Hüterin, die der Stein jemals hatte.

„Ich hätte es wissen müssen", sagte König Aron, als er seine Tochter in die Arme schloss, während ihre Mutter die Tränen nicht mehr zurückhalten konnte. „Wann hast du diesen Entschluss gefasst?"

„Heute früh, als du die Ratsherren so barsch hinausgeworfen hast", entgegnete Daria leise. „Der Stein verlangt mein Blut so wie so, vielleicht sogar mein Leben. Was macht es für einen Unterschied, ob ich heute oder in zwei Jahren zu ihm gegangen wäre? Wäre dein Schmerz in zwei Jahren geringer, wenn ich nicht zurückkehrte?"

Aron schüttelte stumm den Kopf. Daria war beileibe nicht mehr das kleine Mädchen, als das er sie so gerne gesehen hätte. „Dann werde ich dich ab heute mit in den Rat einbeziehen müssen", murmelte er nachdenklich.

„Du wirst es tun müssen – wohl oder übel. Aber vergiss nicht, ich bin immer noch dieselbe Person", erklärte Daria mit fester Stimme.

Zum Fest, zu Ehren der neuen Hüterin, kamen gekrönte Häupter aus aller Welt, unter ihnen auch der König von Tlul mit seinem Sohn Kronn.

„Sie ist wunderschön", flüsterte der junge Prinz seinem Freund Jakon von Silberfels zu.

„Vergiss sie. Die Prinzessin ist laut einem alten Gesetz dem König von Tlul versprochen. Wenn sie das richtige Alter hat, wird dein Vater sie heiraten."

Daria fühlte die Augen des Prinzen auf sich ruhen. Sie schenkte ihm ein kurzes Lächeln, wandte sich aber sofort wieder ab.

Jakon packte ihn am Arm. Er zog ihn einfach mit sich fort. „Ich habe gesagt: Vergiss sie!", zischte er.

König Attra begegnete seiner zukünftigen Braut, die noch fünf Jahre jünger war als sein Sohn, mit der nötigen Ehrerbietung. Er hatte ein halbes Kind erwartet, traf nun aber auf eine stille junge Dame, die sich des Ernstes ihrer Aufgaben sehr wohl bewusst war.

Erst jetzt, wo er ihr gegenüberstand, regte sich tief in ihm der Gedanke, dass sie die ideale Frau für seinen Sohn gewesen wäre. Kronn würde sie möglicherweise nicht einmal als Frau seines Vaters akzeptieren, von Stiefmutter konnte schon gar keine Rede sein. Den Stein zu hüten, bedeutete wohl, ein Leben lang unglücklich zu bleiben. Wie konnte das Schicksal nur so grausam sein?

In den nächsten drei Jahren fanden mehrere Zusammenkünfte der Herrscherhäuser statt. Daria, die langsam zur wundervollsten Blume auf dem ganzen Kontinent heranwuchs, ließ nie einen Zweifel daran aufkommen, dass sie ihre Pflicht erfüllen werde.

Attra fühlte, dass es nur dabei bleiben werde, denn wenn sie ihn anlächelte, blieben ihre Augen stumm.

Kronn hörte schweren Herzens auf den Rat, den ihm Jakon gegeben hatte. Er mied jedes Zusammentreffen mit ihr, als habe sie eine ansteckende Krankheit.

„Du scheinst sie nicht gerade zu mögen", stellte Attra besorgt fest.

„Stimmt", erwiderte Kronn kurz. Niemand hätte auch nur im Entferntesten vermutet, dass er sich vor Gram verzehrte, weil sie nicht die Seine werden konnte. Er träumte von ihr – immer wieder und manchmal sogar mit offenen Augen.

Allein Daria ahnte, was in ihm vorging und das machte es ihr nicht gerade leichter. Du wirst jeder Liebe entsagen, hatte der Stein gefordert. Nun bezahlte sie den Preis.

Attra zögerte die Hochzeit immer wieder hinaus. Er hätte selbst nicht sagen können warum. Daria war dankbar für jede Galgenfrist, die sie dadurch bekam. Sie konnte es sich nur schwer vorstellen, sich einem Mann hingeben zu müssen, für den sie zwar Achtung, aber keinen Funken Liebe empfand und der fast dreißig Jahre älter war als sie. Er hätte ihr Vater sein können. Ein erschreckender Gedanke für die junge Frau.

An ihrem neunzehnten Geburtstag hielt Attra offiziell um ihre Hand an. Kronn stand mit unbewegter Miene neben ihm. Er war auch der Einzige, dem es auffiel, dass die Prinzessin eine Spur blasser wurde. Zum ersten Mal huschte ihr Blick für den Bruchteil einer Sekunde Hilfe suchend zu ihm. Kronn fühlte sich, als ramme ihm jemand ein glühendes Messer ins Herz.

Ein paar Wochen später stand der Termin fest und beide Königshäuser bereiteten sich auf das freudige Ereignis vor. Einladungen gingen an alle Königreiche, sogar an Marrakana, die finstere Herrin von Paradan.

Jakon versuchte vergeblich, den Prinzen zu trösten, der immer wieder seufzte: „Würde meine Mutter noch leben …"

„Jetzt hör endlich auf!" Jakon rüttelte ihn an den Schultern. „Sie lebt nicht mehr und du hast keine andere Wahl. Versuche, wie ein großer Bruder für Daria zu sein. Sie wird es schwer genug haben."

„Du hast gut reden", schnaufte Kronn.

In den nächsten Wochen trafen die Zusagen der Könige ein. Auch Marrakana antwortete – nur völlig anders als erwartet.

Marrakanas Antwort

Sie schickte ihr Heer gegen Tlul, um zu verhindern, dass das Geheimnis des Nadroman womöglich noch in Attras Hände käme. Sein magisches Zepter Chrysanthis hatte ihr schon genug Niederlagen beigebracht.

„Bitte König Aron um Hilfe", schlug Kronn seinem Vater vor. Mit Sorge beobachtete er, wie sich immer mehr Söldner an der Grenze zusammenrotteten.

Attra schüttelte den Kopf. „Tlul hat es immer allein geschafft und so wird es auch diesmal sein."

Am nächsten Morgen ritten sie gemeinsam an der Spitze ihres Heeres Marrakana entgegen. Noch einmal versuchte Kronn, Attra zu überzeugen, dass es besser sei, Männer aus Siddra zu erbitten. Umsonst. Das Wetter war düster wie seine Vorahnungen.

Dies war kein normaler Krieg, es war ein Gemetzel. Marrakanas Söldner machten jedes lebende Wesen nieder, das ihnen vor die Augen kam. Ganz egal, ob Mensch oder Tier.

Tluls Heer stand gegen eine Übermacht. Nach drei Tagen sah es fast so aus, als werde Marrakana triumphieren. Wieder versuchte Kronn, Attra ins Gewissen zu reden.

Verbissen weigerte sich Attra, den Vorschlag anzunehmen. „Bin ich der König oder du?", fuhr er seinen Sohn an.

Kronn senkte den Blick. „Du bist der König. Wie könnte ich gerade das jemals vergessen?"

Er verließ das Zelt seines Vaters. Eine blutrote Sonne ging auf. Kronn lief ein Schauer über den Rücken. Heute werde der Krieg enden, auf die eine oder andere Art und Weise. Vielleicht werde in ein paar Stunden ihr Blut, genau so rot, die Erde tränken. Er holte sein Pferd, stieg auf und inspizierte mit Jakon den kläglichen Rest ihrer Truppen.

Das Horn Paradans erklang.

Attra kam mit dem Helm in der Hand aus seinem Zelt gerannt. „Auf in den …" Er brach zusammen. Ein feindlicher Armbrustpfeil hatte sein Genick durchbohrt. Genau dort, wo das Panzerhemd endete.

„Vater!!!" Kronn sprang vom Pferd. Gebrochene Augen starrten in den Himmel. Er nahm ihn in den Arm.

Noch einmal ertönte das Horn Marrakanas.

Kronn ließ den Leichnam seines Vaters aus den Armen gleiten. Er zog Chrysanthis aus der Haltung an dessen Gürtel, sprang auf, riss den Arm mit dem Zepter in die Höhe. „Für Tlul! Rächt den König!", rief er mit donnernder Stimme.

Die Männer warfen sich in den Kampf. Das braune Pferd Kronns tauchte überall auf. Er wütete unter den Feinden wie ein gereizter Tiger. Gegen Abend wendete er das Blatt.

Marrakanas Söldner flohen, verfolgt von Kronn und seinen Getreuen. Erst nachdem sie sie über die Grenze gejagt hatten, kehrten sie zu ihrem toten König zurück.

„Schickt Boten nach Siddra, dass König Attra im Kampf gefallen ist. Sprecht der Prinzessin mein Mitgefühl aus." Jakon half Kronn, seinen Vater aufzubahren. Am nächsten Tag kehrten sie siegreich, aber voller Trauer, nach Tlul zurück.

An der Begräbniszeremonie nahm Prinzessin Daria teil. Kronn reichte ihr seinen Arm, um sie zur Königsgruft zu geleiten. Sie trug weiße Lilien in der Hand. Mit den Worten: „Ihr wart ein edler Mann. Ruht nun in Frieden", legte sie sie auf den Sarg.

Erst ein paar Tage später wurde Kronn bewusst, dass sie eines Tages mit einem Brautstrauß neben ihm gehen würde. Der alte Schwur musste erfüllt werden. Und er wollte es tun, allen Hindernissen zum Trotz.

Wenig später bereitete sich Tlul auf die Krönungsfeierlichkeiten vor. Prinz Kronn hatte im Kampf, aber auch im Frieden danach, bewiesen, dass er ein würdiger Nachfolger seines Vaters war. An der Tafel, ganz in seiner Nähe, saß das Königspaar von Siddra und natürlich Daria.

Immer wieder trafen sich ihre Blicke. Daria hätte viel dafür gegeben, wenn Kronn ein paar Worte mit ihr allein gewechselt hätte. Nur war der junge König alles andere als ein Draufgänger, wenn es um Frauen ging. Im Kampf hingegen war er ein furchteinflößender Gegner.

Er dankte ihr lächelnd für alle guten Wünsche. Dass er dabei ihre Hände etwas länger als gebührlich festhielt, deutete Daria als gutes Zeichen. Sie fieberte regelrecht dem Tag entgegen, wo er um ihre Hand bitten werde.

Noch zehn volle Monate, dann wäre die Trauerzeit vorbei. Aber auch zehn Monate, in denen viel passieren konnte. Das Schicksal König Attras zeigte es deutlich genug.

Kronn war auf der Hut. Aber auch er konnte es nicht verhindern, dass ein halbes Jahr nach seiner Krönung ein Bote König Arons bei Hofe erschien, der berichtete, dass die Prinzessin von Marrakanas Schergen entführt worden sei. Niemand könne sagen, wohin man sie gebracht habe.

Der berittene Bote traf mitten in der Nacht an Tluls Königshof ein. Kronn ließ ihn sofort zu sich bringen. Mit versteinertem Gesicht hörte er die schlimme Nachricht an.

Dann wandte er sich an seine Dienerschaft. „Bewirtet ihn reichlich und zeigt ihm, wo er schlafen kann."

Ein paar Minuten später hielt der junge König bereits Rat mit den Kommandanten seiner Leibgarde und Jakon, der nicht nur sein Freund, sondern zudem sein bester Ritter war. Auch in Tlul waren mehrmals die schwarzen Reiter gesehen worden.

„Für einen offenen Angriff auf Paradan fehlen uns die Männer", erklärte Jakon sofort.

„Das ist das eine", ließ sich Kronn vernehmen. „Das andere ist, wir haben keine stichhaltigen Beweise. In Tlul und Siddra herumzureiten, ist ja kein Verbrechen."

Jakon schnaufte. Kronn legte ihm die Hand auf die Schulter. „Ich bin, wie alle hier, sicher, dass Marrakana dahinter steckt. Aber das hilft mir im Augenblick auch nicht weiter.

Bringt mir Beweise, dann stelle ich sofort ein Heer auf und bitte König Aron um Hilfe. Was glaubt ihr wohl, warum er sich so zurückhält?"

Jakon sprang auf. „Gut, ich werde sehen, was sich machen lässt. Sie haben schlimmstenfalls sechs Stunden Vorsprung."

„Sei bitte vorsichtig!", mahnte Kronn. „Die schwarze Hexe ist mit allen schmutzigen Wassern gewaschen."

„Wird schon schief gehen." Jakon verließ Kronns Arbeitszimmer, um sofort seine Männer um sich zu scharen.

Etwa 20 gepanzerte Berittene machten sich nach wenigen Augenblicken unter seiner Führung auf den Weg zur Grenze. Kronn hielt es nicht in seinem Schloss, nur durch Helm und Brustharnisch geschützt, galoppierte er Jakons Rittern hinterher. Nach einer Stunde hatte sein Hengst die Gruppe eingeholt.

„Sichert den König!", befahl Jakon.

Keine Sekunde zu spät. Von einem Baum herab erschoss ein gut getarnter Fremder zwei seiner Reiter mit Armbrustbolzen.

Kronn zog als Antwort kaltblütig den leichten Bogen von der Schulter. Sein Pfeil traf den Schwarzgekleideten genau in die Stirn. „Einer weniger", murmelte er. „Reitet weiter! Ich kümmere mich um unsere Toten."

„Aber Herr!"

„Das ist ein Befehl! Ich hole euch ja doch wieder ein." Kronn galoppierte zu einem nahen Bauernhof, wo er darum bat, die beiden gefallenen Ritter zu seinem Schloss bringen zu lassen.

Ein paar Goldstücke sorgten für die nötige Eile. Dann folgte er sofort wieder Jakon, der mit seinen Männern auf einer Anhöhe hielt und ihn aufschließen ließ.

„Da vorn sind sie."

„Wie viele?"

„Rund 50."

Kronn tastete nach Chrysanthis, dem magischen Zepter. *Gib uns Kraft*, bat er und trieb seine Männer zum Angriff.

Paradans Söldner teilten sich. Zehn preschten weiter in Richtung Grenze, die anderen kamen mit gesenkten Lanzen Kronns Rittern entgegen. Ausnahmslos jeder Mann aus Tlul stand plötzlich zwei Feinden gegenüber, denen er sich zu erwehren hatte.

Kronn kam zugute, dass die Pferde der anderen stärker ermüdet waren, vom weiten Weg aus Siddra. Dafür schienen deren Reiter keinen Schmerz zu kennen. Sie droschen wie die Irren auf ihre Gegner ein. Bald gab es keinen mehr, der nicht verletzt worden wäre.

Ob es Zufall war oder ihn das Kampfgetümmel angelockt hatte, nahte auf dem Feld ein weiß gekleideter Ritter. In einigem Abstand zum eigentlichen Geschehen blieb er stehen, nahm einen Jagdbogen von der Schulter und setzte seine Pfeile genau in die Augenschlitze der Helme der Eindringlinge aus Paradan.

Nach dem fünften Toten galoppierten zwei der schwarzen Ritter auf den Fremden los. Er ließ sein Pferd steigen, wendete auf der Hinterhand und gab dem Tier die Zügel frei. Die Schwarzen hatten keine Chance, ihn einzuholen.

„Nicht übel", quetschte Jakon bewundernd zwischen den Zähnen hervor und trennte mit einem mächtigen Schlag seinem Gegner den Kopf von den Schultern.

Da war auch schon wieder der Weißgewandete zurück und lehrte die schwarzen Reiter das Fürchten. Gegen Abend hatten sie den Letzten von ihnen niedergemacht. Erst jetzt kam der geheimnisvolle Fremde heran.

„Danke für Eure großartige Hilfe!" Kronn deutete eine Verneigung an.

„Es war mir ein Vergnügen und eine Ehre", klang es dumpf unter dem silberglänzenden Helm hervor. „Lasst uns zum Waldrand reiten. Dort wird sich eine Kräuterfrau Eurer Wunden annehmen."

Der Fremde trabte gemächlich über die Wiese davon, ohne sich umzuschauen, ob die Männer Tluls folgten. Kronn nickte Jakon zu und die müden Ritter setzten sich in Bewegung. Die Flüchtigen hätten sie nun ja doch nicht mehr vor der Grenze nach Paradan einholen können.

„Wer ist das?", wollte Jakon von Kronn wissen.

„Keine Ahnung. Ich hab ihn noch nie hier gesehen. Stimme und Gestalt nach scheint er auch noch recht jung zu sein." Kronn beobachtete eine Weile jede Bewegung des Fremden.

„Ich werde ihn einladen, sich auf meiner Burg vom Kampf zu erholen", erklärte Jakon.

„Tu das. Gute Männer können wir jetzt besonders dringend gebrauchen." Kronn wischte mit dem Lederhandschuh Blut von seiner aufgeplatzten Augenbraue.

Magische Momente

Die besagte Kräuterfrau erwartete die Ritter bereits an ihrem Gartentor. Beim Anblick des Königs bekam sie große Augen. Sie beeilte sich, zu ihm zu kommen.

Er winkte rasch ab. „Ich kann warten. Helft zuerst denen, die schwerer verletzt sind. Ich werde mich inzwischen um die Pferde kümmern."

„Wie? Ihr wollt die Pferde versorgen? Aber Herr!"

„Nichts Herr. Ihr seht ja, in welchem Zustand meine Männer sind. Von den Pferden können Leben und Tod abhängen." Kronn pumpte Wasser für die ermatteten Tiere, ehe er begann, sie abzuhalftern. Der fremde Ritter ging ihm wortlos zur Hand, ohne Helm und Harnisch abzulegen. Selbst die gepanzerten Handschuhe ließ er an.

„Wollt Ihr mir nicht Euren Namen nennen?", fragte Kronn über den Rücken eines Tieres hinweg.

„Adrian", antwortete der Fremde und dem König schien es, als habe er Mühe gehabt, es beim N enden zu lassen.

Jakon gesellte sich zu ihnen. „Ich möchte Euch bitten, uns zu meiner Burg zu begleiten. Ihr habt uns sehr geholfen und ich möchte Euch mit einem deftigen Ritterfest ehren."

„Schlagt ihm den Wunsch nicht ab", bat Kronn.

Worauf der Fremde lange Jakons Gesicht betrachtete, die muskulösen Arme, dann einen Schritt zurück trat, um die ganze Gestalt seines Gegenübers im Blick zu haben. „So soll es sein", murmelte er schließlich.

Kronn schaute Jakon ebenfalls an und zuckte unwissend mit den Schultern. Der fremde Ritter wurde immer geheimnisvoller.

„Eure Männer sind versorgt", sprach die Kräuterfrau Kronn an. „Zeit, sich Euren Wunden zuzuwenden."

„Es sind nur Kratzer, die sich irgendwann von allein schließen", wiegelte der junge König ab.

„Ich weiß. Nur könnt Ihr Euch Verletzungen nicht leisten, wenn Ihr Daria wirklich retten wollt. Folgt mir!" Sie verschwand im Haus.

Kronn beeilte sich, ihrer Aufforderung Folge zu leisten. „Ihr wisst davon?"

„Das pfeifen seit heute Nacht die Spatzen von den Bäumen." Sie zog ein Salbentiegelchen aus einem Beutel. „Hauchdünn auftragen! Niemals den magischen Spruch vergessen! Drei Tage braucht es zum Heilen, drei Tage musst du verweilen."

Kronn nahm es dankend entgegen, um es sicher zu verwahren. „Ich werde es gleich morgen auftragen. Versprochen."

Die Frau lachte. „Auch das weiß ich. So, wie ich Euch heute kennengelernt habe, habt Ihr Euch nicht nur meinen Respekt verdient. Legt Euch hier zur Ruhe. Ich werde die Nacht im Wald auf der Suche nach Kräutern verbringen."

Während sich die Männer aus Tlul unter dem Schuppendach zur Ruhe legten, blieb der fremde Ritter, auf seinen Bogen gestützt, neben seinem Schimmel stehen.

Jakon ging zu ihm hinüber. „Wollt Ihr denn nicht ein wenig ruhen? Ich übernehme die Wache."

„Ich bin es nicht gewohnt, mich auf andere zu verlassen", bekam er zur Antwort.

„Ihr habt weder gegessen noch getrunken …"

„Als Euer Gast werde ich morgen sicher beides tun."

Jakon seufzte. „Dann setze ich mich jetzt für drei Stunden neben das Feuer, und versuche zu schlafen. Weckt mich bitte, falls ich nicht von allein aufwache."

„Seid ohne Sorge."

Jakon legte noch einmal Holz in die Glut, dann umfasste er mit beiden Armen die angezogenen Knie, auf welche er seinen Kopf bettete. Rasch schlief er ein.

Der weiße Ritter zog eine Phiole aus den Falten seines Umhanges, nahm einen winzigen Schluck und ließ das Fläschchen wieder verschwinden. Energie für drei lange Stunden Wache.

Hin und wieder ließ er seinen Blick hinüber zum Feuer schweifen, wo Ritter Jakon wie eine Statue hockte und schlief. Jakon, der beste Mann und Freund des Königs. Ein Ritter, der sich heute tapfer gegen eine Übermacht geschlagen hatte.

Einer, der trotz allem immer wieder aufschreckte, zu seinen Männern schaute und erst wieder einnickte, nachdem er sich vergewissert hatte, dass auch der Fremde noch auf seinem Posten stand.

Pünktlich auf die Minute erhob er sich. „Nun könnt Ihr versuchen, etwas zu ruhen."

Ein kurzes Nicken, dann zeigten die tiefen Atemzüge an, dass der geheimnisvolle Fremde stehend eingeschlafen war.

„Das soll einer begreifen", murmelte Jakon erstaunt.

Im Morgengrauen kehrte auch die heilkundige Frau wieder zurück. Einen Teil der frischen Kräuter schüttete sie gleich in kochendes Wasser. Der Duft weckte auch die letzten Schläfer. Der Trank gab ihnen neue Kraft. Der weiße Ritter blieb auch auf seinem Platz stehen, als alle frühstückten.

„Kennt Ihr ihn?", fragte Kronn die Frau, die sich nicht einmal zu wundern schien.

Sie nickte kaum merklich und raunte ihm zu. „Ich bin ihm schon begegnet. Er schickt manchmal einsame Wanderer zu mir. Man sagt, er sei der rechtmäßige Erbe von Paradan."

Äußerst interessant, dachte Kronn. *Ich schätze, wir werden uns eines Tages erneut begegnen. Auf meine Hilfe könnt Ihr jederzeit zählen.*

Dass ihm der weiße Ritter im selben Augenblick deutlich zunickte, hielt er für eine glückliche Vorsehung, wie so vieles seit dem gestrigen Kampf.

Jakon half dem Fremden aufs Pferd, nachdem sich alle dankbar von der Kräuterfrau verabschiedet hatten.

Freut mich aufrichtig, dass er Jakon gegenüber nicht ganz so unnahbar ist. Kronn beobachtete die beiden, die genau vor ihm ritten.

Das Volk von Tlul bereitete den Heimkehrern einen begeisterten Empfang. So nahm der König schließlich seinen Helm ab und mit einem warmherzigen Lächeln die Huldigungen entgegen.

Zwar hatten sie Daria nicht einmal zu Gesicht bekommen, Marrakana aber gezeigt, dass sie sich nicht zu sicher fühlen durfte.

Am späten Vormittag erreichten die Reiter Jakons Burg Silberfels. Der Burgherr gab Kronn, der sofort weiterreiten wollte, sechs frische Männer mit auf den Weg nach Hause.

Die anderen saßen im Burghof ab, wo sich Stallknechte rasch um die Pferde kümmerten. Mägde heizten ordentlich für die hölzernen Badewannen ein.

„Ihr müsst nicht hier draußen baden. Ich biete Euch einen Platz im Haus, in meiner Wanne an", wandte sich Jakon an den weißen Ritter, der noch immer Helm und Harnisch trug.

„Ich nehme dankend an", sprach der und folgte Jakon langsam in die Burg.

Schon unterwegs warf Jakon den herbeieilenden Badeknechten Arm- und Beinschienen zu, ließ sich das Kettenhemd abnehmen und das schmutzstarrende Untergewand. Mit einem Satz war er im warmen Wasser. „Oh, das tut gut! Kommt, es ist genug Platz für zwei!"

Der weiße Ritter ließ sich die Handschuhe, Arm- und Beinschienen abschnallen, Brust- und Rückenharnisch. Verblüfft und neugierig schaute Jakon zu, denn den Helm behielt der Fremde auch weiterhin auf.

Er trug auch kein Kettenhemd, wie die Männer hier, stattdessen einen breiten Kettenkragen. Jakon hielt die Luft an, er hatte darunter soeben zwei Rundungen erspäht, die ganz und gar nicht zu einem Ritter passten. Im selben Moment nahm der Fremde den Helm ab, worauf sich eine Flut hüftlanger haselnussbrauner Locken ausbreitete.

Völlig perplex sprang Jakon auf, das Unglaubliche zu bestaunen. Dabei vergaß er gänzlich, dass ihm das Wasser so nur noch bis kurz übers Knie reichte und er nun ebenfalls ziemlich ungeniert gemustert wurde.

Den Badeknechten fielen bald die Augen aus den Köpfen, als die geheimnisvolle Fremde das Unterkleid abstreifte, das lange

Haar zu einem Knoten zusammenband und zu ihrem Herrn in die Wanne stieg.

„Nun, Ritter Jakon, habt Ihr noch nie eine Frau gesehen?", fragte die Fremde amüsiert lachend. Wobei sie ihn noch einmal ziemlich interessiert von Kopf bis Fuß betrachtete. „Ihr schaut mich an, wie ein Kind einen Baum voller süßer Kirschen."

Jakon beeilte sich, sich endlich wieder zu setzen, wobei er ziemlich irritiert wirkte. Die dunkelblauen Augen und der sinnliche Mund seines Gastes verwirrten ihn vollends.

„Im Augenblick überlege ich, ob ich wache oder träume", flüsterte er. „Und falls ich nicht träume, dann sind Eure prallen Äpfel das wundervollste Obst, das mir jemals vor die Augen gekommen ist. Darf ich Euch meine Dienste als Badeknecht anbieten?"

Die Fremde blinzelte. „Aber gern. Ich hoffe doch sehr, dass Ihr auch dieses Handwerk versteht. Im Gebrauch Eurer Waffen und Werkzeuge scheint Ihr ja ein Meister zu sein." Dabei schaute sie so eindeutig zu jener Stelle im Wasser, die sie bei der eingehenden Betrachtung bereits favorisiert hatte.

Den Badeknechten klappten die Unterkiefer herunter und Jakon scheuchte sie schließlich davon, um mit der geheimnisvollen Schönen allein zu sein.

„Reinigt ihre Gewänder und die Rüstung!", rief er ihnen noch hinterher. „Und zu keinem auch nur ein Wort!"

„Ich habe Mittel und Wege, sie ganz schnell vergessen zu lassen, was sie gesehen haben", flüsterte die Fremde.

Jakon zuckte deutlich sichtbar zusammen. „Wer seid Ihr?"

„Jemand, der sicher ist, dass Ihr kein Schwätzer seid. Jemand, der weiß, dass Ihr das Geheimnis um den weißen Ritter sorgsam hüten werdet. Jemand, der Euch sehr mag." Dabei bedachte sie ihn mit einem Augenaufschlag, dass Jakon heiß und kalt wurde. „Vergesst nicht, dass Ihr mir Eure Dienste angeboten habt."

Jakon griff wie ein Traumwandler nach dem Badeschwamm. Sekunden später war er bereits der ganzen Welt um sich herum völlig entrückt. Er streichelte den schlanken Körper, der sich in seine Arme schmiegte. Genoss es, wie sie ihre Finger über seine

Muskeln gleiten ließ, und zeigte ihr, dass er sein *Werkzeug*, wie sie es genannt hatte, meisterlich beherrschte.

Eine Magd erschien. „In einer halben Stunde wird aufgetafelt."

Jakon seufzte. „Dann sollten wir uns wohl langsam auf trockeneren Boden begeben." Er hüllte seine wundervolle Gespielin in ein wärmendes Tuch. „Wie soll ich Euch denn nun nennen?"

Sie hauchte ihm einen Kuss auf die Nasenspitze. „Ich bin Adrian, der weiße Ritter." Sprach es und schlüpfte in Männerkleidung, welche sie aus ihrem Reisesack zog. Das lange Haar verbarg sie unter einem Samtbarett.

„Es wird mir schwerfallen, bis heute Abend die Finger von Euch zu lassen", murmelte Jakon, worauf *Ritter Adrian* ein breites Schmunzeln aufsetzte. Jakon seufzte noch einmal. „War ja klar." Ihn hatte der Blitz so tief getroffen, dass er noch immer überlegte, ob nicht alles nur seiner überhitzten Fantasie entsprungen sei.

Er bat Adrian an der Stirnseite des Tisches neben sich, hob grüßend seinen Weinbecher. „Unser Dank gebührt einem edlen Ritter, ohne dessen Eingreifen es gestern schlecht um uns bestellt gewesen wäre. Solltet Ihr jemals in Schwierigkeiten stecken, so werden wir für Euch da sein. Auf Euer Wohl, edler Herr!" *Für Euch würde ich sogar in den Tod gehen*, fügte er in Gedanken an.

„Ich danke Euch", erwiderte Adrian. „Ich könnte Eure Hilfe möglicherweise schneller brauchen, als heute zu erahnen ist."

„Wir werden bereit sein." Jakon trank in einem Zug seinen Becher leer.

Neugierige Blicke taxierten den jungen Gast, der wohl gerade den Kinderschuhen entwachsen war. Zumindest konnten sie keine Spur eines Bartwuchses entdecken. Unglaublich, wie dieses Bürschlein unter den Feinden gewütet hatte.

„Was haltet Ihr von ein paar kleinen Geschicklichkeitsspielen?", fragten schließlich einige Männer Adrian.

„Sehr viel, solange es bei dieser Art Wettbewerb bleibt. Rein von der Kraft habe ich keinem von Euch etwas gegenzusetzen, wie jeder auf den ersten Blick erkennen kann."

Die Männer brachen in Gelächter aus. „Wohl gesprochen. Wir werden Euch nicht zum Ringkampf herausfordern."

„Das beruhigt mich", schmunzelte Adrian und blinzelte kaum sichtbar Jakon zu.

Der nahm sich vor, sehr genau darauf zu achten, wozu man seinen Gast animieren werde.

Jakons Männer legten Kettenhemd und Brustharnisch an. Adrian, nicht im Besitz eines Kettenhemdes, nur Halsschutz und Harnisch. Eine schwerere Panzerung wäre ihm bisher nur hinderlich gewesen.

Das Bogenschießen gewann der junge Mann haushoch. Ihm gelang es sogar, drei Pfeile der anderen glatt zu spalten. Egal, ob feste oder bewegliche Ziele – Ritter Adrian traf alle. Seine Überlegenheit demonstrierte er schließlich damit, seinen Dolch genau so zielsicher zu werfen.

„Wer macht es nach?", lachte er.

„Einen Versuch ist es wert". Jakon erhob sich „Auch, wenn ich es noch nie vorher probiert habe."

Zumindest traf er die Zielscheibe, womit er sich den Respekt aller verdiente.

„Wie steht es mit dem Schwertkampf?"

„Bin dabei." Adrian rollte die Decke am Sattel auf, zog ein Schwertgehänge hervor, gurtete es um und winkte dem Frager herausfordernd zu.

Trotz alle Sorge dachte Jakon: *Mal sehen, was sie noch alles hervorzaubert.*

Adrian war blitzschnell. Innerhalb weniger Augenblicke deutete er zwei Stiche in den ungeschützten Rücken seines Gegners an, worauf ihn das Preisgericht zum Sieger erklärte.

Interessiert betrachtete Jakon die Waffe, worauf sie ihm Adrian zur Ansicht und Prüfung in die Hand legte. „Erstaunlich leicht und höllisch scharf", murmelte er.

„Sie würde eine Eurer üblichen Rüstungen wie Butter durchdringen", erklärte Adrian und spaltete mühelos einen herumliegenden Helm der Torwache.

Wäret Ihr ein Mann, dann wäret Ihr fast unbesiegbar, sagten Jakons Augen.

Aber nur fast, hörte er Adrians Stimme, obwohl der den Mund geschlossen hielt. „Eine größere Reichweite habe ich aber mit der Peitsche."

„Womit?" Mehreren Rittern blieben die Münder offen stehen.

Adrian zog eine lange schwarze Lederpeitsche aus dem Sack. Mit zwei Schlägen enthauptete er die hölzerne Übungspuppe der Ritter.

„So etwas hab ich bisher nur von den Söldnern aus Paradan gesehen", gab Jakon erbleichend zu.

Ein bitterer Zug legte sich um Adrians Mundwinkel. Dann stieß er düster hervor: „Diese Brut kann man nur mit ihren eigenen Mitteln schlagen. Ehrenvolle Duelle, Mann gegen Mann, sind vertane Mühe."

Es war still geworden nach diesen Worten. Und manch gestandener Ritter fragte sich, was diesem jungen Mann schon widerfahren sein musste, um solchen Hass zu entfachen.

Ich werde Euch und Eure Männer eines Tages die rechte Kampftechnik lehren, vernahm Jakon deutlich in seinem Kopf.

Das Festessen, immer wieder unterbrochen durch kleine Schaukämpfe, zog sich bis zum späten Abend hin. Jakon hatte sich beim Wein den ganzen Tag gezügelt, um seinen geheimnisvollen Gast nicht zu verschrecken, und nachts die Annehmlichkeiten trauter Zweisamkeit mit allen Sinnen genießen zu können.

Denn er zweifelte nicht daran, dass die wehrhafte Fremde mit ihm das Bett teilen werde. Also steuerte er ohne Umschweife sein Schlafzimmer an.

„Teilt Ihr mit jedem weiblichen Gast Eure Decke?", fragte sie spöttisch, als er die Tür abschloss, ihn aber auch nicht daran hindernd.

„Geht Ihr mit jedem Ritter ins Bad?", stellte er lächelnd die Gegenfrage.

„Punkt für Euch. Ihr seid der Erste."

„Seht Ihr, Ihr seid die erste Frau, mit der ich dieses Bett teile." Jakon zog sie an sich, warf ihr Barett auf einen Schemel und begann ihr Wams aufzubinden. „Ich liebe Euch. Völlig egal, wer Ihr seid, wie Ihr heißt oder woher Ihr kommt."

„Und wenn ich nun einem anderen versprochen bin?"

„Habe ich die Genugtuung, etwas bekommen zu haben, was ihm zugestanden hätte. Außerdem wäre Euch das sicher eingefallen, bevor Ihr zu mir in die Wanne gestiegen seid." Jakon zog sie unter die Bettdecke und schloss ihren Mund mit einem langen Kuss.

Es wurde eine brandheiße Nacht. Jakon widmete der schönen Fremden seine Manneskraft, wie er es noch nie vorher mit einer anderen Frau getan hatte. Als sie sich zum Schlummer in seine Arme schmiegte, streifte er ihr seinen Lieblingsring mit dem Wappen derer von Silberfels über den Finger.

Hufschläge auf der Zugbrücke rissen ihn im Morgengrauen aus dem Schlaf. Der Platz an seiner Seite war leer und Jakon konnte aus seinem Fenster gerade noch sehen, wie der weiße Ritter im nahen Wald verschwand.

Jakon fühlte sich, als habe man ihm das Herz herausgerissen. Mit hängendem Kopf setzte er sich auf die Bettkante und grübelte. Vielleicht war ja doch alles nur ein schöner Traum gewesen.

Nicht einmal das zerwühlte Bett mit den verräterischen Flecken hätte er jetzt als Beweis gelten lassen, dass es die geheimnisvolle Fremde wirklich gab.

Jakon quälte sich hoch, fasste nach seinen Kleidern und bekam große Augen. Die Frau seiner Träume hatte ein Liebespfand in Form eines Ringes zurückgelassen, dessen Wappen er nicht kannte. Zumindest konnte er sich nicht erinnern, es jemals gesehen zu haben. Er fädelte den zierlichen Ring auf eine Kette, die er fortan um den Hals trug, und die er niemals ablegte.

Die Suche nach Daria

Jakon sattelte sein Pferd und ritt hinüber zum Schloss. Vielleicht half ihm die Suche nach der Braut des Königs, seinen eigenen Kummer etwas zu vergessen.

„Gibt es Neuigkeiten?", rief er schon an der Tür zu Kronns Bibliothek.

„Keine." Kronn reichte seinem Freund die Hände. „Und bei dir?"

„So viele, dass ich nicht weiß, wo ich anfangen und wo ich aufhören soll!" Jakon ließ sich auf einen Stuhl fallen.

„Hast wohl das Geheimnis des weißen Ritters ergründet?"

„Von wegen! Schön wär's. Das Geheimnis wird immer geheimnisvoller." Jakon zog seinen Ring hervor. „Was sagst du, als der größte Heraldiker unserer Epoche, zu diesem Wappen?"

„Woher hast du den Ring?"

„Der weiße Ritter schenkte ihn mir zum Abschied." Jakon rieb sich mit beiden Händen das Gesicht.

Kronn schloss die Augen, legte nachdenklich den rechten Zeigefinger an die Nase. „Du erzählst mir vom weißen Ritter und ich suche nach dem Wappen."

„Einverstanden." Jakon begann zu berichten. In Anbetracht der Situation, dass er stets alle Geheimnisse mit Kronn geteilt hatte, wie dieser auch mit ihm, ließ er nicht das winzigste Detail aus.

Erstaunt hielt er inne, als Kronn zu lachen begann.

„Ich glaube, ich weiß jetzt, wo und wonach ich suchen muss."

„Ehrlich?"

„Ehrlich! Die Kräuterfrau hat angedeutet, der weiße Ritter sei der rechtmäßige Herr von Paradan. Ich glaube, nach deiner Geschichte, eher an eine Herrin."

„Wie???" Jakon sprang auf. „Offensichtlich meinst du das ernst!"

„Todernst." Kronn zog ein Buch aus dem Regal. „Und hier könnte der Beweis sein. Schau! Das Wappen der wahren Könige von Paradan. Lass dir deine Liebste bloß nicht von anderen abspenstig machen!"

Jakon riss es ihm fast aus der Hand. Das Wappen auf dem Ring glich in jedem Detail dem auf dem Papier. „Unglaublich!" Er blätterte ein wenig darin, las quer und fragte dann: „Steht in diesem Buch wenigstens auch, wo wir deinen Schatz wiederfinden?"

Kronn seufzte. „Nein, ganz sicher nicht. Und niemand weiß, wie es in der schwarzen Burg aussieht. Keiner ist je lebend daraus zurückgekehrt. Es riecht jetzt schon danach, als müsse ich mich allein auf die Suche nach ihr machen.

Wenn ich gehe, dann wirst du hier für Recht und Ordnung sorgen. Keine Widerrede. Das ist ein Befehl."

„An der Grenze haben alle sofort ihre Spur verloren, vermute ich", warf Jakon ein.

„Schlimmer. Man hat Daria nicht einmal bei den schwarzen Reitern gesehen. Im Augenblick lebt sie aber noch, denn der Nadroman tut seine Wunder in Siddra. Fragt sich nur, wie lange."

Kronn schaute aus dem Fenster, wo Silberfels in der Sonne funkelte. „Bring mir die Baupläne sämtlicher Burgen, die du bekommen kannst."

Jakon sprang auf. „Bin schon unterwegs!"

Kronn setzte sich mit dem Buch in der Hand an seinen Schreibtisch und begann zu lesen. „Die wahre Herrin von Paradan", murmelte er, den Kopf hebend. „Und sie hat Jakon auserkoren.

Aber das hilft mir im Augenblick auch nicht weiter, wenn ich Daria lebendig wiederfinden will.

Gegen Abend kam Jakon zurück. Einen riesigen Haufen Pergamente auf Kronns Schreibtisch packend, sagte er: „Das ist alles aus Tlul. Morgen bekommst du noch die Pläne der Burgen aus Siddra."

„Die Herren haben dir freiwillig die Pläne gegeben?", fragte Kronn verblüfft.

Jakon grinste breit. „Ich habe hin und wieder meine Bitte mit Gold untermauert."

„Was bin ich dir schuldig?"

„Die Rettung Darias." Jakon half beim Sichten der Papiere. „Was hast du?", fragte er, als ihn Kronn immer wieder neugierig musterte.

„Es spricht vieles für dich und ich kann die Fremde ganz und gar verstehen, wenn sie dich für sich reserviert hat", begann Kronn ohne direkten Zusammenhang. „Du bist jung, ledig, Herr über ausgedehnte Ländereien, waffengewandt und gut siehst du auch aus, sonst würden die Frauen nicht überall sofort auf dich fliegen.

Ich kriege es nur nicht wirklich in den Kopf, dass du die Schöne regelrecht vernascht hast. Ich bekomme schon Herzflattern, wenn ich ein paar Worte mit Daria wechsle, was mir bei anderen Leuten niemals passiert."

„Lässt du es gelten, wenn ich sage, dass ich verführt worden bin?"

„Nicht wirklich."

„Dann bekenne ich mich schuldig." Jakon streichelte den Ring seiner geheimnisvollen Geliebten, die er wohl erst dann wiedersehen werde, wenn diese es wolle.

„Wie schauen deine Pläne für die nächsten Tage aus?", wollte er von Kronn wissen.

Der deutete auf die Baupläne. „Außerdem warte ich auf das Ende der Frist, die mir die Magie der gutherzigen Kräuterfrau auferlegt. Bis dahin bin ich zwischen Bibliothek und meinem Schlafzimmer gefangen. Was wirst du tun?"

Über Jakons Gesicht huschte ein verlorenes Lächeln. „Die Baupläne sichten und von meiner großen Liebe träumen."

„Bleibst du hier?"

„Wenn du darauf bestehst."

Kronn nickte. „Tu ich."

Vor Einbruch der Nacht kamen zwei Boten in den Schlosshof galoppiert. Arons Reiter brachte Nachricht, dass man im Sumpf an der Grenze zwischen Siddra und Tlul erneut zwei ermordete Ritter gefunden habe.

Kronns Mann hatte einen Händler aufgetrieben, der nahezu unbehelligt aus Paradan gekommen war. Er hatte auf dem Markt unterhalb der Burg davon erfahren, dass Marrakana Daria im Verlies gefangen hielt. Es hieß, man könne abends die Gefangene manchmal weithin singen hören.

„Wer singt, lebt", machte sich Kronn selber Mut. „Ich muss einen Weg finden, in die Burg zu gelangen."

„Du weißt, dass das Wahnsinn ist?"

„Jakon, ich weiß. Aber ich habe keine andere Wahl." Kronn vertiefte sich wieder in Zeichnungen und Texte.

Zwei Wochen später begann Kronn, wie ein eingesperrtes Tier, in der Bibliothek auf und ab zu laufen. Er hatte eine hohe Belohnung für denjenigen ausgesetzt, der entweder Daria zurück oder ihm einen genauen Plan der Burg Paradan bringen werde. Keiner der Männer kehrte lebend zurück.

Meist hatten sie es nur wenige Meter über die Grenze geschafft. Marrakanas Schergen schienen buchstäblich überall zu sein. Kronn war am Verzweifeln.

„Zusammenfassung!", rief er eines Abends. „Was wissen wir über die Geheimgänge sämtlicher Burgen und welche Symbole kommen immer wieder vor."

Jakon zog einen Notizzettel hervor. „Die meisten Burgen haben nur einen einzigen geheimen Ausgang. In der Hauptsache endet der Gang gleich außerhalb der großen Wehrmauer. Oft ist der Gang mit einer Falltür gesichert.

Auslöser für die Falltür kann ein Hebel sein oder auch ein spezieller Stein. Wir haben mehrmals von einer sternförmigen Markierung gelesen. Um die Burg Paradan erstreckt sich eine Bannmeile. Zuwiderhandlungen enden generell tödlich."

„Danke." Kronn stützte sich auf das Fensterbrett und schaute in die sternenklare Nacht. „Nicht viel und uns läuft die Zeit davon. Der Sommer geht zu Ende und ich befürchte, dass Marrakana Daria irgendwann foltern lässt, um an das Geheimnis des heiligen Steines zu kommen.

Sag meinem Kammerherrn, dem Kommandanten meiner Leibgarde und den beiden Torwächtern Bescheid, dass sie sofort zu mir kommen sollen."

Jakon eilte davon und kam mit den drei Genannten zurück.

„Setzt Euch, meine Herren!" Kronn deutete auf die freien Sessel. „Ich habe beschlossen, nun selber auf die Suche nach meiner Braut zu gehen. Wenn ich bis zum ersten Schnee nicht zurück bin, könnt Ihr annehmen, dass ich das gleiche Ende gefunden habe, wie so viele, die nach ihr gesucht haben.

Die Befehlsgewalt übergebe ich Jakon. Er weiß, was zu tun ist, falls Tlul von irgendwoher angegriffen wird. Keine Entscheidung ohne ihn. Wünscht mir einfach Glück."

Jakon drückte ganz fest die Hand seines Freundes. „Auf Wiedersehen, nicht Lebewohl. Ich glaube fest an die Macht von Chrysanthis."

„Und ich an die Magie des Eichenhains, denn dahin führt mein allererster Weg", fügte Kronn hinzu. Dann beschrieb er ihnen detailliert, worum er dort zu bitten gedachte.

In letzter Sekunde

„Tlul na ka wan, na ka wan, adaman ran na ka wan…"

Der bärtige Mann blieb stehen. Zufrieden lauschte er dem glockenhellen Gesang, der in der Finsternis weithin zu hören war. Er hatte gefunden, wonach er so lange suchte.

Ein rötlicher Vollmond tauchte die Ebene, die vor dem Alten lag, in gespenstiges Licht. Im Hintergrund thronte auf einem Berg die finstere Burg Paradan.

Der einsame Wanderer warf einen kurzen Blick zurück. Fröstelnd hüllte er sich in seinen grauen Umhang. Dann gab er sich einen Ruck und trat aus dem Schutz der letzten Bäume heraus. Festen Schrittes machte er sich auf den Weg, dessen Ziel die Burg war. Vor seinen Lippen dampfte der Atem. Seine rechte Hand ruhte auf dem Knauf des Schwertes, welches er auch rechts vom Körper trug.

Jeder Ritter, den der alte Mann auf seiner Wanderung traf, hatte ihn mitleidig belächelt, denn niemand konnte ahnen, dass er mit der linken Hand besser focht, als andere mit der Rechten. In der Linken hielt er einen derben Wanderstab. So sah es wenigstens auf den ersten Blick für Laien aus. Nur Eingeweihte wussten, worum es sich bei diesem Stab wirklich handelte.

Fast lautlos kam der weißbärtige Alte auf dem abgeernteten Acker voran. Mehrere Eulen schwebten vorüber, griffen sich einige der unzähligen Mäuse und flogen eilig davon.

Er blieb auf der Hälfte des Weges stehen. Drohend wuchs vor ihm die Silhouette der Burg in den Himmel. Der Gesang war inzwischen verstummt. Nur auf dem großen Haupttor hinter der Zugbrücke brannten zwei flackernde Feuer.

Er wusste, dass die Wachen damit das Pech flüssig hielten, welches im Notfall auf Angreifer gekippt werden konnte. Er jedenfalls werde unter gar keinen Umständen durch dieses Tor gehen. Irgendwo auf der Rückseite der Burg sollte es einen geheimen Durchschlupf geben, den es zu finden galt.

Je näher er seinem Ziel kam, umso vorsichtiger wurde er. Jede Deckung zwischen den spärlichen Büschen am Feldrain nutzend, huschte er durch die Nacht. Dann stand er, den Kopf weit in den Nacken gelegt, an der hohen Mauer des äußeren Verteidigungsringes. Vorsichtig schlich er weiter.

Wenn er den geheimen Tunnel nicht vor dem Morgengrauen fand, war er verloren. Die Todesstrafe stand darauf, sich der Burg ohne Aufforderung zu nähern. Selbst die Einheimischen hielten peinlich genau die Bannmeile ein. Der Alte schüttelte unwillig den Kopf. Die grausame Herrin der Burg herrschte nicht nur mit äußerster Brutalität, sondern auch noch mit Zauberkraft, so munkelte man.

Immer wieder tastete er die Mauer nach dem erhofften Zeichen ab. Endlich fand er den Stein mit der sternförmigen Erhebung. Er kam nicht mehr dazu, sich darüber zu freuen, übergangslos wurde er von den Füßen gerissen, weil sich unvermutet eine Falltür genau unter ihm auftat.

Er hatte Mühe, einen Aufschrei zu unterdrücken. Da krachte er auch schon unsanft zu Boden, hob den Kopf und sah gerade noch, wie sich die Klappe wieder schloss. Drei Meter? Vier Meter? Er hatte keine Ahnung, wie tief er wirklich gefallen war.

Der alte Mann quälte sich ächzend auf die Beine. In völliger Dunkelheit tastete er nach Schwert und Stab, bevor er seinen Körper notdürftig untersuchte. Offensichtlich hatten alle drei den Sturz gut überstanden, von seinem schmerzenden Rücken abgesehen.

Wer jetzt erwartet hätte, dass er sofort weitergehen werde, hätte sich enttäuscht gesehen. Er setzte sich mit dem Rücken an die Tunnelwand gelehnt auf den Boden, zog sein letztes Stück Honigwabe hervor, die Wasserflasche und stärkte sich. Dann schloss er die Augen.

Pferdegetrappel und Geschrei weckten ihn ein paar Stunden später. Er öffnete die Augen, lauschte, ließ sich aber wieder an die Wand zurücksinken. Trotz der Pechschwärze hier unten hatte ihn sein Zeitgefühl nicht verlassen. Erst am Abend wollte er den

Ausgang suchen, seinen Plan durchführen und möglichst ungesehen wieder verschwinden.

Als die Geräusche langsam abebbten, machte er sich bereit, schnallte das Schwertgehänge enger, barg den Stab unter seinem Umhang und tastete sich vorwärts. Der Gang wurde immer niedriger. Am Ende konnte er nur noch auf den Knien kriechen. Es roch muffig.

Noch ein paar Meter, dann traf ihn ein warmer Luftzug. Mit dem Kopf voran ließ er sich aus dem Tunnel gleiten. Fackelschein erhellte notdürftig den Raum. Er war in der Folterkammer der Burg gelandet.

„Na toll", murmelte er, als er sich rasch umsah. Wenigstens waren weder Verurteilte noch Folterknechte in der Nähe. Lauschend legte er den Kopf an die Tür, ehe er sie lautlos aufdrückte. Auch der lange Gang war leer. Ein paar Nischen boten ausreichend Platz, sich notfalls zu verstecken.

Er huschte hinaus, um überrascht innezuhalten. Ganz nahe erklang plötzlich das sehnsuchtvolle Lied der Sängerin. Seine Miene verfinsterte sich zusehends. Hierher brachte man nur die zum Tode Verurteilten.

Marrakana hatte offensichtlich den Willen ihrer Gefangenen nicht brechen können und wollte sich nun ihrer entledigen. Wenn sie nicht das Geheimnis des Nadroman erfahren konnte, sollte es auch keinem anderen mehr gelingen.

Der Alte folgte der Stimme durch das Labyrinth des Kerkers. Inständig hoffte er, dass sie weiter singen möge, bis er die richtige Tür gefunden habe. Er spähte um die nächste Ecke, prallte zurück und presste sich in eine der kleinen Nischen.

„Marrakana wird sie auf kleiner Flamme rösten lassen."

„Woher weißt du das?"

„Das ist immer so, wenn sie jemanden ganz besonders hasst."

„Eigentlich schade um die Kleine. Sie ist hübsch."

„War hübsch. Wenigstens bis sich Marrakana selbst um sie kümmerte."

Der alte Mann glaubte, an seinem Zorn ersticken zu müssen. Ungeduldig wartete er, bis die beiden Folterknechte endlich das Feld räumten. Die Gefangene hatte wohl deutlich gehört, was vor der Tür ihres Verlieses gesprochen worden war. Ihr leises Schluchzen schnitt ihm ins Herz.

Noch einmal schaute er sich um, dann zog er einen Schlüsselbund aus seinem Wandersack. Beim dritten Versuch sprang das Schloss auf. Er trat ein. Fast glaubte er, sich in der Tür geirrt zu haben, das Häufchen Elend auf dem Strohlager ähnelte nicht einmal mehr entfernt der Frau, die er gesucht hatte.

„Daria?", fragte er ungläubig.

Ein unmerkliches Nicken antwortete ihm. Nur der flehende Blick, aus einem von unzähligen Schlägen völlig entstellten Gesicht, sprach zu ihm. Arme voller blutiger Striemen streckten sich ihm hilflos entgegen.

Er taxierte den eisernen Ring, in dem der Körper der jungen Frau steckte und der mit einer Kette an die Wand geschmiedet war. Wieder suchte er nach einem passenden Schlüssel.

Er suchte lange – zu lange. Polternde Schritte vor der Zelle ließen ihn erschauern. Kaltblütig setzte er trotzdem seine Arbeit fort.

Daria begann zu zittern. Es war genau die Zeit, zu der jeden Abend Marrakana erschien, um ihrer Wut freien Lauf zu lassen.

Der Greis huschte hinter die Tür, durch die soeben mit spöttischem Blick die Burgherrin trat. Die Tür klappte wieder zu. Doch da war er schon über Marrakana hergefallen, hatte sie an der Kehle gepackt, um sie am Schreien zu hindern und mit einem dosierten Faustschlag gegen die Schläfe in das Land der Träume geschickt.

Schnell öffnete er den Ring, befreite Daria, zerrte Marrakana auf das Stroh, um sie an die Mauer zu ketten. Noch immer am ganzen Körper zitternd, beobachtete Daria mit großen Augen die Vorgänge.

Der Alte öffnete vorsichtig die Tür. Der Gang war leer. „Schnell!" Er hielt Daria die Hand hin.

Die Gefangene taumelte auf ihn zu, brach aber nach ein paar Schritten entkräftet zusammen. Also packte er sie, warf sie sich über die Schulter und rannte durch die Gänge zurück zum Tunnel.

Einem stillen Beobachter wäre es sicher verwunderlich erschienen, wie flink der Greisenkörper die Last wegtragen konnte. Das Schicksal meinte es gut mit ihnen. Denn auch in der Folterkammer war niemand.

Der alte Mann hatte keine Zeit, darüber nachzudenken. Er lehnte Daria an die Mauer, kroch in den Gang und zerrte sie schließlich wortlos hinter sich her. Daria ließ es ergeben über sich ergehen. Das war bei weitem nicht so schlimm, wie das Martyrium, welches ihr Marrakana jeden Abend bereitet hatte.

Diesmal brauchte der Retter fast die doppelte Zeit. Es dauerte eine Weile, bis er endlich begriff, dass er eine Ohnmächtige hinter sich herschleppte.

Inzwischen war der Gang hoch genug, um wenigstens gebückt stehen zu können. Also kniete er sich neben den geschundenen Körper, um herauszufinden, ob Daria überhaupt noch lebte. Unter der dünnen Haut des Halses konnte er endlich einen leichten Pulsschlag fühlen.

Irgendwo über dem Tunnel hallte der Hufschlag unzähliger Pferde, Hundegebell und der Klang von Hörnern. Marrakana war wohl schon gefunden worden. Nun blies sie zur Jagd auf ihn und die Entflohene.

Der alte Mann wartete darauf, dass Daria aus der Ohnmacht erwache. Ihre Beherrschung war erstaunlich. Kein Ton kam über ihre Lippe. Regungslos blieb sie liegen.

„Es wird alles wieder gut", hörte sie ihn flüstern, als er ihr half, sich aufzusetzen. „Wir müssen bis Mitternacht warten, dann werden wir versuchen, das Reich dieser Furie zu verlassen. Seid Ihr stark genug?"

„Ich werde es versuchen", hauchte Daria tonlos. „Ich werde es versuchen."

Sie spürte, wie ihr der geheimnisvolle Alte eine Flasche in die Hand drückte.

„Trinkt!", flüsterte er.

„Wer seid Ihr?", fragte sie.

Ihr Retter antwortete nicht sofort. „Ein närrischer alter Mann", sagte er schließlich.

Daria ließ nicht erkennen, ob sie diese Worte glaubte. Sie verstand, dass es sicherer für ihn war, wenn sie seinen Namen nicht wusste. Der Weg zurück nach Tlul war lang und überaus gefährlich. Es lauerten mehr Gefahren, als nur Marrakana und ihre Schergen. Daria ließ es geschehen, dass sie der Fremde auf seinen Schoß zog und mit in seinen Umhang hüllte. Erschöpft schlief sie ein.

„Daria! Daria kommt! Wir müssen weiter!" Die junge Frau wollte die Stimme einfach abschütteln. Jemand streichelte ihre Wange. „Kommt, wir wollen nach Hause."

Nach Hause? Plötzlich war sie hellwach. Sie quälte sich auf die Knie.

„Seid vorsichtig, der Gang ist noch sehr niedrig." Er reichte ihr die Hand, um sie zum Ausgang zu führen. Dann standen sie unter der Falltür. Er tastete wieder die Wände ab.

Es knirschte. Ein Stück Wand schwang nach außen. Ohne zu überlegen, zog er Daria hinter sich her. Nach hundert Metern gewahrte er ein fahles Licht. Der Tunnel endete in einer Mulde zwischen Brombeergestrüpp. Erst hier machte er eine kurze Pause.

Sofort nahm er seine Begleiterin wieder auf die Arme. So schnell er konnte, eilte er zum Waldrand. Zielsicher fand er einen kleinen Bach, der sich durch das Unterholz schlängelte. Er lief im Wasser weiter.

„So können uns die Hunde nicht finden", erklärte er leise, während er immer tiefer in den Wald eindrang. Auf einer völlig unzugänglichen Lichtung ließ er Daria aus seinen Armen gleiten. Schwer atmend setzte er sich zu ihr.

Daria nestelte die Flasche von seinem Gürtel, füllte sie mit klarem Wasser aus dem Bach, bevor sie sie ihm reichte. „Warum tut Ihr das?", fragte sie wie nebenbei.

„Weil ich muss."

Irritiert schaute sie ihn an. „Wer zwingt Euch dazu?"

„Ich selbst." Dabei sah er sie wehmütig an. Das einst goldgelockte hüftlange Haar der jungen Frau hatte man lieblos im Nacken abgeschnitten. Es sah stumpf aus, hing ihr wirr ins Gesicht. Das eigentlich schmale, fein geschnittene Gesicht, war aufgedunsen und blutunterlaufen. Blut verkrustete auch ihre Arme und Beine.

Sie schaute an sich hinunter, an dem ehemals weißen Kleid, das lehmverschmiert und ebenfalls voller Blutflecke war. „Ich möchte mich waschen", sagte sie leise.

„Natürlich." Er setzte sich mit dem Rücken zum Bach. „Nehmt meinen Umhang."

Das Plätschern verriet, dass Daria versuchte ihr Kleid zu reinigen.

Der alte Mann dachte nach. Wie sehr hatte er sich gewünscht, einmal mit dieser Frau allein im Wald zu sein. Einmal wenigstens überhaupt mit ihr allein zu sein. Nun war er es. Aber so, wie es war, hatte er es sich nicht vorgestellt.

Sie hingegen ahnte nicht einmal, wer ihr Retter war. Aus den Augenwinkeln gewahrte er, wie sie seinen Umhang nahm. Er drehte sich um. Jetzt bot sie schon einen viel erfreulicheren Anblick.

Das kalte Wasser hatte die Schwellungen etwas zurückgedrängt, das Haar glänzte wieder wie gesponnenes Gold. Ihr scheues Lächeln zeigte, dass sie genau wusste, wie schlimm ihre Frisur aussah. Sie setzte sich zu ihm.

„Haltet still." Er zückte sein höllisch scharfes Jagdmesser. Vorsichtig brachte er die Lockenpracht auf eine Länge. Kritisch betrachtete er sie von allen Seiten. „Nicht übel. Mal sehen, was ich noch für Euch tun kann."

In seinem Wandersack kramend, förderte er zwei Lederlappen, zwei Bänder und ein Salbentöpfchen zutage. Ohne zu fragen, schnürte er ihr die Lederflecke um die Füße. „Nicht schön, aber hilfreich", kommentierte er sein Werk.

Dann reichte er ihr lächelnd die Salbe. „Das solltet Ihr lieber selber tun. Wenn ich Hand anlege, zerkratzt Ihr mir bestimmt das Gesicht."

Daria versuchte, in seinen Augen zu lesen. Das war kein Greis. Das war jemand, der vorübergehend in einem Greisenkörper steckte, oder vielmehr, der anderen einen Greisenkörper vorgaukelte.

Etwas später wanderten sie weiter. Sie nutzten jede Möglichkeit, an Nahrung heranzukommen. Daria sammelte Beeren, der alte Mann stieg auf Bäume und pflückte alle essbaren Früchte, die er erreichen konnte. Ab und zu gelang es ihm, die Waben der Wildbienen zu erbeuten.

„Ich würde Euch gern etwas Besseres bieten. Aber wenn wir Feuer machen, erwischen sie uns vielleicht noch. Mit ein bisschen Glück haben wir in zwei Tagen Marrakanas Reich hinter uns."

Nachts wärmten sich die Flüchtlinge, indem sie sich eng aneinanderkuschelten und mit dem Umhang zudeckten.

Daria klagte nicht, wenn er sie mitten durch Brombeergestrüpp oder über spitze Steine führte. Sie vertraute ihrem geheimnisvollen Begleiter, der nicht viel sprach, dafür aber umso mehr handelte.

Auch wenn sie sich tagelang in den Sümpfen vor ihren Häschern verstecken mussten, tat sie es ohne Klage. Nur die Kälte wurde langsam unerträglich. Daria fror in ihrem dünnen Kleid und den provisorischen Schuhen jämmerlich.

In dieser Nacht war der erste Schnee gefallen. Um nicht zu erfrieren, wanderten sie fast ohne Unterbrechung. Nirgends fanden sie ein Versteck, in dem sie sich etwas hätten aufwärmen können. Im Morgengrauen ließen sie den Wald hinter sich.

Daria stolperte müde neben ihrem Retter her. Sie begriff es nicht einmal, als er plötzlich sagte: „Jetzt haben wir gerade die

Grenze passiert." Er nahm Daria wieder auf die Arme. Sie schloss die Augen.

„Oh nein. Bitte nicht." Er fürchtete, dass sie erfrieren könne. Mit langen Schritten eilte er auf das erstbeste Haus zu.

Allerlei Offenbarungen

Der Hofhund schlug an. Mehrere Männer kamen auf den erschöpften Alten zu, nahmen ihm Daria ab und brachten beide in die warme Küche.

„Das arme Kind ist ja völlig erstarrt von der Kälte." Eine ältere Frau legt Daria eine warme Decke um. Eine andere schenkte heißen Tee ein.

„Was ist passiert?"

„Wir sind auf der Flucht vor Marrakanas Häschern", antwortete der Greis wahrheitsgemäß. „Meine Enkelin konnte nicht einmal retten, was sie am Leibe trug. Ihre Habe liegt irgendwo am Grund eines Sumpfes."

„Hier seid Ihr sicher", versprach der Hausherr. „Bis zu uns traut sich diese verdammte Brut nicht. Wo wollt Ihr eigentlich hin?"

„Nach Tlul. Wir waren auf der Durchreise, als man uns plötzlich angriff", erzählte der alte Mann.

„Bis Tlul sind es noch ein paar Tagesreisen zu Fuß", sinnierte der Hausherr. „Ich werde Euch morgen ein Stück auf meinem Wagen mitnehmen."

„Ich kann Euch nichts dafür geben." Der Alte sah ihn betrübt an.

Der Bauer winkte ab. Seine Frau bewirtete die unerwarteten Gäste mit Brot und Schinken. „Esst tüchtig, damit Ihr wieder zu Kräften kommt."

Irgendwann lagen Daria und ihr Retter in der Scheune im warmen Stroh und schliefen so gut, wie schon lange nicht mehr.

„Was hältst du von den beiden?", fragte die Bäuerin ihren Mann.

„Sie sagen die Wahrheit. Hast du dir die Kleine richtig angesehen? Zu solchen Misshandlungen sind nur Marrakanas Leute fähig."

„Das meine ich nicht, obwohl du recht hast. Ist dir nicht ihre Ähnlichkeit mit unserer verschwundenen Prinzessin aufgefallen, die, wie man berichtet, in Marrakanas Kerker gefangen gehalten wird?", sprach die Bäuerin eindringlich.

„Jetzt wo du es sagst …" Der Bauer kratzte sich am Hinterkopf. „Da fällt mir ein, dass einer der Knechte davon sprach, nur eine Spur im Schnee gefunden zu haben. Ich kenne keinen Greis, der eine junge Frau vom Wald bis hierher tragen könnte."

Der erste Hahnenschrei weckte die Flüchtlinge. Nach dem reichhaltigen, schmackhaften Frühstück winkte die Bäuerin Daria, ihr zu folgen. Sie öffnete eine bunte Truhe.

„Jetzt bekommt Ihr erst einmal warme Kleidung. Ein warmes Kleid, einen Umhang, Wollstrümpfe und Stiefel. Auch ein warmes Kopftuch. Handschuhe auch noch." Bei jeder Aufzählung tauchte sie in die Tiefe der Truhe ab, holte das Beschriebene hervor und drückte es Daria in die Hand. „Wie heißt Ihr eigentlich?"

„Lissa", sagte Daria schnell.

„Heißt Ihr schon immer so?"

Daria nickte zögernd.

Die Bäuerin ließ es dabei bewenden.

Etwas später spannte der Bauer seine schnellsten Pferde an. Er küsste seine Frau zum Abschied. „Ich bringe sie bis an die Grenze zu Tlul."

„Daran tust du sicher gut." Dann wandte sie sich den beiden Gästen zu, reichte ihnen die Hände. „Ich wünsche Euch viel Glück."

„Auf Wiedersehen und danke für Eure Hilfe." Daria und ihr Begleiter stiegen auf den Wagen, der bald in der Ferne verschwand.

„Bäuerin! Bäuerin!" Der Knecht kam wild gestikulierend aus dem Stall gerannt.

„Was gibt es denn?", fragte sie, sich neugierig umdrehend.

„Die Kuh – die Kuh – die Kuh hat heute fast doppelt so viel Milch gegeben wie sonst und die Hühner haben viel mehr Eier gelegt", keuchte er außer Atem.

Ein glückliches Lächeln huschte über das Gesicht der Frau. „Ich hab es doch geahnt. Danke, Prinzessin, kommt gut nach Hause."

Erstaunt registrierten Daria und der alte Mann, dass der Bauer, ohne anzuhalten, mehrere Ortschaften durchquerte.

„Wolltet Ihr nicht auf den Markt?", fragte der Alte schließlich.

„Auf dem Rückweg. Ich kann doch bei diesem Wetter einen alten Mann und seine kleine Enkelin nicht zu Fuß nach Tlul gehen lassen", schmunzelte der Bauer.

„Aber Eure Frau wird warten."

„Nein", antwortete der Bauer verschmitzt lächelnd. „Die weiß Bescheid. Meine Frau weiß immer Bescheid. Fragt mich nicht warum, es ist einfach so. Und wenn meine Frau sagt, heute Abend gibt es ein Gewitter, dann gibt es auch ein Gewitter. Ich hab mich daran gewöhnt."

Daria und der Greis tauschten einen schnellen Blick.

Bei Sonnenuntergang erreichten sie die Grenze.

„Wollt Ihr nicht noch mit in der Herberge übernachten?", fragte der Bauer.

„Nein, nein, je eher wir nach Tlul kommen, um so besser. Habt Dank für Eure große Hilfe", sprach der alte Mann.

Ohne Probleme kamen sie an den Grenzposten vorbei. Daria blieb stehen. „Warum bringt Ihr mich nach Tlul, wo Ihr doch offensichtlich genau wisst, wer ich bin?"

Er sah ihr tief in die Augen. „Habt einfach Vertrauen. Es ist besser so."

„Wohin wollt Ihr wirklich?"

„Zum Schloss", gab der alte Mann kurz zurück. Daria erschrak. Sie hatte die schwarzen Bänder an den Schilden der Grenzwachen gesehen. Meist bedeutete das, dass der König gestorben war. Sie wischte eine Träne weg. Nach den alten Gesetzen war sie von Geburt an dem König von Tlul versprochen.

Der jetzige König war ein feinsinniger, aber Frauen gegenüber schüchterner Mann. Nicht einmal hatte er es gewagt, ein paar Worte mit ihr allein zu wechseln. Er war ein hervorragender

Feldherr, er sah zudem gut aus und sie hatte sich auf den Tag gefreut, an dem man das Versprechen einzulösen gedachte.

Nun werde man einen neuen König wählen. Daria wurde vor Aufregung übel. Der Alte schien es nicht zu bemerken.

Nach drei Stunden standen sie vor dem großen herrlichen Portal. Mehrere Kutschen warteten im Hintergrund. Daria zuckte zusammen, wurde blass und stammelte: „Meine Eltern sind hier."

„Dann sollte ich Euch schnell zu ihnen bringen", brummte der Alte in seinen Bart. „Kommt."

Die Wachen ließen sie passieren. Offenbar kannten sie ihn. Der alte Mann brachte Daria an die Flügeltür des Thronsaales, die ihnen von zwei Pagen geöffnet wurde.

„Vater! Mutter!" Daria riss sich von der Hand ihres Begleiters los. Sie flog ihren Eltern fast schon entgegen.

Erstaunt wandten sich alle Augen dem vermeintlichen Bauernmädchen zu, das hier so plump hereinplatzte. Auf halbem Wege riss es die Kapuze und das Wolltuch vom Kopf.

„Meine Tochter." Die Königin von Siddra schloss ihr verloren geglaubtes Kind in die Arme, als wolle sie es nie mehr loslassen.

„Wie hast du es geschafft, Marrakana zu entkommen?", fragte der König. „Keiner, von denen, die dich suchten, ist je lebend zurückgekommen."

Daria holte ihren Retter herbei. „Dieser alte Mann hat mich mit eigenen Händen befreit, für mich gesorgt und sicher zu euch gebracht. Er hat sein Leben gewagt, um mich zu retten. Ohne ihn wäre ich jetzt tot. Der Scheiterhaufen, der mich verbrennen sollte, war schon aufgeschichtet."

„Dann sollst du auch seine Belohnung bestimmen", legte der König fest. „Er wird bekommen, was du befiehlst. Alle hier sind meine Zeugen."

Daria hob den Kopf. „Dann gebt mich ihm zur Frau."

„Wie?", der Bärtige zuckte überrascht zusammen. „Treibt keine Scherze mit einem alten Mann, Prinzessin."

„Nichts ist mir ernster, angesichts der Tatsache, dass der König dieses Landes tot ist", sagte Daria traurig und nahm seine Hand.

„Das ist gegen das Gesetz!", ereiferte sich einer der umstehenden Herren.

„Warum?" Der König von Siddra wandte sich ihm zu.

„Das Gesetz verlangt, dass sie den König dieses Landes heiratet. Heute um Mitternacht wird der neue König gewählt und der werde ich sein. Also gehört sie mir", geiferte der eitle Geck.

„Lieber stürze ich mich vom Turm", sagte Daria mit fester Stimme, während sie sich Schutz suchend an die Hand des alten Mannes klammerte, der sie seit Wochen vor jeglichem Unheil bewahrt hatte.

„Es ist doch gar nicht bewiesen, dass unser König tot ist!", riefen Jakon und zwei Ratsherren zugleich in die Runde.

Und Jakon fügte hinzu: „Er ist nur verschwunden. Ich halte die Wahl für verfrüht. Vielleicht wird er irgendwo gefangen gehalten. Lasst mich nach ihm suchen!"

Bald war ein handfester Streit im Gange. Gesetz hin, Gesetz her. König suchen, König nicht suchen. Wahl abhalten, Wahl verschieben.

Der alte Mann stand wie ein Fels in der Brandung. Er schleuderte seinen Umhang beiseite, griff nach seinem Stab, den er zweimal auf den Boden stampfte. Dann rief er mit donnernder Stimme: „Ruhe!"

Niemand traute sich, zu mucksen. Der Alte hielt noch immer Darias Hand, als er sprach: „Ihr, mein lieber Traban, werdet nie König dieses Landes, jedenfalls nicht, solange ich es verhindern kann. Sie hingegen ist und bleibt meine Braut. Ein Künstler, wer das Gegenteil beweisen will."

Er stampfte noch einmal mit dem Stab, der kürzer wurde und endlich als kristallgeschmücktes Zepter in seiner Hand lag. Gleichzeitig fuhr er mit der anderen Hand über sein Gesicht. Augenblicklich glätteten sich die unzähligen Runzeln, das Haar änderte seine Farbe zu sattem Braun und fiel in seidigen Wellen über seine Schultern.

Während die einen entsetzt das Wunder anstarrten, riefen die anderen schmetternd: „Hoch lebe der König!"

„Kronn", jubelte Daria, als sie sich überglücklich in seine Arme warf.

Jakon atmete auf. Kronns Verwandlung war perfekt gewesen, wenn ihn nicht einmal seine eigene Braut erkannt hatte. Nun begrüßte er beide besonders herzlich.

„Ich konnte sie nicht abhalten, sich hier zu versammeln", schmunzelte er. „Aber die Wahl konnte ich unter tausend Vorwänden hinauszögern."

Sofort durcheilten Boten das Land, die verkündeten, dass in dieser Nacht anstelle der traurigen Königswahl, eine rauschende Hochzeit stattfinden werde.

Daria konnte sicher sein, in Kronn einen würdigen Bewahrer des Geheimnisses des Nadroman gefunden zu haben. Jenes geheimnisvollen Steines, der dem Volk von Siddra ewiges Glück und Wohlstand schenkte, und, der seit ihrer Rettung, seine wundersamen Gaben auch Tlul zuteilwerden ließ.

„Bereitet alles für die Hochzeit vor, wir suchen jetzt den Eichenhain auf, um seinen Segen zu erbitten", sprach Kronn. „In einer Stunde sind wir wieder zurück."

Jakon eilte voran, um die Pferde zu holen. Er ließ keinen Zweifel daran, dass er sie bewaffnet begleiten werde. Zu viel stand auf dem Spiel, bevor die beiden nicht rechtmäßig verbunden waren.

Kronn hob Daria vor sich aufs Pferd. „Werdet Ihr den Ritt durchhalten?"

„Ganz bestimmt." Sie schmiegte sich in seine Arme. „Mit Euch, an meiner Seite, überstehe ich alles."

Kronn ließ seinen Braunen antraben. Nach einer halben Stunde erreichten sie den mit uralten Eichen bewachsenen Hügel. Sie banden die Pferde an einen Strauch und betraten die Grotte im Fels.

Jakon hatte seine Waffen abgelegt, ehe er ihnen folgte. Nun blieb er neben dem Eingang stehen.

„Komm ruhig näher, Jakon", flüsterte eine Stimme, worauf er hinter seinen König und Daria trat. „Wie ich sehe, hat jeder von euch seine Aufgabe erfüllt. Chrysanthis und Nadroman haben nun eine noch größere Macht, als je zuvor."

Erstaunt sahen sich die drei an.

„Das Bündnis der drei Königreiche wird euch und euren Nachkommen viele Hundert Jahre Frieden sichern."

Jakon fasste nach seinem Ring, während ihm Kronn mit wissendem Nicken die Hand auf die Schulter legte. Daria staunte. Drei Königreiche?

„Prinzessin, was ist dein größter Wunsch, wenn du morgen Königin von Tlul bist?", fragte in diesem Augenblick die Stimme.

„Das Volk von Paradan in Freiheit zu sehen. Alle anderen Wünsche können wir uns, mithilfe von Nadroman und Chrysanthis, selber erfüllen."

„Kronn, nun dein Wunsch."

„Ich möchte, dass Jakon lebend aus dieser Schlacht hervorgeht."

Die Stimme lachte leise. „War ja klar. Sonst kann er ja nicht die wahre Herrin von Paradan heiraten, was sein allergrößter Wunsch ist."

„Woher weißt du das?", stotterte Jakon verblüfft.

„Der ist so deutlich, dass er täglich von Silberfels zu mir fliegt. Wie dem auch sei, ich werde euch ein wenig dabei helfen, eure Wünsche zu erfüllen. Geht nun, ihr wollt doch schließlich die Hochzeit nicht verpassen."

„Habt Dank!" Die drei entfernten sich mit einer tiefen Verbeugung.

So wie sie den ersten Schritt aus der Grotte setzten, wandelten sich ihre Kleider in Prunkgewänder. Kronn konnte sich an dem Traum aus weißer Seide, welchen Daria plötzlich trug, kaum sattsehen. Fast übervorsichtig brachte er seine wundervolle Braut zum Schloss, wo tausend Kerzen brannten, um den Festsaal taghell zu erleuchten.

König Aron führte ihm zur Zeremonie seine Tochter entgegen, während Kronn von Jakon begleitet wurde. Der Zeremonienmeister trug die Krone der Königinnen herbei, die Kronn seiner strahlenden Braut aufs Haar setzte.

„Jetzt ist mein Glück perfekt", blinzelte er Jakon zu.

„Ich glaube, meins auch", wisperte der und deutete mit dem Kopf zum Fenster. Wo soeben ein weiß gekleideter Ritter die Torwache passierte. Jakon eilte hinaus.

„Es fällt mir im Augenblick verdammt schwer, Euch nicht einfach in meine Arme zu reißen und ungestüm zu küssen", flüsterte er, seine Liebste auf männliche Art zu begrüßen.

„Ich werde Euch heute Nacht dafür entschädigen", hauchte sie, den Schulterschlag erwidernd.

Jakon führte den weißen Ritter in den Festsaal. Er hielt die Luft an, als jener seinen Helm abnahm, um vor Daria und Kronn niederzuknien. Diesmal trug *Adrian* einen Kettenpanzer unter dem Helm, der das lange Haar verdeckte.

„Ich wünsche Euch von ganzem Herzen, dass sich all Eure Wünsche erfüllen mögen", sagte der weiße Ritter mit lauter Stimme.

Kronn zog ihn auf die Füße. „Gerade Ihr müsst nicht vor mir knien. Habt Dank für Eure Wünsche." Mit den Worten: „Mögen sich einige davon, so schnell es geht erfüllen", legte er Adrian die Hand auf die Schulter. „Ihr werdet doch ein paar Tage bei uns bleiben?"

Ein kurzer, kaum merklicher Blick zu Jakon, dann ein „Ja".

„Jakon wird Euch zu Eurem Zimmer bringen."

„Zu meinem Zimmer", blinzelte Jakon auf dem Weg zum Stall, um den Reisesack zu holen. Es fiel ihm unendlich schwer, langsam zu gehen. Er konnte es kaum mehr erwarten, sie endlich richtig in die Arme zu schließen. Und kaum, dass sich die Tür hinter ihnen geschlossen hatte, nahm er ihr die Rüstung ab und versank mit ihr in einen langen Kuss.

„Alles andere bekommt Ihr trotzdem erst heute Abend", schmunzelte sie, ein Prinzengewand auspackend.

Jakon nickte. „Kronn weiß übrigens Bescheid. Wir sind schon immer wie Brüder gewesen."

„Er weiß, dass ich eine Frau bin?", fragte sie überrascht.

„Ja. Und im Gegenzug hat er mich darauf gestoßen, dass Ihr nicht nur einfach eine Frau, sondern die Erbin des letzten wahren Königs von Paradan seid."

Sie bekam einen Hauch Farbe im Gesicht. „Nun kann ich auch seine Worte von vorhin verstehen. Ihr habt also schon Pläne geschmiedet?"

„Dann ist es wirklich wahr? Obwohl ich keinen Grund sehe, an seinen Worten zu zweifeln."

„Es ist wahr. Ich bin Adriana, die letzte Prinzessin des alten Geschlechts."

Jakon blinzelte. „Nun, Ritter Adrian, ich tu hiermit kund und zu wissen, dass ich Euch irgendwann zu heiraten gedenke. Nämlich genau dann, wenn Paradan endlich frei sein wird. Und Ihr könnt Euch denken, dass ich mich damit ziemlich beeilen werde."

„Dann, Ritter Jakon, werde ich nicht Nein sagen. Aber nun möchte ich erst einmal die Hochzeit Eures besten Freundes und seiner bemerkenswert tapferen Frau feiern."

Die Nacht aller Nächte

Ritter Adrian erhielt einen Ehrenplatz gleich neben Jakon, der den ganzen Abend nicht weniger als das Brautpaar über das ganze Gesicht strahlte. Erst recht, als er bemerkte, dass Adrian seinen Ring ebenfalls an einer Kette um den Hals trug.

Daria staunte, wie viele Ritter dem jungen Mann zuprosteten. „Wer ist er?", fragte sie schließlich flüsternd Kronn, der darauf in wenigen Worten beschrieb, wie ihnen Adrian beigestanden hatte. „Mit Jakon ist er seit jenem Tag besonders eng verbunden", schmunzelte er am Ende.

„Das ist wirklich nicht zu übersehen." Daria hob ihren Becher grüßend zu den beiden Rittern hinüber, die genau so dankten.

„Hoffentlich kommt sie bald wieder zu Kräften", murmelte Adrian. „Es schmerzt mich, welche Gräueltaten im Namen Paradans begangen werden. Darias Schicksal zeigt mir aber auch, dass die schwarze Hexe nicht so mächtig ist, wie wir alle glauben sollen."

„Stimmt, sonst hätte ihr Kronn die Gefangene nicht entreißen können. Er wird uns sicher morgen berichten, was sie alles auf der Flucht aus der Burg erlebt haben." Jakon schaute zu den Frischvermählten hinüber. *Wie gern möchte ich Euch jetzt genau so zärtlich küssen, wie er es mit Daria tut. Ihr habt mir so sehr gefehlt, dass ich es kaum in Worte fassen kann.*

Ich habe Angst davor, morgen früh wieder ein leeres Bett vorzufinden. Wenn ich doch nur wüsste, womit ich Euch halten könnte.

„Ich werde mich nicht heimlich davonschleichen", entgegnete Adrian leise auf Jakons Gedanken. *Ich liebe Euch.*

Der zuckte zusammen und versuchte in Adrians Augen zu lesen. Aber die sagten genau das Gleiche.

Um nicht über Gebühr aufzufallen, weil alle den fremden Ritter beobachteten, stürzten sich dieser und Jakon ins Getümmel und führten gleich reihenweise die jungen Damen zum Tanz.

„Perfekte Tarnung", raunte ihnen Kronn ins Ohr, sich mit Daria zur Musik drehend.

Der weiße Ritter bekam schließlich so viele verliebte Blicke der Mädchen zugeworfen, dass Jakon in schallendes Gelächter ausbrach. „Sieht ja fast wie auf einer Brautschau aus."

„Stimmt", amüsierte sich einer seiner Männer. „Wir sollten uns ranhalten, ehe er sich einen Harem zulegt."

Adrian zog lustig die Augenbrauen nach oben und holte das nächste Fräulein zum Tanz.

„Lass den mal ein paar Jahre älter werden, dann steckt er uns alle bei den Damen in den Sack", witzelte einer, worauf das Gelächter erneut aufflammte.

Mitternacht endete das rauschende Fest und Kronn richtete es so ein, dass Jakon mit seiner Liebsten ungesehen auf das Zimmer verschwinden konnte. Dann nahm er Daria in die Arme und trug sie rasch zu seinem Schlafzimmer.

Nur fühlte er sich diesmal alles andere als hilflos in ihrer Nähe. Er drückte mit dem Ellenbogen die Tür ins Schloss und ließ sich, mit seiner großen Liebe auf dem Schoß, langsam ins Bett sinken.

Sie fuhr ihm mit den Fingern durch das sattbraune Haar, erwiderte die heißen Küsse und wunderte sich nicht, dass es Kronn plötzlich sehr eilig hatte, den Stoff ihres Kleides notdürftig beiseitezuschieben.

Für die nächste Stunde war er nicht gewillt, die Position zwischen ihren Schenkeln auch nur für eine einzige Minute aufzugeben. Schon gar nicht, als sie begann, sein Wams aufzubinden, ihm abzustreifen und sofort mit dem Hemd weiterzumachen.

Ihre, überall hinhuschenden, Fingerspitzen regten ihn immer wieder an, ihr seine große Liebe zu beweisen, und, dass vom Greisenkörper der letzten Wochen nichts zurückgeblieben war. Irgendwann wälzte er sich herum, wobei er Daria mitzog, die so auf seinen Oberschenkeln zu sitzen kam.

„Offenbar holst du dir alles und sofort", blinzelte sie.

Kronn blinzelte zurück. „Als kleine Zusatzbelohnung."

„Die du dir auch in jeder Weise verdient hast." Daria begann, ihr Kleid auszuziehen.

Kronn assistierte begeistert. Was ihm nun noch vor die Augen kam, war ebenfalls überaus anregend. In ein paar Tagen, wenn die Salbe der Kräuterfrau ihre Wirkung entfalten konnte, werde der Anblick sicher vollends umwerfend sein.

„Woran denkst du?", fragte Daria, als ein leichtes Lächeln über Kronns Gesicht huschte.

„An Traban."

„Wäre dieser Albtraum wahr geworden, dann hätte ich mich tatsächlich vom Turm gestürzt."

„Lieber einen alten Mann …"

„… der ehrenvoll und gütig ist, als einen jungen eitlen Nichtsnutz", beendete Daria Kronns Satz.

„Auch, wenn dir einiges entgangen wäre?"

„Davon weiß ich erst jetzt. Es hätte mir also nicht einmal gefehlt." Daria beugte sich über Kronn.

Er zog sie fest an sich, um ihre Brüste auf seiner heißen Haut zu spüren. Daria verzog das Gesicht. „Liebe kann ziemlich schmerzhaft sein."

„Oh tut mir leid. Ich hoffe, wirklich nur beim ersten Mal." Kronn ließ sie los und streichelte ihre Wange.

Daria bettete sich zum Schlaf in Kronns Arme. Ihre Hand huschte da hin, wo es ihm sicher am besten gefallen werde. Sie hatte sich nicht getäuscht. Mit einem überaus zufriedenen Brummen schloss Kronn ebenfalls die Augen.

Daria erwachte im ersten Morgenlicht. Mit geschlossenen Augen lauschte sie den ruhigen Atemzügen Kronns. Sie lag fest an ihn geschmiegt, den Kopf an seine Brust gebettet. Sein Arm hielt sie auch im Schlaf schützend umfangen. Wie so oft in den letzten Wochen.

Nur diesmal war alles anders. Statt auf hartem Stein oder im Laub, notdürftig geschützt von seinem grauen Umhang, lagen sie gemeinsam in einem Himmelbett unter warmen, weichen Daunendecken.

Langsam und ganz vorsichtig öffnete sie die Augen. Die Morgensonne ließ die Wappen von Tlul an den Wänden in hellem

Glanz erstrahlen. Tlul, das Reich, dessen Königin sie seit der vergangenen Nacht war. An der Seite eines Königs, wie es sicher keinen Zweiten gab.

Darias Hand glitt über Kronns Brust, in der ein starkes, edles Herz schlug. Kronn hatte sein Leben für sie gewagt, als er sie aus dem Kerker von Paradan befreite und tausend Gefahren zum Trotz, sicher nach Tlul brachte.

Bis zu jener Stunde hatte Daria nicht die leiseste Ahnung gehabt, wer ihr geheimnisvoller Retter war, der sie die vielen Wochen lang auf der Flucht beschützte.

Mithilfe seines magischen Zepters Chrysanthis hatte sich Kronn in einen alten Mann verwandelt, um möglichst unauffällig nach Paradan zu gelangen.

Jener bärtige, alte Mann hatte für Daria gesorgt, sie getragen, wenn die wunden Füße schmerzten, sie gewärmt, wenn die schneidende Kälte kaum noch zu ertragen war. Kronn hatte alles für sie aufs Spiel gesetzt und sich erst zu Erkennen gegeben, als gierige Hände nach seinem Thron und seiner Braut griffen.

Darias Blick ruhte auf seinem Gesicht. Ein kaum merkliches Lächeln saß in seinen Mundwinkeln.

„Du bist wach", fragte sie erstaunt.

Er zog sie fester in die Arme. „Ja, schon ziemlich lange."

„Warum hast du mich nicht geweckt?"

Kronn küsste sie auf die Stirn. „Ich habe dich in den letzten Wochen oft genug aus dem Schlaf reißen müssen. Außerdem wollte ich noch ein wenig deine Nähe spüren." Er streichelte ihr goldglänzendes Haar. „Wie fühlt sich meine Königin heute?"

„Wie aus einem langen, schweren Albtraum erwacht", flüsterte Daria, wobei sie ein Schauer überlief.

Zu dieser Stunde hatte ihr Marrakanas Kerkermeister meist ein Stück Brot zugeworfen, wie einem Hund. Etwas später drangen fast täglich die Schreie der Gefolterten bis in ihr Verlies. Die noch nicht ganz verheilten Wunden an ihrem eigenen Körper erzählten die gleiche leidvolle Geschichte.

„Hier bist du in Sicherheit", flüsterte Kronn zärtlich. „Chrysanthis, Nadroman und ich werden nicht zulassen, dass dir jemals wieder Böses geschieht."

„Ich weiß."

Kronn schlug die Bettdecke beiseite. Nur zum Aufstehen kam er nicht. Die anregenden Ansichten forderten ihn geradezu heraus, seine ehelichen Pflichten umgehend in allen Punkten zu erfüllen.

„Ich freue mich jetzt schon auf heute Abend", seufzte er, als er Daria aus dem Bett hob, als sei sie leicht wie eine Feder.

Daria deutete blinzelnd auf das blutbefleckte Laken. „Auch aus dieser Schlacht gehst du als siegreicher Feldherr hervor."

„Das wird sich mein Kammerherr auch sagen, wenn er das Schlachtfeld aufräumen muss", lachte Kronn.

Eine ähnlich heiße Schlacht lief in Jakons Bett. Nur, dass Ritter Jakon auf einige Erfahrungen zurückgreifen konnte, um Adriana die höchsten Genüsse bieten zu können. Sie vergrub ihr Gesicht an seiner Brust oder in die Kissen, um die wilde Lust nicht allen kundzutun.

„Was geschieht, wenn diese heißen Nächte einmal Folgen haben?", fragte Jakon, als Adriana im Morgengrauen den Schmusegang einlegte.

„Dann wird der weiße Ritter für einige Zeit auf alle Scharmützel mit den schwarzen Reitern verzichten und Euch bitten, sich mit um das kleine Würmchen zu kümmern."

„Und ich werde das mit Freuden tun", versprach Jakon, Adriana zärtlich übers Haar streichelnd. Sein Blick zum Fenster. „Oh, ich glaube, zum Schlafen ist es nun zu spät."

Adriana winkte ab. „Bin es gewohnt, hin und wieder nicht zu schlafen. Ganz einfach, weil es anderswo zu gefährlich ist, dies zu tun."

„Ach, deshalb habt Ihr im Wald stehend geschlafen, um sofort kampfbereit zu sein."

Adriana nickte und schlüpfte in ihre Männerkleidung. „Könnten wir uns auf ein vertrautes Du einigen?"

„Liebend gern, bei dem, was uns verbindet."

„Vor allem im Bett?"

„Ohhhh jaaaaa!", seufzte Jakon mit selig verdrehten Augen und zog sich ebenfalls rasch an.

Etwas später öffnete sich auch die Tür von Darias Ankleidezimmers. Kronns Schneider und das magische Zepter hatten ganze Arbeit geleistet. Daria sah hinreißend aus, in dem schlichten himmelblauen Seidenkleid.

Kronn führte sie die geschwungene Treppe hinunter in einen der großen Säle. Ein Page öffnete ihnen unter Verbeugungen die Tür und rief mit schmetternder Stimme in den Saal: „König Kronn und Königin Daria!"

Die Versammelten bereiteten ihnen einen begeisterten Empfang. Stolz leuchtete aus Kronns Augen, als er eigenhändig den Stuhl für seine junge, hübsche Frau zurechtrückte.

Daria staunte. Fast alle Hochzeitsgäste waren noch da, saßen an langen Tafeln und begrüßten mit ihnen gemeinsam den neuen Tag. Neugierige und mitleidige Blicke trafen immer wieder die junge Königin, die noch deutliche Zeichen der standhaft ertragenen Misshandlungen trug.

Als sich die Gäste verabschiedet und dem jungen Paar viel Glück gewünscht hatten, zogen sich die beiden Königspaare mit Jakon, Adrian und den Ratsherren samt Frauen in den blauen Salon zurück.

Bei Wein und Gebäck baten Darias Eltern Kronn, zu erzählen, wie es ihm auf seiner Suche ergangen sei. Alle rückten näher. Der König schaute in wissbegierige Gesichter.

„So hört denn …"

Kronn erzählt

„Es war an jenem verhängnisvollen Tag, als ein Bote erschien und mir Kunde brachte, dass Prinzessin Daria entführt worden sei. Schon Tage zuvor hatte man schwarze Reiter mit dem Wappen von Paradan durch die Gegend um das Schloss streifen sehen.

König Aron schickte ihnen sofort mehrere Ritter hinterher, die seine Tochter zurückholen sollten. Wenig später fand man die traurigen Überreste der Männer in einem Sumpf nahe dem Hexenwald. Es war kein fairer Kampf gewesen. Feige hatte man ihnen von hinten die Rüstungen mit Armbrustpfeilen durchschossen.

So rief ich meine besten Kämpfer zusammen. Ohne zu zögern, folgten sie dem Befehl. Nur eines befolgten sie nicht – meinen Rat, nicht in voller Rüstung und Bewaffnung gegen die Reiter von Marrakana zu ziehen und eher heimlich zu agieren.

Stolz auf ihre blinkenden Rüstungen und edlen Rösser waren sie schon von weitem zu sehen. Es kam, wie ich es voraussagte. Ihre Leichen fand man in ebenjenem Sumpf, wo auch die Männer aus Siddra ihr Ende gefunden hatten.

Ein paar Mutige versuchten es auf eigene Faust, nach Paradan zu kommen. Irgendwie kamen sie schon hin, nur nicht mehr zurück. Oder nicht mehr lebend. Immer wieder tauchten Pferde auf, die ihre toten Herren nach Hause trugen, welche man ihnen mit Stricken auf dem Rücken festgebunden hatte. Die meisten aber blieben für immer verschwunden.

Die Zeit verging und mit ihr schwand die Hoffnung, die Prinzessin je lebend wieder zu sehen.

Tagelang vergrub ich mich mit Jakon in meiner Bibliothek, studierte alte Handschriften und Baupläne verschiedener Burgen. Dann fand ich die entscheidenden Hinweise. Keine klaren Aussagen, nur vage Andeutungen, an die ich mich aber wie an einen Rettungsanker klammerte. Schnell fasste ich einen Entschluss.

Nachdem alles vorbereitet war, weihte ich Jakon, meinen Kammerherrn, zwei Torwächter und den Kommandanten meiner Leibgarde in das ein, was ich zu tun gedachte.

Bei Jakon wusste ich mein Reich in den besten Händen. So verließ ich noch in derselben Nacht mein Schloss, in einfache Kleider gehüllt, mein Schwert an der Seite und Chrysanthis unter dem Umhang vorborgen.

Mein erster Weg führte mich zur Grotte der weißen Magie auf dem Eichenhügel. Chrysanthis erhörte mein Flehen. Es und die Magie des Ortes gaben mir die Gestalt eines alten, bärtigen Mannes, ohne mir die Kraft der Jugend zu nehmen. Das Zepter wandelte sich in die Form eines knorrigen, unscheinbaren Wanderstabes.

Mit ein wenig Mundvorrat, einer Wasserflasche und ein paar kleinen nützlichen Dingen zog ich davon. Geld und Gold wären nur aufgefallen, wenn man mich beobachtet hätte.

Eingedenk dessen, was allen anderen passiert war, wanderte ich zu Fuß, meist fernab der Straßen und Wege. Manchmal hatte ich Glück, wenn einige Ritter oder fahrende Leute am Feuer saßen und ein Wildschwein oder einen Hirsch am Spieß brieten.

Solange ich durch Tlul und Siddra reiste, blieb für einen alten Mann immer ein Stückchen Fleisch übrig und ein Plätzchen, wo er sich zur Ruhe betten konnte.

Dann ließ ich Siddra hinter mir. Ich hatte die Grenze irgendwo auf freiem Feld überschritten, als das Trommeln von Hufschlägen erklang. Kaum war Chrysanthis unter meinem Umhang verborgen, preschten drei wüst aussehende Reiter auf mich zu. Ich versuchte, rennend den Waldrand zu erreichen. Sie trieben ihre Pferde an.

„Gondwin, schneide ihm den Weg ab. Mal sehen, was der Alte an Schätzen bei sich trägt."

Ohne überlegen zu müssen, riss ich mein Schwert aus der Scheide. Der, den sie Gondwin nannten, versuchte mit der Peitsche nach mir zu schlagen, ehe er einen Dolch aus dem Gürtel zog.

Man hatte meine Männer hinterrücks getötet und so versuchte ich, die üblen Kerle stets vor mir zu haben. Immer wieder attackierten sie mich mit Peitschenhieben, denen ich geschickt auswich. Das brachte sie zur Weißglut.

Der erste Angreifer schleuderte seinen Dolch. Geistesgegenwärtig riss ich mein Schwert hoch. Es gelang mir tatsächlich, die Waffe zu treffen, die irgendwo in die Büsche flog. Fluchend feuerte der Reiter seine Kumpane an, mir endlich die Kehle durchzuschneiden.

Dieser Gedanke gefiel mir überhaupt nicht. Ich war auf der Hut, als die beiden anderen plötzlich ein Lederseil zwischen sich spannten. Ich hatte keine Lust, mich auf diese perfide Weise erwürgen zu lassen. Ich tauchte unter dem Seil hinweg, welches ich noch mit der Hand erwischen konnte. Nahm meine ganze Kraft zusammen und riss die Männer von den Pferden.

Endlich ließen sie von mir ab, fingen ihre Tiere ein und ritten unter wüsten Beschimpfungen davon. Sie wollten mit ihren Kumpanen wiederkommen, um mir bei lebendigem Leibe die Haut abzuziehen.

Ich beeilte mich, den Wald zu erreichen, fand einen Bach, in dem ich weiterlief, um meine Spuren zu verwischen. Womöglich kamen die Häscher mit Hunden zurück. Ohne Rast wanderte ich weiter, wobei ich mich an den unzähligen Sternen orientierte.

Am nächsten Morgen traf ich an einem Feldrain auf Bauern bei der Kornernte. Bei meinem Anblick wandten sie sich ab. Ängstlich vermieden sie es, überhaupt nur in meine Nähe zu kommen. Ich konnte sie nicht einmal nach dem Weg fragen.

Als ich zu ihnen hinüberrief, rannten sie davon, als ob der Teufel hinter ihnen her sei. Ich zog mich augenblicklich wieder in den Wald zurück. Die Nahrungssuche wurde immer schwieriger. Die meisten Felder waren abgeerntet, Obstbäume zu nah an den Siedlungen. Ich sammelte Pilze und Beeren. Hin und wieder erwischte ich eine Honigwabe der Wildbienen. Feuer konnte ich nicht machen, um mich nicht selbst zu verraten.

Dann kam ein Wald, aus dem ich einfach nicht mehr herausfand. Drei Tage wanderte ich ziellos umher, bis ich in der Ferne das Wiehern von Pferden hörte. Ich folgte vorsichtig diesen Lauten, die mich tatsächlich aus dem unwirtlichen Dickicht herausführten. Misstrauisch betrachtete ich die Landschaft vor mir.

Weit, weit in der Ferne glaubte ich, die Burg Paradan zu erkennen. Irgendwie galt es, den schroffen Abhang vor mir, heil zu überwinden. Der Abstieg war mühselig. Messerscharfes Geröll schnitt mir die Hände auf. Schließlich konnte ich mich nicht mehr halten.

Mich überschlagend, rutschte ich inmitten einer kleinen Steinlawine ein paar Meter tiefer. Ob es Zufall war, dass ich es überlebt habe, oder ob mir Chrysanthis geholfen hat, weiß ich nicht. Es dauerte ziemlich lange, bis die höllischen Schmerzen langsam nachließen.

Ich fühlte mich, als ob jeder Knochen in meinem Körper gebrochen sei. Dabei hatte ich noch nicht einmal die Hälfte der Strecke hinter mich gebracht. Völlig entkräftet blieb ich einfach liegen. Ich weiß nicht einmal wie lange. Irgendwann weckte mich kalter Nieselregen.

Er erinnerte mich daran, dass es besser sei, einen sicheren Unterschlupf zu suchen. Hier auf dem Hang lag ich wie auf einem Präsentierteller. Auf allen vieren kraxelte ich zum Rand des Schuttfeldes, wo ich schließlich einen überhängenden Felsblock fand, der mir Schutz vor dem Regen und neugierigen Blicken gab. Umständlich kramte ich mein Salbentöpfchen hervor.

Wenn ich Daria wirklich befreien wollte, dann konnte ich mir Verletzungen nicht leisten. Gewissenhaft befolgte ich den Rat der weisen Kräuterfrau, die mir einst die Mixtur zugesteckt hatte. *Drei Tage braucht es zum Heilen, drei Tage musst du verweilen*, hatte sie gesagt.

Ich blieb also unter meinem Felsen hocken und fing Regenwasser zum Trinken auf. Davon gab es reichlich und so fiel es mir auch nicht schwer, drei volle Tage verstreichen zu lassen. Meist schlief ich, um wenigstens den bohrenden Hunger zu vergessen.

Das monotone Plätschern des Regens schläferte mich immer wieder ein.

Am vierten Morgen waren die Abschürfungen und Risse tatsächlich verheilt, die Salbe aber auf wundersame Weise im Töpfchen nachgewachsen. Ich bedachte die gütige Frau mit einem Dankgebet, das ich zum Himmel schickte. Vorsichtig spähte ich aus meinem Versteck, ehe ich mich wieder auf den Weg machte.

Immer wieder hoffte ich, auf eine Spur der verschleppten Prinzessin zu stoßen. Langsam festigte sich die Überzeugung, dass Marrakana persönlich hinter der Entführung steckte. Oft genug hatte sie versucht, an das Geheimnis des Nadroman zu kommen.

Und wer wusste besser über den heiligen Stein Bescheid, als dessen Hüterin Daria. Sie und ihr Stein gehören zusammen, wie ich und mein Zepter. Dabei hat noch niemand den Stein mit eigenen Augen gesehen. Nur seine wundersame Wirkung kann man allerorten in Siddra spüren.

Dass sich daran nichts geändert hatte, hieß, die Prinzessin war allen Drohungen zum Trotz stark geblieben. Wie lange sie die Torturen der Kerkerhaft noch ertragen werde, wusste ich nicht.

Ich fühlte ganz einfach, dass mir nicht mehr viel Zeit blieb, sie lebend zu finden. Mir war klar, dass Marrakana ihre Gefangene irgendwann töten werde, wenn diese ihr das Geheimnis nicht verriet. Mit diesen Gedanken im Kopf hangelte ich mich weiter abwärts.

Dann stand ich endlich auf geradem, festem Boden. Ich kam nur nicht mehr dazu, mich darüber zu freuen, denn plötzlich spürte ich, wie mir eine Lederschlaufe über den Kopf geworfen wurde. Der Angreifer musste irgendwo hinter mir sein.

Völlig überrascht gelang es mir nicht mehr, wenigstens eine meiner Hände zwischen das Leder und meinen Hals zu bekommen. Ich begann zu röcheln, während sich die Schlinge langsam fester zuzog. Panisch schlug ich um mich.

Ein widerliches Lachen ließ mir fast das Blut in den Adern erstarren. Luftmangel zwang mich auf die Knie, ich glaubte, mein letztes Stündlein habe geschlagen.

Dann kam mir der rettende Gedanke. Ich ließ mich vornüberkippen. Mein Gegner fiel darauf herein und hielt die Leine lockerer.

Blitzschnell wälzte ich mich auf dem Boden herum, trat ihm mit ganzer Kraft in den Unterleib. Aufheulend ließ der vierschrötige Kerl die Würgeschnur los.

Ich taumelte hoch, riss mir die Leine vom Hals, mit der ich ihm die Hände auf dem Rücken zusammenband, bevor er sich vom meinem Tritt völlig erholen konnte. Das Ende der Schnur knotete ich um den nächsten Baum. Es würde sicher eine Weile dauern, bis er sich aus seiner misslichen Lage befreit hätte.

Mit ein paar schnellen Sätzen verschwand ich im nahen Unterholz. Schwer atmend saß ich im Gebüsch. Es dauerte eine Weile, bis ich mich von diesem Schock erholt hatte. Mein Hals brannte, denn das geflochtene Leder hatte einen breiten Streifen meiner Haut wund gescheuert. Mühsam raffte ich mich auf. Die Sorge um Daria trieb mich vorwärts.

Am nächsten Abend erreichte ich endlich die Tiefebene, die mich als letztes Hindernis noch von Burg Paradan trennte. Das alte Lied meiner Heimat erklang leise aus der Ferne. Tlul na ka wan, na ka wan, adaman ran na ka wan…

Dafür gab es nur eine Erklärung. Ich hatte tatsächlich gefunden, was ich so lange gesucht hatte.

Wie die Geschichte weiterging, habt Ihr ja gestern schon erfahren."

Kronn fasste Darias Hand, dann hob er den Becher. „Auf meine wunderschöne, tapfere Frau."

„Auf die Königin", antworteten die Gäste, ihre Becher grüßend erhebend.

Angriffspläne

Kronn wandte sich an seinen Schwiegervater. „Werdet Ihr uns Truppen schicken, wenn wir gegen Paradan ziehen?"

„Jederzeit!", versicherte König Aron. „Marrakanas Verbrechen dürfen nicht ungestraft bleiben. Das Maß ist schon lange übervoll."

„Dass ich Euch zur Seite stehen werde, wisst Ihr", ließ sich Adrian vernehmen. „Jakon habe ich versprochen, seine Männer in allen miesen Tricks zu unterrichten, die die schwarzen Reiter bevorzugt anwenden.

Ihr bekommt von mir je eine Waffe als Muster. Lasst für alle Ritter, die mit uns in den Kampf ziehen werden, eine anfertigen. Ruft am besten die tapfersten Männer beider Reiche in drei Tagen hier zusammen, damit ich sie gründlich einweisen kann."

Kronn und Aron nickten. „Euer Wunsch wird erfüllt werden."

Jakon zog die Augenbrauen zusammen. „Ich habe einen Wunsch an Adrian. Wärest du bereit, für diesen einen Kampf deine weiße Rüstung in eine dunkle und deinen Schimmel in einen Braunen zu tauschen?" *Ich kann es nicht ertragen, dich als Zielscheibe zu sehen.*

„Ich höre auf die Stimme der Vernunft aus deinem Munde", versprach Adrian ohne Zögern.

„Noch heute weise ich meinen besten Plattner an, genau nach deinen Vorgaben zu arbeiten", freute sich Jakon.

„Den Braunen sucht Ihr Euch in meinen Ställen aus", rief Kronn sofort. „Euer Weißer wird bis zu unserer Rückkehr hier alles finden, was er für ein glückliches Pferdeleben haben muss."

Jakon erhob sich. „Ich werde mit Adrian zu meiner Burg reiten, damit die neue Rüstung pünktlich fertig wird. Bis zum Abendbrot sind wir wieder da."

„Ein erstaunlicher junger Mann, dieser Ritter Adrian", sinnierte König Aron.

Kronn lächelte. „Noch viel erstaunlicher, als Ihr heute denkt. Ihr werdet ihn sicher irgendwann wirklich kennenlernen. Bevor die beiden nicht wieder hier sind, hat es auch keinen Sinn, sich in Angriffsvorbereitungen zu ergehen. Genießen wir einfach den wundervollen Tag."

Das taten auch Jakon und Adrian, die ganz gemächlich nach Silberfels trabten. Der Raureif ließ Burg und Felsen wie Diamanten im Sonnenlicht funkeln.

Diese romantische Burg und ihr Herr passen wunderbar zusammen. Es fühlt sich an, wie nach Hause kommen.

Jakons Augen leuchteten freudig. „Das macht mich zum glücklichsten Mann auf diesem Fleckchen Erde."

„Und mich macht es glücklich, dass du meine Gedanken empfangen kannst." Adriana ritt an seiner Seite über die Zugbrücke.

„Erst zum Plattner, dann ein Bad?"

„Nichts lieber als das", sie sprang vom Pferd, das ein Stallbursche sofort abhalfterte und trocken rieb.

Dem erstaunten Handwerksmeister übergab sie ihre komplette Rüstung. „In drei Tagen muss ich sie wiederhaben."

„Keine Sorge, hoher Herr, ich nehme sofort Maß. In einer Stunde bekommt Ihr sie zurück."

Jakon hielt ihn am Arm zurück. „Die Neue muss leicht, fest und dunkel sein. Verziert sie mit den schönsten Ätztechniken, die Ihr beherrscht. Sie darf nicht verräterisch spiegeln, wenn Sonne und Mond darauf fallen. Nicht einmal am Feuer!"

„Ihr verlangt sehr viel, mein Herr."

„Ich werde es mir auch was kosten lassen. Wenn Ihr gut und schnell zugleich seid, werdet Ihr den doppelten Betrag erhalten." Jakon ließ ihn wieder los.

Der Meister rief nach seinem Lehrburschen, der alle angefangenen Arbeiten sofort vom Tisch in eine Ecke stellte und Ritter Adrians Brustharnisch auszumessen begann.

An der Tür drehte sich Jakon noch einmal um. „Ach, Meister Kunz, eine kleine Anzahlung!" Er warf ihm einen Beutel Gold zu. „Ich weiß, dass Ihr der Beste seid."

Adrian schüttelte amüsiert den Kopf. „Du weißt recht gut, wie man gute Leute auch bei Laune hält."

„Sie tun ja auch alles, damit ich bei guter Laune bleibe. Und gleich wird sie noch besser, das Bad ist bereitet." Jakon rieb sich erfreut die Hände, dann schickte er die Badeknechte hinaus. Das Vergnügen blieb allein für ihn reserviert.

„Sie werden nun wohl überlegen, ob du wirklich auf Männer stehst", schmunzelte Adriana.

Jakon grinste genüsslich, sie rittlings im Wasser auf seinen Schoß ziehend. „Das ist meine Burg und da mache ich die Regeln. Meine oberste Regel heißt: Jeder darf glücklich sein. Hab es noch keinem verboten, sich mit seinesgleichen zu vergnügen.

Also stört es mich auch nicht, wenn sie völlig auf dem Holzweg sind, was mich betrifft. Sie werden früh genug erfahren, warum ich den jungen Ritter Adrian so gern nackt in meinem Bad und meinem Bett habe."

So, wie sich die beiden vor dem Mittagessen sowohl im Bad als auch im Bett vergnügten, erging es Kronn und Daria nach dem Essen ähnlich.

Eigentlich hatte Kronn nur Darias schlecht heilende Wunden einsalben wollen. Eigentlich. Nur geriet ihm das hingebungsvolle Einsalben recht schnell außer Kontrolle. Also schloss er lieber das wertvolle Töpfchen und streichelte die Stellen, an denen es nichts zu salben gab.

Weil es nicht nur beim Streicheln blieb, hielt es Kronn, am Ende, körperlich verausgabt wie nach einem langen Ritterturnier, für angebracht, ein Stündchen mit Daria in den Armen zu schlafen.

Natürlich setzte er danach das Einsalben fort, wobei er sich sehr zusammenreißen musste, um nicht gleich wieder in die Venusfalle zu tappen.

„Gibt es heute Abend mehr davon?", fragte Daria mit schmachtendem Augenaufschlag.

Kronn nickte begeistert. „Heute, morgen und wann immer sich noch die Gelegenheit bietet. In drei Tagen wirst du auch endlich wieder ganz gesund sein. Dann werde ich mich wohl richtig zügellos auf dich stürzen."

Dass es noch eine Steigerung geben werde, hatte Daria wirklich nicht geahnt. Sie schaute Kronn mit entsprechend großen Augen an, der dazu verschwörerisch blinzelte.

Inzwischen hatten die letzten Gäste das Schloss verlassen. König Aron bekräftigte noch einmal, pünktlich seine Ritter nach Tlul zu schicken.

Weil sich Daria, um die Magie der Kräuterfrau nicht zu beeinträchtigen, für drei Tage nur zwischen Schlafzimmer und Bibliothek bewegen durfte, blieb auch Kronn vorwiegend in diesem Bereich.

Am Abend gesellten sich noch Jakon und Adriana hinzu, die ihre Rolle perfekt weiterspielte. Daria wäre im Traum nicht darauf gekommen, eine Frau vor sich zu haben. Die drei *Männer* fachsimpelten über Hieb- und Stichwaffen.

Adrian verblüffte König Kronn und Jakon immer wieder mit absolut präzisem Wissen. Schließlich holte Kronn das Buch der alten Könige Paradans hervor.

Adrian zuckte überrascht zusammen. „Ich wusste nicht, dass es noch existiert." Er ließ seine Fingerspitzen fast liebevoll über den goldgeprägten Ledereinband gleiten.

„Ich schenke es Euch", sagte Kronn.

„Diese Gabe nehme ich mit Freuden an", erwiderte Adrian dankbar und Jakon drückte Kronns Hand. Der junge Ritter schlug eine Seite mit einem Kupferstich auf, tippte mit dem Finger auf eine Stelle an der äußeren Wehrmauer. „Hab ich recht, dass Ihr genau hier in die Burg eingedrungen seid?"

„Das ist korrekt." Kronn schüttelte beeindruckt den Kopf.

„Das sollten wir beim Sturm auf die Festung auch tun", schlug Adrian vor. „Ihr, Jakon, ich und vierzig Geharnischte greifen von innen an, die vereinigten Heere unter dem Kommando von Siddras Heermeister von außen.

Dolche, Peitschen, Würgeschnüre und Schwerter werden unsere Waffen sein. Das Heer wird Brandpfeile schießen, um für Verwirrung zu sorgen, damit wir unbemerkt eindringen können. Wir müssen, so schnell es geht, Marrakana in unsere Gewalt bekommen."

„Was habt ihr mit ihr vor", fragte Kronn.

„Das kommt auf die Umstände ihrer Ergreifung an", erwiderte Adrian. „Wir müssen den schwarzen Stein an ihrer Kette zerstören, wenn wir sie wirklich loswerden wollen. Und fasst diesen nur niemals mit bloßen Händen an! Das könnte Euch töten."

„Woher weiß Adrian so viel über Paradan?", fragte Daria beim Zubettgehen.

„Das solltest du ihn morgen lieber selber fragen." Kronn ließ seine Lippen über ihre Haut wandern. „Ich versuche auch nur, eins und eins zusammenzuzählen. Mehr als ich kann nur Jakon wissen."

Der ließ zur selben Zeit gerade seine Lippen über Adrianas Körper wandern. Ihn interessierten im Augenblick weder Marrakana noch der bevorstehende Krieg. Den werde man erst im Frühjahr beginnen, weil es im Winter glattem Selbstmord glich.

Allerdings wurde er schneller auf beides gestoßen, als er in diesem Moment noch glaubte. Adriana wollte sich nach wirklichen heißen Liebesakten in Jakons Arm zur Ruhe betten.

Sie setzte sich auf, um ihr Haar zusammenzudrehen, wobei sie ihm den Rücken zuwandte. Eine schmale Mondsichel gab noch etwas Licht.

Jakon schnellte hoch. „Was sind das für Narben?" Er betastete zur Sicherheit, sich nicht getäuscht zu haben, sogar die betreffenden Stellen und bekam fast schon ein schlechtes Gewissen, weil er sie erst jetzt bemerkte.

„Kleine und große Andenken an Marrakana", antwortete Adriana, ohne sich umzudrehen. „Eines Tages wird sie dafür bezahlen." Sie kuschelte sich an Jakons Brust, schloss die Augen und schlief Augenblicke später ein.

Jakon lag noch lange wach und grübelte.

Am nächsten Morgen schob er Adrianas Lockenpracht zur Seite, schüttelte den Kopf, sagte aber nichts.

Sie küsste ihn auf die Nase. „Danke."

„Wofür?"

„Dafür, dass du mir Zeit lässt." Gemeinsam schlenderten sie zur Bibliothek, um mit dem Königspaar gemütlich zu frühstücken.

„Ihr seht gut erholt aus", stellte Ritter Adrian fest, als er Daria begrüßte.

Die junge Königin strahlte ihn an. „Das bin ich auch. Kommt Ihr wenigstens auch etwas zur Ruhe?"

Adrian nickte. „Die Sicherheit in Eurem Schloss tut wirklich gut. Ich hatte bisher selten die Gelegenheit, wirklich zu schlafen. Es gibt nur diesen Ort und Silberfels, wo ich mich wahrhaft sicher fühle."

Jakon wandte sich Adrian zu. Daria erstaunte der Blick, den sie von einem Ritter einem Mann gegenüber nicht erwartet hätte. Jakon merkte das deutlich und wurde sehr verlegen.

Kronn begann zu lachen.

„Oh, tut mir leid", hauchte Daria. „Ich wollte Euch keinesfalls in Bedrängnis bringen. Eure Liebe könnt Ihr wahrlich schenken, wem Ihr wollt. Das geht keinen etwas an."

Kronn blinzelte Jakon zu, dieser Ritter Adrian. Dann zog er ihn an sich, um ihn besitzergreifend zu küssen. Mit einer Hand schob er ihm gleichzeitig das Barett vom Kopf und ließ es achtlos fallen.

Daria bestaunte fast erschreckt das Wunder, während sich Kronn ganz entspannt zurücklehnte, um seinen Freund zufrieden zu beobachten.

Endlich lösten sich die beide Turteltauben voneinander. Kronn erhob sich, nahm die Hand des enttarnten Ritters, wandte sich Daria zu. „Darf ich vorstellen, die Tochter des letzten Königs von Paradan und einzig legitime Herrin des Landes."

„Adriana werde ich nur in diesem kleinen Kreis sein. Bis mein Land befreit ist, bin ich Adrian, der weiße Ritter." Sie ließ gern geschehen, dass Daria sie fest umarmte. Allerdings verbarg sie ihr langes Haar sofort wieder unter der Kopfbedeckung, um wirklich unentdeckt zu bleiben.

„Ich ahnte, als Ihr mir gestern das Buch schenktet, dass Ihr es Buchstabe für Buchstabe gelesen habt", schmunzelte Adriana.

„Mir kam das Wappen an Jakons Ring sehr bekannt vor. Im Buch fand ich meine Vermutung bestätigt. Als mir Jakon die fast unglaubliche Badegeschichte erzählte, hab ich es sogar noch zwei Mal gelesen", gab Kronn blinzelnd zu. „Alles andere ergab sich von allein."

Bei dem Wort Badegeschichte fielen Jakon wieder die Narben ein, welche er auf Adrianas Rücken erspäht hatte.

Adriana seufzte. „Ich glaube, ich sollte etwas mehr über mich erzählen. Schon, weil ich es Jakon schuldig bin, der in der Nacht etwas entdeckt hat und nun tausend Gedanken wälzt."

Daria und Kronn schauten Jakon fragend an.

„Ihr ganzer Rücken ist mit Narben bedeckt, die sie als Andenken an Marrakana bezeichnet."

Daria erbleichte und fasste nach Adrianas Hand. Sie hatte sofort wieder den Folterkeller vor Augen und hörte die Schreie der Gequälten. „Haben sie Euch auch gemartert?"

„In gewisser Weise schon", erklärte Adriana. „Auch wenn es nicht im Verlies war."

Der weiße Ritter

„Es geschah an jenem Tag, als Marrakanas Flotte vom Meer her wie ein Heuschreckenschwarm über Paradan kam", begann Adriana zu erzählen.

„Unser kleines Königreich hatte keine Chance. Mein Vater konnte nicht einmal mehr König Aron um Hilfe bitten, obwohl Siddra unser direkter Nachbar ist.

Die schwarzen Söldner überrannten die Burg und nahmen meine Eltern gefangen. Ich war damals nur wenige Monate alt und Marrakana lachte böse auf, als sie mich im Arm meiner Mutter sah.

Man entriss mich ihr und brachte mich auf den großen Wachturm. Meine Eltern mussten hilflos zusehen, wie mich Marrakana eigenhändig in die Tiefe warf. Dann ging sie zu ihnen hinunter und schnitt ihnen die Kehlen durch."

Adriana wischte eine Träne weg.

„Sicher, dass ich den Tod gefunden habe, ließ die schwarze Hexe nicht nach mir suchen. Sie hatte wohl nur gelauscht, ob von unten Gewimmer erklingen werde. Da alles still blieb, musste ich mir wohl das Genick gebrochen haben.

Weit fehlt! Ich war, mit dem Rücken zuerst, in die Dornbüsche gefallen. Sie verletzten mich zwar sehr schwer, retteten mir aber zugleich das Leben.

In der Nacht schlich ein alter Mann über das Feld unterhalb der Burg, wo er nach herumliegenden Maiskolben suchte, die hin und wieder von den Erntewagen fielen.

Doch statt Nahrung zum Überleben fand er mich und schnitt einfach die starken Äste ab, die in meinem Rücken steckten. Es gelang ihm, ungesehen mit mir zu verschwinden.

Zu Hause bemerkte er den Ring an einer Kette um meinen Hals, welchen jetzt Jakon auf die gleiche Weise trägt. Ziemlich sicher, dass ich tot sei, wollte er mich im Wald begraben. Als die ersten feuchten Erdbrocken auf mich fielen, erwachte wohl die Kämpfernatur in mir.

Ich schrie vor Schmerz und Angst und der gütige Alte hob mich völlig verdutzt aus der Grube. Was sollte er nun tun? Er hatte selber nicht genug zum Leben. Wie sollte er nun noch ein hungriges Kind ernähren, das zudem fast auf den Tod verletzt war?

Noch immer steckten die Dornenzweige in meinem Fleisch, und wenn ich überleben sollte, dann musste er einen Heiler finden. Dazu einen, der aus reiner Barmherzigkeit half. Kurzerhand schnürte er mich in ein Bündel und floh bei Nacht und Nebel über die Grenze nach Siddra. Von da wanderte er weiter nach Tlul.

Zu genau jener Kräuterfrau, zu der ich Euch nach dem Kampf mit den schwarzen Reitern führte. Sie gab uns zu essen und ein Dach über dem Kopf. Schließlich bot sie alle Heilkünste auf, deren sie mächtig war, und rettete mir das Leben.

Der alte Mann starb, als ich gerade zwei Jahre alt war. Mit sechzehn weihte mich meine Ziehmutter in das Geheimnis meiner Herkunft ein. Sie sah es nicht gern, dass ich mich im Waffenhandwerk übte und immer wieder schwarze Spione außer Gefecht setzte, wenn sie über die Grenzen schlichen.

Notgedrungen gewöhnte sie sich daran. Immerhin erbeutete ich des Öfteren Pferde, deren Verkauf viel Geld brachte. Von diesem ließ ich mir schließlich auch Rüstung und Waffen anfertigen, um fortan als der weiße Ritter in den Kampf zu ziehen."

„Und Ihr seid immer siegreich gewesen?", staunte Kronn.

Adriana schüttelte ganz langsam den Kopf. Sie sandte einen fast wehmütigen Blick zu Jakon hinüber.

„Ihr müsst nicht davon berichten", rief Kronn und auch Daria hob abwehrend die Hände.

„Vielleicht ist es ja besser, wenn du nicht darum weißt", flüsterte Adriana, an Jakon gewandt.

Er streichelte sie zärtlich. „Hast du Angst, dass ich mich von dir abwenden könnte?"

Ein kaum merkliches Nicken, dann drückte sie ihr Gesicht an seine Brust und weinte stumm.

Kronn schaute Jakon betreten an.

„Es tut gut, einmal ganz schwach sein zu dürfen", wisperte Adriana.

Jakon hauchte ihr einen Kuss auf die Stirn. „Ein gutes Zeichen, dass du es noch sein kannst. Bei mir wirst du immer eine Schulter zum Anlehnen finden."

Adriana wischte sich über die Augen. „Ich habe nur einen einzigen Kampf verloren", begann sie schließlich, zu erzählen. „Gegen fünf starke Männer hatte ich allein im Nahkampf nicht die geringste Chance.

Sie schleppten mich zu ihrem Zelt gleich im Wald hinter der Grenze. Der Anführer zog sein Schwert, um mich zu enthaupten. Damit der Schlag auch richtig sitzen werde, riss er mir den Helm vom Kopf."

Adriana tastete nach Jakons Hand. „Als er merkte, eine Frau gefangen zu haben, beschloss er, erst noch etwas Spaß haben zu wollen ..."

Jakon hielt ihre Hand ganz fest.

„Er hatte seinen Spaß, im Gegensatz zu mir. Nur überlebte er diese Nacht nicht, im Gegensatz zu mir. Ich erdrosselte ihn mit seiner eigenen Würgeschnur und floh, als alle schliefen. Am Morgen folgten sie meinen Spuren und ich schoss sie, einen nach dem anderen, mir meinem Bogen von einem Baum herab ab.

Danach kehrte ich zu ihrem Lager zurück, wo ich meine Rüstung und die übrigen Waffen holte. Seit jenem Tag schlage ich noch gnadenloser zu, um die schwarzen Reiter zu vernichten."

Jakon rieb seine Nasenspitze an der ihren. „Ich wiederhole hier noch einmal vor Zeugen, was ich dir gestern versprach: Ich heirate dich, sobald Paradan von Marrakana befreit ist."

„Oh", hauchte Daria entzückt, womit sie die Männer zum Schmunzeln brachte.

„Nun verstehe ich auch dieses Taxieren, als Euch Jakon auf seine Burg einlud", murmelte Kronn mehr für sich.

Adriana lächelte. „Es war etwas geschehen, das ich bis dahin fast für unmöglich gehalten hatte. Ich hatte mich auf den allerersten Blick in den Mann verliebt, dessen Augen so gütig schauen konnten, obwohl er gerade die Gräuel einer Schlacht erlebt hatte. Ich versuchte, mir vorzustellen, was er wohl tun werde, wenn er zufällig mein Geheimnis entdeckte.

Ich fand keinen Grund, ihm zu misstrauen. Als er mich dann in sein Bad einlud, setzte ich alles auf eine Karte. Jeder Kampf mit den schwarzen Reitern konnte mein Letzter sein. Vorher wollte ich wenigstens ein einziges Mal einem wirklich ehrenvollen Mann gehören."

Es klopfte. Der Kommandant der Leibgarde trat ein. „Meister Hinz hat 50 Lederpeitschen und Würgeschnüre gebracht. Die restlichen bringt er in zwei Tagen."

„Sehr gut!", lobte Kronn, während es Daria eiskalt den Rücken hinunterlief.

Ritter Adrian sprang auf. „Ich werde jetzt sofort ein paar Stichproben machen."

Die Männer gingen mit hin hinaus. Daria konnte vom Fenster aus beobachten, was auf dem Hof geschah.

Jakon hielt eine lange Holzstange in die Luft. Adriana zerlegte sie mit Peitschenhieben in kleine Stücke. Auch die Würgeschnüre testete sie an Holzstangen. Kronn applaudierte. Er hatte die Wirkung dieser Waffen am eigenen Leibe erfahren und konnte bestens einschätzen, wie meisterlich Adriana damit umging.

„Sie sind hervorragend gearbeitet", bestätigte Adriana mit tiefer Zufriedenheit. „Wir werden die schwarze Hexe und ihre Brut das Fürchten lehren."

„Es heißt, sie könne zaubern", warf Kronn ein.

Adriana lachte. „Kann sie nicht. Der einzige Zauber besteht in ihrem schwarzen Stein, der ihr, solange sie ihn trägt, Unsterblichkeit verleiht. Ihren Söldnern kocht sie täglich Tränklein, die diese in einen Rausch versetzen und ihnen den Schmerz nehmen, sodass sie wirklich fast immer im Wahn zuschlagen. Damit hält sie die Männer auch in steter Abhängigkeit, die ohne diese Mixturen nicht mehr leben können."

Kronn kratzte sich am Ohr. „Ich schätze, das Wissen darum, habt Ihr auch von Eurer Ziehmutter."

„Richtig. Denn man kann mit diesen Kräutern auch Gutes tun."
Adriana zeigte über die Schulter auf ihren Rücken. „Ich hätte die
Tortur, als sie mir die Dornenzweige aus dem Fleisch zog, ohne
diese Betäubung sicher nicht überstanden."

Sie folgt den Männern ins Schloss zurück.

„Schlaft gut", wünschte ihr Kronn.

„Das werde ich hier und mit diesem Mann an meiner Seite, ganz
bestimmt. Euch auch eine gute Nacht."

Jakon schloss Adriana in die Arme, da war die Zimmertür noch
nicht einmal ganz zugefallen. „Ich kann nicht mehr ohne dich
leben."

Sie schmiegte sich fest an. „Ich schwöre, dass ich nie mehr einfach verschwinden werde." Weil sie ahnte, dass Jakon nach den
heutigen Offenbarungen etwas zurückhaltender agieren werde,
übernahm sie die Initiative.

Kurzerhand begann sie, ihn auszuziehen, womit sie genau die
erhoffte Wirkung erzielte. Jakon genoss den unerwarteten Rollen-
tausch sichtlich. Er kostete es mit allen Sinnen aus, wie sie ihre
Lippen über seinen Köper wandern ließ.

An den Stellen, wo es ihn am meisten erregte, hielt er sie für
einen Moment fest. Er ließ sich sehr viel Zeit, ehe er wieder die
Initiative ergriff.

„Ich mag deine sanften Berührungen, aber auch, wenn du mich
hin und wieder ein kleines bisschen fester anfasst", wisperte sie
ihm ins Ohr.

Daria und Kronn ließen den ungewöhnlichen Tag noch einmal
an sich vorüberziehen.

Daria zeigte sich schwer beeindruckt, dass unter der weißen
Heldenrüstung eine Prinzessin steckte, die um ihr Land und ihr
Geburtsrecht kämpfte.

„Weißt du eigentlich, dass Jakon auf direktem Weg ist, Königswürde zu erlangen?", fragte sie neugierig.

„Das weiß ich und ich gönne es ihm. Er wird ein guter König
sein. Sie werden ihn lieben. Ich habe ihm nicht von ungefähr die

Regierungsgeschäfte übergeben, als ich mich auf die Suche nach dir machte."

„Wird aber eine seltsame Konstellation sein, wenn ein anderer König Ansprüche auf ein Gebiet in deinem Reich hat", warf Daria ein.

„Nicht seltsamer, als dass er auch noch durch Siddra muss, wenn er seine Ländereien aufsuchen will", winkte Kronn ab. „Mit den beiden, uns und deinen Eltern dürfte es da keine Probleme geben. Was nachfolgende Generationen daraus machen, das müssen andere ausbaden. Erst einmal müssen wir es schaffen, Paradan einzunehmen, ehe andere Träume wahr werden können."

„Aber einen erfüllst du mir doch gleich? Oder?", hauchte Daria.

„Welchen?"

„Den nach Kuscheln, Zärtlichkeiten und sehr erfüllender Zweisamkeit."

Kronn löschte die Kerze. „Bin schon mittendrin." Er ließ seine Fingerspitzen sanft zwischen ihre Schenkel gleiten.

Adriana wünschte fröhlich: „Guten Morgen!", als sie mit Jakon zum Frühstück in der Bibliothek eintraf. „Wirkt die Salbe schon?", fragte sie sofort Daria.

„Fantastisch", freute sich diese und schob einen Ärmel hoch. „Morgen wird man nichts mehr sehen."

„Ich liebe gute Nachrichten", seufzte Adriana.

Die Männer nickten sich zufrieden zu. Die Frauen verstanden sich offensichtlich.

„Heute werden die Ritter aus Siddra eintreffen", erklärte Kronn.

„Unsere kommen morgen früh", überlegte Jakon. „Verständlich, dass sie im Winter um jeden Tag feilschen, den sie nicht im Zelt schlafen müssen."

„Ich sorge dafür, dass sie jeden Abend ein heißes Bad vorfinden", versprach der König.

Ein winziges Lächeln huschte über Adrianas Gesicht.

„Für euch beide reserviere ich natürlich einen Zuber im Haus", lachte Kronn verschmitzt. „Die Sache hätte nur einen winzigkleinen Haken."

„Welchen?", fragte Adriana sofort.

„Dass er in der Wanne genau daneben hockt", schmunzelte Jakon.

Adriana schaute Jakon von unten her an. „Ich schätze, das werde ich überleben. Mich den anderen Herren zur Schau stellen zu müssen, wäre ein ernsthafter Grund, den nächsten Bach zum Baden aufzusuchen."

„Vielleicht kann ich meine holde Gattin begeistern, mit ins Bad zu steigen, damit die Situation für alle etwas entspannter wird." Kronn warf Daria einen bittenden Blick zu.

„Das scheint mir, ein nicht ganz unerfüllbarer Wunsch zu sein", erhielt er zur Antwort. „Für das, was du für mich getan hast, ist das das Mindeste, was dir zusteht."

„Ihr wollt doch heute sicher wieder rüber nach Silberfels?", fragte sie Jakon.

„Ja, ich will sehen, wie weit Meister Kunz mit Adrianas neuer Rüstung ist."

„Tut Ihr mir einen Gefallen?"

„Aber gern, Herrin."

„Dann gebt Meister Kunz den Auftrag, den Umhang Ton in Ton großformatig mit dem Wappen Paradans besticken zu lassen. Dieser Beutel Gold dürfte reichen." Sie schob ihn Jakon zu. „Die Vorlage muss er sich allerdings von Adrianas Buch abnehmen, wir haben leider keine weiteren Zeichnungen gefunden."

„Ich weiß gar nicht, wie ich Euch danken soll", murmelte Adriana.

Daria strahlte sie fröhlich an. „Müsst Ihr doch auch nicht. Ihr habt Kronn geholfen. Wäre er bei dem Kampf getötet worden, dann hätte mich dasselbe Schicksal ein paar Monate später ereilt."

Meister Kunz' Augen leuchteten, als Ritter Jakon den Auftrag der Königin überbrachte. Viel zu selten kam es vor, dass er für das Schloss arbeiten durfte. Kronns Vater Attra hatte einem anderen Meister den Vorzug gegeben und der junge König war bis jetzt nicht oft zu Hause gewesen.

Er schickte sofort nach dem Schneider und den besten Sticke-rinnen. Eine von ihnen übertrug sofort die Wappenvorlage auf Pergament. Inzwischen begutachteten Adriana und Jakon die ersten Rüstungsteile.

„Das ist der Umhang, der zu dieser Rüstung gehören soll?", vergewisserte er sich.

„Exakt", bestätigte Jakon.

„Seid Ihr mit meiner Arbeit zufrieden, meine Herren?", fragte er nach, weil beide immer wieder prüften, aber kein Wort spra-chen."

„Außerordentlich", ließ sich Ritter Adrian vernehmen. „Das wird ein Prachtexemplar."

„Ich will es hoffen!", lachte Jakon. „Zumindest war das mein Plan."

So viel Lob beflügelte Meister Kunz. Der doppelte Lohn schien sicher zu sein.

Im Wohnhaus der Burg schaute sich Adriana ganz in Ruhe um. Jakon kleidete sich inzwischen frisch ein. Als er wiederkam, bat sie. „Ich möchte mir auch gern frische Kleidung holen."

„Darf ich dich begleiten?"

„Liebend gern!"

„Womit könnt ich deiner Ziehmutter eine Freude machen?"

„Mit einem geräucherten Schinken", kam es, wie ein Pfeil von der Sehne schnellt.

Jakon zog sie an der Hand zur Speisekammer. „Komm, wir su-chen den besten Schinken heraus!"

Eine halbe Stunde später ritten sie schwer bepackt vom Hof. Kurz nach der Mittagsstunde erreichten sie die Wiese am Wald-rand. Adrianas Ziehmutter kam ihnen entgegengeeilt.

Beide sprangen von den Pferden und erwiderten die freudige Begrüßung. Jakon sattelte die Pferde ab, Adriana rieb sie trocken und brachte sie in den kleinen Stall.

Dann betraten sie gemeinsam das Häuschen, wo sie sofort ihren Helm ablegte.

„Ah, dann hast du ihm dein Geheimnis verraten!", schmunzelte die Kräuterfrau.

„Soll ich dir auch eins verraten?"

„Aber gern."

„Er wird mich heiraten, wenn Paradan endlich frei ist", jubelte Adriana.

„Dann habt Ihr Euch also vorgenommen, die Wildkatze zu zähmen?", schmunzelte die Kräuterfrau.

Jakon nickte blinzelnd, um sofort all die leckeren Dinge auf dem Tisch auszubreiten, die er aus den Säcken zog.

„Das ist doch viel zu viel!", wehrte Adrianas Ziehmutter ab.

„Ich habe mir gedacht, jetzt, wo ich Euch Adriana entführt habe, bin ich auch verantwortlich, dass es Euch an nichts fehlt", erklärte Jakon.

„Erzählt mir lieber, wie es Königin Daria geht."

„Dank Eurer Salbe und Kronns liebevoller Fürsorge geht es ihr schon wieder recht gut", berichtete Jakon. „Sie weiß übrigens seit gestern auch von Adrianas Geheimnis."

„Bei ihr ist es in guten Händen", sagte die Kräuterfrau.

Adriana packte inzwischen ihre ganze Habe in die beiden leeren Säcke.

„Wie ist Euer Name?", fragte Jakon. „Kräuterfrau klingt so unpersönlich.

„Ich heiße Mila. Aber es ist lange her, dass mich jemand so nannte. Passt beide gut aufeinander auf", bat sie beim Abschied. „Besonders, wenn ihr in die Schlacht zieht."

„Wir versprechen es."

Mila sah ihnen lange hinterher.

Eine harte Schule

Auf dem Weg zum Schloss trafen sie auf die Schar Ritter aus Siddra, mit denen sie sich für die letzten Kilometer zusammentaten. Verstohlen beobachteten die Männer den weiß gekleideten Edelmann, der ab morgen ihr Lehrer sein werde.

Große Ohren bekamen sie, als dieser junge Ritter Jakon erklärte, was Damaszener Stahl so besonders machte. Erst recht, als der dann geradenwegs erklärte: „Ich lasse uns noch zwei lange Dolche schmieden." Schon sein vertrautes Du mit dem weißen Ritter hatte sie sehr erstaunt.

Eine Stunde nach Sonnenuntergang glich die verschneite Wiese vor der Schlossmauer einem Heerlager. Überall standen Zelte und Fahnen flatterten im Wind.

Das Königspaar begrüßte seine Gäste in einem der großen Säle. Ritter Adrian gab die ersten Informationen, damit am nächsten Morgen alles in geordneten Bahnen laufen könne.

Kronn ließ auftafeln, wie es sich für solche Gesellschaften gehörte. Es dauerte lange, ehe Ruhe in den Zelten einkehrte.

Noch vor dem Sonnenaufgang trafen die Männer aus Tlul ein, bauten ihre Zelte auf und gesellten sich im ersten Morgenlicht zu den anderen, die schon erstaunt die vielen Attrappen betrachteten.

Der König kam mit den Rittern Jakon und Adrian gemeinsam zum Kampfplatz. Knechte teilten die Lederpeitschen aus. Adrian hatte seine eigene wie einen Gürtel um die Hüfte gebunden. Nun zog er sie hervor.

„Herhören, meine Herren, jetzt wird es ernst!", rief er und alle Augen wandten sich ihm zu.

Adrian erklärte mit lauter Stimme, wie die Peitsche zu fassen sei, dann schritt er die Runde der Ritter ab, um zu kontrollieren und Hilfestellung zu geben. Erst nach stundenlangem Training war er zufrieden.

„Schlagt die Stange in der Hand der Attrappe in kleine Stücke!", forderte er. „Das geht so!" Er ließ die Peitsche immer wieder auf die Holzstange krachen, von der es jedes Mal einen Teil abbrach.

Es war für die Schüler eine schweißtreibende Tortur mit oft recht mäßigem Erfolg. Selbst Kronn blies mehrmals die Luft aus, weil es ihm einfach nicht recht gelingen wollte.

Adrian winkte Jakon heran. „Das Ziel ist, die Waffe so zu beherrschen."

Jakon griff sich eine Stange und Adrian verarbeitete sie zu Kleinholz.

„Es ist keine Frage der Kraft, denn davon hat jeder von Euch, sicher mehr als ich", erklärte der junge Ritter noch einmal, bevor er alle in die verdiente Mittagspause schickte.

Bei Tisch sahen nun einige den jungen Ritter mit anderen Augen, als zu Beginn der Lehrstunden. Der junge Mann wusste genau, wovon er sprach. Wenn selbst König Kronn, der in der Burg der Bestie gewesen war, jede Kritik annahm und sofort umzusetzen versuchte, dann wollten sie lieber nicht murren.

„In zwei Tagen, denke ich, können wir beginnen, vom Pferd aus und nach beweglichen Zielen zu schlagen", hörten sie Adrian soeben zu Jakon und Kronn sagen.

„Wollt Ihr Euch nicht lieber gleich ein dunkles Pferd aussuchen?", fragte der König.

Adrian schüttelte den Kopf. „Es gibt ein paar Pflänzlein, mit deren Saft ich den Weißen für ein paar Tage auf Braun umfärben kann. Das geht schneller, als einem anderen Pferd mühsam beizubringen, was er schon lange beherrscht.

Ich werde es, selbst mit dem besten Training, nie auf die Kraft eines muskulösen Mannes bringen, also muss ich mich auf mein Pferd und die eigene Schnelligkeit verlassen können."

„Wie Ihr wollt", entgegnete Kronn. „Ein anderes Pferd steht Euch hier trotzdem jederzeit zur Verfügung."

Am Nachmittag fand Adrian nicht mehr viel auszusetzen, an dem, was ihm die Ritter zeigten. Also erhöhte er den Schwierigkeitsgrad, indem die Herren kleinere Ziele treffen mussten.

„Es ist ziemlich ermüdend, den ganzen Tag vollkonzentriert zu sein", stöhnte Jakon, seine Rüstung ablegend. „Erst recht, wenn dichter Schneefall die Sicht trübt."

„Darauf nimmt Marrakana keine Rücksicht", schmunzelte Adrian. „Wenn es Bindfäden regnet oder kleine Schusterjungen schneit, pumpt sie ihre Männer eben mit mehr Drogen voll, damit sie durchhalten."

„Durchhalten ist das Stichwort", rief Jakon auf dem Weg zum Badehaus Kronns. „Wie hast du es geschafft, den halben Tag so ruhig in der Kälte zu stehen, ohne dass du dir die Füße abgefroren hast?"

„Mit einem alten Waldläufertrick", lachte Adriana. „Ich habe Kaninchenfelle mit dem Pelz nach innen um die Füße gewickelt. Beim Herumstehen und Reiten ist das recht angenehm."

„Ja, ja, Frauen und ihre kalten Füße", witzelte Jakon, ihr die Tür öffnend.

Daria und Kronn waren bereits da und saßen auch schon im Wasser. Die beiden Neuankömmlinge beeilten sich, in die andere Wanne zu kommen, um sich endlich richtig aufzuwärmen.

Kronn ließ Obst und Wein bringen, was die Mägde auf den querliegenden Brettern der Zuber abstellten.

Adriana schloss wohlig die Augen. „Ach, tut das gut."

„Du bist nicht oft zu solchen Genüssen gekommen", stellte Jakon in den Raum.

Sie schüttelte den Kopf. „Zu Hause gab es nur das Bächlein im Wald und den kleinen Zuber für die Wäsche. Der taugte bestenfalls zum heißen Fußbad und, um sich nach einem Scharmützel rasch zu reinigen.

Bei dir hab ich zum ersten Mal ein heißes Wannenbad genossen." Lächelnd öffnete sie die Augen wieder.

„Ich kann Euch so gut verstehen", sagte Daria leise. „Ich weiß seit einiger Zeit, was es heißt, monatelang im Schmutz liegen zu müssen, ohne die Möglichkeit, sich überhaupt waschen zu können.

Ich habe damals das eiskalte Wasser des kleinen Baches auf der Lichtung genossen. Nun bin ich doppelt dankbar, wenn ich in die heiße Wanne gehen kann."

Daria hob grüßend ihren Weinbecher zu Adriana und Jakon. „Darauf, dass all Eure Wünsche in Erfüllung gehen mögen."

Die vier stießen an und ließen sich auch das leckere Obst schmecken.

Kronn unterdrückte mühsam ein Gähnen.

„Oh je", seufzte Adriana, „Daria, beschwert Euch bei mir, wenn Euer Gatte heute, ohne zu Kuscheln, einfach einschläft. Ich war wohl doch zu hart gegen die Männer."

„Ihr habt von uns sicher nicht mehr verlangt, als Ihr Euch selbst auferlegt", wiegelte Kronn ab. „Es ist nur völliges Neuland für uns alle. Aber keine Sorge, unter der Bettdecke werden wir sofort wieder putzmunter."

„Ich nehme dich beim Wort", schmunzelte Daria.

Jakon blinzelte Adriana verschwörerisch zu. Er bewies ihr am späten Abend Kronns Theorie, kaum dass sie ihr gemeinsames Zimmer betreten hatten.

„Aber nicht, dass du uns morgen noch mehr forderst, weil wir heute nicht ausgelastet gewesen wären", flüsterte er, ihr Hals und Schultern küssend.

Adriana lachte leise. „Ich werde mich doch nicht selber zwei Tage zu zeitig um ein wundervolles Vergnügen bringen."

Jakon stutzte. „Wie – zwei Tage?"

„Wie es den Frauen halt so geht." Sie hob bedauernd die Schultern.

„Ach ja, da war doch noch was. Falls nicht …"

Adriana zog ihn fest an sich.

„Ich bin etwas nachhilfsbedürftig, was das betrifft", verriet Jakon kleinlaut.

„Du wirst es überleben, wenn du dich ein paar Tage nur oberhalb meines Gürtels vergnügen darfst", amüsierte sich Adriana. „Du wirst trotzdem dein Vergnügen haben." Sie ließ ihre Hand zwischen seine Oberschenkel huschen.

„Da fällt mir ein großer Stern vom Herzen", seufzte Jakon erleichtert. „Ich könnte es nur nicht verwinden, dürfte ich mich dir gar nicht nähern." Er schloss sie in die Arme, um sie bis zum Morgen nicht mehr loszulassen.

Nach dem Frühstück waren warme Unterkleidung und leichte Panzerung angesagt. Je zwei Ritter bildeten ein Team, beim Üben mit der Peitsche hoch zu Ross.

Adrian führte ihnen immer wieder vor Augen, dass die schwarzen Horden keine Gnade kannten und jede ritterliche Regel im Kampf gegen sie vergebens sein werde. Kronn und Jakon arbeiteten zusammen, wie schon als Kinder, wenn sie Unsinn anstellten.

Am Nachmittag ließ Adriana das erste Mal die Ritter in zwei Gruppen aufeinander los. „Ich erwarte, dass Ihr Euch zurücknehmt, da Ihr hier zur Übung gegen Euresgleichen kämpft! Ich will hier keine Schwerverletzten und erst recht keine Toten haben!" Dann gab sie das Angriffzeichen.

Die Männer um Kronn und Jakon hatten schnell den Bogen raus. Die assistierten ganz einfach den beiden auf Handzeichen, die mit blitzschnellen Aktionen einen Gefangenen nach dem anderen machten. Mit ihren eigenen Peitschen gefesselt, konnten diese nicht einmal fliehen.

Einer wurde in einem gewagten Handstreich wieder befreit, was den beiden *Rettern* Sekunden später ebenfalls die Gefangenschaft brachte.

„Auswertung!", rief Adrian, die Männer an einem wärmenden Feuer um sich versammelnd. „Ich bin erfreut und erstaunt, wie kreativ Ihr alle Eure neuen Waffen einsetzt. Am effektivsten hat die Mannschaft um König Kronn agiert. Kein Wunder, bei einem schlachterprobten Feldherrn, wie ihm.

Er hat seine *Zutreiber, Häscher und Kerkermeister* strategisch hervorragend platziert und mit wenig Energieaufwand, weil auf engstem Raum agiert wurde, einen schnellen Sieg errungen.

Seine Beute ist praktisch von ganz allein zu ihm gekommen, weil jeder, der ihn angriff, besser sein wollte." Adrian erhob sich.

„Wir werden, wenn wir gegen Paradan ziehen, auch auf engstem Raum agieren.

Jeder muss sich auf jeden verlassen können. Ich habe heute gesehen, dass ich mich auf jeden von Euch verlassen kann. Es hat, außer zwei Quetschungen und ein paar Kratzern, keine nennenswert Verletzten gegeben. Genau, wie ich es gefordert hatte.

Unter diesen Voraussetzungen werden wir morgen mit den richtigen Nahkampfwaffen, mit den Würgeschnüren, weitermachen. Das war es für heute."

Kronn fasste sich, eher unbewusst, an den Hals. Er war beileibe kein ängstlicher Typ und trotzdem glaubte er noch heute manchmal das Brennen auf der Haut zu spüren, als ihm die dünne geflochtene Schnur die Luft abschnürte.

„Ihr seid eine harte Lehrmeisterin", stellte er fest, als sie wieder zu viert im Bad saßen. „Glaubt Ihr, dass das morgen wirklich gut geht?"

„Sie müssen Kettenschutz tragen. Sonst kann ich es nicht verantworten", erwiderte Adriana. „Ansonsten kann ich nur wieder an Vernunft und Ritterlichkeit appellieren."

Kronn wiegte den Kopf. „Erstaunlich, welch Energie in solch einem zierlichen Körper steckt."

„Du hast aber sehr genau hingeschaut", schmunzelte Jakon, Königin Daria zublinzelnd.

Kronn hob mit Unschuldsmiene die Schultern. „Was willst du? Ich bin ein Mann." Dann grinste er breit. „Denkst du, dass Daria bei dir weniger genau hinschaut?"

Diesmal hob Daria amüsiert die Schultern und blinzelte Adriana zu, die still lächelnd dem kleinen Wortgeplänkel gefolgt war. Es wäre eine glatte Lüge, würde sie behaupten, sie habe gestern und heute nicht mehr als ein Mal die beiden Männer miteinander verglichen. Dabei kamen beide gleich gut weg.

Die gleichen stahlharten Muskeln, kein Gramm Fett zu viel, ziemlich ähnlich von Statur. Kronns dunkelbraunes welliges Haar umrahmte ein eher weich gezeichnetes Gesicht.

Jakons fast schwarze Mähne gab ihm das wilde Aussehen eines Draufgängers. Dass seine Augen dunkelblau und nicht fast schwarz waren, stellte man erst sehr viel später fest, wenn man ihm wirklich von nahem in selbige schauen konnte.

„Sie träumt mit offenen Augen", flüsterte Kronn, als Adriana erst beim dritten Ansprechen reagierte.

„Und wovon?", fragte Daria erstaunt.

Kronn blinzelte. „Da muss man nicht einmal ein Hellseher sein." Er deutete mit dem Kopf auf Jakon.

„Ja, ich träume von ihm", verriet Adriana. „Wovon genau, das überlasse ich ganz Eurer Fantasie."

„Dann ist es auf alle Fälle nicht das, was wir als Erstes auf der Rechnung hatten", meinte Kronn anzüglich und Adrianas Nicken gab ihm recht.

Nach dem Abendbrot gelang es Jakon, Kronn für einen Augenblick allein zu sprechen. „Kannst du es einrichten lassen, dass Adriana für ein paar Tage einen Raum für sich allein hat, in welchem sie sich waschen kann?"

„Kann ich. Erklärung überflüssig." Kronn klopfte ihm auf die Schulter. „Ich bewundere sie."

Beim Zubettgehen fragte Jakon Adriana. „Du wirkst seit dem Bad ziemlich abwesend. Was bedrückt dich?"

„Dass ab morgen mein *Problem*, zum Problem werden könnte."

„Warum?"

„Im Wald gab es den Bach. In deiner Burg wäre es zu machen, eine halbe Stunde für mich im Badehaus zu haben. Aber hier?" Adriana wirkte in der Tat etwas hilflos. „Daria möchte ich damit auch nicht belästigen, schließlich bin ich hier zu Gast …"

Jakon zog sie in seine Arme. „Ich habe mit Kronn darüber gesprochen. Du wirst bekommen, was du brauchst."

„Oh …"

„Unter Freunden, versteht sich", schmunzelte Jakon. „Männergespräche führen wir erst, wenn viel Zeit ist und unsere Damen abwesend sind – also ab morgen im Bad."

„Das musste ja jetzt kommen", stöhnte Adriana. „Ich möchte lieber nicht wissen, worum es dabei geht."

„Um die körperlichen Vorzüge unserer Liebsten, um Qualitäten im Bett …"

Adriana zuckte zusammen, versuchte in seinen Augen zu lesen und atmete schließlich auf. „Wenn du diese Dinge jetzt so betonst, dann habt ihr das garantiert nicht auf der Liste."

„Zumindest nicht vordergründig", schmunzelte Jakon. „Aber jetzt hole ich mir, was heute im Vordergrund steht, weil ich bald ein paar Tage darben muss."

„Ach, du Ärmster", seufzte Adriana amüsiert.

Jakon schien wirklich Vorrat anzulegen. Er fand immer wieder neue Kraft, Adriana zu beweisen, wie sehr er sie liebte.

„Hältst du das für vernünftig, bei dem, was morgen auf dem Plan steht?", hauchte sie ihm schließlich ins Ohr.

„Nein." Jakon drang noch einmal tief in ihren Schoß ein. „Vernunft nehme ich erst an, wenn wir wirklich in den Kampf ziehen. Meinen Kopf habe ich übrigens damals schon verloren, als du dich mir zu erkennen gegeben hast."

„Und morgen erwartest du von mir Ritterlichkeit", lachte Adriana leise.

„Ja."

Jakon steckte früh den Kopf ins eiskalte Wasser des Brunnens, um wirklich munter zu werden. Adriana beobachtete das kopfschüttelnd am Fenster.

Sie nahm sich vor, ihn sehr genau zu beobachten, und ihm nötigenfalls doch einen kleinen Denkzettel zu verpassen. Jakon schien das zu fühlen, denn er war auf der Hut, korrigierte sofort jeden noch so winzigen Fehler und Adriana zollte ihm dafür aufrichtigen Respekt.

„Wer stellt sich mir freiwillig im Kampf?", fragte sie am Nachmittag. „Zugelassen sind Peitschen, Würgeschnüre und Dolche. Gekämpft wird mit leichter Panzerung, jede Finte ist erlaubt. Verletzungen sind nicht erwünscht."

„Ich!" Jakon und Kronn traten gleichzeitig einen Schritt vor.

„Gut, dann trete ich gegen zwei an. Baut einen Hindernisparcours auf!"

Aus Fässern, Wagen, Strohballen und Brettern wuchs ein Spielfeld mit tausend Verstecken empor.

Ritter Adrian stellte einen Holzkrug auf eine Kiste am Ende der Strecke. „Dieser ist zu erringen. Ihr werdet da drüben starten. Wer ihn zuerst in der Hand hält, hat gewonnen. Ich werde irgendwo lauern und Euch daran zu hindern versuchen. Dreht Euch um, bis ich Euch das Startzeichen gebe."

Adrian tauchte wie der Blitz zwischen den Strohballen unter. „Los!"

Kronn und Jakon nahmen die Jagd nach dem Krug auf. Kronn schlich langsam, jede Deckung nutzend, auf das Ziel zu. Jakon rannte im Zickzack, um selber Adrian ein schlechtes Ziel zu bieten.

Er kam nur wenige Meter weit. Dann traf ihn ein Peitschenhieb am Fuß. Die Schnur wickelte sich herum und Adrian riss ihn zu Boden. Im nächsten Augenblick hechtete Adrian über die Fässer und war verschwunden.

Kronn bekam die nächste Attacke zu spüren. Adrian warf den Dolch, mit welchem er den Umhang des Königs buchstäblich an ein Fass nagelte. Als der sich befreien wollte, war Adrian heran, schwang die Peitsche, schnürte ihm so die Füße zusammen und huschte rasch wieder davon.

Seine Peitsche musste er allerdings zurücklassen. Dafür sprang er von einem anderen Strohballen herab, direkt vor Jakons Füße. Ein schneller Griff zu dessen Arm, eine kurze Drehung, dann flog der überraschte Ritter Jakon auch schon durch die Luft und krachte ziemlich unsanft zu Boden.

Adrian setzte hinterher und fesselte ihn mit seiner Würgeschnur. Bevor der König in die Nähe des Kruges gelangte, war Adrian schon wieder bei ihm, musste sich diesmal aber auf einen Nahkampf einlassen.

Der Kampftechnik des jungen Ritters hatte auch Kronn nichts entgegenzusetzen. Das Zupacken erfolgte so blitzschnell, dass er die Hand nicht mehr abschütteln konnte. Dann stellte ihm Adrian ein Bein und wuchtete ihn mit einem schrillen Kampfschrei über seine Schulter zu Boden.

Kronn die Würgeschnur pro forma leicht um den Hals zu knoten, war das Ende des Kampfes.

„Aus die Maus", sagte Adrian und nahm einen großen Schluck aus dem Krug, ehe er seine beiden Gefangenen befreite. „Im Ernstfall würde ich jetzt Lösegeld fordern", lachte er, den Applaus der anderen Ritter dankend annehmend.

„Ihr erstaunt mich immer wieder", gab Kronn auf dem Weg ins Schloss gerne zu. Wobei er mehrmals mit unterdrücktem Stöhnen seine Schulter kreisen ließ.

„Hab ich Euch ernsthaft verletzt?", fragte Adriana erschreckt.

„Bin wohl dumm gefallen", wiegelte Kronn ab.

„Ich bringe es dann in Ordnung", versprach sie. „Muss mich nur erst waschen."

„Gleich hier rechts", warf Kronn schnell ein.

„Hervorragend. Und nicht erschrecken, wenn ich Euch dann im Bad besuche, mein König." Adriana deutete eine leichte Verbeugung an und betrat den gewiesenen Raum, wo alles für sie perfekt vorbereitet war.

Kronn schaute Jakon groß an. Der lachte. „Sie meint es ernst."

Als Beweis kam Adriana eine halbe Stunde später zur Tür herein. „Wenn Ihr bereit seid, schaue ich mir Eure Schulter etwas näher an."

Kronn nickte und Adriana begann, von hinten Rücken und Arm abzutasten. „Es wäre besser, Ihr legtet Euch bäuchlings auf die Bank, dann kann ich den Schmerz besser lokalisieren."

Kronn stieg aus der Wanne und folgte den Anweisungen. Adriana legte ihm ein Handtuch über den ziemlich knackigen Po, um Jakon keinen Grund zu Eifersüchteleien zu geben, falls sie ihren Blick doch länger als gebührlich dahin wenden sollte.

„Hier seid Ihr völlig verspannt. Kein Wunder, dass es schmerzt." Sie begann, die Muskelpartien kräftig durchzukneten.

Nach ein paar Minuten entspannten sich Kronns Gesichtszüge, die zuerst so versteinert wie seine Muskeln wirkten. Adriana war keinesfalls zimperlich zu Werke gegangen. Aber der Erfolg ließ den König bald zufrieden strahlen.

„Mir tut es fast leid, nicht auch unglücklich gefallen zu sein", seufzte Jakon, als Kronn wieder im Wasser saß und das Bad nun endlich richtig genießen konnte.

„Dann rasch auf die Bank! Die Bezahlung hole ich mir später." Adriana verpasste Jakon eine Wohlfühlmassage.

„Du hast schon wieder diesen verträumten Glanz in den Augen", schmunzelte Kronn, als Jakon hinterher schaute, wie Adriana das Badehaus verließ. „Und ich kann dich immer besser verstehen."

„Mila, ihre Ziehmutter, bezeichnet sie als Wildkatze. Ich finde, das beschreibt sie ziemlich gut. Katzen sind auch eigensinnig. Sie finden sich nur mit Menschen oder Artgenossen zusammen, mit denen sie wirklich zusammenpassen."

„Und dann werden sie zu Schmusekatzen", blinzelte Kronn.

„Immer mit der Option, die Krallen auszufahren, wenn es ihnen gegen den Strich geht", ergänzte Jakon, noch immer selig lächelnd.

„Dich macht das Spiel mit dem Feuer offensichtlich richtig heiß", stellte Kronn lachend fest.

„Wobei ich überrascht entdeckt habe, wie zahm ich sein kann, wenn sie auch nur den leisesten Wink gibt. Würde sie sich von mir abwenden, wäre es wohl sogar mein Todesstoß. Von dieser Sorte kann es nur eine geben.

Aber dir sieht man dein Glück auch schon an der Nasenspitze an", stellte Jakon zufrieden fest. „Hast ja auch verdammt hart dafür gekämpft. Und vorher gelitten, wie ein geprügelter Hund."

„Ich glaube, das hast du ziemlich gut beobachtet. Na ja, wir beide kennen uns auch schon lange genug." Kronn schnippte mit dem Finger eine Seifenblase weg.

„Stell dir vor, sie hätte ihn wirklich geheiratet, dann wäre ich in die Welt gezogen und nie mehr hierher zurückgekehrt. Und der

Gedanke, dass die Frau, die ich liebe, irgendwann vielleicht meinen Halbbruder zur Welt gebracht hätte, wäre wohl mein Todesstoß gewesen."

„So oder so hättest du sie für immer verloren."

Kronn schaute Jakon fest an. „Gesetzt den Fall, ich wäre hiergeblieben, hätte ich sie sicher früher oder später zu einer großen Dummheit verleitet und damit alle in den Untergang getrieben."

„Traue ich dir irgendwie nicht recht zu", murmelte Jakon. „Obwohl ..."

„Ich bin auch nur ein Mann."

„Seit wann gilt das als Entschuldigung?"

Kronn winkte ab. „Ach, lassen wir das hätte, wäre, wenn! Genießen wir es, wie es ist!" Dann fasste er nach dem Handtuch.

Beim Abendbrot staunte Daria, wie schmerzfrei sich ihr Gatte plötzlich wieder bewegen konnte.

„Ich hatte Damenbesuch im Bad", erklärte er im Brustton eines Helden.

Daria stutze, dann begann sie zu lachen. „Das deckt sich erstens mit der Aussage von Ritter Jakon, dass genau diese Dame pure Medizin für ihn sei. Zweitens wird euch beide ebenjener Ritter mit Argusaugen beobachtet haben."

Die drei stimmten in das herzliche Lachen ein.

Aufschlussreiche Gespräche

„Wie sehen die Ausbildungspläne aus?" Daria schaute Adriana und Kronn fragend an.

„Zwei Tage dürften genügen, dann können die Herren zu Hause an ihren Attrappen üben", erhielt sie von Adriana zur Antwort. „Wozu die Kosten unnütz in die Höhe treiben?"

Kronn nickte. „Ein Argument, welches ich gern gelten lasse."

Immerhin hatten die Herren freie Kost und Futter für ihre Pferde im Palast. Auch die neuen Waffen waren ihnen kostenlos zur Verfügung gestellt worden.

„Wir beide werden mit Beendigung der Ausbildung in mein Domizil übersiedeln und jeden zweiten Tag hier erscheinen, so du uns nicht eher zu sehen wünschst", erklärte Jakon. „Die Heerschau wird sicher nicht vor Anfang März stattfinden", fügte er im Tonfall einer Frage hinzu.

„Das ist richtig", bestätigte Kronn. „Fast noch drei Monate Zeit, um die Kriegsvorbereitungen abzuschließen und ausreichend Proviant zu besorgen.

„Die Belagerung darf nicht länger als drei Monate dauern. Dann haben wir keine Chance mehr", ließ sich Adriana vernehmen. „Bekommt Marrakana Nachschub an Menschen und Material übers Meer, stehen wir auf verlorenem Posten.

Die Ablenkung durch das Heer muss funktionieren, damit wir durch den Geheimgang in einem Handstreich die schwarze Hexe gefangen nehmen können."

„Ich schätze, dir gehen noch andere Gedanken, als Marrakana, durch den Kopf", stellte Jakon leise fest.

Adriana nickte. „Die größten Felder liegen vor der Burg. Die werden wir mit unserem Heer zerstören …"

„Keine Sorge", tröstete Kronn. „Ich werde mich kümmern, dass Euer Volk nicht hungern muss, weil diese Ernte ausfallen wird."

Jakon blinzelte Adriana zu. „Ich bin doch auch noch da. Wir werden in den nächsten Tagen schauen, was meine Speicher leisten können."

„Wir dürfen jetzt nichts überstürzen", riet Kronn.

„Ich weiß", murmelte Adriana. „Das wäre der allerschlimmste und nicht verzeihbare Fehler, denn wir haben nur diese eine Chance, mit vertretbaren eigenen Verlusten ans Ziel zu kommen."

Daria zog die Augenbrauen zusammen. „Ich werde den Nadroman bitten, nach dem Sieg, seine Gaben auch Paradan zu schenken. Und wenn es wenigstens für ein einziges Jahr ist, an dem eine überdurchschnittliche Ernte eingebracht werden kann. Wenn Ihr das nächste Mal hierher kommt, reiten wir los."

„Einverstanden", freute sich Kronn.

Adriana nahm Darias Hände. Sie brauchte nichts zu sagen, ihre leuchtenden Augen verrieten wahrlich schon genug.

Der Abend endete, indem Kronn die Ritter über den Plan der nächsten beiden Tage informierte. „Ich stelle Euch frei, ob Ihr die letzte Nacht hier verbringen oder lieber nach Hause reiten wollt."

Als er im Bett Daria in seine Arme zog, war seine Müdigkeit wie weggeblasen.

„Erstaunlich, was Damenbesuch im Bad für Wirkungen haben kann", blinzelte sie.

Er blinzelte zurück. „Manchmal hat das Königsein schon richtig tolle Nebeneffekte."

„Solange du die anregenden Gedanken bei mir in die Tat umsetzt, habe ich gegen diese kleinen Extras auch nichts einzuwenden."

„Eifersüchtig?"

„Nein. Weil ich weiß, dass Jakon anwesend war." Daria ließ ihre Lippen über seine heiße Haut huschen und keinen Zweifel daran aufkommen, dass sie nicht weniger in der Lage war, ihn richtig zu begeistern.

Jakon zog zur gleichen Zeit Adriana an seine Brust. „Möchtest du heute lieber in Ruhe gelassen werden? Du siehst ziemlich mitgenommen aus und ich mache mir Sorgen."

„Wenn du dich dadurch nicht zurückgesetzt fühlst, dann halt mich einfach nur ganz fest."

„Ich liebe dich", flüsterte Jakon, hauchte ihr einen Kuss auf die Stirn und ließ gleichzeitig ganz sanft eine Hand über ihren Rücken kreisen.

„Hmmmm, das tut gut", hauchte Adriana, die Streicheleinheiten sichtlich genießend. Hin und wieder seufzte sie wohlig. Plötzlich schlief sie ein.

Jakon wunderte sich nicht. Sie litt so offensichtlich unter ihrem momentanen Unwohlsein, dass er glücklich war, überhaupt so nah auf Tuchfühlung gehen zu dürfen. Und gerade in dieser Situation machte ihr das Versteckspiel in Männerkleidung sicher noch mehr Mühe, um sich bloß nicht zu verraten.

Am nächsten Morgen freute sich Jakon, am Abend vorher ganz brav gewesen zu sein. Adriana löste ihr Versprechen ein, dass er trotzdem auf seine Kosten kommen werde. Ihre Hände und Lippen schienen überall gleichzeitig zu sein.

„Oh ha, ich bin völlig fertig", brummte er nach fast einer Stunde überaus zufrieden.

„Das heißt also, jetzt geht es ordentlich ausgehungert ans Frühstück?"

„Der Gedanke ist nicht ganz abwegig", schmunzelte Jakon.

Im großen Saal erwartete sie eine Überraschung. Ein Bote Siddras war gekommen, um Kronn zu König Aron zu bitten. Dass ihn seine Gemahlin und Berater Jakon begleiten werden, stand außer Zweifel. Selbst, wenn nicht darüber gesprochen wurde. Adriana musste also den ganzen Tag allein zurechtkommen.

Jakon warf ihr einen wehmütigen Blick zu. Wie gern hätte er sie an seiner Seite gehabt. Sie lächelte zur Antwort.

„Wenn Ihr waffentechnische Unterstützung braucht, dann spracht mit dem Hauptmann meiner Leibgarde", erklärte ihr

Kronn. „Für jegliche anderen Dinge ist mein Kammerherr zuständig."

Eine Stunde später ritten sie mit sechs bewaffneten Begleitern vom Hof. Adriana schmunzelte. Daria war eine Königin, ganz nach ihrem Geschmack. Die verzichtete gerne auf die bequeme Fahrt in der Kutsche. Ein Pferd und der Wind, der das Haar flattern ließ, waren ihr ein Vielfaches lieber.

Adriana hatte keine Mühe, sich vorzustellen, wie es aussehen werde, wenn das goldlockige Haar der Königin wieder gürtellang mit der Mähne ihres Rappen um die Wette wehen werde. Das musste einfach ein grandioser Anblick sein.

Sie wandte sich den wartenden Rittern zu. „So, meine Herren, heute Kampf zu Fuß mit schwerer Panzerung. Jede Waffe ist erlaubt, Verletzungen sind tabu.

Ich weiß, dass Ihr lieber ein Turnier veranstalten möchtet. Nur können wir es uns nicht leisten, auch nur mit einem einzigen gut ausgebildeten Ritter weniger in die Schlacht zu ziehen. Lasst uns beginnen!"

Sie beobachtete jeden Einzelnen sehr genau. „Ritter Bodo, Ihr solltet lieber einen Brustpanzer ohne Rüstspieß tragen! Greift an dieser Stelle des Gegners Peitsche, seid Ihr möglicherweise verloren."

„Herr Bernhard, mit dieser starren Rüstung seid Ihr zu unbeweglich! Die mit den Krebspanzerplatten macht Euch geschmeidiger in solch einem Kampf."

„Meine Herren, ein guter Rat für alle: Je beweglicher und schneller Ihr seid, umso größer stehen Eure Chancen von uns für eine ganz spezielle ehrenvolle Aufgabe ausgewählt zu werden. Männer mit dunklen Rüstungen sind unsere Favoriten.

Nichts Blinkendes, nicht Glänzendes, keine Federbüsche und andere Helmzier. Dies könnt Ihr Euch für die Siegesfeier aufsparen. Dann könnt Ihr gern Euren prunkvollsten Panzer aus der Rüstkammer holen.

Ich selbst werde meine weißsilberne gegen eine dunkle Rüstung tauschen. Aus Eitelkeit zur Zielscheibe zu werden, hat in dieser

Schlacht nichts mit Mut zu tun. Eher mit einer großen Portion Dummheit."

„Mit welchen Waffen werdet Ihr in den Kampf ziehen?", fragte ein junger Mann, der seinen Ritterschlag wohl erst kürzlich erhalten hatte.

„Mit Peitsche, Schnur, Bogen, Schwert, verschiedenen Dolchen."

Der junge Ritter bekam große Augen. „Warum verschiedene Dolche?"

Adrian schmunzelte. „Einen zum Werfen, einen zum Stechen und ein guter Parierdolch ist auch dabei."

„Lacht mich jetzt bitte nicht aus, Herr Adrian. Was ist ein Parierdolch?"

„Ihr werdet nicht der Einzige sein, der den nicht kennt", entgegnete Adrian. Er zog die ungewöhnliche Waffe aus der Lederscheide. „Schaut! Dies ist das Geheimnis.

Er springt auf, wenn man die Feder drückt und das fremde Schwert oder Rapier gleitet zwischen die Hälften der Schneide. In geschlossenem Zustand sieht er völlig gewöhnlich aus, ist aber eine gefährliche Stoßwaffe, wie alle Dolche.

Staunendes Schweigen bei den Rittern. Ihrem ungewöhnlichen und noch sehr jungen Lehrmeister schien gar nichts unbekannt zu sein. Spätestens jetzt war auch der allerletzte Zweifler überzeugt, sich jedes Wort Ritter Adrians einprägen zu müssen.

Adrian machte sich auch nichts daraus, am Nachmittag unzählige Fragen zu beantworten, statt Kampftraining durchzuführen. Inzwischen war klar, dass alle zu Hause trainieren wollten, was das Zeug hielt.

„Ich habe Euch für zwei Stunden das Bad herrichten lassen", sprach Kronns Kammerherr, als Adrian den Tag für die Ritter als beendet erklärte. „Für einige Eimer fließendes warmes Wasser ist gesorgt. Man wird Euch nicht stören."

„Herzlichen Dank! Das ist eine ganz wundervolle Nachricht." Adrian beeilte sich, den Harnisch und die dicken Lederstiefel abzulegen. Ob der Kammerherr informiert war, eine Frau vor sich zu haben, oder ob er auf Anweisung Kronns handelte, ohne Hintergrundwissen, interessierte Adriana im Augenblick wenig. Sie wollte nur noch den Schmutz des Tages und dieses Gefühl der anderen Unsauberkeit loswerden.

Die Reisenden waren in Siddra mit allen Ehren empfangen worden. Daria zog sich mit ihrer Mutter zurück, denn die beiden hatten sich unendlich viel zu erzählen. Die drei Männer brüteten über Kriegsvorbereitungen.

Kronn, Daria und Jakon hatten sich abgesprochen, weiterhin kein Wort über Ritter Adrians wahre Identität verlauten zu lassen. Das war auch nicht nötig, denn Aron sicherte Kronn eine Armee von fast 10.000 Mann zu.

„Wo nehmt Ihr die her?", fragte der erschreckt.

Aron lächelte. „Es sind Bauern, Handwerker und einfache Bürger, die für Daria in die Schlacht ziehen werden. Sie hat ihr Leben für sie gewagt, als in den Berg ging, um dem Zauberstein zu dienen. Nun geben sie ihr das Gleiche zurück."

„Ich werde ähnlich viele zusammenbringen", erklärte Kronn. „Damit lässt sich eine Menge anfangen."

„Meine Waffenschmiede arbeiten bereits auf Hochtouren", verriet Aron. „Zum Frühlingsbeginn steht mein Heer bereit."

Kronn nickte erfreut. „Gut. Ziehen wir also am ersten Frühlingstag los. Ich werde in sechs Wochen mit unserer Heerschau beginnen, die Waffen austeilen und darauf hoffen, dass uns auch das Wetter gewogen ist."

„Und wenn ihr schon einmal hier seid, dann könnte Daria doch vielleicht auch mit dem Nadroman sprechen ...", murmelte Jakon mehr für sich.

Kronn legte ihm die Hand auf die Schulter. „Mach dir keine unnötigen Sorgen."

In der Nacht lag Jakon lange wach. Ihm fehlte Adriana. Er sehnte sich nach ihrer zarten Haut, nach der Wärme ihres Körpers, ihrem Lächeln und vor allem danach, ihre Stimme zu hören. Als er endlich einschlief, träumte er die ganze Nacht von ihr.

Morgens fasste er im Aufwachen neben sich und erschrak, als der Platz an seiner Seite leer war. Es dauerte ziemlich lange, ehe sich sein rasender Herzschlag wieder beruhigte. Er ahnte, dass sich Adriana im selben Moment auch ziemlich einsam inmitten der vielen Menschen um sich herum fühlte.

„Alles in Ordnung?", fragte Kronn bei seinem Anblick.

Jakon nickte nur.

Daria schaute ihn mitfühlend an „Sehnsucht?"

Jakon hob hilflos die Schultern. „Dabei gebe ich es äußerst ungern zu."

„Weil sich das für einen starken Ritter nicht geziemt?", schmunzelte Daria. „Schwamm drüber. Das ist, was Euch und Kronn so liebenswert macht. Eure vermeintlichen Schwächen sind Eure eigentliche Stärke. Ohne dieses Etwas wäre ich auf dem Scheiterhaufen verbrannt worden. Bleibt, wie Ihr seid, Ritter Jakon."

Jakons Miene hellte sich um einige Grade auf. Noch mehr, als er Kronn und Daria ins Gebirge begleiten durfte. Zwar musste er am Fuß des Berges bei den Pferden bleiben, aber die wundervolle Landschaft war es wert, sie etwas genauer zu betrachten.

Daria führte Kronn in die Grotte des heiligen Steines. Die Fackeln brannten wie beim ersten Besuch und auch die Flüsterstimmen raunten sich, diesmal in einer fremden Sprache, etwas zu.

„Chrysanthis und sein Hüter sind gekommen", wisperte es, als beide die Grotte mit den vielen Gängen erreichten.

„Die Hüterin unseres Nadroman hat sie mitgebracht."

„Lasst uns alle gebührend begrüßen!"

Aus dem Rauch der Fackeln formten sich mehrere zwergengroße Gestalten, die wie graue Nebel um die Gäste huschten.

„Seid herzlich willkommen", flüsterten sie im Chor, sich vor Daria und Kronn verbeugend.

Beide bedankten sich hocherfreut.

„Gestattest du uns einen Blick auf Chrysanthis?", bat einer der wehenden Schatten.

„Natürlich." Kronn zog das Zepter aus der Halterung an seinem Gürtel, legte es waagerecht auf seine Handfläche und hielt es so tief, dass es die kleinen Gestalten bequem betrachten konnten.

„Die Aura fühlt sich gut an", wisperte das Wesen, welches offenbar das Ranghöchste war.

„Nicht nur die Chrysanthis', sondern auch die seines Trägers", fügte ein anderes hinzu.

„Chrysanthis, so scheint es, ist stärker geworden", stellte das Dritte fest.

Ein Viertes lachte. „Muss ja so sein. Chrysanthis ist stets nur so stark wie sein Hüter. Dieser hier hätte auch ohne sein Zepter das Wunder vollbracht, Daria zu retten."

„Was meint ihr, wollen wir der Bitte entsprechen?", flüsterte das nächste Nebelwesen.

„Natürlich tun wir das", erwiderte der Wortführer. „Die Frage ist nur, für wie lange?"

Alle Geister hoben die rechte Hand. Manche zeigten drei Finger, manche zwei.

„Mehrheitlich drei", stellte das ranghöchste Wesen fest. Nun wandte es sich dem Königspaar direkt zu. „Wir haben beschlossen, Nadromans Gaben ab dem Tag der Befreiung für volle drei Jahre auch Paradan zu schenken. Ihr habt aber nur Zeit bis zur Sommersonnenwende."

„Habt Dank für Eure Großzügigkeit", entgegneten Daria und Kronn synchron. „Wir werden die rechtmäßige Erbin des Throns von Eurer Entscheidung unterrichten. Lebt wohl!"

Die Rauchwesen zerflossen. „Lebt wohl", wehte es leise durch die Grotte.

„Ihr seid schon wieder da?", entfuhr es Jakon beunruhigt, weil noch nicht einmal eine Stunde vergangen war.

„Aber mit guten Nachrichten", schmunzelte Kronn, während Jakon Daria aufs Pferd half. Dann berichtete Kronn, wie der Besuch bei den Geistern des Nadromans verlaufen war.

Jakon strahlte. „Eine Hüterin, die ihren Stein mit ihrem Leben geschützt hat. Ein Hüter, der auch ohne sein magisches Zepter

Wunder vollbringen könnte. Eine Prinzessin, die die tiefsten Tiefen des Lebens kennt und besser kämpfen kann als viele Männer. Treu ergebene Ritter und zwei Heere, die hinter ihren Herrschern stehen. Damit muss es uns einfach gelingen, in drei Monaten nach Paradan zu marschieren, die Burg einzunehmen und die alte Hexe für immer loszuwerden!"

Daria nahm seine Hände. „Ihr werdet es schaffen! Die Geister des Nadroman wollten Chrysanthis ganz sicher nicht grundlos sehen."

In der kommenden Nacht schlief Jakon etwas besser. Er freute sich darauf, bald wieder bei Adriana zu sein.

Die hatte die Ritter noch einmal ganz hart in die Pflicht genommen, indem sie die letzten Übungseinheiten detailliert analysierte. Im Großen und Ganzen war sie sehr zufrieden.

Tluls Männer ritten noch am selben Abend nach Hause, während die Ritter aus Siddra allesamt das Angebot annahmen und noch einmal übernachteten. Sie trafen am nächsten Tag auf halber Strecke mit Kronns Gruppe zusammen, die sich gerade auf dem Heimweg befand.

Ehrerbietig grüßend ließen sie den König und sein Gefolge passieren, ehe sie weiterritten.

Im Schloss war man gerade dabei, die letzten Spuren des Zeltlagers zu beseitigen und den Turnierplatz wieder herzurichten. Adriana überprüfte gerade eine reparierte Attrappe, als die kleine Schar in den Hof ritt.

Sie zwang sich mühsam, auf ihrem Platz stehen zu bleiben, obwohl sie liebend gern Jakon entgegengelaufen wäre. Dieser sprang ab, versorgte sein Pferd, ehe er langsam hinüberschritt und grüßend mit dem Kopf eine leichte Verbeugung andeutete.

Adriana antwortete ebenso, um ihm von den anderen unbemerkt liebevoll zuzulächeln.

Kronn kam hinzu. „Ihr müsst ihn heute sicher trösten. Nicht einmal richtig schlafen konnte er, vor lauter Sehnsucht."

Adriana hob die Augenbrauen.

„Das ist übrigens kein Witz", fügte Kronn noch hinzu.

Jakon grinste verlegen. Damit, dass Kronn direkt mit der Tür ins Haus fallen werde und gleich als Erstes, hatte er nicht gerechnet.

„Hat er Euch verpetzt?", fragte Daria hinter ihm.

„Sieht ganz danach aus", seufzte Jakon. „Nun überlegt sie sicher, was sie mit solch einem Waschlappen anfangen soll."

„Ihn besonders pfleglich behandeln, damit er lange solch ein Prachtexemplar bleibt", erwiderte Adriana. „Andere suchen, wenn sie sich allein fühlen, anderweitig Trost, wie ich immer wieder erschreckt feststellen muss."

„Ich glaube, gegen solche Anfälle ist Jakon resistent", winkte Kronn ab. „Ach, ehe ich es vergesse. Ich entlasse Euch beide erst nach dem Abendbrot aus dem heutigen Dienst."

„Möchtest du noch übernachten oder lieber noch heute zu meiner Burg reiten?", fragte Jakon, als er mit Adriana zum Zimmer ging.

„Reiten wir", legte sie fest. „Ich habe bereits gepackt und möchte morgen den Tag ganz entspannt mit dir genießen."

Jakon machte sich frisch, dann beeilten sie sich, Kronn im Thronsaal aufzusuchen, wo auch schon die Ratsherren, der Heermeister und der Hauptmann der Garde versammelt waren.

Kronn unterrichtete alle über die letzten beiden Tage und legte das genaue Datum der Heerschau fest. Kurze Zeit später eilten Herolde von Ort zu Ort, um die waffenfähigen Männer zu informieren.

Mit Adriana sprach er nur im kleinen Kreis. Ihr erzählte er auch von der Entscheidung der Geister. Im Stillen, aber sehr inbrünstig, dankte sie den freundlichen Geschöpfen, ahnend, dass diese der Dank auch erreichen werde.

„Ich schätze, ihr wollt heute noch nach Hause", warf Kronn plötzlich ein.

„Richtig", bestätigte Jakon.

Nach Hause, jubelte es in Adrianas Gedanken. In seiner Burg fühlte sie sich wohl – eben ganz einfach zu Hause.

„Was bin ich Euch für die Ausbildung der Ritter schuldig?", fragte Kronn.

„Einen Sieg gegen Marrakana", kam sofort die Antwort.

„So machen wir es!", lachte Kronn. „Und da ich nirgends Schulden haben möchte, halte ich auch den Zeitplan peinlichst genau ein."

Das Königspaar stand im ersten Stock am Fenster und schaute den Davonreitenden lange hinterher. Die beiden Reiter ließen ihre Pferde gemächlich im Schritt gehen und trabten erst an, als sie Jakons Ländereien erreichten.

„Kein Essen, nur einen leichten Wein als Schlummertrunk!", rief der Burgherr seinem Koch entgegen, der ihnen auf dem Hof zur Begrüßung entgegenkam.

Ein Stallbursche kümmerte sich um die Pferde. Jakon lud sich die gesamten Waffen auf, zwei Knechte trugen das Gepäck und Adriana folgte ihnen in die Burg.

„Du verwöhnst mich", sagte sie.

Jakon blinzelte. „Noch dazu mit ständig wachsender Begeisterung." Er hielt die Knechte noch einen Moment zurück. „Kümmert euch, dass es morgen früh angenehm warm in den Wohnräumen ist."

Für Adriana setzte er erklärend hinzu. „Ich mag es nicht, wenn es in meinen vier Wänden kalt, feucht oder zugig ist. Nichts gegen frische Luft, aber was zu viel ist, ist zu viel. Man muss ja nicht am falschen Ende sparen."

„Sie haben deine Anweisung missachtet, wenn ich das jetzt recht verstehe?"

„Genau so."

„Keine Standpauke?"

Jakon lachte. „Davon wird es jetzt auch nicht wärmer. Für sie ist es schlimmer, wenn ich nichts sage. Sie gehen davon aus, dass ich dich jetzt ganz mühsam bei guter Laune halten muss und möglicherweise morgen dafür richtig laut werde."

„Zumal sie ja nicht ahnen können, dass wir jetzt gemeinsam unter die Decke verschwinden und uns warm kuscheln." Adriana begann sich auszuziehen. „Es ist in der Tat vornehm unterkühlt." Jakon schnaufte.

„Halb so schlimm. Du weißt doch ganz genau, dass ich oft genug in der freien Natur übernachten musste, egal, ob Sommer oder Winter." Adriana huschte zu ihm ins Bett.

„Immer noch Probleme?", fragte Jakon bedauernd, weil sie eine Hose trug.

„Leider nicht zu ändern." Adriana schmiegte sich in seine Arme. „Man weiß nie, sind es diesmal nur drei Tage oder eine ganze Woche."

„Ich hätte die drei Tage vorgezogen", seufzte Jakon.

„Tröste dich – ich auch." Adrianas Hände gingen über seinem Körper auf Wanderschaft.

Bald hatten beide die Kälte vergessen.

Der unwiderstehliche Duft von frischem Brot weckte die Schläfer noch vor dem Sonnenaufgang.

„Hmmm", machte Adriana, als es Jakon dachte.

„Das liebe ich an meinem Zuhause", murmelte Jakon zufrieden. „Da fällt das Aufstehen gleich nicht mehr so schwer. Außerdem haben sie sich den gestrigen ungesagten Rüffel sehr zu Herzen genommen."

„Stimmt. Es ist sogar hier im Schlafzimmer warm." Adriana kroch unter dem Federbett hervor.

Jakon schaute ihr beim Anziehen zu. „Weißt du, worauf ich mich freue?"

„Oh, da bin ich völlig überfragt. Es gibt so viele Dinge, auf die du dich freuen wirst."

Jakon lachte. „Auf den Tag, an dem das Versteckspiel endlich aufhören kann. Wenn ich allen zeigen darf, dass ich die wundervollste Frau der ganzen Welt an meiner Seite habe. Dann werde ich mich gewaltig über die dummen Gesichter derer amüsieren, die fest überzeugt sind, dass ich meine Liebe einem Mann schenke."

„Jetzt knurrt dir aber erst einmal gewaltig der Magen", kicherte Adriana, der es ähnlich ging.

„Auf das Frühstück mit Gebrüll!", schmunzelte Jakon, sie um die Schulter fassend und in den Palas ziehend. „Na, wenigstens haben sie hier wirklich mitgedacht", grinste er, weil die eingedeckten Plätze über Eck nebeneinander lagen.

Adriana schaute ihn nachdenklich an. „Dir wird diese Burg eines Tages sehr fehlen, vermute ich."

„Das ist zu erwarten", gab er zurück. „Mal sehen, ob wir uns die Neue gemeinsam so einrichten können, dass ich es verschmerzen kann."

„Als Erstes schütten und mauern wir den Geheimgang zu. Dann bauen wir Verlies und Folterkammer zu einem Weinkeller um, tünchen die Wände weiß und lassen Bänke für handfeste Gelage aufstellen", legte Adriana fest.

Jakon brach in schallendes Gelächter aus. „Falls uns mit dem Zuschütten Marrakana nicht zuvorgekommen ist. Außerdem müssen wir den Bär erst mal haben, ehe wir seine Haut verkaufen können."

„Zumindest wissen wir schon, dass überhaupt ein Bär im Wald ist", antwortet Adriana ebenfalls lachend. „Und Marrakana weiß nicht, dass der *Bär* einen Hinterausgang hat."

„In welchem es genau so finster, wie im richtigen Bärenhintern ist?", witzelte Jakon.

Adriana nickte kichernd. „Das hat Kronn bestätigt."

Auf-, Aus- und Ritterrüstung

Sie schlug einem gekochten Ei die Spitze ab, um es gemächlich auszulöffeln. „Wo habt ihr eigentlich die Hühner versteckt? Ich hab es nicht mal gackern hören."

„Zwischen den beiden äußeren Ringmauern. Da haben sie Gras, viel Platz, ausreichend Futter und Ruhe. Füchse und Marder sind hier selten. Wenn sie beim Hühnermord erwischt werden, beginnen sie ihr neues Leben als Mütze oder Mantelbesatz.

Das war gleich das Stichwort. Wir gehen dann hinüber zu Meister Kunz. Mal schauen, wie weit deine Rüstung gediehen ist."

Der Plattnermeister steckte mit zwei Gesellen mitten in der Arbeit. Das Hämmern war über den ganzen Hof zu hören. Mit den Worten: „Ah! Seid, gegrüßt, meine Herren Jakon und Adrian", empfing er sie, ohne seine Tätigkeit zu unterbrechen.

„Zeigt ihnen was vom Harnisch bereits fertig ist!", wies er seine Gesellen an. „Ich brauche noch ein paar Minuten, sonst wird das Metall kalt."

Adriana staunte. Auf einem Attrappengestell hingen Brust und Rückenpanzerung, Arm-, Beinschienen und Schuhe. Unzählige Lamellen machten den Panzer äußerst beweglich. Nicht nur die Gelenke waren damit ausgestattet, auch die Lendenpartie und der Oberschenkelschutz.

Auf dem Tisch lagen die Teile für die Handschuhe, welche die Gesellen bereits sortiert hatten. Auch diese bestanden aus unzähligen Einzelteilen, die es am Ende gestatteten, dass der Träger jegliche Waffen fassen und alle erdenklichen Bewegungen ausführen konnte, als trüge er nicht einmal die Panzerung.

Meister Kunz legte den begonnenen Helm beiseite und kam heran.

„Ein Harnisch, der eines Königs würdig ist", lobte Jakon. „Ihr habt Euch diesmal selber übertroffen."

Das gebläute Metall war über und über mit geätzten Blätterranken verziert, aus denen vereinzelt mattierte goldfarbene Blüten schauten.

„Messing?", fragte Jakon.

„Gott bewahre!" Kunz schüttelte entsetzt den Kopf. „Gold, mein Herr! Der Umhang wird nächste Woche fertig sein. Er ist bereits der Farbe der Rüstung angepasst. Die Stickerinnen haben schon begonnen, das Wappen aufzubringen."

„Werdet Ihr es schaffen, bis Anfang März auch noch die Helme und Brustharnische für die Fußsoldaten fertigzubekommen?", fragte Jakon.

„Ich denke schon. Ich hab noch zwei Lehrburschen eingestellt." Jakon schaute sich erstaunt um.

„Die sind im Wald, Holz holen", erklärte der Meister. „Lehrjahre sind keine Herrenjahre. Sie müssen begreifen, was alles nötig ist und wie viel zusätzliche Arbeit wirklich darin steckt, einen guten Harnisch zu schmieden. Gutes Geld will hart verdient sein."

„Ein guter Ruf auch", setzte Jakon hinzu. „Eure geniale Kunstfertigkeit wird spätestens im März in aller Munde sein. „Könntet Ihr Euch vorstellen, an einem fremden Königshof zu arbeiten?"

Meister Kunz wurde unruhig. „Ihr seid ein gütiger Herr ...", murmelte er dann.

„Wenn ich Euch bitte, mir dorthin zu folgen?"

„Dann hätte ich nichts dagegen!" Meister Kunz nickte heftig.

Adriana blinzelte Jakon kaum merklich zu. Die Qualität der Rüstung hatte sie überzeugt. Dieser Mann war würdig, Haus- und Hofplattner eines Königs zu werden.

„Wir wollen Euch nicht weiter aufhalten, damit die Arbeit gut gelingen kann", sprach Jakon, Kunz auf die Schulter klopfend.

Der nächste Weg führte zu den Speichern. „Glaubst du nun, dass wir es schaffen werden, dein Volk bis zur nächsten Ernte ohne Hungersnot durchzubringen? Ich bin nur einer, aber Kronn und Aron haben auch Hilfe versprochen und die verfügen über gewaltig mehr Vorräte."

„Unser Volk", verbesserte Adriana. „Ich hoffe doch sehr, dass du dein Versprechen einlösen wirst."

Ein kurzer Blick in die Runde, dann zog Jakon Adriana in den kleinen Durchgang zwischen den Speichern, küsste sie zärtlich, nahm ihr Gesicht in beide Hände. „Das werde ich, so wahr ich hier stehe."

Huftritte auf der Zugbrücke ließen sie erschreckt auseinanderfahren. Jakons Ritter, die nicht über eigene Burgen und Ländereien verfügten, kamen von der Jagd zurück. Drei Wildschweine waren ihnen zur Beute gefallen.

„Ritter Jakon! Ritter Adrian! Seid gegrüßt!"

„Gruß auch Euch!", antworteten die beiden, an die Reiter herantretend.

„Für den Spieß oder für die Pfanne?", fragte Jakon.

„Ich will es für die Pfanne haben, mit reichlich Soße und Brot zum Auftunken", entgegnete der Jagdführer. „Unser Bedarf an Kälte ist für heute mehr als gedeckt." Er übergab die Tiere an das Küchenpersonal.

„Bis zum Essen sind wir wieder da", gab Jakon bekannt.

Ein paar Minuten später ritt er mit Adriana vom Hof, um dem Waffenschmied einen Besuch abzustatten.

„Was läuft zwischen den beiden wirklich?", fragte sich der Anführer selber so laut, dass die anderen mithören konnten. „Ich kriege es noch immer nicht in den Schädel, dass Jakon plötzlich auf Männer stehen soll."

„Muss aber so sein, er teilt nicht nur Bad, sondern auch Bett mit Adrian", warf ein anderer ein.

„Das heißt aber nicht, dass sie sich in Selbigem auch miteinander befassen. Wenn du verstehst, was ich meine", ließ sich der Dritte vernehmen.

„Früher oder später kriegen wir schon raus, was die beiden so eng zueinander zieht", winkte der Vierte ab. „Wir sollten uns lieber um die Pferde, statt um Herrn Jakons Angelegenheiten kümmern."

Jakon sah seine Angelegenheiten beim Waffenschmied bestens erledigt. Die beiden Damaszener-Dolche waren ihren Preis wert und der Ritter bezahlte ihn gern.

„Wie viele Lagen habt Ihr für diese wundervollen Muster geschmiedet?", wollte Adrian wissen.

„300, mein Herr. Die Griffe sind aus Ebenholz mit Silberintarsien."

„Alle Achtung! Es sind wundervolle Arbeiten."

„Welchen möchtest du haben?" Jakon hielt Adrian beide Klingen zum Vergleich hin.

„Es ist müßig, sich wirklich entscheiden zu wollen", erwiderte er. „Ich nehme also einfach diesen hier."

Der Meister freute sich über so viel Lob sehr. „Ich habe sogar schon mit Piken und Schwertern für das Fußvolk begonnen. Die Ritter haben nichts Neues in Auftrag gegeben und da habe ich auf Vorlauf gearbeitet, seit der Herold im Dorf war."

„Habt Ihr ein paar Pfeilspitzen für mich?", fragte Adrian.

„Verschiedene." Der Meister führte den jungen Ritter in den hinteren Teil der Werkstatt.

Adrian wiegte bedenklich den Kopf. „Sie müssten länger und schmaler sein – mehrkantig, mit Widerhaken."

Der Schmied nahm ein Stück Holzkohle und zeichnete auf einer vorhandenen Spitze die Form an. „So?"

„Hervorragend. Bitte 20 Stück davon. Gehärtet."

„Ihr könnt sie übermorgen abholen."

Jakon schaute Adriana auf dem Heimweg von der Seite an. „Wenn du komplett aufrüsten möchtest, sag mir, was du noch brauchst. Noch besser: Wir schauen heute Nachmittag in meiner Waffenkammer nach, ob dir etwas gefallen könnte."

Adriana schmunzelte. „Aber tu mir einen Gefallen. Lass die Schatzkammer zu. Ritter Adrian hat keine Verwendung für Zierrat."

„Einverstanden, ich werde sie später mit Königin Adriana aufsuchen." Jakon grinste vergnügt vor sich hin, worüber sich seine Angebetete herzlich amüsierte.

„Diesmal verkaufst du ein Bärenfell, das noch mit dem Bären durch die Gegend läuft, auch wenn die Geister des Nadroman Gutes für Paradan prophezeien."

„Mach mir bitte keine Angst! Ich bin so schon ständig in Sorge, dass dir irgendetwas zustoßen könnte!" Jakon hielt kurz vor der Burg sein Pferd an.

„Wir ziehen in den Krieg."

„Ich weiß." Jakons Mundwinkel zuckten.

Adriana seufzte. „Oh je! Jetzt habe ich dir den ganzen Tag verdorben!"

„Tröstest du mich heute Abend ein bisschen?"

„Versprochen."

„Siehst du? Schon strahle ich wieder!"

In der Burg wurden sie bereits erwartet. Das Essen war fertig und ein kleiner Laufbursche flitzte in die Küche, um ihre Ankunft zu melden. Sie legten ihre Waffen gleich auf eine der Bänke im Saal und tauchten die Hände in die Wasserschale, die ihnen eine Magd brachte.

„Ihr wart bei Meister Hanno?", fragte ein Ritter, neugierig nach den kunstvoll verzierten Griffen spähend.

„Von irgendwas muss der arme Kerl ja leben", schmunzelte Jakon. „An Euch verdient er doch nichts!"

„Dafür scheint er heute doppelt eingenommen zu haben." Die Ritter machten lange Hälse. Am liebsten hätten sie sofort einen Blick auf die Kunstwerke geworfen.

Adrian hingegen schaute erwartungsvoll dem Koch entgegen, dem ein unwiderstehlicher Hauch von Gebratenem voranwehte.

Natürlich wurde der Gast zuerst und mit dem besten Stück bedient, bevor Jakon und die anderen in der Reihenfolge ihres Ranges vorgelegt bekamen.

„Was gibt es für Neuigkeiten?", fragte Jakon seine Männer.

„Die Menschen sprechen über den Krieg. Sie haben Angst, aber auch Zuversicht, weil aus Siddra genau so viele Kämpfer kommen werden."

„Auch, dass Siddras Ritter mit uns kämpfen werden, gibt ihnen Mut", erklärte der Zweite.

Der Dritte berichtete: „Die Frauen wollen gemeinsam dafür sorgen, dass hier alles in geordneten Bahnen läuft."

„Sehr gut!", murmelte Jakon überaus zufrieden. „Königin Daria ist für sie das beste Vorbild, wie man mit Willensstärke alles erreichen kann. Und sie ist nicht die einzige starke Frau, die ich kenne."

„Auf die Frauen!" Die Ritter hoben die Weinbecher.

Nach dem Abräumen des Tisches wanderten die beiden Dolche von Hand zu Hand. Allen war klar, dass diese ein kleines Vermögen gekostet hatten.

Feinste Linien der beiden Stähle, so gleichmäßig mäandert, mussten dem Meister etliche Stunden Schweiß abgerungen haben. Jakon hielt mit einer Hand ein Blatt Papier hoch, welches Adrian ohne Mühe in dünne Streifen schnitt.

„Ihr seid unglaublich ausgerüstet, mein Herr Adrian", stellte einer der Ritter bewundernd fest. „Gibt es eine Waffe, die Ihr nicht beherrscht?"

„Ja, die Armbrust. Ich habe Mühe, sie zu spannen." Adrian tippte grinsend auf seine Bizeps, die weit hinter denen der anderen zurückstanden. „Mit einem Spannknappen wäre es kein Problem. Nur bin ich nicht gern auf andere angewiesen, wenn es um Leben und Tod geht."

„Aber mit Jakon habt Ihr uns in den letzten Tagen die waghalsigsten Methoden gezeigt."

„Wir sind eins", erwiderte Adrian sehr ernst. „Wie auch immer Ihr das verstehen möchtet."

Jakon schaute in die Runde seiner Männer und nickte stumm.

Das Einssein konnte er am Abend desselben Tages auch endlich wieder auf andere Weise praktizieren. Sein Herz machte einen gewaltigen Sprung, als Adriana alle Hüllen fallen ließ und sich ihm die halbe Nacht lang hingab.

Sie verschliefen sogar das Frühstück. Die anderen gaben es nach einer Stunde auf, noch länger zu warten und ließen es sich allein schmecken.

Am späten Vormittag inspizierten sie die Waffenkammer. Jakon hatte die komplette Ausrüstung seiner Vorfahren eingelagert.

Vom Harnisch bis zum Lederschutz für Pferde war alles vertreten.

„Das sind Schätze!", staunte Adriana. „Die musst du irgendwann in einem eigenen Saal ausstellen."

„Hab ich nicht", erwiderte Jakon bedauernd.

„Sagen wir einmal – noch nicht." Adriana ließ ihre Hand über den geprägten Lederharnisch für Pferde gleiten. „Der ist gut. Warum nimmst du nicht den statt des Stoffüberwurfes? Der hält Lanzenstöße ab und sicher auch Pfeile. Dein Pferd wäre optimal geschützt."

„Es müsste aber auch einige Kilo mehr tragen und wäre nicht mehr so wendig. Nimm du ihn. Damit hast du auch gleich ein braunes Pferd und musst ihm nur die Beine schienen oder wickeln." Jakon zog die gediegene Arbeit des Kürschners hervor. „Komm, wir probieren gleich einmal aus, ob er passt und ihn dein Schimmel überhaupt akzeptiert."

„Schade, funktioniert nicht", seufzte Adriana nach dem ersten Versuch. „Zu groß."

Zurück in der Rüstkammer suchte Jakon weiter und fand schließlich etwas, das Adriana ganz sicher nicht zurückweisen werde. „Hier ist ein dunkler gepolsterter Stoffüberwurf ohne Wappen, der noch völlig intakt ist. Wie es auf den ersten Blick aussieht, ist er kürzer aber bedeckt mehr von den Beinen."

„Versuchen wir es." Adriana rüstete ihr Pferd zu.

Der Weiße blieb ruhig stehen, schnaubte nur hin und wieder wegen des fremden Geruches.

„Perfekt", stellte Jakon fest.

Adriana bestätigte es. „Das Geschenk nehme ich gern an."

„Du bleibst beim Gambeson unter der Rüstung?", wollte Jakon wissen, als er die Kettenhemden auf Unversehrtheit prüfte.

„Ja. Kettenhemd ist mir zu schwer." Adriana begutachtete die Plattnerarbeit. „Hervorragend vernietet."

„Ich habe es erst seit zwei Jahren." Jakon rieb Daumen und Zeigefinger aneinander. „Die anderen, mit den einfachen Ringen, sind aber auch nicht schlecht."

„Morgen, wenn wir zum Schloss reiten, werde ich statt der kleinen Schabracke den Überwurf auflegen, damit sich mein Laurin an das neue Gefühl gewöhnen kann“, erklärte Adriana, mit Jakon die Waffenkammer verlassend.

Auf dem Hof trainierten die Ritter Ausdauer und Kraft. Ein kurzer Blickwechsel zwischen Jakon und Adriana, dann ließen sie sich von zwei Knappen einkleiden und warfen sich mit in die Kämpfe.

„Dein Schild sieht auch schon ziemlich ramponiert aus“, meinte Jakon plötzlich.

„Er tut aber gute Dienste und muss noch lange nicht ersetzt werden“, lachte Adriana und griff ihn mit einem Trainingsschwert aus Eichenholz an.

„Oh. Im Ernstfall hättest du mich jetzt *erlegt*“, erschrak Jakon, als ihr Schwert genau in den Spalt zwischen den Platten unter seiner Achsel eindrang. „Kleine Gegner können verdammt gefährlich werden, weil man sie zu unterschätzen geneigt ist.“

„Vielleicht heißt ja mein Pferd deshalb Laurin.“

Jakon blinzelte mit beiden Augen, schüttelte den Kopf, ehe er die Lösung hatte. Herzlich lachend fragte er: „Bezeichnest du dich als Zwerg?“

„Als Kampfzwerg, mein Lieber!“ Sie zog plötzlich die Peitsche hervor.

Jakon war es völlig entgangen, wie sie sie eingesteckt hatte. Nun wehrte er sich mit allen Mitteln gegen ihre Schläge. Dass die anderen aufgehört hatten, sich zu behakeln und stattdessen lieber diesem Kampf zusahen, merkten sie nicht. Selbst aus den Fenstern des Haupthauses wurden sie neugierig beobachtet.

Adriana gelang es, ihm mit der Peitsche das Trainingsschwert aus der Hand zu reißen. Im Gegenzug bekam Jakon die Peitsche zu fassen und zog Adriana blitzschnell zu sich heran.

Er riss sie zu Boden, warf sich auf sie und hielt ihre beiden Arme an den Handgelenken über ihrem Kopf fest. „Gibst du auf?“

In dem Augenblick rammte sie ihm die Knie unterhalb des Brustschutzes in den Bauch und Ritter Jakon flog im hohen Bogen über sie hinweg. Vor Schreck ließ er los und blieb benommen liegen. Die Zeit reichte Adriana, den Trainingsdolch zu ziehen, den sie ihm sofort an die Kehle setzte.

„In Anbetracht der Lage, dass das im Krieg dein Damaszenerdolch wäre, erkläre ich mich für besiegt", gestand Jakon.

Adriana half ihm an der Hand auf die Füße. „Im Krieg hätte ich in gleicher Situation meinem Gegner die Knie ins Gemächt gerammt."

„Autsch", murmelte einer der Ritter, als es Jakon dachte.

„Zuschauer!", staunte Adriana. „Wir sollten herumgehen und den Hut hinhalten."

„Zuschauer? Wo???" Einer der Ritter schaute sich breit grinsend um.

Jakon grinste zurück. „Wenigstens was gelernt?"

„Oh ja! Dass man sich Herrn Adrian nicht zum Feind machen sollte."

„Das wäre Lektion Nummer Eins. Nummer Zwei ist, man weiß nie, welche Waffen er in den Taschen und was für Tricks er drauf hat", sagte Jakon, sich den Schweiß abwischend. „Ich bin selten so überrumpelt worden."

Er winkte einen Laufburschen heran. „Lass das Bad anheizen, sonst holen wir uns den Tod."

Ein Knappe half ihnen aus den Rüstungen, dann expedierte ihn Jakon hinaus, wie auch die beiden Badeknechte. Er reichte Adriana die Hand, die diese Hilfe gern annahm, um in die Wanne zu steigen.

Sie schloss im warmen Wasser wohlig seufzend die Augen. Nach ein paar Augenblick öffnete sie sie vorsichtig, weil Jakon keinen Ton sagte. Fragend schaute sie ihn an.

Er schüttelte kaum merklich den Kopf, worauf sich Adriana über seine Oberschenkel kniete, ihm die Arme um den Nacken legte und sich an seine Brust schmiegte. „Böse auf mich?"

„Ganz bestimmt nicht. Ich überlege nur ernsthaft, was dich bei solch einem Schwächling hält."

Adriana hielt ihn auf Armlänge von sich, schaute ihn an und stellte fest, dass er wirklich an sich zweifelte. Also küsste sie ihn zärtlich. „Auch, wenn du es nicht glaubst, du bist bestimmt der einzige Mann, der mir ebenbürtig ist. Mit Kraft hat das alles nichts zu tun. Das müsstest du inzwischen begriffen haben.

In erster Linie liebe ich dich wegen deines Charakters. Außerdem hast noch andere Qualitäten, mit denen du mich sehr glücklich machst."

Nur ein winziger Positionswechsel und sie zeigte ihm sehr deutlich, was sie damit meinte.

„Das sind wohl die einzigen Kämpfe, bei denen ich gern verliere und alle Forderungen der Eroberin erfülle", flüsterte ihr Jakon ins Ohr.

Er nahm sich auch besonders viel Zeit, um sie zu verwöhnen. Als der Wasser abkühlte, stieß er ein Holzbrett drei Mal auf den Boden. Kurz darauf war schon zu spüren, dass die Knechte das Feuer ordentlich schürten.

„Genießer", schmunzelte Adriana.

„Das gebe ich gerne zu", blinzelte Jakon. „Sie werden eh die Hände ringen, weil nichts mehr vorauszusehen ist."

So sagte er auch, als sie einen Tag später zum Schloss ritten, beim Abschied. „Heute Abend sind wir wieder da. Nicht, dass uns dann die Kälte aus der Tür entgegenschlägt."

Adriana lachte. „Trägst es ihnen immer noch nach?"

„Nicht wirklich." Jakon blinzelte ihr zu.

Laurin lief ruhiger als erwartet. Die um seine Beine wehenden Tücher störten ihn wenig und nach ein paarhundert Metern ignorierte er sie schon völlig.

„Ich habe Euch nur an der Rüstung erkannt", gestand Kronn, als die Ankömmlinge die Bibliothek betraten. „Kriegsvorbereitungen?"

„Ja." Adriana legte ihren Helm ab und setzte das Barett auf. „Die neue Rüstung ist fast fertig, die Pfeilsitzen sind in Arbeit und die Waffen sind in bestem Zustand." Sie blinzelte. „Nur mein Schild scheint Jakon nicht zu gefallen."

„Ausschließlich die Optik", erklärte der schulterzuckend. „Die Machart ist einsame Spitze."

„Was ist das Geheimnis?", fragte Kronn.

„Er besteht aus zwei Schichten – außen Metall und innen Hartholz", erklärte Adriana. „Ich habe noch nichts Vergleichbares gefunden."

„Wo habt ihr ihn her?"

„Er gehörte dem Mann, der mir das Leben rettete, als man mich in die Tiefe warf. Schon deshalb möchte ich ihn nicht missen."

„Kommt, wir suchen in meiner Waffenkammer!" Kronn erhob sich.

Gefolgt von Daria, Adriana und Jakon stieg er ins Untergeschoss hinab. Schon auf dem Gang bekam Adriana große Augen. In regelmäßig verteilten Wandnischen standen Harnische, an den Wänden hingen Waffen, Schilde und Gemälde der Urahnen Kronns.

Ich weiß, was du denkst. Genau so machen wir es auch, hörte sie Jakons Gedanken.

Kronn öffnete die Tür am Ende des Rüstsaales und steckte mit seiner Fackel die vier Leuchter gleich am Eingang an. In großen Regalen türmten sich alle erdenklichen martialischen Instrumente.

„Meine Güte!", rief Daria. „Wüsste ich es nicht besser, dann hielte ich es für die Schatzkammer."

„Dabei sind hier nur Eisen, Messing und Bronze vertreten", schmunzelte Jakon. „Aber die Ausführung der Arbeiten ist umwerfend schön."

„Da!", entfuhr es Adriana. Sie hatte in der Tat einen Schild entdeckt, der ihrem ziemlich ähnlich sah.

Kronn nahm ihn lächelnd aus seiner Halterung, prüfte die Armriemen und reichte ihn ihr mit den Worten. „Alles intakt. Er soll Euch gehören. Nun könnt Ihr Euren als Andenken an die Wand hängen, bevor nichts mehr davon übrig ist."

„Und das ist bei so einem Kampfhahn stark zu befürchten. Herr Adrian hat mich gestern vor meinen Leuten verdroschen, dass es eine Art hatte", rief Jakon gespielt anklagend.

„Wirklich?", fragte Daria überrascht.

„Wie?", stotterte zur gleichen Zeit Kronn erschreckt.

Adriana drohte Jakon scherzhaft mit dem Finger. „Wenn ich dich allein erwische, gibt es Teil Zwei."

„Seht ihr!!!" Jakon griff sich aus Spaß einen Schild von der Wand.

Kronn und Daria begannen zu lachen. Es sah zu komisch aus, wie ihr stärkster und bester Ritter hinter dem Schild hervorlugte.

„Wir hatten nur einen kleinen Nahkampf, den er nicht gewonnen hat", wiegelte Adriana schmunzelnd ab.

„Erzähl ihnen ruhig alles", ermunterte sie Jakon. „Als Feind hätte sie mir nämlich die Kehle durchgeschnitten." Dann berichtete er haargenau, was sich zugetragen hatte.

„Wir hätten doch den Hut bei deinen Männern herumgehen lassen sollen", stellte Adriana trocken fest, als das Königspaar sie ebenfalls mit ungläubigem Blick musterte.

„Betrachtet den Schild als Siegprämie", amüsierte sich Kronn.

„Besten Dank, mein König!" Adriana deutete eine Verbeugung an. Sie betrachtete die stilisierten Eichenblätter auf dem breiten Rand des Schildes. „Ist es mir erlaubt, den magischen Eichenhain zu betreten?"

„Ja, natürlich. Der Hain steht allen Menschen offen, egal, ob niedrig oder hoch geboren. Selbst aus wessen Herrn Land, ist völlig uninteressant", erhielt sie zur Antwort.

„Wollt Ihr noch heute hin?"

„Wenn Jakon nichts dagegen hat."

„Hat er nicht", warf der schnell ein. „Wenn du möchtest, begleite ich dich sogar hinein."

„Oh, bitte! Das wäre schön!"

Kronn ließ die beiden ziehen. Sollte es wichtige Dinge geben, werde er ihnen einen Boten nach Silberfels schicken.

„Warst du schon einmal im heiligen Hain?", fragte Adriana, als der Eichenhügel in der Ferne auftauchte.

„Ja, das war ich." Jakon lächelte bei der Erinnerung.

„Dann hast du gute Kunde bekommen."

„Hmm, hmm."

Adriana seufzte. „Ich bin sehr aufgeregt."

Da waren sie auch schon heran, stiegen von den Pferden, die sie am Zügel zwischen die Bäume führten. Jakon legte seine Waffen ab. Adriana tat es ihm gleich. Kurz vor dem Eingang der Grotte fasste sie nach seiner Hand.

Nicht aus Furcht, obwohl ihr Herz bis zum Hals schlug. Sie konnte mit jeder Faser ihres Körpers den mächtigen Zauber des Ortes spüren und wollte diese Empfindungen mit Jakon teilen.

„Komm näher, Prinzessin Adriana", wisperte eine Stimme. „Wie ich sehe, hast du deinen zukünftigen Gatten mitgebracht."

„Ihr kennt mich?", hauchte Adriana erstaunt.

„Was man sich in Silberfels wünscht, ist schneller bei mir, als ein Bote reiten könnte", lachte das unsichtbare Wesen. „Du hast viele Wünsche", sprach es weiter. „Bis auf einen, kannst du dir sogar alle selber erfüllen. Aber das weißt du ja. Und diesen einen Wunsch werde ich dir erfüllen."

„Oh! Danke! Danke!" Adriana kamen vor Freude die Tränen.

Jakon kratzte sich verlegen am Ohr. Welcher Wunsch mochte das wohl sein?

„Er weiß es nicht", kicherte die Stimme. „Willst du es ihm verraten?"

Adriana nickte. „Das wäre fair, denn er hat vor mir auch keine Geheimnisse." Sie schaute Jakon liebevoll an. „Die Magie dieses Ortes wird mich erst dann schwanger werden lassen, wenn der Krieg vorbei ist und das kleine hilflose Würmchen in Sicherheit aufwachsen kann."

„Du sagst gar nichts?", wisperte die Stimme.

Jakon hob recht hilflos die Hände. „Mir sind mit dieser Nachricht tausend Sorgen abgenommen. Aber, da man vor Euch nichts verbergen kann, wisst Ihr auch, dass ich mir aus tiefstem Herzen ein Kind wünsche."

„So ist es. Ich weiß aber auch, dass das Warten nur ein kleines Opfer für euer großes Glück ist."

Jakon nickte heftig.

Lupo

In den nächsten Wochen ritten die beiden immer wieder in die beiden kleinen Siedlungen, die zu Jakons Ländereien gehörten. Etwa 100 Männer im waffenfähigen Alter lebten hier. Dem Burgherrn und Adriana lag sehr viel daran, diese bestens auf die Schlacht vorzubereiten.

Je besser geschult, um so höher die Chance, lebend zurückzukommen. Jeder wusste, dass ein gut ausgebildeter Ritter zu Pferd den gleichen strategischen Wert, wie 80 unausgebildete Soldaten hatte.

Jakon kümmerte sich darum, dass wenigstens jeder seiner zukünftigen Soldaten mit einem guten Gambeson und einem Helm in die Schlacht ziehen konnte. Er ließ alles ausbessern, was noch irgendwie zu retten war.

Die Waffen stellte König Kronn zur Verfügung. Adriana übte mehrmals mit den Männern den richtigen Gebrauch von Piken, Spießen, Schilden und Schwertern, so einer der Betreffenden selbst über solch eine teure Waffe verfügte.

Kronn blieb das nicht lange verborgen, auch wenn Jakon und Adriana nie darüber sprachen. Als er einmal allein mit ihr in der Bibliothek saß, sagte er: „Paradan könnte sich keine bessere Königin wünschen."

Adriana seufzte. „Vielleicht will ich ja auch nur die Frau des Königs sein."

Kronn winkte ab. „Ich kenne Euch und habe das Buch gelesen. Jakon wird es nicht zulassen, dass man Euch hinter ihm zurücksetzt. Niemand hat mehr Anrecht auf den Thron als Ihr.

Notfalls mache ich von meinem Recht als Eroberer Gebrauch und setze ein, wen ich will. Ich bin aber sicher, dass es nicht soweit kommen wird."

Jakon kam mit den Herolden herein.

„Ruft für Montag die Männer zusammen! Dienstag soll Heerschau sein. Am Mittwoch ziehen wir los. In genau einer Woche werden wir in Siddra auf die Armee Arons treffen und gemeinsam nach Paradan einfallen."

Die Herolde eilten in alle vier Himmelsrichtungen davon.

Daria wurde eine Spur blasser, während in Adrianas Augen ein stählerner Glanz trat. Jakon ließ sich keine Regung anmerken, wie immer, wenn es auf Leben und Tod ging. Innerlich wurde er im selben Moment zum sprungbereiten Panther.

Wie abgesprochen, werde sich das Königszelt diesmal äußerlich nicht von den anderen unterscheiden. Was nicht nur eine Lehre aus jenem Kampf war, in welchem Attra den Tod gefunden hatte. Jakon hatte die Aufgabe zwei Könige zu beschützen, nämlich Kronn und Adriana.

Also einigte man sich darauf, das größere Zelt gleich zu dritt zu nutzen, um sich gegenseitig Sicherheit zu geben. Kronn wäre der Letzte gewesen, der ausgerechnet in solch einem Fall auf Etikette gepocht hätte.

Es werde sich auch niemand wundern, wenn Kronn den schier unbesiegbaren weißen Ritter zu seinem persönlichen Schutz beordert hatte.

Am Tag der Heerschau füllte sich die Wiese mit unzähligen Zelten, frisch geschliffene Waffen blinkten in der Märzsonne, Pferde wieherten und zwei Feldschmiede legten letzte Hand an.

Elf Uhr ließen die Befehlshaber ihre Truppen antreten. König Kronn, die Ritter Jakon und Adrian ritten die langen Reihen ihrer Männer ab, um sie zu begrüßen und sich vom guten Zustand der Ausrüstung zu überzeugen.

Ritter Adrian trug die dunkle Rüstung und erstmalig den Umhang mit dem Wappen der Könige von Paradan.

Es war eher Zufall, dass einige Ritter das Zeichen der alten Dynastie erkannten. Am Abend war das Gerücht für viele zur Gewissheit geworden, in Ritter Adrian den Sohn des letzten Königs zu sehen. Zumal König Kronn und Ritter Jakon dies weder dementierten, noch bestätigten.

Am nächsten Morgen zog der Tross in den Krieg. Allen voran ritten der König und seine Ritter, dahinter marschierte das Fußvolk. Ein langer Zug Ochsenkarren mit Zelten und Proviant folgte ihnen.

In Abständen der Tagesetappen hatte der König Depots anlegen lassen, um die Truppen optimal versorgen zu können. Die Lebensmittel auf den Wagen sollten bis Paradan unangetastet bleiben.

Jedwede Übergriffe auf die Zivilbevölkerung, egal welcher Art und welchen Landes, hatte Kronn bei Todesstrafe verboten. Auch König Aron ließ Depots anlegen, die Kronn mit auffüllte, um seine rund 10.000 Männer in Siddra satt zu bekommen.

Zwei Tage lang blieb es abends in den Rastlagern ruhig. Am dritten Abend lockte überlautes Gejohle ganz in der Nähe schließlich Adrian aus dem Zelt.

Er folgte dem Lärm und kam zu einem Trupp Soldaten, die einen jungen Wolf gefangen hatten. Sie hatten dem etwa einjährigen Tier Fang und Beine mit dicken Stricken zusammengebunden. Einer hob soeben seine Axt, um dem Wolf den Schädel einzuschlagen.

„Stopp!", sagte Adrian leise aber sehr bestimmt, ihm die Hand festhaltend. „Ich kaufe ihn Euch ab." Dann drückte er dem verdutzten Mann ein Goldstück in die Hand, lockerte die Beinfesseln etwas, damit das Tier winzige Schritte machen konnte.

Nun schlang er ihm ein zur Schlaufe gelegtes Seil um den Hals und knotete das Band um den Fang auf. Als der Wolf nach ihm schnappen wollte, schlug er ihm sanft mit dem gepanzerten Handschuh auf die Nase. „Lass den Unsinn!"

Adrian ließ sich ein Stück Brot reichen, welches er dem hungrigen Wolf vor die Nase hielt. Der folgte dem Menschen, schon, um an das begehrte Fressen zu kommen.

Kronn und Jakon schüttelten fassungslos die Köpfe. Adrian schien das nicht zu bemerken.

„Bist ein braver Kerl", sagte er, dem Tier einen Teil des Brotes reichend. „Noch mehr? Dann musst du aufhören, nach mir zu beißen, wenn ich dich anfassen will." Der Wolf bekam noch einen Happen.

„Du willst ihn zähmen?", fragte Jakon.

„Das habe ich vor." Adrian goss Wasser in eine Schüssel. „Ich kann nicht zuschauen, wenn eine Kreatur aus Spaß gequält und getötet wird. Lasse ich ihn aber frei, zerfleischen ihn die anderen Wölfe, weil er nach Mensch riecht."

„Und wie wollt Ihr ihn mitnehmen?" Kronn schaute ziemlich skeptisch.

„Laurin wird sich an ihn gewöhnen müssen", erhielt er zur Antwort. „Die anderen Pferde übrigens auch."

Der Wolf hob witternd die Nase. Jakon schmunzelte, schnitt ein Zipfelchen Wurst ab und hielt ihm etwas davon mit dem Panzerhandschuh hin.

„Ich staune!", rief er überrascht, als ihm das Häppchen vorsichtig aus der Hand gezupft wurde.

Das andere Stück reichte er Adrian, der es ebenfalls ganz sanft loswurde.

„Wer weiß, wozu es gut ist", seufzte Kronn, beschließend, der Dritte im Bunde zu sein. Er hielt dem Findling auch ein fressbares Freundschaftsangebot unter die Nase, das dankend angenommen wurde. „Ich glaube fast, dieser Wolf ist ein Zeichen."

Adrian rammte einen Pflock in die Erde, band den Wolf an, um ganz in Ruhe nach Leder für Halsband und Leine zu suchen. Das Ergebnis hielt er für unbefriedigend, also nahm er die provisorische Leine und schlenderte langsam mit seinem neuen Freund zu einem der Handwerkerzelte.

Lupo, wie Ritter Adrian seinen Vierbeiner nannte, unternahm auf dem Weg dahin nur halbherzige Fluchtversuche. Er verkniff es sich auch, nach seinem Retter zu beißen. Der Schmerz vom Biss ins Metall überwog bei weitem den erzielten Effekt. Außerdem duftete sein Bezwinger nach Brot und das gab es nur, wenn *Wolf* ausnehmend brav war.

„Ihr zähmt wohl alles", lachte der Meister, als Ritter Adrian mit seinem Wolf im Schlepptau ins Zelt trat.

Adrian grinste breit. „Könnt Ihr mir ein reißfestes Halsband fertigen und eine lange Leine? Der Kleine ist noch nicht ganz überzeugt, dass er im Augenblick bei mir am besten aufgehoben ist."

„*Der Kleine* ist gut!", rief der Meister. „Wird der etwa noch größer?"

„Ein Stückchen." Adrian zog die Leine an, weil der Wolf die Zähne fletschte. Er nahm auch selber Maß, weil Lupo sonst wild geworden wäre. Eine halbe Stunde später zahlte er Halsband und Leine, die der Handwerker rasch aus einer Pferdelonge gefertigt hatte.

Lupo bekam für das Stillhalten ein Bröckchen Futter und trabte neben seinem Herrn zurück zum Königszelt, von unzähligen Augen verblüfft beobachtet.

„Haben wir eine kleine Sensation?", witzelte Kronn, der von überallher vom Wolf gehört hatte.

„Haben wir", bestätigte Adrian, seinen Wolf an der langen Leine festbindend. Er stellte ihm noch eine volle Wasserschüssel hin, ehe er sich von einem Knappen aus seinem Harnisch helfen ließ. Wobei dem Halbwüchsigen die Nähe des Raubtieres nicht ganz geheuer war, wie die ängstlichen Blicke zeigten.

Auch die beiden anderen legten ihre Rüstungen ab, um schlafen zu gehen. Lupo fühlte sich in der fremden Umgebung sehr einsam. Er kroch, soweit es seine Leine zuließ, in die Nähe seines Herrn.

Da lag er auch noch am Morgen bei Sonnenaufgang, wie Adrian beruhigt feststellte. Adrian zog sich nur den Gambeson über, um einigermaßen geschützt zu sein, setzte sein Barett auf und führte Lupo aus dem Lager, damit dieser in Ruhe lebenswichtigen Bedürfnissen nachgehen konnte.

Lupo witterte zum Wald hinüber, schien sich aber mit seinem Schicksal abgefunden zu haben. Er trottete neben Adrian her und fletschte nicht einmal die Zähne, wenn andere Menschen in seine Nähe kamen.

Aber die machten sowieso einen großen Bogen um die beiden. Allerdings schauten sie ihnen ziemlich neugierig hinterher. Wie konnte man nur auf so eine verrückte Idee kommen, einen Wolf zähmen zu wollen?

Jakon atmete auf, als beide wieder ins Zelt traten. „Ich war in Sorge."

„Oh, tut mir leid. Ich wollte dich nicht erschrecken. Wir waren außerhalb des Lagers, um dringende Wolfsgeschäfte zu erledigen."

Jakon schüttelte amüsiert den Kopf. „Ich werde mich sicher daran gewöhnen."

Beim Frühstück hockte Lupo neben Adrian und wartete sehnsüchtig auf Bröckchen, die ihm von allen Dreien am Feuer zugeworfen wurden. Adrian hatte Lupo nicht in die Nähe des brennenden Holzes gezwungen. Der junge Wolf war ihm freiwillig dahin gefolgt.

Der Weitermarsch gestaltete sich dann doch etwas schwieriger als erwartet. Zwar akzeptierte Laurin den Wolf neben sich, aber die anderen Pferde scheuten. Ein kurzer Blickwechsel mit dem König, dann setzte sich Adrian ganz nach rechts ab, wo der Wolf kein anderes Pferd störte.

Nach zwei Stunden war Lupo von den ungewohnten Bedingungen so müde, dass er sich ohne Gegenwehr von Jakon zu Adrian aufs Pferd heben ließ. Dort lag er dann schlafend quer über den Beinen seines Herrn auf dem Pferderücken.

Adrian nahm seine Position rechts neben dem König wieder ein. Zwar schnaubten die Pferde hin und wieder, schienen sich aber langsam an den Raubtiergeruch zu gewöhnen.

Zur Mittagsrast öffnete Lupo ganz verschlafen die Augen, blinzelte in die Sonne und kuschelte sich wieder an seinen Herrn.

„Absteigen, Faulpelz!", lachte der und Jakon hob den sich heftig stäubenden Wolf herunter.

„Armer Lupo! Was du alles in so kurzer Zeit begreifen musst", schmunzelte er, kein bisschen böse, dass ihn das Tier am Hals gekratzt hatte.

Meister Kunz, der Plattner, hatte sein Zelt hinter denen der Ritter aufgebaut, um rasch Schäden an den Rüstungen ausbessern zu können. Im Augenblick schaute er eher gelangweilt im Lager umher.

„Ein wundervolles Tier", staunte er, als er an Adrian mit seinem Wolf vorbeikam. Dann leuchteten plötzlich seine Augen freudig auf und er hatte es sehr eilig, zu seiner keinen Feldschmiede zurückzukommen. Schon hallten ein paar Hammerschläge und das schabende Geräusch des Gravierens erklang.

Nach dem Aufbau des Nachtlagers eilte er zum Königszelt. Jakon ließ ihn herein.

„Gibt es Probleme?", fragte Kronn überrascht.

„Nein, nein. Ganz und gar nicht", erklärte Kunz mit abwehrend erhobenen Händen. „Ich möchte nur Ritter Adrian bitten, mir kurz das Halsband seines Wolfes zu geben."

„Ein seltsamer Wunsch", stellte Kronn kopfschüttelnd fest.

„Aber nicht unerfüllbar", sagte Adrian. „Jakon hält dich kurz fest, Lupo. Alles ist gut."

Meister Kunz zog einen kleinen Amboss aus dem Beutel, einen Hammer, drei Metallplättchen und sechs Niete. Er stanzte gekonnt sechs kleine Löcher in das Leder, legte die Medaillons auf, nietete sie fest, begutachtete sein Werk. Polierte es mit einem Tuch auf Hochglanz.

Mit den Worten: „Nun kann jeder sehen, dass es handfesten Ärger gibt, diesem Wolf ein Leid zu tun", reichte er das Halsband an Adrian zurück.

Kronn trat neugierig näher und auch Jakon machte einen langen Hals – das Halsband zierten drei Plaketten mit dem Wappen Paradans.

„Wundervoll! Was bin ich Euch schuldig?" Adrian legte Lupo das Prachtstück um.

„Nichts", lachte Kunz. „Das ist mein Dank dafür, dass alle Eure Rüstung bewundern. Ich habe so viele Aufträge bekommen, für die ich nach dem Krieg bestimmt noch drei zusätzliche Gesellen brauchen werde." Er kraulte Lupos Hals, ohne daran zu denken, ein halbwildes Raubtier vor sich zu haben.

„Er mag Euch", freute sich Adrian. „Ich werde wohl öfter bei Euch vorbeikommen, damit er sich richtig an Euch gewöhnen kann. Ist mir ganz lieb, wenn er während der Kämpfe jemanden hat, wo er bleiben kann und sich gut aufgehoben fühlt."

„Mir soll es recht sein", schmunzelte Kunz. „Dann werde ich zukünftig einen Wolf neben einem Amboss in meinem Zunftzeichen führen."

Kaum war der Meister gegangen, sagte Kronn: „Das klingt, als wolltet Ihr Meister Kunz nach dem Sieg bei Euch behalten. Und wenn ja, was sagt er dazu?"

„Er hat versprochen, Jakon überall hin zu folgen", verriet Adrian lächelnd. „Noch weiß er nicht, was ihm bevorstehen kann, so uns und ihm das Schicksal wirklich gnädig ist. Wie alle anderen hat er keine Ahnung, mit wem er es zu tun hat. Er kennt nur die Gerüchte."

Adrian streichelte Lupo, band ihn für die Nacht fest und bald kehrte Ruhe im ganzen Lager ein.

Bis zum Zusammentreffen der beiden Heere in Siddra hatte es der Wolf geschafft, auch von den Pferden der anderen Ritter akzeptiert zu werden. Er lief stundenlang neben Laurin her, ohne dass das nächste Pferd daneben nach ihm auskeilte.

König Aron stand, entgegen allen Erwartungen, selbst an der Spitze seines Heeres. Er schaute den Neuankömmlingen erwartungsvoll entgegen. Natürlich auch dem Hund ganz vorn, der sich beim Näherkommen als etwas anderes entpuppte.

„Ich hätte mir vor dem Spiegel nicht mehr in die Augen schauen können, wäre ich zu Hause in meinem sicheren Schloss geblieben und Ihr hättet Eure Leben gewagt."

Kronn drückte seinem Schwiegervater dankbar die Hand. Nun war auch gesichert, dass beim Heer alles in wirklich geordneten Bahnen lief, wenn er selber mit den Rittern durch den Geheimgang in die Burg eindrang.

Lupo ordnete sich rasch hinter dem Fremden ein, denn er merkte deutlich, wie ranghoch dieser von den Menschen behandelt wurde. Als es das erste Mal von diesem ein fressbares Häppchen am Lagerfeuer gab, war die Welt des Wolfes vollkommen in Ordnung.

„Es gibt Stunden, da möchte ich mit Lupo tauschen", flüsterte Jakon Adrian unbemerkt zu, wenn dieser sanft das dichte Fell des Wolfes kraulte.

Hier, im Heerlager, mussten beide noch mehr auf der Hut sein, Adrianas Geheimnis nicht vorzeitig zu lüften.

Vier Tage später passierten sie die Grenze zu Paradan. Nun galt äußerste Vorsicht für alle. Man musste mit Angriffen und Überfällen rechnen. Marrakana werde kaum tatenlos zuschauen, wie ein riesiges Heer auf ihre Burg zumarschierte.

Kronn sandte immer wieder Späher voraus. Am zweiten Tag kamen die Männer wieder. Sie zerrten einen grauhaarigen Mann an den gefesselten Händen hinter sich her.

Die beiden Könige standen mit Jakon, Adrian und dem Wolf bei den Pferden. Kronn ging den Männern entgegen.

„Wer ist das? Wo habt ihr ihn gefangen?"

„Gefangen haben wir ihn zwei Kilometer nördlich. Er hatte sich in einer Höhle verkrochen, in der er offenbar lebt. Keine Ahnung, wer oder was das für ein Mensch ist."

„Wie ist dein Name?", wandte sich Kronn an den Fremden.

Der schwieg.

„Antworte!", forderte Kronn.

Der Gefangene wandte trotzig den Kopf ab, wobei ihm Adrian ins Blickfeld kam. Er zuckte deutlich sichtbar zusammen, als er das Wappen auf dem Umhang und den Wolf an der Seite des Ritters gewahrte.

„Die Prophezeiung", hauchte er. „Sie wird wahr."

„Welche Prophezeiung!" Jakon rüttelte ihn am Arm.

Der Mann schaute Jakon und Kronn fest an. „Das sage ich nur dem Ritter mit dem Wolf!"

„Herr Adrian! Ihr werdet hier gebraucht!", rief Kronn hinüber.

„Adrian …", wisperte der Fremde und es schien, als husche ein glückliches Lächeln über sein Gesicht.

Der Angesprochene näherte sich mit seinem Tier. Ungläubiges Staunen trat in die Augen des zerlumpten Mannes. „Ihr ... Ihr ...", stammelte er.

„Es wäre angebracht, Ihr ginget mit ihm ins Zelt", schlug Kronn vor.

„Nehmt ihm die Fesseln ab!", gebot Adrian.

Ein Knappe beeilte sich, seinem Wunsch zu entsprechen.

„Und bringt mir etwas zu essen und zu trinken für ihn", bat Adrian, den Fremden zum Zelt führend. Jakon postierte sich davor, bereit, jederzeit zuzuschlagen, sollte etwas aus dem Ruder laufen.

Die Zeltbahn hatte sich gerade erst geschlossen, da fiel der Grauhaarige vor Adrian auf die Knie, küsste seine Hände und flüsterte: „Ich schwöre Euch ewige Treue, Prinzessin Adriana."

Die Erkannte zuckte zusammen, legte den Zeigefinger auf die Lippen. „Pssssst!" Sie zog ihn auf die Füße, schob ihm einen Hocker zu. „Wer bist du?"

„Ich war der Hofchronist Eures Vaters. Ihr seht Eurer Mutter zum Verwechseln ähnlich."

„Jakon! Komm bitte zu uns!"

„Nein, nein!", wehrte der Fremde verzweifelt ab.

„Doch, doch!", lächelte Adrian, nahm Jakon bei der Hand, hauchte ihm einen Kuss auf die Wange, womit sie beide Männer völlig verdutzte.

„Er ist mein zukünftiger Ehemann und sollte wissen, was Ihr zu sagen habt. Selbst vor König Kronn haben wir keine Geheimnisse. Für alle anderen muss ich bis zum Sieg Ritter Adrian bleiben."

Der ehemalige Hofchronist hob die Hand zum Schwur. „Ich werde Euer Geheimnis bewahren!"

„Bitte erzählt uns, was Ihr über die Prophezeiung wisst, die Ihr angesprochen habt." Lupo legte sich zu Füßen seines Herrn, den Fremdling keine Sekunde aus den Augen lassend.

„Marrakana wurde von einer Wahrsagerin geweissagt, sie werde sterben, wenn ein Wolf in die Burg eindränge. Daraufhin ließ Marrakana alle Wölfe in ganz Paradan töten und die Wahrsagerin gleich mit. Boten schlechter Nachrichten haben diese Burg seit mehr als 20 Jahren nicht mehr lebend verlassen."

Adrian nickte. „Und wie konntet Ihr fliehen?"

„Man hat mich als vermeintliche Leiche hinausgeworfen. Als die Burg überrannt wurde, streckten sie mich mit mehreren Dolchstichen nieder." Er schob das Hirschfell beiseite, welches er um den Oberkörper trug. „Nur war glücklicherweise keiner tödlich und von dem hohen Blutverlust erholte ich mich irgendwann.

Als ich durch die Kälte der Nacht aus meiner Bewusstlosigkeit erwachte, lag ich auf einem Haufen Leichen außerhalb der Burgmauern, der wohl am Morgen verbrannt werden sollte. Ich kroch, so schnell es meine Kräfte zuließen, ins Gestrüpp an der Mauer und presste mich platt auf die Erde.

Wie ich die folgenden Stunden überstanden habe, kann ich nicht sagen. Ich glitt immer wieder in tiefe Bewusstlosigkeit, muss mich aber in den klaren Phasen vorwärts bewegt haben. Schließlich fiel ich in einen Bach und das muss mich wohl endgültig gerettet haben.

Ich trank in gierigen Zügen, das Wasser kühlte meine Wunden. Ich kroch im Bach weiter, bis ich in ein nahes Wäldchen mit einer versteckten Lichtung kam. Dort erholte ich mich ein paar Tage, ehe ich meine Flucht bis hierher fortsetzte. Dann fand ich die versteckte Grotte, in welcher ich seitdem mein Leben fristete. Immer auf der Hut, nicht doch noch von Marrakanas Schergen entdeckt und ermordet zu werden."

Der Kampf um die Burg Paradan

„Damit steht fest, dass Ihr und Lupo dabei sein müsst, wenn wir in die Burg eindringen", erklärte Adrian. „Kronn kennt den Weg hinein und Ihr die Wege darin. Aber nun esst und trinkt, damit Ihr zu Kräften kommt."

An die Knappen gewandt: „Ruft Meister Kunz zu mir!"

„Ich weiß, dass ich jetzt sehr viel von Euch verlange." Adrian bat Kunz auf den Hocker neben sich. „Ich weiß mir nur keinen anderen Rat."

„Worum geht es denn?", fragte der Meister, Lupo streichelnd, der ihm den Kopf auf die Stiefel legte.

„Nehmt diesen Mann in Euer Zelt auf. Oder gebt ihm wenigstens einen warmen Schlafplatz in Eurer kleinen Schmiede. Rüstet ihn an Kopf, Brust und Rücken hieb- und stichfest aus. Ich werde Euch alle Kosten ersetzen."

„Die Wünsche werde ich Euch nicht abschlagen. Schickt ihn dann einfach zu mir rüber." Kunz nickte dem Fremden freundlich zu und verschwand wieder.

„Darf ich Euch fragen, wie Ihr überleben konntet?", bat der Chronist.

Adrian begann zu erzählen. Am Ende lachte er. „Ich sehe Euch schon an der Nasenspitze an, wie Ihr es genießen werdet, meine Geschichte und das, was in den nächsten Wochen geschehen wird, aufzuschreiben. Doch nun rasch zu Meister Kunz mit Euch. Morgen wird ein langer Tag."

Der Tag begann damit, dass Lupos sirenenartiges Jaulen die Männer aus dem Schlaf riss. Die meisten sprangen auf und griffen nach dem Waffen. Halb angekleidet mussten sich gegen einen Trupp Söldner zur Wehr setzen, die die Proviantwagen in Brand stecken wollten.

Mit Peitschenhieben, Steinwürfen und Messern gingen sie auf die Angreifer los, die nicht mit solch verzweifeltem Widerstand gerechnet hatten.

Adrian und seine Bogenschützen streckten die letzten Fliehenden nieder. In den eigenen Reihen gab es fünf Verletzte, die ein Heilkundiger sofort versorgte.

Lupo, der Wachsame, bekam unter dem Applaus der Männer von Kronn einen Rinderknochen mit viel Fleisch. Den hatte er sich redlich verdient.

Jakon schickte vier Männer aus, die den Spuren der Angreifer folgen sollten. Sie blieben ungewöhnlich lange weg. Man dachte schon, sie seien getötet worden. Da tauchten sie mit 20 Pferden aus dem Wald auf.

Kronn und Aron teilten sich die Beute. Zwei Pferde erhielt Jakon für seine Umsicht. „Eins bekommt Gero, der Chronist, das andere Meister Kunz", versprach er Adrian, der die freudige Nachricht sofort persönlich überbrachte.

„Das ist doch viel zu wertvoll", versuchte Kunz abzuwehren.

„Ihr wisst doch nicht, mit was für Sonderwünschen ich in den nächsten Tagen noch zu Euch komme", schmunzelte Adrian.

Kunz hob amüsiert die Augenbrauen. Dabei hätte Adrian Gero fast nicht wiedererkannt. Der Plattner hatte seinen Schutzbefohlenen rasiert und eingekleidet. Wie es schien, kamen sie auch vom Charakter bestens miteinander aus. Adrian musste sich wahrlich keine Sorgen machen.

Ideal, dass Kunz seinem Mitbewohner alles erzählte, was er über den geheimnisvollen, unschlagbaren Ritter Adrian wusste. Gero berichtete im Gegenzug über Paradan, wie es früher einmal gewesen war.

Auf der nächsten Rast lief Gero König Aron über den Weg. „Wartet!", rief der König. „Ich muss Euch schon einmal anderswo gesehen haben! Ich kann mich nur nicht erinnern, wo das war."

Gero lächelte. „Ich kann mich daran sehr gut erinnern. Ihr wart bei König Siegmund zu Gast, mein Herr."

„Ha! Ihr seid der Hofchronist! Ihr habt mir damals einige Schätze in Siegmunds Bibliothek gezeigt. Jetzt geht mir auch ein

Licht auf, weshalb Ritter Adrian solch großes Interesse an Euch hat."

Gero freute sich sehr, von Aron erkannt worden zu sein. „Ich wünsche mir so sehr, wieder für ein gutes Königspaar schreiben zu dürfen. Ob es wohl die alte Bibliothek noch gibt? Ich fürchte fast, die bösartige Furie hat die wertvollen Handschriften verbrannt."

Auf den nächsten Etappen des Weitermarsches kamen dem riesigen Heer Flüchtlinge entgegen, die nur das nackte Leben gerettet hatten. Marrakana ließ alle Höfe niederbrennen, die auf dem Weg der Angreifer lagen.

Die Männer schlossen sich ausnahmslos den Befreiern an, während Aron Frauen und Kinder mit einem Geleitbrief nach Siddra weiterschickte.

Die Bauern gleich hinter der Grenze waren auf die Hilfsbedürftigen vorbereitet und wussten, dass sie der König reich entschädigen werde. Auch die Hilfe des Nadromans war ihnen gewiss.

Das Heer der Könige wuchs innerhalb weniger Tage um fast 1000 Mann an. Die Männer aus Paradan scharten sich sofort um Adrian, der das Wappen seiner Vorfahren auf dem Umhang trug.

„Morgen wird es richtig ernst", erklärte Kronn abends auf der Zusammenkunft der Befehlshaber. „Wir werden das Ziel vor uns sehen und mit tausend Fallen rechnen müssen. Über welche Kriegstechnik Marrakana verfügt, können uns nicht einmal die Männer Paradans sagen.

Es können Steinschleudern sein, Brandpfeile oder heißes Pech. Keiner weiß, wie viele Reiter es hier gibt. Es müssen aber erheblich mehr sein, als wir haben."

„Dann sollte der Blitzangriff durch den Tunnel besonders rasch erfolgen", sinnierte Adrian. „Leichte Panzerung, schwere Bewaffnung."

„Sollte es morgen noch immer regnen, marschieren wir durch", legte Kronn fest. „Wir können nicht warten, bis der Acker völlig aufgeweicht ist."

Aron und die anderen nickten.

„Angriff! Angriff!", tönte es plötzlich durch das Lager.

Die Männer fassten nach den Waffen. Kunz kam gerannt, nahm Lupo in Empfang und eilte zu Gero zurück. Adrian befehligte die Ritter, welche diesmal ihr ganzes Können aufboten. Es war keine kleine versprengte Truppe, die der Posten gemeldet hatte, das war mindestens das halbe Heer der finsteren Herrin.

Und wie es Adrian vorausgesagt hatte, waren die übelsten Tricks gerade gut genug, um sich selber schadlos zu halten. Mit Peitschenhieben rissen die einen den Söldnern die Waffen aus den Händen, damit ihnen die Nachfolgenden mit ihren Schwertern ohne Mühe den Garaus machen konnten.

Dabei war kaum einer der Männer aus Paradan wirklich für den Krieg gerüstet, auch wenn sie bis an die Zähne bewaffnet waren. Es schien ein zusammengetriebener Haufen Bauern ohne jegliche Kampferfahrung zu sein, den Marrakana hier opferte.

Bis spät in die Nacht tobte der Kampf. Die Übermacht der vereinten Heere siegte schließlich trotz unbekanntem Gelände. Es gab Dutzende Tote auf beiden Seiten.

Das ganze Ausmaß war erst nach Sonnenaufgang zu erkennen. Adrians Rüstung troff vom Blut der erschlagenen Feinde. Er hatte gewütet wie ein gereizter Tiger. Seinem Damaszenerschwert war kein herkömmliches Panzerhemd gewachsen.

Das Gros der Angreifer war nicht einmal wirklich geschützt gewesen. Die Gambesons waren aus zu wenigen Schichten gesteppt, um Schwertstöße und Streitaxthiebe abzuhalten.

Statt zu ruhen oder weiterzuziehen, begrub man die Toten.

Adrian wischte sich notdürftig das fremde Blut aus dem Gesicht. „Nur ein paar Quetschungen und blaue Flecke", erklärte er auf Jakons besorgten Blick.

Er zog den linken Panzerhandschuh aus und legte ein paar zerkaute Kräuter auf die Wunde. Den Handschuh zog er einfach über die Masse.

Die Könige und Jakon wechselten beinahe hilflose Blicke.

Auf dem verspäteten Abmarsch musste Lupo auf dem Wagen bei Kunz und Gero mitfahren. Ein paar Männer aus Paradan flankierten das Fuhrwerk, um ein wachsames Auge auf die drei zu haben. Die Wappen auf dem Halsband des zahmen Wolfes waren auch ihnen nicht entgangen.

Aus den Unterhaltungen der Soldaten erfuhren die beiden auf dem Wagen, dass Adrian ein geradezu schauriges Blutbad unter den Feinden angerichtet hatte.

„Ich habe ihm Treue geschworen", verriet Gero stolz. „Er ist der, dem ich überallhin folgen werde. Ich glaube auch ganz fest daran, dass er die Terrorherrschaft auf der Burg beenden wird."

„Paradan!" Adrian deutete in die Ferne, wo aus dem Nebel der Fels mit der Festung auftauchte.

Kronn dachte an jenen Tag zurück, als er schon einmal an dieser Stelle gestanden und da hinüber geschaut hatte. Diesmal kam er nicht allein. Er gab das Signal zum Anhalten.

„Baut die Zelte auf. Es wird das letzte Mal vor dem Kampf sein, dass wir halbwegs vernünftig schlafen können."

„Posten aufstellen!", befahl Jakon. „Abstand 20 Meter, Wechsel alle zwei Stunden! Proviantwagen, Handwerksmeister, Heiler und Pferde in die Mitte des Lagers!"

König Aron umritt das Lager, um Schwachstellen aufzuspüren. An einigen Stellen ließ er die Posten verdoppeln.

Adrian und Jakon nahmen sich die Zeit, ausgiebig mit Lupo spazieren zu gehen, mit ihm zu schmusen und ihm die besten Brocken zukommen zu lassen, die sich finden ließen.

Außer Hörweite des Lagers blieb Jakon stehen. „Ich liebe dich. Pass bitte auf dich auf. Ich kann es gar nicht oft genug sagen."

„Ich liebe dich auch. Ich sehne mich nach dem Tag, an dem ich es dir endlich wieder anders zeigen kann, als durch ein heimliches Lächeln." Adrian hauchte ihm einen Kuss zu.

„Hoffentlich nimmt dieser Albtraum bald ein gutes Ende", seufzte Jakon. „Deine Männer stehen jedenfalls ganz hinter ihrer Königin, die sie derzeit noch für den zukünftigen König halten. Das beruhigt mich sehr. Daria hatte das richtige Händchen mit ihrem Geschenk."

„Das sehe ich ganz genau so. Ich bin ihr wirklich überaus dankbar." Adrian strich mit den Fingerspitzen über die Wappen des Halsbandes. „Kunz' Geschenk hat die gleiche Wirkung. Lupo wird mit königlichen Ehren bedacht, indem sie ihn rund um die Uhr bewachen. Dabei kennen sie nicht einmal die Prophezeiung."

„Komm. Wir müssen zurück. Die Nacht ist kurz." Jakon pfiff nach Lupo, der sofort erschien. Bald werde er sie sicher ohne die lästige Leine begleiten dürfen.

Die Nacht blieb erstaunlich ruhig. Zu ruhig für Kronns Geschmack, der das aber nicht laut sagte. Auf der Burg schien man sich auf eine lange Belagerung einzurichten. Die ganze Nacht war das Gemäuer in der Ferne hell von Feuern erleuchtet.

Die letzte Etappe führte bis vor die Burg, wo sich das Heer formierte. Die Könige waren klug genug, dies außerhalb der Reichweite etwaiger Steinschleudern zu tun.

Über dem Tor brannten die Feuer für das Pech. Mit Bogenschützen auf dem Wehrgang musste fest gerechnet werden. Die Rollenverteilung stand fest. Aron befehligte das Heer, Kronn die Sondereinsatztruppe.

Zwei Tage tobte bereits der Kampf, als Aron endlich mit Langbogen Brandpfeile in die Burg schießen lassen konnte, um von Kronns Mission abzulenken. Die über 40 Ausgewählten pirschten sich mit körperhohen Schilden an die Burgmauer. Adrian führte Lupo mit sich, dem er mit seinem Schild die ganze Zeit Deckung gab, weil immer wieder Pfeile von den Wehrgängen in ihre Richtung flogen.

Jakon übernahm es, für die Sicherheit von Gero zu sorgen, der im Waffenhandwerk völlig ungeübt war. Aus den Geräuschen konnten sie sich zusammenreimen, dass Marrakanas Heer soeben wieder die Zugbrücke passierte, während der nächste feurige Pfeilhagel im Burghof alles in Brand setzte, was bisher den Flammen entgangen war.

Kronn fand mit traumwandlerischer Sicherheit den Stein mit dem Stern wieder. An einem Seil ließen die Ritter alle hinunter. Lupo hing in einer Art Brustgeschirr und wurde von Adrian im

Empfang genommen. Den letzten Ritter fingen drei andere auf, um den Sprung in drei Meter Tiefe abzufedern. Im Gang wurde es immer stickiger und enger für so viele Menschen.

Die Falltür schloss sich wieder. Kronn drückte sich in der Enge des Stollens an seinen Männern zur Spitze vorbei.

„Folgt mir!", flüsterte er. „Es gibt keine Abzweigungen. Am Ende müssen wir kriechen, weshalb wir ja nur die leichte Panzerung tragen."

Im Dunkeln schlichen alle hinter ihm her. Lupo hielt sich mit Körperkontakt an Adrians Seite.

„Achtung! Köpfe einziehen!", hörten sie Kronns Stimme.

Kurz darauf mussten sie kriechen. Lupo hielt sich tapfer hinter Adrian. Jakon, hinter Lupo, schmunzelte, hatte er doch öfter die haarige Rute mitten im Gesicht. Immer noch besser, als Stiefeltritte zu kassieren, wie die anderen, wenn sie zu schnell waren.

In der Folterkammer schien diesmal wirklich die Hölle ihre Pforten geöffnet zu haben. Es stank erbärmlich nach verbranntem Fleisch und angesengtem Haar. Ein bewusstloser ausgemergelter Körper hing an den Füßen von der Decke.

Kronn spähte vorsichtig umher. Er entdeckte drei Folterknechte ganz in der Nähe.

Zwar waren die völlig überrascht, als plötzlich eine Gestalt buchstäblich aus dem Nichts auftauchte, aber sie griffen sofort mit glühenden Zangen an, die in einem Kohlebecken steckten.

Kronn gelang es gerade noch, das Schwert aus der Scheide zu reißen und dem Ersten den Arm abzuschlagen, ehe der ihm das glühende Eisen ins Gesicht drücken konnte. Da drangen auch schon die Ritter aus dem Stollen hervor und töten die drei Folterknechte.

„Schneidet den armen Teufel los", gebot Kronn, auf den Gemarterten deutend, als alle vollzählig versammelt waren. „Gero, Ihr führt uns direkt zum Thronsaal."

Sie eilten durch die Gänge, möglichst alle Geräusche vermeidend. Durch ein Fenster war zu sehen, dass, außer den Bogenschützen, alle Bewaffneten die Burg verlassen hatten.

„Wo geht es zur Zugbrücke?", fragte Kronn.

„Folgt mir!" Gero hastete davon und führte die Gruppe zum Ausgang.

„Zwei Mann lassen die Zugbrücke runter!", befahl Jakon.

Vier andere schützten ihre Kameraden vor dem Pfeilhagel. Adrian zog einen Dolch aus dem Stiefel. Der getroffene Torwächter, der für das Pech verantwortlich war, stürzte mit einem grauenvollen Schrei in die Tiefe. Kronn hob, achtungsvoll nickend, den Daumen.

Das Gitter raste Augenblicke später zu Boden – den Soldaten Paradans war der Rückweg abgeschnitten, die Burg fast schutzlos den Eindringlingen ausgeliefert. Die kannten keine Gnade, alles, was sich ihnen bewaffnet in den Weg stellte, wurde niedergemacht.

Adrian drang mit Schwert und Dolch zum Thronsaal vor. Die schweren Eichentüren waren verschlossen.

„Es gibt einen Gang durch die Bibliothek", erklärte Gero, den Weg dahin einschlagend. Doch statt des Eingangs fand er eine grob verputzte Wand an der angegebenen Stelle.

Auf Kronns skeptischen Blick murmelte er irritiert: „Die Tür war früher genau hier. Irrtum ausgeschlossen."

Jakon klopfte kurzerhand die Wand ab. „Klingt hohl. Man hat sie wohl zugemauert. Zurück zum Saal!"

Dort angekommen legte er das Ohr ans Holz. Kein Laut war zu hören. Das Schloss ließ sich trotz aller Bemühungen nicht öffnen.

„15 Mann bleiben hier! Die anderen mir nach!" Kronn eilte zur vermauerten Bibliothekstür.

Adrian riss eine Streitaxt von der Wand. Mit mächtigen Schlägen drosch er auf die Wand ein. Putz und Mörtelbrocken flogen durch die Gegend. Schließlich gab der erste Stein nach.

Die Ritter brachen eine Lücke in die Mauer, groß genug, damit sie sich hindurchzwängen konnten. Die Regale mit den Büchern schienen unberührt zu sein.

Gero ließ seine Augen über die dicken Wälzer gleiten, nahm einen von ihnen heraus und drückte gegen die Rückwand. Unter den erstaunten Blicken der anderen drehte er einen Teil des Regals beinahe lautlos um 180 Grad. Ein kurzer Gang wurde sichtbar, der am Ende mit Holz vertäfelt schien.

„Das ist der verborgene Eingang direkt hinter dem Thron", flüsterte Gero. „Marrakana scheint von all dem nichts zu wissen, sonst hätte sie ihn sicher auch zumauern lassen."

Mit ein paar Kopfbewegungen dirigierte Kronn die Männer an die Wände neben der Pforte. Gero drückte den versteckten Kontakt, die Tür sprang auf.

Mehrere Ritter drangen in den Saal ein, wo sie mit einem Pfeilhagel begrüßt wurden. Nur prallte der an Schilden und Rüstungen ab. Die anderen Ritter drangen nach.

Adrian schloss, geschützt von Jakon, rasch die große Flügeltür auf. Gegen diese Übermacht hatten Marrakanas Männer keine Chance.

Von Schwert- und Axthieben getroffen, brach einer nach dem anderen sterbend zusammen. Gero hatte mit Lupo im Gang gewartet. Mit seinem Wolf an der Leine betrat Adrian nun erneut das Schlachtfeld. Marrakana, von Kronn und Jakon mit blanken Schwertern bedroht, traten fast die Augen aus den Höhlen.

„Nein! Nein! Kein Wolf!", kreischte sie voll Entsetzen.

„Deine Zeit ist um", flüsterte Adrian, Lupo über den Kopf streichelnd und Marrakana vom Scheitel bis zur Sohle musternd. „Noch ein letztes Wort?"

„Wer bist du?"

„Adriana, die rechtmäßige Erbin dieses Throns." Sie nahm unter den verblüfften Blicken der uneingeweihten Männer den Helm ab und löste ihr langes Haar. „Ich habe den Sturz vom Wehrturm überlebt, wie du siehst. Du hast dir damit dein Ende selber bereitet."

Adriana riss Marrakana die Kette mit dem schwarzen Stein vom Hals, sehr darauf bedacht, diesen nicht mit ihrer eigenen Haut in Berührung zu bringen.

„Nein! Er gehört mir! Gib ihn mir wieder!", zeterte Marrakana.

„Ob mit oder ohne Stein, ich töte dich sowieso. Ich habe nur keine Lust, mir an dir die Finger schmutzig zu machen." Im Bruchteil eines Wimpernschlags hatte Adriana ihren Damaszenerdolch in der Hand. Genüsslich langsam setzte sie die Spitze ins Zentrum des Steins.

„Nein, das darfst du nicht!", schrie Marrakana.

„Ich werde es genießen, wenn dich deine eigene Magie ins Jenseits befördert." Adriana holte aus und stieß ihren Dolch in den Stein. Der bekam einen Riss, wurde weißlich trüb. Zugleich ging eine seltsame Wandlung mit Marrakana vor.

Das rabenschwarze Haar wurde grau, die glatte Haut faltig. Ihr Rücken krümmte sich, Zähne fielen aus und ein paar Minuten später kippte ein Skelett vom Thron, das beim Aufschlagen zu einem Häuflein Staub zerfiel.

Sofort zog Jakon Adriana in seine Arme, um sie überaus zärtlich zu küssen. Erst jetzt ging seinen Rittern wirklich ein Licht auf.

„Ihr habt es gewusst?", fragte einer den König.

„Ja. Fast von Anfang an", schmunzelte der.

Adriana löste sich von Jakon. „Lasst uns den Kampf draußen beenden, ehe noch mehr Männer sinnlos sterben."

Das Gitter an der Zugbrücke wurde in Windeseile nach oben gezogen. Kronn, Adriana und Jakon schritten an der Spitze ihrer Ritter hinaus.

Jakon stieß ins Horn. Der ungewohnte Klang aus Richtung der Burg ließ Paradans Männer genau so die Waffen senken, wie das vereinigte Heer der beiden Könige.

„Marrakana ist tot! Beendet den Kampf!", rief Kronn, sodass es auch noch der Letzte hören konnte.

Das riesige Heer der Angreifer hatte Marrakanas Truppen fast vollständig aufgerieben. Der klägliche Rest, der noch Widerstand geleistet hatte, ergab sich jetzt.

Adriana nahm ihren Helm noch einmal ab. Ein Raunen ging durch die Menge. Die Männer, die mit ihr für die Freiheit Paradans gekämpft hatten, eilten zu ihr. Ein Knie auf den Boden gestützt, gelobten sie ihr Treue.

Aron ritt heran, um das Wunder von nahem zu bestaunen. War er doch, wie fast alle, der Meinung gewesen, den Sohn König Siegmunds vor sich zu haben. Adrianas Getreue gaben eine Gasse für den befreundeten König frei.

„Ihr habt es gewusst?", wandte der sich an Kronn.

Dieser lachte über das gespielt-anklagende Gesicht seines Schwiegervaters herzlich. „Ich wusste es und Jakon, der zukünftige Gatte, dieser zukünftigen Königin. Gero hatte sie sofort erkannt, obwohl er sie zuletzt als Baby sah. Deshalb habe ich die beiden damals in mein Zelt geschickt, damit das Geheimnis bis heute eines bleiben konnte."

„Was befehlt Ihr, Prinzessin?", fragte einer ihrer Männer.

„Geht mit vier Rittern hinunter ins Verlies und bringt die Gefangenen in den Burghof. Schaut in jeden Raum und vergesst mir keinen!"

Jakon bestimmte vier Ritter, die, mit den Männern aus Paradan, von Gero in die Folterkammern geführt wurden. Einer von ihnen fand seinen Vater wieder, den er seit Jahren für tot gehalten hatte.

Inzwischen wuchs genau vor der Zugbrücke das Zeltlager empor. Den Gefangenen waren die Waffen abgenommen worden und die vier Befehlshaber, Kronn, Aron, Adriana und Jakon sollten über ihr Schicksal befinden.

In einer Ecke des riesigen Burghofes standen Mägde und Knechte ängstlich zusammengedrängt, in Sorge, was nun mit ihnen geschehen werde.

Marrakana hatte fast täglich ihre Wut an ihnen ausgelassen, wenn ihr irgendetwas gegen den Strich gegangen war. Von blauen Augen, bis hin zu Peitschenstriemen sprachen Gesichter und Arme eine deutliche Sprache.

Adriana winkte sie zu sich heran, befragte sie und bat sie dann, ihren gewohnten Dienst weiterzuführen.

Ein paar Frauen eilten mit Eimern und Lappen in den Thronsaal, um das Blut zu beseitigen, nachdem die Knechte die Toten hinausgetragen hatten. Adriana ließ die Getreuen Marrakanas in einem Massengrab bestatten, die eigenen Leute, der vereinigten Heere, in einem anderen.

Recht und Ordnung

Abends saß sie mit Jakon und den Königen im Heerlager. Gemeinsam hatten sie beschlossen, noch eine Nacht in Kronns Zelt zu verbringen und die Burg im Tageslicht nach versteckten Gefahren abzusuchen.

Gero war bei ihnen, um sie über Recht und Gesetz im alten Paradan zu unterrichten. „Ihr solltet gleich morgen gemeinsam Adriana zur Königin krönen", schlug er Kronn und Aron vor. „Das kann niemand anfechten. Ich werde Zeuge sein und Euch die Krone auf dem Samtkissen bringen."

„Wisst Ihr denn, wo sie steckt? Marrakana hatte sie nicht auf dem Kopf, soweit ich mich erinnere", warf Kronn ein.

Gero winkte ab. „Es ist legitim, eine andere Krone aus der Schatzkammer zur einzig Wahren zu erklären, die ab dato weitervererbt wird."

„Für die Hochzeit sollten wir uns drei Wochen Zeit lassen", bat Adriana Jakon. „Ich möchte erst etwas Normalität in den Alltag der Menschen bringen und auch nicht ohne Daria, ihre Mutter und meine Ziehmutter feiern."

„Alles, was du willst, mein Schatz", strahlte Jakon. „Für dich wird es sicher auch nicht leicht sein, plötzlich ganz Frau zu werden."

Adriana lachte. „Das wird wohl nie ganz der Fall sein. Ich werde oft genug meinen Laurin satteln, Lupo rufen und durch die Wälder ziehen."

„Nimmst du mich mit?"

„Ganz bestimmt, sonst fehlt ein Teil von mir."

„Was wird aus den Gefangenen?", wollte Aron wissen.

Adriana hob die Hände. „Das kann ich erst sagen, wenn ich weiß, ob sie sauber oder mit Drogen vollgepumpt worden sind." Sie schaute hinüber, wo ein paar Wachen für diese Männer verantwortlich waren. „Haben sie Essen erhalten?"

Aron nickte.

„Auf den ersten Blick sind das keine Söldner. Das sind arme Teufel, die lieber ihr Stückchen Acker bewirtschaften würden, als Krieg zu spielen", überlegte Adriana laut.

Lupo steckte ihr seine Nase unter das Kinn.

„Hast ja recht, mein Großer. Du hattest heute ziemlich viel Aufregung. Wir betteln jetzt Jakon an, ob er mit uns eine Runde um das Lager geht."

Lachend tat ihr Jakon den Gefallen. Lupo lief vor ihnen her und beschnüffelte den blutdurchtränkten Boden des Schlachtfeldes. Sie liefen bis zum Burggraben, in dem der Wolf gleich noch ein ausgiebiges Bad nahm.

„Schau mal!", raunte Jakon, kaum merklich mit dem Kopf zum Tor deutend.

Dort presste sich eine junge Dienerin mit einer tief ins Gesicht gezogenen Kapuze eng an die Mauer, um nicht gesehen zu werden und spähte zu den Gefangenen hinüber.

Adriana runzelte die Stirn. „Das sehen wir uns mal ganz aus der Nähe an." Sie wechselte sofort die Richtung.

Das junge Mädchen erstarrte förmlich, als es das merkte, wurde leichenblass und schien einer Ohnmacht nahe zu sein. Marrakana hätte sie jetzt mit tödlicher Sicherheit auspeitschen lassen. Was werde wohl die neue Herrin mit ihr machen?

„Was tust du hier?", fragte Adriana, als sie den verzweifelt-flehenden Blick bemerkte. Sie zog das Mädchen aus der Nische, das sofort schützend die Hände vor sein Gesicht hob.

Adriana schüttelte fassungslos den Kopf. „Na, na, na, ich fresse dich schon nicht auf. Abends spazieren zu gehen, ist doch kein Verbrechen."

„Bis heute war das bei ganz schlimmen Strafen verboten", flüsterte das Mädchen kaum hörbar.

„Und warum hast du es jetzt getan, obwohl du nicht weißt, wie ich darauf reagiere?", wollte Adriana wissen.

„Weil … weil … weil mein Liebster für Marrakana in den Kampf ziehen musste und ich nicht weiß, ob er noch lebt. Ich habe versucht, zu erkennen, ob er unter Euren Gefangenen ist."

„Schauen wir am besten gleich gemeinsam nach", bot Jakon an. „Wie heißt du?"

„Miranda."

„Ein schöner Name", stellte Adriana lächelnd fest. „Erzähl uns ein bisschen über deinen Schatz."

Die völlig ungewohnte freundliche Behandlung brach das letzte Eis und Miranda begann zu berichten: „Er ist Schäfer."

„Oh, dann wird er meinen Lupo nicht sonderlich mögen", warf Adriana lachend ein."

Miranda schüttelte den Kopf. „Hier gibt es schon sehr lange keine Wölfe mehr. Ich war noch ganz klein, als der Letzte getötet wurde." Sie warf Lupo einen neugierigen Blick zu. „Hanno, mein Liebster, hatte eine kleine Herde von rund 30 Tieren.

Seine Schafe hatten besonders gute Wolle und so hat ihm Marrakana manchmal welche abgekauft. Im vorigen Jahr trafen wir uns zufällig am Brunnen …" Miranda wischte eine Träne fort. „Er wollte mich heiraten."

Viel Hoffnung habe ich nicht, hörte Adriana Jakons Stimme in ihren Gedanken und nickte bekümmert. Nicht mal 300 Männer Paradans hatten das Gemetzel überlebt und einige davon waren so schwer verwundet, dass kaum eine Chance für sie bestand.

Je näher sie dem Sammelplatz der Gefangenen kamen, umso nervöser wurde Miranda. „Ich habe Angst, ihn nicht zu finden", gab sie auf Jakons fragenden Blick zu.

Manche schliefen, die meisten aber saßen stumm vor sich hin brütend mit angezogenen Knien da. Die Ungewissheit fraß an ihnen.

Jakon wechselte ein paar Worte mit den Wachen, dann rief er: „Alle mal herhören! Ist unter euch ein Schäfer mit Namen Hanno?"

„Ich bin Hanno", murmelte eine verschlafene Stimme. Ein junger Mann mit dick verbundenem Arm quälte sich von seiner Decke. Fragend schaute er den Ritter und die neue Burgherrin an, nachdem er sich ehrerbietig vor ihnen verneigt hatte.

„Hier ist jemand, der dich sehen möchte", schmunzelte Jakon, einen Schritt zur Seite tretend, womit er den Blick auf das Mädchen freigab.

Verblüfft zuckte Hanno zusammen. „Miranda! Was machst du denn hier?"

„Sehnsucht versetzt Berge", erklärte Adriana. „Sie hat ihr Leben gewagt, um dich zu finden. Also mach ihr keinen Kummer, wenn du irgendwann wieder frei sein wirst!" Sie blinzelte ihm spitzbübisch zu. „Ein Sätzchen füreinander, dann müsst ihr euch trennen. Es wäre sonst unfair den anderen gegenüber."

So eine freundlich-lockere Behandlung kannte Hanno nicht. Entsprechend ungläubig starrte er Adriana an.

„Ich liebe dich", sagte Miranda schnell zu ihm.

Hanno strahlte auf. „Ich liebe dich auch."

„So, ab unter die Decke, damit du schnell gesund wirst", gebot ihm Adriana.

Jakon nickte Miranda zu. Die daraufhin sofort zurück in die Burg eilte, um ihrer neuen Herrin keinen Kummer zu bereiten. Sie hatte mit eigenen Augen Hanno gesehen und sogar mit ihm sprechen dürfen. Miranda schlief rasch ein und träumte so schön, wie seit vielen Jahren nicht mehr.

Am nächsten Morgen bekam die Dienerschaft den Auftrag, die Krönungsfeierlichkeiten vorzubereiten. Die Nachricht von Marrakanas Tod, Frieden und einer neuen Herrin, war noch in der vergangenen Nacht in alle Himmelsrichtungen getragen worden.

Auch was Miranda widerfahren war, hatte sich wie ein Lauffeuer verbreitet. Als die Herolde offiziell alle Gerüchte bestätigten, strömten Menschenmassen zur Burg, um die neue Herrin zu sehen.

Die Könige Kronn und Aron legten deshalb fest, die Zeremonie außerhalb der Burgmauern durchzuführen, damit das ganze Volk teilhaben konnte.

Gero durchstöberte stundenlang die Schatzkammer auf der Jagd nach der Krone der alten Könige. Als er schon fast aufgeben wollte, wurde er fündig.

Meister Kunz, der Einzige in weitem Umkreis, der der Metall-
bearbeitung wirklich mächtig war, überprüfte den festen Sitz der
Juwelen und polierte das imposante Gebilde auf Hochglanz. Der
Stolz, diese Arbeiten ausführen zu dürfen, leuchtete aus seinen
Augen.

Ganz langsam begriff er auch, von Adriana und Jakon als Hof-
handwerker ausgewählt worden zu sein, als er damals versprach,
Jakon überallhin folgen zu wollen. Das Strahlen auf seinem Gesicht verstärkte sich.

Gero erschien und drängte zur Eile. Kunz setzte die Krone
akkurat in die Mitte des roten Samtkissens. Rasch nahm er seinen
Platz im Publikum ein. Gespannte Stille lag über dem ganzen
Areal. Unzählige Augenpaare verfolgten mit angehaltenem Atem
den Weg der Krone vom Kissen auf Prinzessin Adrianas Haar.

„Lang lebe die Königin!", riefen die Massen und jubelten ihrer
neuen Regentin zu, die mit ihrem zahmen Wolf und im Harnisch
vor ihnen stand, weil so schnell kein standesgemäßes Kleid aufzu-
treiben gewesen war.

Adrianas erste Amtshandlung war, in Absprache mit den Königen, die Freilassung der Gefangenen, die sich ausnahmslos als
einfach Bauern und Bürger entpuppt hatten. Miranda flog Hanno
in die Arme, da hatte der gerade die ersten beiden Schritte in
Freiheit getan.

Das erinnerte die neue Königin daran, ihr Volk sofort davon zu
unterrichten, dass der Ritter neben ihr, Jakon von Silberfels, in
drei Wochen als König an ihrer Seite herrschen werde.

Die Nachricht von der Hochzeit ließ die Menge erneut in Jubel
ausbrechen. Darin ging ihre Information, jeden Mittwoch in der
Burg ein offenes Ohr für die Bürger haben zu wollen, schon fast
unter.

Von irgendwoher tauchten Musikanten auf, denen es während
der Jahre der finsteren Herrin gelungen war, ihre Instrumente zu
verstecken. Bald unternahmen die Ersten ungeschickte Versuche,
sich endlich wieder im Tanz zu üben. Unter ihnen das überglück-
liche Pärchen Miranda und Hanno.

Zwischendurch wieselte Miranda um den Tisch der Könige und Ritter, immer darauf bedacht, ihnen die besten Stücke zukommen zu lassen.

Aber auch das Volk wurde versorgt. Adriana hatte kurzerhand einen der vollen Speicher öffnen lassen.

Gero heuerte inzwischen ein paar vertrauenswürdige Bewaffnete an, mit denen er zur Sicherheit die ganze Burg abschritt, um unliebsame Überraschungen für Adriana auszuschließen. Mägde folgten ihnen in die Wohnräume, wo sie das komplette Bettzeug gegen Neues ersetzten.

Miranda verteilte Wildblumensträuße auf mehrere provisorische Vasen in Form von Weinkrügen. Gero hatte dieser Idee erfreut zugestimmt. Nun rieb er sich zufrieden die Hände.

„Halt! Da fehlt was! Wir brauchen ein großes Kissen für Lupo, den Wolf!", rief er plötzlich und schaute sich ratlos um. Sein Blick fiel auf Marrakanas Decke vor der Tür.

„Nein!" Miranda schüttelte entsetzt den Kopf. „So was darf man keinem antun, schon gar nicht dem königlichen Begleiter!"

„Hast recht", schmunzelte Gero. „Das wäre selbst für einen Wolf eine arge Beleidigung. Verbrennen wir das alte Zeug!"

Miranda schob es eigenhändig ins Feuer. „Weg ist es!" Sie klatschte in die Hände, als das Aschehäufchen durch den Rost fiel.

Kronn hatte Gero vermisst und der erzählte diesem, kaum dass er wieder mit am Tisch saß, was er in den letzten drei Stunden getan und was Miranda zum Thema Wolf gesagt hatte.

Adriana hörte mit, wechselte einen Blick mit Jakon und winkte Miranda bei der ersten Gelegenheit zu sich heran. „Du bist ab sofort für die Belange des Haupthauses verantwortlich. Dazu gehört auch, dass du die Arbeiten einteilst und darauf achtest, dass sie jeder ordentlich erledigt.

Denk daran, ausreichend Zeit für Pausen und zum Schlaf zu lassen. Die Arbeit soll schließlich nicht in Sklaverei ausarten."

Miranda nickte freudig. „Ich werde Euch nicht enttäuschen, meine Königin."

„Hast du auch eine Stelle für ihren Liebsten?", fragte Jakon leise.

„Das werde ich in den nächsten Tagen herausfinden", gab Adriana flüsternd zurück. „Einen Schäfer mit Leib und Seele kann man nicht in der Burg einsperren. Der braucht das weite Land, um wirklich glücklich zu sein."

Jakon deutete hinter Adriana. „Sieht nicht aus, als ob er noch Schafe hätte. Schau mal, wie er deinen Laurin anschaut und wie er ihn streichelt."

Die Königin schickte einen Laufburschen, der Hanno zu ihr bringen sollte.

„Bist du Hanno, der Schäfer?", fragte der Kleine und auf das Nicken: „Königin Adriana schickt nach dir."

Hanno wurde nervös. Sicher war dieses wundervolle Tier das Pferd der Königin und er hatte es unerlaubt angefasst. Das werde sicher Ärger geben. Mit hängendem Kopf kniete er vor ihr nieder.

„Steh auf", sagte Adriana. „Dir gefällt mein Pferd?"

„Ja. Es ist ein herrliches Ross", gab Hanno mit zitternder Stimme zu.

„Du magst Pferde?"

„Ich liebe alle Tiere."

„Auch Wölfe?"

Hanno warf einen beunruhigten Blick auf Lupo. „Damit habe ich keine Erfahrungen", gab er zu. „Er ist der erste Wolf, den ich je gesehen habe."

„Du weißt aber, dass Wölfe Schafe reißen?", fragte Adriana weiter.

„Ja, davon habe ich von den Alten gehört."

„Wie viele Schafe hast du in deiner Herde?", wollte Jakon wissen.

Hanno zog die Augenbrauen zusammen, dann flüsterte er: „Gar keins. Marrakana hat alle schlachten lassen, um die Soldaten zu versorgen."

„Was wirst du nun tun?"

„Keine Ahnung. Vielleicht frage ich bei den Bauern in der Umgebung nach, ob sie einen Knecht gebrauchen können."

„Für welche Arbeiten?"

„Egal. Ich mache alles. Von irgendwas muss ich ja leben." Hanno hob resigniert die Hände.

„Sehr gut. Dann bist du ab heute Aufseher in meinen Pferdeställen. Außerdem wirst du meinen Laurin und Ritter Jakons Tarik in persönliche Obhut nehmen."

Hanno kniete nieder und küsste dankbar ihre Hand. „Das werde ich Euch nie vergessen, meine Königin."

„Schnelle Entscheidung", schmunzelte Jakon, als Hanno zur Burg eilte, um seinen Dienst sofort anzutreten. „Er wird dir treu ergeben dienen."

Adriana lächelte. „Ich glaube, das werden hier wohl alle tun. Vom Koch bis zum Laufburschen hatte bisher keiner etwas zu lachen, wenn ich die Blutergüsse richtig deute."

„Ich werde mich um den Verbleib der Folterknechte kümmern", sinnierte Jakon halblaut. „Die wird ja wohl nicht die Erde verschluckt haben. Obwohl mir das die liebste Variante wäre."

„Mir auch", erwiderte Adriana. „Gleich morgen soll damit begonnen werden, die Folterkammer auszuräumen und den Geheimgang zu verfüllen. Außerdem soll er auf beiden Seiten so fest und dick zugemauert werden, dass ihn niemand mehr öffnen kann."

„Dein Wunsch ist mir Befehl!" Jakon gab die Order an seine Ritter weiter, die kräftige Freiwillige für den nächsten Tag zusammenriefen.

Die meisten von ihnen hatten durch den Krieg alles verloren und waren glücklich, sich einige Groschen verdienen zu können. Freie Unterkunft und Verpflegung inklusive.

Unter der langen Tafel wurde Lupo langsam unruhig. Jakon nahm ihn schließlich an die Leine und drehte mit ihm eine Runde um Festplatz und Lager. Vor allem die Kinder blieben fasziniert stehen, um den Graupelz zu betrachten.

Hob er an einem Tisch witternd die Nase, bekam er stets ein Stückchen Fleisch oder Brot. Satt und zufrieden folgte er tief in der Nacht seiner Herrin und Jakon in die Burg.

Hanno nahm die beiden Pferde in Empfang, kümmerte sich um Futter und Wasser, ehe er sie in den Stall führte. Er schlief sogar bei ihnen im Stroh, um ganz sicher zu sein, dass ihnen nichts geschehen könne.

Miranda brachte ihm, als er eingeschlafen war, eine Decke. Auch die beiden Pferde schienen schon ganz fest zu schlafen, sie bewegten nicht einmal die Ohren. Auf Zehenspitzen schlich sie mit einem zufriedenen Lächeln davon.

Im Schlafgemach der Königin übte sich gerade eine Zofe darin, die Teile der Rüstung in der richtigen Reihenfolge abzunehmen. Sie schaute sich die Handgriffe bei Jakons Knappen ab, der extra langsam machte und ihr einige Tricks erklärte.

„Du musst nicht nervös werden", beruhigte sie Adriana. „Jeder fängt irgendwann an, etwas Neues zu lernen."

„Ihr seid so gütig, Herrin", seufzte das junge Mädchen dankbar. Bei Marrakana hätte es schon lange Ohrfeigen und böse Worte gehagelt.

Der Knappe überprüfte noch rasch die Rüstung der Königin, was er mit Jakons Panzer bereits beim Ablegen getan hatte. Er nickte, zum Zeichen, dass alles in Ordnung sei.

„Danke, ihr könnt gehen."

Auf dem Gesicht der Zofe ging die Sonne auf. Noch nie hatte sich Dank für ihre Arbeit bekommen. Mit einem sehr tiefen Knicks verabschiedete sie sich.

„Hast du morgen wieder Dienst?", fragte sie den Knappen auf dem Gang.

Der lachte leise. „Ich habe immer Dienst bei meinen Herrschaften. Wir werden also morgen wieder gemeinsam zu Werke gehen." Blinzelnd ließ er das erfreute Mädchen stehen und verschwand in seiner Kammer.

Lupo lag zusammengerollt auf seiner Decke und bewegte im Traum die Pfoten. Jakon ließ ein kleines Öllämpchen brennen, dann schlüpfte er rasch zu Adriana unter die Decke. Das unerfüllte Verlangen der vergangen drei Monate ließ beide auf ein sanftes Vorspiel verzichten. Gierig, wie ausgehungerte Raubtiere, fielen sie übereinander her. Kurz vor dem Sonnenaufgang glitten sie in einen kurzen, aber erquickenden Schlaf.

Adriana erwachte von einer kalten Wolfsnase mitten im Gesicht. Jakon lachte herzlich, weil sie Lupo völlig verdattert ansah. Der stand nämlich mit den Vorderpfoten auf der Bettkante und schaute treuherzig.

Schmunzelnd sprang sie aus dem Bett, streifte sich Hose und Gambeson über, um sofort mit Lupo zwischen den äußeren Wehrgängen eine Runde zu drehen.

Die Wachen, allesamt Männer Paradans, die mit ihr gegen Marrakana gekämpft hatten, wünschten erstaunt einen guten Morgen. Lächelnd erwiderte die Königin die Grüße und bat schließlich einen der Männer: „Sei so gut und räume Lupos Hinterlassenschaft weg."

„Sofort Majestät!" Der Angesprochene beeilte sich, eine kleine Schaufel zu holen und das Häufchen gleich über die Burgmauer zu entsorgen, wie Adriana amüsiert feststellte. Die schnellste Lösung mit dem kürzesten Weg. Da unten, im Gestrüpp hinterm Wassergraben, störte es keinen.

Am Brunnen schöpfte sie einen Eimer Wasser, ließ Lupo trinken und wusch sich mit dem Rest das Gesicht. Mit offenem Mund standen Mägde und Knechte, kaum glaubend, was sie soeben mit eigenen Augen gesehen hatten. Für Marrakana musste das Wasser stets angewärmt sein und überdies eine bestimmte Temperatur haben.

„Aber Majestät! Ihr müsst Euch doch nicht auf dem Hof waschen!", rief ihre Zofe erschreckt.

Adriana winkte lächelnd ab. „Erstens hat kaltes Wasser noch nie jemandem ernsthaft geschadet. Zweitens bin ich es gewohnt und drittens kenne ich mir hier noch nicht aus." Sie schaute in verblüffte Gesichter. „Wie sieht es mit dem Frühstück für meine Gäste aus?"

„Es wird gerade eingedeckt", berichtete die herbeigeeilte Miranda.

„Hervorragend", freute sich Adriana. „Denk bitte an Näpfe für Lupo. Der ist stets hungrig wie ein Wolf." Sie blinzelte Miranda zu und ging mit ihrem treuen Begleiter ins Haus zurück.

Miranda klatschte in die Hände. „Rasch! An die Arbeit!" Die Dienerschaft huschte davon.

Hanno und zwei Stallburschen füllten die Pferdetränke, denn in wenigen Minuten war mit der Ankunft der Könige und Ritter zu rechnen, die nach dem Essen mit ihren Heeren nach Hause ziehen wollten.

Friedliche Zeiten

Hufschlag auf der Zugbrücke kündigte die Gäste an, welche von der Dienerschaft mit strahlenden Gesichtern begrüßt wurden. Jakon, Adriana und Lupo kamen heraus, um sie persönlich in den großen Saal an die Tafel zu führen.

König Aron von Siddra sah sich forschend um. „Es hat sich sehr viel verändert seit meinem letzten Besuch in diesen Hallen."

„Das ist leider wahr", bestätigte Gero bekümmert. Für Adriana fügte er erklärend hinzu: „Einst zierten diesen Saal die Wappen Eurer Vorfahren, Gemälde und kostbare Wandbehänge."

„Aber dafür haben wir alle gemeinsam ein ganzes Volk befreit und viele Leben gerettet", erwiderte Adriana. „Ich habe die Pracht dieser Säle nie gesehen, somit fällt es mir leichter, den Verlust zu verschmerzen. Wenn irgendwann die Staatsfinanzen geprüft sind, lässt sich vielleicht über einen Ersatz der Kunstwerke nachdenken."

Die Könige nickten verständnisvoll.

„Ich möchte, dass du dich um die Finanzen kümmerst", wandte sich Adriana an Jakon. „Du kennst dich bestens aus. Die Burg ist ganz einfach nur ein bisschen größer als Silberfels."

„Ein bisschen ist gut", schmunzelte der Angesprochene. Paradan war mit Sicherheit vier Mal so groß und es gehörte ein ganzer Staat dazu.

„Da fällt mir ein, dass ich einen verlässlichen Verwalter für Silberfels brauche, der ebenfalls mit Geld umgehen kann. Ritter Konrad, das ist ab heute Eure Aufgabe!", wies er seinen besten Mann an. „Euch vertraut man in meinen Ländereien."

Konrad war sprachlos wegen der hohen Ehre, die ihm zuteilwurde. So verneigte er sich stumm vor seinem Herrn.

„Zur Hochzeit, in drei Wochen, erwarten wir Euch alle wieder hier", lud Adriana ein. „Natürlich mit Gattinnen."

„Habt Ihr noch Wünsche, bevor wir reiten, meine Königin?", fragte Kronn.

„Ja, eine Bitte hätte ich. Sucht auf dem Heimweg meine Zieh-mutter auf, grüßt sie herzlich von uns und überbringt ihr unsere Einladung zur Hochzeit. Vielleicht lässt es sich einrichten, dass sie mit Euch reisen kann, wenn Ihr und Daria zu uns kommt."

„Diese Bitten erfülle ich gern", versprach Kronn. Zum Ab-schied umarmte er seinen Freund Jakon fest. „Passt gut auf euch auf, ihr beiden. Ihr werdet mir fehlen.

„Du weißt ja wo wir wohnen", schmunzelte Jakon.

Adriana nahm Kronns Hände. „Auf so lieben Besuch freuen wir uns immer."

„Auch Ihr, König Aron, findet hier immer eine offene Tür. Und wenn irgendeiner Hilfe braucht, dann zögert nicht. Wir werden jederzeit bereit sein."

Die Hälfte seiner Ritter behielt Jakon bei Hofe, die anderen zo-gen mit ihrem König eine Stunde später davon. Meister Kunz nahm die verwaiste Plattnerei der Burg in Besitz und begann mit zwei neuen Gesellen und zwei Lehrburschen an seinen vielen Aufträgen zu arbeiten.

Allerdings ließ er es sich davon nicht nehmen, schon am nächs-ten Tag sein neues Zunftzeichen über die Tür zu hängen. Bald fand sich auch Lupo ein, der, wenn er nicht auf dem Hof herum-schnüffelte, in der Nähe des Schmiedefeuers lag und sich den Pelz wärmte.

Inzwischen hatten sich auch mehrere Schneider eingefunden, die für Adriana alle Sorten Kleider nähten. Am Brautkleid arbei-teten sie alle gemeinsam, denn das sollte besonders prächtig wer-den. Genau wie Jakons Festkleidung, die eines Königs würdig sein musste.

Einmal am Tag ruhten auf der Burg fast alle Arbeiten. Nämlich dann, wenn die Königin in voller Rüstung gegen ihre Ritter antrat oder sich beim Bogenschießen und Messerwerfen mit ihnen maß. Da versammelten sich die Bewohner und dienstbaren Geister der Burg, um dem Spektakel beizuwohnen.

So war es auch wenig verwunderlich, dass der Turnierplatz be-vorzugt, aber trotzdem ganz nebenbei instand gesetzt wurde. Die

Folterkammer hatte man bereits am Tag nach der Krönung getilgt, noch ehe der Geheimgang zugemauert wurde.

Die widerlichen Werkzeuge der Henkersbande ließ Adriana einschmelzen oder verbrennen. Nie wieder sollte ein Mensch in ihrer Burg so grausam gequält werden.

Nach ein paar Umbauten und dem weiß Tünchen der Wände entstand an gleicher Stelle ein Weinkeller. Adriana wunderte sich, wie schwer an das begehrte Getränk heranzukommen war. Sie fand rasch heraus, warum.

Marrakana hatte jeglichen privaten Handel mit fast allem verboten, so auch mit Wein. Sogar ganze Weinberge waren vernichtet worden.

Adriana beeilte sich, den Handel wieder anzukurbeln und die astronomisch hohen Steuern auf ein verträgliches Maß zu senken. Den ersten freien Markt ließ sie im Burghof abhalten, um sich informieren zu können, was Paradan alles zu bieten hatte.

„Majestät!", tönte es hinter ihr, als sie eines Morgens mit Lupo vom Spaziergang kam.

„Was gibt es denn, Hanno?", fragte sie, weil der junge Mann sehr aufgekratzt wirkte.

„Schaut, ich habe das hier zwischen den alten Pferdedecken gefunden!" Er zeigte ihr einen Stapel verschmutzter Wimpel und Flaggen mit dem Wappen der Könige.

„Hervorragend! Lass sie waschen!" Sie warf ihm als Dank eine Silbermünze zu.

Die größte Fahne befahl Jakon, gleich nass auf dem höchsten Turm zu hissen, wo sie schnell im Sommerwind trocknete und weithin zu sehen war.

Durch diesen Fund beflügelt begann Gero, akribisch jeden Schrank und jedes Regal der Burg abzusuchen, ob nicht noch mehr Schätze die finstere Zeit überlebt hatten.

Er wurde fündig. Einige der wertvollen großformatigen Gemälde waren als Schrankrückwände vernagelt worden. Sogar die Rahmen fand er zwischen alten Balken. Noch am selben Abend schmückten sie wieder den großen Saal. Irgendwann werde eine gründliche Restauration die alte Pracht wiederherstellen.

Adriana stand lange mit ihm und Jakon vor den Kunstwerken. Hier sah sie auch zum ersten Mal Bildnisse ihrer Eltern und wunderte sich wirklich nicht mehr, von Gero im Feldlager erkannt worden zu sein. Sie ähnelte ihrer Mutter tatsächlich wie eine Zwillingsschwester.

Lupo war irgendwo auf Schnüffeltour gewesen. Stolz brachte er ein gerissenes Huhn nach Hause.

Adriana seufzte. „Oh je. Wir sollten nachschauen, wo er es gestohlen hat."

Sonderlich schwer war es nicht, das herauszubekommen. Die Blutspur führte zum Hühnerstall im äußeren Ring der Mauern. Jakon bezahlte für das Huhn wahrhaft fürstlich und bat jetzt schon um Nachsicht, falls Lupo hin und wieder wildern käme. Man werde sich sicher irgendwie arrangieren.

„Für so viel Geld könnte er alle Hühner haben", staunte der alte Mann.

„Verrate es ihm nicht, sonst holt er sie sich!", lachte Jakon.

Der Alte schaute ihm schmunzelnd hinterher. Gegen diesen Ritter als König an Adrianas Seite gab es nichts einzuwenden. Noch vier Tage, dann würden die ersten Hochzeitsgäste eintreffen. Bis dahin mussten die Hühner auch noch ganz fleißig Eier legen.

Ganz sicher werde es dann auch wieder Kuchen für das Volk geben, wie bei den Krönungsfeierlichkeiten. Er leckte sich jetzt schon die Lippen.

Jakon schlenderte über den Hof, der im goldenen Licht der Abendsonne lag. Am Tor des Pferdestalles lehnte Hanno, sich mit Miranda unterhaltend. Er erwiderte mit einem Nicken ihren Gruß.

Miranda atmete tief ein. „Ich frag ihn. Er wird mich sicher nicht auffressen." Schnell lief sie auf Jakon zu, knickste tief und hoffte, dass er sie ansprechend möge.

Er blieb auch wirklich stehen. „Was möchtest du?"

156

„Ich habe eine Frage … na ja … wohl eher eine Bitte, die mir sicher nicht zusteht …“

„Und die lautet?“ Jakon warf einen ahnungsvollen Blick zu Hanno hinüber, der gleich eine Spur blasser wurde.

„Ich … ich möchte fragen, ob … ob“, sie atmete noch einmal tief durch, „ich Hanno mit in meine Kammer nehmen darf?“

„Wenn ihr eure Dienste ordentlich und pünktlich wahrnehmt, dann werde ich es euch bestimmt nicht verbieten, auch zusammen zu wohnen. Königin Adriana denkt sicher ganz genau so. Ich werde ihr sagen, dass ich es euch erlaubt habe.“

„Oh, danke!!!“ Miranda knickste sehr tief, ehe sie Hanno in die Arme flog.

Schmunzelnd setzte Jakon seinen Weg fort und wurde prompt von Adriana darauf angesprochen. Also erzählte er ihr, wem Lupo den Streich gespielt und wie er auf Mirandas Bitte reagiert hatte.

Ihr amüsiertes Lächeln zeigte ihm, genau richtig gehandelt zu haben, sowohl wegen der Hühner als auch wegen der beiden jungen Leute. „Sie wollen doch sowieso heiraten.“ Und etwas weniger fröhlich: „Wenn sie das nötige Geld beisammenhaben.“

„Gibt es keine Mitgift?“, fragte Jakon neugierig.

Adriana schüttelte den Kopf. „Miranda ist als Waise aufgewachsen und Hannos Eltern leben auch nicht mehr. Die sind Krankheiten zum Opfer gefallen.“

„Ach, herrje! Gibt es hier denn keine Heiler?“

„Nein. Die hat Marrakana alle töten lassen, damit ihr niemand wegen der abhängigen Söldner ins Handwerk pfuschen konnte.“ Adriana legte ihren Kopf an Jakons Schulter. „Ich habe deshalb beschlossen, ein bisschen Schicksal zu spielen.

Punkt eins – ich werde meine Ziehmutter bitten, nach der Hochzeit bei uns zu bleiben, damit die Menschen wieder Hilfe bekommen. Punkt zwei – wenn der weise Mann, der uns trauen wird, schon mal da ist, wird er sicher nichts dagegen haben, seinen Segen auch noch über Miranda und Hanno auszusprechen.“

„Sie werden mit an unserer Tafel sitzen und eine grandiose Feier haben", führte Jakon den Gedanken weiter.

„Genau so soll es sein! Schon für das Wiederfinden der Flaggen hat Hanno bei mir was richtig Großes gut", verriet die Königin. „Die echten Banner meiner Vorfahren haben für mich einen viel höheren Wert, als jedes Nachgemachte, sei es noch so hervorragend gelungen."

Sie schaute aus dem Fenster weit übers Land ihrer Vorväter, dahin, wo das Meer nur zu ahnen war, weil es fast farbgleich in den Horizont überging. „Ist dir eigentlich aufgefallen, dass es nie Seefisch gibt, obwohl die Küste recht nah ist?"

„Erst jetzt, wo du das sagst", murmelte Jakon erstaunt.

Adriana schickte nach Gero, um das Rätsel zu lösen.

„Majestät, Marrakana hatte die Küste zur verbotenen Zone erklärt und den Besitz von Booten strengstens untersagt. Alle Wasserfahrzeuge und Stege hat sie zerstören lassen. Es sollte wohl niemandem gelingen, auf dem Wasserweg den Machtbereich dieser Furie zu verlassen."

„Lasst gleich morgen ausrufen, dass die Küsten und der Fischfang wieder freigegeben sind", bat Adriana. „Hätte ich das geahnt, wäre es schon viel früher geschehen."

„Wer weiß, was uns an jenen Tagen, an denen du Recht sprichst, noch alles zu Ohren kommt", warf Jakon ein. „Im Augenblick scheinen noch alle so mit sich selber beschäftigt zu sein, dass sie einfach nur das Glück der Freiheit genießen."

Die siegreichen Heere waren in Tlul und Siddra gleichermaßen begeistert begrüßt worden, obwohl viele Männer auf dem Schlachtfeld geblieben waren.

Auf dem Weg nach Hause hatte sich Kronn an sein Versprechen erinnert und, zusammen mit Aron, sofort Mila aufgesucht. Die Soldaten hielten ausgiebige Mittagsrast auf der großen Wiese vor dem Waldhäuschen.

Die weise Kräuterfrau freute sich riesig über den Besuch gleich zweier Könige, die ihr so gute Nachrichten überbrachten.

Sehr gern nahm sie die Einladung, in der königlichen Kutsche Kronns mit zur Hochzeit zu fahren, an.

„Wie wäre es, wenn wir gleich alle am selben Tag anreisen?", fragte Aron. „Großes Gefolge ist in friedlichen Zeiten nicht nötig und Spaß werden wir auch haben. Die Frauen haben sich viel zu erzählen, wir Männer nicht weniger", blinzelte er verschmitzt.

„Vorschlag angenommen", schmunzelte Kronn. „Treffen wir uns nächsten Mittwoch genau hier."

„Aber gern", lachte Aron, „dann muss mir Mila unbedingt die Mischung für den köstlichen Kräutertee verraten."

„Das Rezept könnt Ihr heute schon haben, mein König." Mila schrieb es rasch auf ein Blatt Papier, welches sie ihm mit einem Beutelchen der fertigen Mischung reichte.

„Ihr müsst auch nicht leer ausgehen", wandte sie an Kronn. „Ich weiß doch, wie sehr Ihr auf die Wirkung meiner Pflänzchen schwört."

Kronn bedankte sich herzlich. Sein Salbentiegelchen trug er nämlich, genau wie Chrysanthis, und sogar in dessen Halterung, stets mit sich.

Überall auf ihren Wegen trafen die Heere auf Frauen mit Kindern, die in die Gegenrichtung zogen und ihnen freudig zuwinkten. Die Nachrichten vom Frieden und der gütigen Königin Adriana, die sich mit Windeseile verbreitet hatten, lockten sie nach Hause.

Die beiden Könige nickten sich zufrieden zu.

„Ich liebe es, wenn ein Krieg so ausgeht", lächelte Kronn. „Adriana tut instinktiv das Richtige und Jakon hat bestes verwaltungstechnisches Wissen. Damit müssen die beiden das Reich einfach zu einem Flecken machen, in dem sich die Bewohner wohlfühlen."

„Wisst Ihr, worauf ich mich noch freue?" Aron schaute seinen Schwiegersohn breit lächelnd an. „Auf Urlaub am Meer."

Kronn riss die Augen auf. „Das ist so lange her, dass ich es schon fast vergessen hatte. Ich war nicht mal so groß." Er deutete die Steigbügelhöhe seines Pferdes an. „Ja, nun erinnere ich mich auch wieder an Paradan, wie es vor der dunklen Zeit war. Sogar an König Siegmund."

Er blinzelte schelmisch. „Wisst Ihr, worauf ich mich am meisten freue?"

„Man sieht es Euch an", blinzelte Aron. „Ihr wird es sicher nicht anders gehen." Er ließ die Truppen halten, sprang vom Pferd wie Kronn, umarmte diesen fest. „Bis demnächst! Gute Heimreise!"

Dann teilten sich die Armeen und zogen in verschiedene Richtungen weiter. Zwei Tage später traf Kronn zu Hause ein, verabschiedete Soldaten und Ritter, ehe er sich ganz seiner jungen Frau widmete, die ihn wahrhaft sehnsüchtig erwartete.

Daria hatte für den Weitgereisten schon das Bad bereiten lassen. Sie nahm Kronn eigenhändig Rüstung und Kettenhemd ab. Sein Knappe trug die Panzerung nur noch davon, um sie zu reinigen und auf Schäden zu kontrollieren.

Noch nicht einmal richtig im heißen Badewasser, ging Kronn auf Körperkontakt, um sich sofort zu holen, wonach es ihn gelüstete. „Ich hoffe inständig, dass ich nie wieder so lange ohne dich unterwegs sein muss", flüsterte er.

Die Bademagd, die soeben mit dem Tablett voller Leckerbissen nahte, hätte es vor Schreck fast fallen lassen. Fluchtartig suchte sie das Weite und startete erst nach einer halben Stunde einen neuen Versuch, die Gaumenfreuden zu präsentieren.

Das Königspaar saß in dem Moment so entspannt im Bad, als sei nie etwas anderes inzwischen geschehen. Die beiden hatten nicht einmal gemerkt, dass die Magd schon einmal im Badehaus gewesen war. Aufatmend machte sie sich rasch wieder davon.

In Paradan hatte es ein paar Tage gedauert, das alte Badehaus wieder in Betrieb zu nehmen. In Marrakanas Zeiten war es mit allerlei Gerümpel vollgestellt worden, weil die es nicht so mit der Körperpflege hielt.

Weil man gerade bei Restaurationsarbeiten war, ließ Adriana für die Ritter einen Bereich abteilen, damit sie sich nicht auf dem vielbevölkerten Burghof öffentlich präsentieren mussten. In der fast familiären Atmosphäre von Silberfels war das nie ein Problem gewesen.

Die Herren bedankten sich sehr erfreut bei ihrer umsichtigen Königin. Dafür begleiteten sie sie auch, ohne die Nase zu rümpfen, an die unmöglichsten Orte im Königreich.

Bei einem dieser Streifzüge durch fast undurchdringliches Dickicht, in Sichtweite der Burg, entdeckten sie einen halb verfallenen runden Pavillon aus weißem Marmor.

Adriana sprang vom Pferd. Die Energie dieses Ortes fühlte sich geheimnisvoll und zugleich liebevoll an. „Hier möchte ich getraut werden!", rief sie spontan.

Jakon lächelte. Er konnte das Besondere dieses völlig überwucherten Bauwerks ebenfalls spüren. Sicher war es einst ein heiliger Ort gewesen. Gero werde ihnen ganz bestimmt mehr darüber erzählen können.

Ja, Gero konnte erzählen, sogar so lange, dass schon der Mond aufging, ehe ihm die Geschichten ausgingen. Das kleine Heiligtum hatte also die gleiche Bedeutung für die Könige gehabt, wie die Grotte im Eichenhain in Tlul.

Der Geschichtsschreiber hieß Adrianas Ansinnen begeistert gut. Er ließ gleich am nächsten Morgen mit dem Freilegen und Säubern des marmornen Kleinods beginnen.

Die Königin konnte sogar aus dem Fenster der Privatgemächer die Fortschritte der Arbeiten erkennen.

Der weise Gero verbot den Handwerkern und ihren Helfern, die Heckenrosen anzutasten. Die Pflanzen wurden geschont, als man Unkraut und Gestrüpp herausriss. Zwei gartenkundige Bauern kümmerten sich darum, die stattlichen Pflanzen fachgerecht zu beschneiden.

Als hätten diese nur darauf gewartet, setzten sie innerhalb weniger Tage Knospen an. Kurz vor Beendigung der Bauarbeiten standen sie in voller Blüte. Zwischen dunkelroten und zartrosa Farbtupfern prangten auch strahlend weiße Rosen.

Adriana kam jeden Abend, wenn die Arbeiter schon zu Hause waren, mit Jakon und Lupo hierher, um sich an den wundervollen Blüten zu erfreuen. Jede der hohen Säulen war von den dornigen Zweigen umrankt und nie standen zwei gleichfarbige Rosenpflanzen nebeneinander.

Selbst der zahme Wolf fühlt sich hier wohl. Manchmal rollte er sich neben einer Säule des Eingangs zusammen. Er genoss die Abendsonne auf dem Pelz, während seine Herrschaften im Inneren auf einer der drei halbrunden Bänke saßen und schweigend eins mit sich und der Magie der Natur waren.

„Morgen werden bestimmt die ersten Gäste eintreffen", freute sich Adriana an diesem Abend auf dem Weg zurück zur Burg. Auf den Zinnen flatterten bunte Wimpel im Wind, die Sonne zauberte interessante Lichtreflexe auf die Mauern und jeglicher Schatten der blutrünstigen Marrakana schien sich verzogen zu haben.

Plötzlich blieb Adriana stehen. Jakon und sogar Lupo schauten sie fragend an. „Weißt du, was mir jetzt erst auffällt? Wir haben bisher weder Spuren der Hexenküche noch einen Ort entdeckt, wo Marrakana die Kräuter gesammelt haben kann."

„Und nun überlegst du, ob das gut oder schlecht ist?" Jakon wirkte ebenfalls überrascht.

Adriana nickte. „Am besten werde ich Mutter Mila fragen. Wer sollte sich besser auskennen als sie? Vielleicht lacht sie uns sogar aus, weil wir Offensichtliches nicht wahrnehmen."

„Das wäre nun wirklich nicht schlimm. Ich mag sie sehr." Jakon legte Adriana den Arm um die Schulter. So schlenderten sie auch ganz gemütlich über die Zugbrücke.

„Alles in Ordnung?", fragten beide sofort die Wachen. Sie hatten ein paar große feuchte Flecke entdeckt, als habe man mit ein paar Eimern Wasser eilig verräterische Spuren beseitigt.

Der Kommandant der Wache presste die Zähne aufeinander, dass der Unterkiefer scharf hervortrat. „Zwei bewaffnete Männer haben versucht, in den Burghof einzudringen. Sie haben sich wie die Besessenen mit Schwertern und Morgensternen auf uns gestürzt. Im Handgemenge sind beide getötet worden."

„Hat sie jemand gekannt?", fragte Jakon kurz.

„Das Küchenpersonal", erwiderte der Kommandant. „Es sollen besonders geschulte Söldner Marrakanas gewesen sein."

„Ihr habt richtig gehandelt", sagte Adriana und nickte den Männern beruhigend zu.

„Seltsame Zufälle", murmelte Jakon. „Du vermisst die Drogen, die beiden Toten offenbar auch. Nur aus ganz anderen Gründen als du. Wird tatsächlich Zeit, dass wir die letzten dunklen Geheimnisse lüften."

Hochzeitsglocken

Am nächsten Morgen konnte Adriana ihre Aufregung nicht ganz unterdrücken. Immer wieder spähte sie in die Ferne, ob sie Kutschen oder Reiter erkennen könne. Sie ging auch fast eine Stunde mit Lupo auf den Wällen umher.

Ein Aufblitzen in der Ferne verriet schließlich eine sich nähernde vergoldete Kutsche. Mit den Worten: „Sie kommen! Sie kommen!", rannte Adriana im Haupthaus fast Jakon über den Haufen.

Lachend schwenkte er sie im Kreis. „Einen Sack Flöhe hüten, ist im Moment sicher leichter, als dich im Zaum zu halten."

Niemand, der den weißen Ritter kannte, hätte je solch eine überschwängliche Freude bei Adriana erwartet. Lupo saß neben ihnen und spürte deutlich die freudige Aufregung.

Er zog es vor, den großen Rinderknochen, den er beim Koch erbettelt hatte, rasch unter dem Bett seiner Herrin zu verstecken. Sicher war sicher. Jakon schmunzelte. Lupos Reaktion auf den sich andeutenden Trubel wirkte ziemlich menschlich.

Adriana stand schon wieder am Fenster. Zeitgleich mit Jakon bemerkte sie, dass da nicht eine, sondern zwei Kutschen von mehreren Berittenen begleitet wurden. Sie fiel ihm um den Hals, was Jakon mit lustig verdrehten Augen kommentierte.

Hand in Hand eilten sie in den Hof, um auf die Ankunft der Gäste zu warten.

„Und die Etikette?", witzelte Jakon.

Adriana lächelte verschmitzt. „Was für eine Etikette? Hier mache ich die Regeln."

Jakon deutete amüsiert eine Verbeugung an. „Sehr wohl, meine schöne Königin."

Die Kutschen passierten soeben das kleine Wäldchen und hielten zielstrebig auf die Burg zu. Nun waren auch mit bloßem Auge die Wappen auf den Fahnen der Reiter zu erkennen.

Auf dem Hof liefen Mägde und Knechte zusammen, die Handwerker und alle, die zufällig gerade vor Ort waren. Sie bildeten bereits auf der Zugbrücke Spalier für die Ankömmlinge.

Darias Augen strahlten. „Ich hätte nie gedacht, mich mal auf das Innere der Burg zu freuen. Jedenfalls reist es sich angenehmer in einer Kutsche, als in einen schwarzen Sack verschnürt."

Kronn streichelte ihre Hand.

Mila staunte stumm, als sie die hohen Mauern der riesigen Burg immer näherkommen sah.

Kronns Kutsche fuhr unter dem Jubel der Menschen zuerst in den Hof, gefolgt von der Arons, flankiert von 12 Rittern und dahinter vier Knappen.

„Das nenne ich einen würdigen Staatsempfang", murmelte Gero begeistert. Dann beeilte er sich, den Damen beim Aussteigen zu helfen. Das wollte er sich von keinem anderen nehmen lassen.

Mila, die zuletzt das Gefährt verließ, wollte seine Hilfe abwehren, fasste aber schnell nach der dargebotenen Hand, als sie das ehrliche, zu Herzen gehende Lächeln sah.

Gero, bestens informiert, wer die festlich, wenn auch einfach, gekleidete Frau war, widmete ihr nicht weniger Aufmerksamkeit als den anderen. Immerhin war Mila die Ziehmutter der Königin und damit standen ihr alle Ehren zu.

Adriana umarmte die Frauen herzlich und nahm die Huldigungen der Männer mit einem glücklichen Lächeln entgegen.

Diener wuselten dienstbeflissen um die Königspaare, brachten das Gepäck zu den Gästezimmern. Die Knappen überwachten, dass alle Taschen in den richtigen Räumen landeten.

Adriana ließ die Ritter im Saal bewirten und zog sich mit den Königspaaren, Mila und Gero in einen kleinen Salon zurück. Im kleinen Kreis am runden Tisch konnte man schmausen, sich familiär unterhalten und außerhalb jeglichen Protokolls miteinander Probleme diskutieren.

Adriana befragte ganz vorsichtig Daria, wie sie sich fühle, nach allem, was man ihr hier angetan habe.

„Ich bin angenehm überrascht, neugierig, aufgeregt, aber keinesfalls ängstlich", erhielt sie zur Antwort. „Ihr und Jakon habt diesen Gemäuern wahrlich einen neuen Geist eingehaucht." Sie schenkte sogar Lupo ein Lächeln, obwohl sie vor Wölfen bisher immer Angst gehabt hatte.

Der Graupelz schlich schon eine Weile um den Tisch auf der Suche nach herabgefallenen Bröckchen. Adriana gab ihm schließlich einen abgenagten Knochen, mit dem er sich auf sein Kissen trollte.

Natürlich kam die Sprache auch recht schnell auf den Hühnerdiebstahl und die diplomatische Lösung des Problems durch Jakon.

„Am liebsten bettelt er aber in der Küche. Es ist doch so schön bequem, wenn Wolf einfach losfressen kann, ohne vorher Federn oder Fell loswerden zu müssen", erklärte Adriana blinzelnd. „Danach schläft er bei Meister Kunz am Schmiedefeuer und trudelt irgendwann am Nachmittag wieder bei uns ein. Dann wartet er sehnsüchtig darauf, auf Wiesen und in Wäldern rennen und herumtoben zu dürfen.

Sollte es ihn eines Tages aber wieder in die Wildnis ziehen, dann werde ich ihn nicht zurückhalten." Sie kraulte den Grauen kräftig am Hals und rief einem Diener zu: „Lass Lupo hinaus, ihm wird es hier zu langweilig."

Mila seufzte, worauf Adriana lachte. „Du zögest jetzt auch die frische Luft vor, weil du es nicht gewöhnt bist, in geschlossenen Räumen immer auf einem Fleck zu hocken."

Ein verschämtes Nicken.

„Herr Gero, seid so gut und zeigt ihr ein wenig die Burg und den wundervollen Ausblick vom oberen Wehrgang", bat Adriana daraufhin den Chronisten.

Der reichte Mila sofort seinen Arm. An der Pferdetränke schloss sich ihnen Lupo an, dem es heute ganz allein keinen Spaß machte, schnüffeln zu gehen.

Gero, der merkte wie verschüchtert Mila auf all die Eindrücke hier reagierte, begann von sich aus zu erzählen, um das Eis zu brechen. Er berichtete über das alte Königspaar, wie man ihn beim Zug gegen Marrakana aus seiner Höhle gezerrt hatte und wie glücklich er sei, nun endlich wieder einer edlen Herrin dienen zu dürfen.

Mila hörte staunend zu und verriet, was sich alles zugetragen, seit der alte Mann das wimmernde, halb tote Baby zu ihr gebracht hatte.

Es entspann sich eine so intensive Unterhaltung, dass beide heftig erschraken, als ein Diener erschien, um sie zum Nachmittagstee zu rufen. Lupo trabte wieder mit zurück. Für ein paar Krümel Kuchen war er immer zu begeistern.

„Ich glaube, um Mila müssen wir uns keine Sorgen machen", flüsterte Jakon Adriana zu, als die beiden den Saal betraten. „Gero hat es tatsächlich geschafft, ihr die Scheu zu nehmen."

„Ich werde sie heute schon fragen, ob sie bei uns bleiben möchte", wisperte Adriana zurück. „Gero ist doch ein stattlicher Grund, den ich anführen könnte."

Jakon blinzelte verschmitzt. Warum sollte man dem Schicksal nicht ganz sanft unter die Arme greifen? Die beiden waren sich so deutlich sichtbar sympathisch, dass, den Versuch ein bisschen nachzuhelfen, nicht zu wagen, glatt eine Unterlassungssünde gewesen wäre.

Daria schienen ähnliche Gedanken zu bewegen, wie ihr Blick zu Kronn zeigte. Der nickte Adriana und Jakon kaum merklich zu. *Alle Botschaften verstanden.*

Am Abend wagte Adriana einen Vorstoß. „Ich möchte dich bitten, bei uns zu bleiben."

Mila wehrte sofort mit beiden Händen gestikulierend ab. „Ich gehöre in den Wald."

„Wir brauchen dich", erklärte Adriana sehr ernst. „Hier gibt es keine Heiler mehr. Sie wurden alle vertrieben oder umgebracht. Viele Alte und Kranke warten auf Hilfe – auf jemanden, der ihre Schmerzen lindern kann.

Gero kann dir in der Bibliothek Schätze zeigen, mit denen du dein Kräuterwissen noch verfeinern kannst. Er hat dir sicher erzählt, wie lange er im Wald allein ge- und überlebt hat. Tut euch zusammen und bildet neue Heiler aus."

„Oh weh", seufzte Mila verstört, „wenn ich deine Bitte abschlage, gelte ich sicher auf Lebenszeit als herzloses Monster bei deinem Volk. Da bleibe ich lieber hier und arrangiere mich mit meinem Schicksal."

Adriana sprang auf, um sie ganz fest an sich zu drücken. „Danke. Schließlich hast du mir die Sorge um andere selbst beigebracht."

„Das hat man dann davon", schmunzelte Jakon, unter dem Beifall der Königspaare für Mila.

Gero applaudierte so begeistert, dass Mila einen Teil ihrer Bedenken sofort revidierte. Wer sollte sie verstehen, wenn nicht der Mann aus dem Wald.

Am nächsten Morgen, dem Tag vor der Märchenhochzeit, wanderte Gero mit Mila und Lupo hinaus zu dem kleinen Pavillon. „Hier, so hat Adriana bestimmt, soll morgen die Zeremonie stattfinden", erzählte er.

„Das ist ein Fleckchen mit wundersamer Naturmagie", schwärmte Mila, ihre Fingerspitzen über die Blütenblätter huschen lassend. „Ja, das passt zu meiner Adriana. Lieblich und zart wie eine Blume, aber auch wild und ungestüm wie ein Wolf."

Lupo rieb freundschaftlich seinen Kopf an ihrem Bein, als wolle er sagen: *Ich bin nicht wild. Ich bin ein königlicher Begleiter.*

„Schon gut, du alter Räuber, hast mich ja auch gleich um den Finger gewickelt", lachte sie, ihn unter dem Kinn kraulend.

Ich würde gerade gern mit ihm tauschen, dachte Gero und erschrak nicht einmal, was ihm da soeben durch den Kopf ging. Ihm imponierten das Wissen der weisen Kräuterfrau, die Ruhe, die von ihr ausging, wenn sie sich in der Natur bewegte und viele kleine Dinge, die sie einfach anziehend machten.

Trotz ihres Alters fühlten sich ihre Hände geschmeidig an, wobei die Substanzen, die sie dafür verwendete, einen zarten, unaufdringlichen Duft verströmten.

„Träumt Ihr mit offenen Augen, Herr Gero?", hörte er ihre Stimme plötzlich leise fragen.

Er lächelte ertappt. „Ja. Ja, so könnte man es durchaus nennen. Ich bin froh, dass Ihr hier bleibt. Ein wenig Gedankenaustausch mit Gleichgesinnten ist das, was mir bisher gefehlt hat. Kann ich doch nicht ständig meine Königin mit meinen Befindlichkeiten beladen. Schließlich hat sie Sorge für ein ganzes Volk zu tragen."

Mila winkte ab. „Sie hat einen sturmerprobten Mann an ihrer Seite, bei dem sie stets eine starke Schulter zum Anlehnen findet. Da ist mir um sie nicht bange."

Gero horchte plötzlich auf. „Kommt rasch nach Hause, über dem Meer scheint sich ein Gewitter zusammenzubrauen. Ich kann schon das Donnergrollen hören."

Sie kamen gerade noch rechtzeitig an, um nicht nass zu werden. Die Natur schien allen Staub hinfort putzen zu wollen, um für die Hochzeit am nächsten Morgen Wiesen und Wege in strahlende Farben zu kleiden.

Das große Eichentor hinter der Zugbrücke war schon geschlossen, als es von außen laut und vernehmlich daran klopfte. Der Wächter öffnete ein kleines Guckloch. „Wer seid Ihr und was wollt Ihr zu so nachtschlafener Zeit?" Er musterte den weißbärtigen Greis von Kopf bis Fuß.

„Ich bin Cedryk von Uth und bitte um ein Nachtlager."

„Wartet einen Moment. Ich muss erst um Erlaubnis fragen." Er schloss das Fensterchen, gab seinem Wachpartner ein Handzeichen und eilte in die Burg.

Gero fuhr auf das Pochen an seiner Zimmertür erschreckt aus dem Schlaf. Er wälzte sich aus dem Bett, öffnete und schaute den Wächter überrascht an.

„Tut mir leid, Euch wecken zu müssen, Herr Gero. Aber draußen steht ein alter Mann, der um ein Nachtlager ersucht. Er nennt sich Cedryk …"

„Von Uth!?", rief Gero, noch bevor der Mann ausgesprochen hatte.

„Genau das hat er gesagt!"

„Lasst ihn ein! Lasst ihn ein! Ich komme sofort!" Gero streifte sich in Windeseile seine Kleider über, griff nach einer Laterne und eilte hinaus.

Der nächtliche Gast trat soeben durch das geöffnete Tor.

„Er ist es wirklich", murmelte Gero erfreut, dem Ankömmling entgegengehend.

Der stutzte beim Anblick des Chronisten kurz, dann trat er mit einem Lächeln auf diesen zu. „Welch wundervolle Überraschung! Ihr habt, also das Massaker überlebt, Herr Gero!"

Gero verneigte sich sehr tief vor dem alten Mann, was sie Torwachen aufmerken ließ.

„Ja, mein Herr Cedryk, die von Blaubrunn sind auch mit mehreren Löchern im Pelz, nicht so leicht zur Strecke zu bringen." Er führte den nächtlichen Besucher in die warme Küche, um ihn mit Speis und Trank zu versorgen.

„Möchtet Ihr, dass ich die Königin wecke?"

„Lasst sie nur ruhen. Morgen ist noch genug Zeit, um mich ihr vorzustellen." Der alte Mann schaute sich forschend um. „Schön ist es hier wieder geworden. Ich bin neugierig auf Eure Herrin."

„Ihr werdet sie sicher mögen", versprach Gero im Brustton der Verehrung. „Und wenn nicht, dann könnt Ihr mich teeren, federn und an der höchsten Turmspitze aufhängen."

Der Alte begann zu lachen. „Ihr würdet für sie durchs Feuer gehen?"

„Ohne jegliches Zögern!" Gero nickte heftig. „Kommt, ich zeige Euch, wo Ihr schlafen könnt. Pünktlich zum Frühstück komme ich Euch wecken."

Jakon öffnete am Morgen für Lupo die Tür. Der Graue schien es diesmal besonders eilig zu haben. Adriana trat ans Fenster und schaute dahin, wo er sich früh am liebsten vergnügte. Diesmal glaubte sie, noch zu träumen. Auf einer steinernen Bank am inneren Wehrgang saß ein weiß gekleideter Fremder und schmuste mit Lupo, als seien sie alte Freunde.

„Wer ist das?", fragte sie Jakon, der den Unbekannten genauso erstaunt musterte.

„Keine Ahnung. Ich habe ihn mit Sicherheit noch nie gesehen. Ziemlich erstaunlich, wie vertraut er mit Lupo umgeht. Und wo kommt er her? Gestern Abend, als das Tor geschlossen wurde, war er definitiv noch nicht in unseren Mauern. Im Augenblick ist es ja noch immer zu. Er wird doch wohl nicht die Mauer hinaufgeklettert sein?"

„Fragen wir Gero. Der weiß immer eine Antwort", riet Adriana. „Für mich ist die Anwesenheit des Fremden zwar ein Rätsel, aber kein Grund zu Beunruhigung."

„Das wiederum beruhigt mich", gab Jakon zu. „Diesen Tag soll nichts überschatten. Nicht einmal Wolken."

Gero stand an der großen Flügeltür des Speisesaales und rief die eintreffenden Königspaare aus. Am Tisch schauten alle irritiert, weil ein zusätzlicher Platz, direkt der Königin gegenüber, eingedeckt war.

Schritte auf dem Gang ließen die versammelten aufhorchen. Der weißbärtige Alte, den Adriana mit Lupo gesehen hatte, erschien. Er strahlte Würde und Ruhe aus, die ihm wohltuend voranwehten.

„Cedryk, Herrscher von Uth! Genannt der weiße Magier!", verkündete Gero, nach ihm die Tür schließend.

Adriana und Jakon erhoben sich, um den unerwarteten Gast herzlich auf Paradan willkommen zu heißen. Sie stellten ihm die Anwesenden vor. „Mit unserem Lupo habt Ihr ja schon Bekanntschaft gemacht und wohl auch gleich Freundschaft geschlossen", blinzelte Adriana, auf den Wolf deutend.

„Das ist richtig", lachte Cedryk. „Er wollte schließlich wissen, wer plötzlich in sein Revier eingedrungen war. Wir haben uns sozusagen eingehend beschnüffelt."

„Freut mich, zu hören. Und so lade ich Euch recht herzlich heute zu unserer Hochzeit ein." Sie nahm Jakons Hand und beide nickten Cedryk zu.

„Einladung angenommen, meine schöne Königin", freute sich der weiße Magier. Gero warf er halblaut zu: „Ihr seid gerettet."

Gero versuchte mühsam, ein schallendes Lachen zu unterdrücken. Jakon wurde aufmerksam und Cedryk gab amüsiert das kleine Wortgeplänkel aus der Nacht zum Besten. Adriana warf Gero einen dankbaren Blick zu, Mila drückte unbemerkt seinen Arm.

Beim Hinausgehen nach dem Frühstück knuffte Kronn Jakon in die Seite. „So, in nicht mal zwei Stunden wirst du auch endlich in goldene Ketten gelegt."

Der lachte herzlich. „Solange mich Adriana damit nicht an der Bank einer Galeere festschmiedet, ist alles in Ordnung."

Adriana drohte Kronn blinzelnd mit dem Finger. „Bangemachen gilt nicht!"

Cedryk, der Magier, schmunzelte. Es schien zu stimmen, was man ihm auf seiner Reise hierher über die neue Herrin von Paradan zugetragen hatte.

„Ich erwarte dich und Hanno dann in den schönsten Kleidern, die ihr habt, am Tempel im Wald. Seid pünktlich!", hörte er sie soeben zu dem jungen Mädchen sagen, welches hier das Hauswesen beaufsichtigte.

Fragend schaute er die Königin an.

„Sonst kommen sie womöglich noch zu spät zu ihrer eigenen Hochzeit, von der sie noch nichts wissen", flüsterte diese ihm zu. „Ich hoffe inständig, dass der weise Mann, der mich trauen wird, auch diese beiden miteinander verbindet, obwohl auch er noch nichts davon weiß."

Adriana hatte ja keine Ahnung, den Mann, der das alles bewerkstelligen sollte, gerade in diesem Moment vor sich zu sehen.

„Ich drücke Euch und ihnen ganz fest die Daumen, dass sich dieser Wunsch erfüllen möge", sagte Cedryk mit fester Stimme und ging, um sich umzuziehen.

Adriana war viel zu aufgeregt, um sich um andere zu kümmern, als sie, in ihr wundervolles Brautkleid gehüllt, zu Fuß den Weg zum Tempel einschlug.

Ihr folgten alle Frauen, während Jakon mit den Männern schon am Heiligtum wartete.

Die fast silberweiße Seide ihres Gewandes strahlte im Sonnenschein und die diamantbesetzte Tiara funkelte wie ein Kranz aus Sternen auf ihrer Stirn.

Jakon trug ein königsblaues Samtwams mit Goldborten. Aus den geschlitzten Ärmeln schaute ein blütenweißes Hemd heraus. Der Knauf seines Schwertes war mit unzähligen Edelsteinen besetzt.

Lächelnd trat ihm seine hübsche Braut entgegen, nahm seine Hand und ließ sich in den Marmorpavillon führen. Dort wurden ihre Augen vor Staunen groß, als sie Cedryk gewahrte, der einen bodenlangen weißen Mantel mit Gold- und Silberstickereien trug.

Cedryk verband das Brautpaar an den Handgelenken mit einem Dornenzweig, der sich, kaum dass er die Haut berührte, in ein blutrotes Seidenband verwandelte.

Er umschritt drei Mal die Brautleute im Uhrzeigersinn, wobei er Beschwörungen in einer fremden Sprache murmelte. Dann ließ er sie zu seiner Linken auf der Marmorbank Platz nehmen und nickte Gero zu.

Der tippte Hanno und Miranda an. „Fasst euch an den Händen und geht hinein."

Die beiden gehorchten und glaubten zu träumen, als ihnen das gleiche Ritual durch den weißen Magier zuteilwurde. Sie knieten sofort vor dem Königspaar nieder, um ihnen noch einmal ewige Treue zu schwören.

Unter dem Jubel des Volkes, das den Weg säumte, traten beide Paare aus dem Tempel. Sie nahmen die Glückwünsche der Könige, Königinnen und von Mila und Gero entgegen.

Lupo, der bis jetzt brav bei Mila gehockt hatte, trabte ganz selbstverständlich neben Adriana und Jakon her. Dieser Platz gehörte ihm und den werde er auch nicht freiwillig aufgeben.

Hin und wieder berührte Adriana streichelnd Lupos Ohren, wie Cedryk zufrieden registrierte. Diese Königin regierte im Einklang mit der Natur, wie schon die wundervoll blühende Dornenhecke am Pavillon deutlich zeigte.

Nie zuvor, so erinnerte sich der geheimnisvolle König von Uth, hatte sie in solchem Blütenschmuck geprangt.

„Sie war eine gelehrige Schülerin", hörte er Mila flüstern, die seine Gedanken fühlen konnte.

„Und Ihr eine genau so gute Lehrerin." Cedryk pflückte ein Gänseblümchen, das er ihr reichte.

Lächelnd nahm Mila das nette Geschenk entgegen und hielt plötzlich einen Strauß bunter Gerberas, unter den „Ah!!!" und „Oh!!!" Rufen der Zuschauer, in den Händen.

Adriana blinzelte ihr fröhlich zu.

Unter dem Tor der Zugbrücke begann die Luft zu flimmern, als das junge Königspaar hindurchtrat. Auf der anderen Seite, im Burghof, trugen beide plötzlich königsblaue Samtmäntel mit Hermelinbesatz und den eingestickten Wappen von Paradan und Silberfels. Verblüfft schauten sie sich an, staunten und schüttelten ungläubig die Köpfe.

„Das ist mein Hochzeitsgeschenk an Euch", verriet Cedryk schließlich. „Ein bisschen Prunk muss schon sein. Glück und Freude habt Ihr ganz allein. So viel Frohsinn haben diese uralten Mauern schon lange nicht mehr gesehen."

Die Empfänger der Gabe bedankten sich herzlich. Sie machten ihrerseits dem zweiten Brautpaar ein Geschenk, indem sie es mit an ihre Tafel baten und diesen Tag für es zum freien Tag erklärten.

Die beiden strahlten vor Glück. Noch nie hatte irgendein Untertan mit den Herrschern gleich vierer Königreiche an einem Tisch gesessen und gefeiert. Dieses Geschenk schätzten sie höher als alles Gold dieser Welt.

Rund um die Burg sang und tanzte das Volk. Es gab Speisen und Getränke und vor dem alten Mann mit den Hühnern lag ein großes Stück Kuchen auf dem Tisch. Genau so, wie er es sich erträumt hatte.

Lupo trottete heran. Er suchte die Stille zwischen den Wehrmauern, um für ein Schläfchen dem lauten Trubel zu entkommen. Mit großen Augen schaute er den alten Mann an.

„Na, heute keinen Appetit auf Fleisch? Hier sind ein paar Krümel Kuchen." Der Alte strich sie vom Tisch herunter.

Lupo leckte sie auf, rollte sich zu Füßen des Greises zusammen und schlief ein. Der schüttelte überrascht den Kopf. „Da brate mir doch einer einen Storch! Der Wolf und der Hühnermann – noch verrückter geht es nicht."

Das dachte sich auch Jakon, der vorsichtshalber nach Lupo suchte, als jener nach einer Stunde noch immer verschwunden war. Als er ihn da am Tisch liegen sah, bekam er zuerst einen gewaltigen Schreck. Der alte Mann schüttelte lächelnd den Kopf, hielt den Zeigefinger vor den Mund und legte die gefalteten Hände an seine Wange. Jakon atmete erleichtert auf.

„Hast du auch Speisen bekommen?", fragte er besorgt.

„Habe ich. Ich bin nur nicht so viele Leute gewöhnt und kann nicht mehr so springen wie die Jungen. An netter Gesellschaft mangelt es trotzdem nicht." Er deutete auf den verschlafen blinzelnden Wolf.

Dieser folgte seinem Herrn wieder ins Haus. Ein paar Minuten später kam ein kleiner Laufbursche zum Hühnerstall und brachte dem alten Mann einen Krug Wein, direkt von der Tafel der Könige.

„Auf alle gütigen Königinnen, Könige und zahmen Wölfe", murmelte er mit strahlenden Augen. Drei Viertel des Weines schüttete er in einen Tonkrug, den er fest verschloss. Von diesem edlen Tropfen werde er sich immer nur ein winziges Becherchen genehmigen, um möglichst lange etwas davon zu haben.

Im Saal der Burg wurde bis Mitternacht getanzt, geschmaust, gesungen und gelacht.

„Macht euch keine Sorgen, wenn ihr nicht pünktlich aus den Federn kommt!", rief Jakon Miranda und Hanno hinterher, die eilig zu ihrem Zimmer strebten, um die Hochzeitsnacht noch genießen zu können.

Hanno hob die Hand, zum Zeichen, dass er es verstanden hatte. Jakon fing mit einer Hand Adriana ein, nahm sie auf die Arme und trug sie durch die halbe Burg zum Schlafzimmer, wo Lupo schon tief und fest schlummerte.

Hier musste wohl Cedryk die Finger im Spiel gehabt haben, denn es brannten Dutzende Kerzen, die das Zimmer in geheimnisvolles Licht tauchten. Gerade richtig, um diese Nacht zu einem Feuerwerk der Gefühle zu machen.

Das glückliche Paar hätte von sich aus nie die sündhaft teuren Wachskerzen anzünden lassen. Natürlich freuten sie sich darüber sehr.

Rasch erspähte Jakon, an welcher Stelle das Öffnen der Bänder des Kleides am schnellsten zum Erfolg führte. Die wundervolle Verpackung hatte ihm schon den ganzen Abend Lust auf den himmlischen Inhalt gemacht.

Die Wärme der Flämmchen vertrieb die Kühle der Nacht. So schob er die Bettdecke beiseite, um den schlanken Körper mit vollem Genuss in Besitz zu nehmen. Tief in seinem Unterbewusstsein blitzte die Bitte auf, die Wesenheit im heiligen Eichenhain möge nun zulassen, die große Liebe mit einem Baby zu krönen.

An ihm sollte es wahrhaft nicht liegen, denn er hätte in dieser Nacht glatt alle Rekorde geschlagen. Seine streichelnden Hände schienen überall gleichzeitig zu sein. Sie hinterließen Spuren angenehmer Wärme.

Seine Lippen wanderten über Adrianas Haut, keinen Quadratzentimeter auslassend. Wie oft sie gemeinsam Erfüllung fanden, hatte keiner von beiden mitgezählt. Im Morgengrauen schliefen sie fest umschlungen ein.

Entdeckungen

Von der Dienerschaft rechnete keiner damit, Gastgeber oder Gäste vor neun Uhr aus dem Bett kriechen zu sehen. Sie sollten sich nicht getäuscht haben.

Der Erste war Lupo und gab damit den Startschuss für das Küchenpersonal. Lupo drehte seine übliche Runde zwischen den Wällen, besuchte den alten Mann und die Hühner, ohne sich an ihnen zu vergreifen.

Dafür handelte er sich ein paar liebevolle Streicheleinheiten und lobende Worte ein. Er versteckte sein Häufchen zwischen ein paar hohen Grasbüscheln, tigerte zur Pferdetränke, stillte seinen Durst und schreckte anschließend mit einem feuchten Nasentupfer Adriana aus dem Schlaf.

Jakon lächelte vergnügt. Er hatte schon eine kleine Ewigkeit wach aber reglos gelegen, um Adriana noch ein paar Minuten Ruhe zu gönnen. Denn er hielt sie noch immer im Arm.

Nun griff sie mit der freien Hand nach Lupo, zog ihn auch noch an sich. „Es ist schön, euch beide beim Aufwachen zu sehen. Frieden ist das höchste Gut, wofür es sich zu kämpfen lohnt."

Sie streichelte Jakons Gesicht. „Was hat mein König heute geplant?"

„Unseren Gästen ein wenig mehr von Paradan zu zeigen."

„Reiten wir ans Meer?"

„Wenn du darauf bestehst." Jakon schmunzelte hintergründig.

Adriana schaute ihn fragend an.

„Die Frauen zögen es sicher vor, mit der Kutsche fahren zu dürfen", lachte er spitzbübisch.

„Ach ja! Damenbesuch. Ich sollte mich langsam nicht nur an Kleider gewöhnen." Adriana blinzelte ihm schelmisch zu. „Unter diesen Umständen plädiere ich auch auf Kutschfahrt."

Cedryk lehnte schweren Herzens die Einladung zur Ausfahrt ab. „Bis an die Küste werde ich Euch begleiten, dann aber nach

Uth weiterreiten. Ich hoffe doch sehr, dass Ihr mich im nächsten Jahr dort besuchen kommt."

„Das werden wir!", versprachen Adriana und Jakon.

Mira zupfte Adriana am Ärmel. „Darf ich hierbleiben."

„Aber natürlich darfst du das", entgegnete Adriana. „Ich werde dich niemals zu etwas zwingen. Ich weiß doch, dass du noch eine Weile brauchen wirst, um dich an den Trubel hier zu gewöhnen. Wenn du etwas brauchst, dann wende dich an Gero oder Miranda. Wir werden sicher mit Einbruch der Nacht wieder hier sein."

Lupo zog es vor, bei den Damen in der Kutsche mitzufahren. Er durfte sogar auf einer Decke neben Adriana auf dem Sitz liegen, von wo aus, er die Landschaft betrachten konnte.

Daria und ihre Mutter schmunzelten. Lupo war einfach nur ein putziges Kuscheltier und keine der beiden nahm Anstoß daran, ihn auf dem Polster liegen zu sehen.

Das Image eines Kuscheltieres legte Lupo aber schon eine Stunde später ab. In einem Wald wurden sie von zwei Bären attackiert. Die Pferde scheuten und die vier Könige zogen ihre Schwerter. Der Kutscher schlug mit seiner Peitsche auf die Raubtiere ein.

Der Wolf löste das Problem auf seine Art. Er sprang aus dem Wagen einem der Bären ins Genick, biss sich fest und rannte, als er abgeschüttelt wurde, in den Wald. Die Bären setzten ihm nach. Nach zwanzig Minuten kam Lupo wieder. Zwar etwas zerzaust aber stolz erhobenen Hauptes.

Ein Diener öffnete ihm die Tür, Lupo enterte den Sitz und rollte sich zusammen. *Ihr könnt weiterfahren*, schien er zu denken. Adriana kraulte ihrem treuen Begleiter dankbar das Fell, wobei sie es gleich noch glatt strich.

„Ein unglaublich tapferes Tier", lobte Königin Sirina, Darias Mutter.

Daria, die Lupo direkt gegenübersaß, streckte vorsichtig die Hand aus. Der Wolf schnüffelte kurz, dann ließ er sich ausgiebig streicheln.

„Was sind denn das für Manieren? Wird von einer Dame verwöhnt und schläft einfach ein", amüsierte sich Adriana köstlich.

Sirina lachte ebenfalls. „Als siegreichem Krieger steht ihm das zu. Schließlich ist er gegen eine Übermacht angetreten."

„Und ich dachte schon, er gehe als Hühnerdieb in die Annalen der Familie ein", witzelte Jakon.

„Das ist allerfeinster Geschichtenstoff für Gero", ließ sich Kronn vernehmen. „Der Wolf, der die Weissagung erfüllte und vier Könige und ihre reizenden Damen gegen gefährliche Bären verteidigte."

„Ich finde, das klingt gut und ist auch nicht gelogen", sinnierte Cedryk laut, als Aron genau das dachte. „Wo habt Ihr ihn eigentlich gefangen?"

Worauf ihm Adriana Lupos ganze Geschichte erzählte.

Auf Paradan war Gero gerade dabei, das nachzuholen, wofür bis her keine Zeit gewesen war. Er spazierte mit Mila durch den gesamten Außenbereich der Burg, erklärte ihr Besonderheiten in den Verteidigungswällen, zeigte ihr vom Wehrgang aus markante Punkte in der Umgebung und brillierte mit seinem Geschichtswissen.

Milo hob ruckartig den Kopf.

„Was ist passiert?", flüsterte Gero zutiefst erschrocken.

„Nichts. Ich rieche nur ganz intensiv den Duft verschiedener Heilkräuter."

„Hier oben???", fragte Gero verdattert. Er schaute Mila verblüfft hinterher, die wie ein Schweißhund die Spur der Gerüche aufgenommen hatte und zielstrebig losmarschierte.

„Was ist hinter dieser Mauer?" Sie tippte mit dem Zeigefinger die rauen Steinblöcke an, in die ein dickes Gitter eingelassen war, hinter dem ein Busch jegliche Sicht verdeckte.

„Da geht es ungebremst in die Tiefe. Nehme ich an", sagte Gero mit zusammengezogenen Augenbrauen.

„Aber Ihr seid nicht sicher, Herr Gero", stellte Mila in den Raum. Sie betrachtete interessiert das Gitter, durch das der unwiderstehliche Geruch zu kommen schien. Sie machte sogar Anstalten hinaufzuklettern.

Gero schüttelte amüsiert den Kopf. „Das lässt Euch offensichtlich keine Ruhe."

„Richtig", schmunzelte Mila. „Ihr seid doch ein kräftiger Mann …"

„Worauf wollt Ihr hinaus?"

„Nicht hinaus, nur hinauf", lachte Mila. „Ihr wisst doch sicher, was eine Räuberleiter ist?"

Gero prustete los. „Oh je! Hoffentlich sieht uns keiner!" Gleichzeitig stellte er sich aber an der Mauer bereit und hob kurz darauf Mila hoch.

„Ohhhhhh!" Dann blieb es still von oben.

„Was ist dort? Kommt lieber wieder runter."

„Schon unterwegs." Mila kraxelte zurück und Gero ließ sie sacht zu Boden gleiten. Dabei hielt er sie etwas länger in den Armen, als gebührlich gewesen wäre.

Mila hauchte ihm einen Kuss auf die Wange und fügte hinzu, weil er sie völlig verunsichert anschaute. „Das habt Ihr Euch verdient."

„Was habt Ihr denn Schönes entdeckt?"

„Wollt Ihr es von hinten oder vorn erzählt haben?", blinzelte Mila.

„Von hinten."

„Da habe ich entdeckt, dass ich Euch vielleicht etwas mehr bedeute, als nur die Ziehmutter Eurer Königin zu sein."

Gero wurde flammend rot. „Stimmt. Wenigstens ist jetzt die Katze aus dem Sack."

Als Antwort darauf nahm Mila seine Hand, legte sie an ihre Wange. „Soviel dazu. Ich habe nämlich etwas entdeckt, das Adriana schon lange sucht – den geheimen Kräutergarten der alten Hexe. Das Gitter ist möglicherweise ein Tor und der Busch nur als Sichtschutz gedacht. Jetzt fehlt nur noch die Hexenküche, denn irgendwo muss sie ja ihre Tränklein und Pülverchen gemischt haben."

Gero hob sie an der Taille hoch, schwenkte sie im Kreis. „Mila, Ihr seid großartig! Wo könnte man denn, Eurer Meinung nach, die trockenen Kräuter aufbewahrt haben?"

„An einem Ort, der trocken und kühl ist. Zum Beispiel in dem dicken Turm da. Habt Ihr da schon gesucht?"

„Ja und nein. Wir haben reingeschaut, aber nicht wirklich gesucht. Da gibt es nicht viel zu sehen."

Mila streichelte seine Hand. „Darf ich auch einen Blick hineinwerfen?"

„Kommt, wir holen den Schlüssel!" Gero schlug den Weg zur Torwache ein.

„Er ist verdächtig blank", stellte Mila auf den ersten Blick fest. „Dieser Schlüssel muss ständig benutzt worden sein. Ich bin wirklich neugierig auf das Innere des Gemäuers."

„Ich jetzt auch", gab Gero zu. „Oh, wie frisch geölt!" Das Schloss ging leicht aufzuschließen und auch die Türangeln quietschten nicht.

Mila steckte den Kopf durch den Türspalt. Sie entdeckte eine Laterne, hakte sie von der Wand ab, um sie Gero zu reichen. Der schlug Feuer und betrat mit dem Licht zuerst den halbrunden Raum.

„Wo ist die zweite Hälfte geblieben", murmelte Mila in diesem Moment.

„Welche Hälfte?"

„Na, die vom ganzen Kreis! Hier ist eine Wand, aber der Turm ist von außen rund."

„Auch wahr", gab Gero kleinlaut zu. Mila hatte offenbar die Augen eines Luchses und den Scharfsinn eines Ministers.

„Kronn hat etwas über sternförmige Erhebungen erzählt", flüsterte sie. „Hier muss sich doch irgendwo ein Mechanismus befinden."

„Hab ihn!", freute sich Gero, nicht ganz unnütz zu sein.

„Ahhhhh! Schaut nur, wie schön sich die Mauer dreht!" Milas Augen strahlten. Noch mehr strahlten sie, als sie Kräuterbündel,

Krüge, Kannen, Schalen und diverse Messer zum Zerkleinern erspähte.

„Ha! Ich hab auch was entdeckt!" Gero wies auf eine Falltür. Er zog sie auf und fand eine kurze Treppe, die direkt zum Kräutergarten führte.

Mila warf sich in seine Arme. Gero stellte die Laterne weg und erwiderte nur zu gern die Zärtlichkeiten. Dann wanderten sie Hand in Hand durch die langen Reihen der Beete, schauten, staunten und schmiedeten Pläne.

Adriana werde sicher nichts dagegen haben. Schließlich hatte sie gewollt, dass die Menschen recht bald wieder medizinische Hilfe bekamen. Also schöpfte Gero Wasser und gemeinsam gossen sie die Kräuter, zupften Unkraut und wunderten sich, als der Koch verzweifelt auf dem Burghof nach ihnen rief, weil das Essen kalt wurde.

Lachend eilten sie zurück, wobei sie nicht vergaßen, alle Türen wieder sorgsam zu verschließen. Sie setzten sich gleich in der Küche an den großen Tisch und ließen sich bewirten. Der Dienerschaft konnte das nur recht sein, hatten sie so doch keine langen Wege zu gehen.

Miranda legte ein weißes Tischtuch auf und umsorgte die beiden, wie sonst das Königspaar. Meister Kunz spähte zur Tür herein.

„Kommt! Setzt Euch zu uns! Wir beißen nicht!", rief Gero. „Ich habe ihr schon erzählt, was ich Euch alles zu verdanken habe."

„Menschen, die Lupos Freunde sind, sind mir immer willkommen." Mila deutete einladend auf einen freien Stuhl. „Ihr tragt ihn ja sogar in Euerm Zunftzeichen."

„Den Prachtkerl muss man einfach mögen", erklärte Kunz, dankend nach einem Becher Wein fassend.

„Ihr habt Euch arg verbrannt", stellte Mila fest. „Könnt Ihr denn überhaupt noch richtig zupacken?"

„Es geht einigermaßen. Das heiße Eisen hat nur kurz die Außenflächen dieser drei Finger erwischt", versuchte der Plattner abzuwiegeln.

„Stillhalten!", gebot Mila, zog einen ihrer berühmten Salbentiegel aus dem Beutelchen am Gürtel. Hauchdünn trug sie das Gemisch auf. Prüfte, ob auch keine Stelle vergessen worden sei, nickte und meinte dann: „Ihr solltet Euch heute vom Feuer und von der Sonne fernhalten. Morgen ist alles wieder im Lot."

So schnell, wie der Schmerz nachließ, versprach Kunz auch, sich sehr genau an diese Anweisung zu halten. Er werde ganz einfach die Arbeiten beaufsichtigen. Dass er schon eine Idee für ein Dankeschön hatte, verriet er natürlich nicht.

Dafür überreichte er Mila am nächsten Tag zwei zierlich geschmiedete Gewandfibeln, die das Zeichen der Heiler trugen – den Zweig mit der herumgeringelten Schlange. Seine Hand war durch Milas Wundermedizin bereits geheilt.

Im Augenblick saß er aber noch mit ihr und Gero in der Küche, freute sich, das lästige Brennen auf der verschmorten Haut langsam loszuwerden und erzählte über seine Vorhaben für die nächsten Wochen. Schließlich erhob er sich, um seine *Gesellen antreiben* zu gehen, wie er es kichernd ausdrückte.

Gero unterdrückte ein Gähnen. „Wenn ich jünger wäre, dann nähme ich Euch jetzt glattweg mit in meine Kammer", flüsterte er Mila verschwörerisch zu.

„Ich nähme die Einladung sogar an", gab sie blinzelnd zurück. „Ist es wirklich das Alter, das Euch zögern lässt?"

„Eher die Angst, Euch nicht das bieten zu können, was Ihr vielleicht erwartet", entgegnete er noch leiser.

„Selbst dagegen sind Kräutlein gewachsen", wisperte Mila und deutete aufmunternd in Richtung seiner Kammer.

Gero staunte und fühlte deutlich, dass er heute ganz bestimmt kein Tränklein brauchen werde. Also spähte er, ob der Gang leer sei, um Mila rasch in seine Schlafkammer zu ziehen.

„Wir sind zwar schon etwas betagter, aber noch lange nicht tot", schmunzelte er, als er sich eifrig ans Werk machte.

Mit sich und der Welt zufrieden, genehmigten sich beide anschließend ein ausgiebiges gemeinsames Mittagsschläfchen. Irgendwann öffnete Mila blinzelnd die Augen. Sie begegnete Geros liebevollem Blick. „Woran denkst du?

Gero lächelte melancholisch. „Dich als Frau von Blaubrunn zu sehen. Zumindest werde ich darauf hinarbeiten, falls du mir eine Chance dazu gibst."

Mila stützte sich auf die Unterarme. Gero schien es, damit sehr ernst zu sein. „Auch, wenn du mich erst ein paar Tage und nicht einmal wirklich kennst?"

Ein stummes Nicken.

Mila kuschelte sich an seine Brust. „Ein interessanter Gedanke."

„Über den es sich weiter nachzudenken lohnt?"

„Ganz sicher, obwohl du mich jetzt überrumpelt hast."

Gero streichelte ihr Gesicht und schwang die Beine aus dem Bett. „Was machen wir heute noch Schönes?"

„Zum kleinen Tempel hinausspazieren und die Naturgeister um ihren Segen bitten?"

„Oh, du gütiger Himmel! Jetzt bin ich sprachlos", staunte Gero. Wenn Mila jetzt schon mit den Geistern zu kommunizieren gedachte, dann schien ihr sein Antrag ebenfalls sehr viel zu bedeuten.

Sie zwangen sich beide zur Ruhe, indem sie gemächlich den Nachmittagstee genossen. Miranda servierte im kleinen Salon. Sie schaute die beiden lächelnd an. *Ihr seht glücklich aus, Frau Mila und Herr Gero*, dachte sie.

Mila blinzelte fröhlich.

Sie weiß, was ich denke, schließlich ist sie eine Kräuterfrau, denen man geheime Kräfte zuschreibt, überlegte Miranda amüsiert und wieder blinzelte Mila schelmisch. Miranda lachte auf. „War ja klar."

Diesmal kicherte sogar Gero. Selbst, ohne Gedanken lesen zu können, musste man ihm genau wie Mila das Glück ansehen.

Miranda wunderte sich auch nicht, als Gero bat, sie möge ihnen eine Kleinigkeit für unterwegs einpacken. Sie eilte davon, um den Wunsch zu erfüllen.

Mit einem Körbchen voller Kuchen, Obst und einer Steingutflasche Wein mit zwei Bechern kam sie wieder. „Ich denke, das ist dem Anlass angemessen."

Diesmal lachte Mila herzlich. „Volltreffer."

„Ist das schön", seufzte Miranda, ihnen nachschauend, bis sie das Tor passiert hatten. Gero hatte ihr, bevor Mila hier eintraf, alles über sie erzählt, wie er es von Adriana, Jakon und Kronn auf dem Feldzug erfahren hatte.

Kein Wunder, dass sie sie sofort gemocht hatte, kaum dass sie leibhaftig vor ihr stand. Die Verklärung für die Retterin ihrer Königin war echter Bewunderung für eine liebenswerte, wie geheimnisvolle Frau gewichen.

Mila hatte sich bei Gero untergehakt, der auch den kleinen Korb trug. Sie genoss die Sonnenstrahlen, den Duft der Wildblumen, die das ehemalige Schlachtfeld als dichter Teppich bedeckten.

„Im Herbst wird hier die Wintersaat ausgebracht", erzählte Gero. „Es werden an den Feldrainen trotzdem genug bunte Blütentupfer übrig bleiben."

„Ich werde ein paar Kräuter am Fenster in kleinen Töpfen ziehen und so den Sommer ins Haus holen", schwärmte Mila.

„Sag mir, wie du sie haben möchtest und ich lasse sie anfertigen." Gero rieb seine Wange vorsichtig an der ihren. Dann legte er ihr den Arm um die Taille. Er hatte kein Verlangen nach albernen Versteckspielen, nachdem er sich über zwanzig Jahre im Wald verbergen musste.

Mila genoss die Nähe. Ihr lag ebenfalls nichts daran, mit ihren Gefühlen hinter dem Berg halten zu müssen. Adriana werde sie sicher verstehen.

Der kleine Pavillon lag noch in der vollen Sonne. Die Stufen waren angenehm aufgewärmt und hatten wohl nur auf die Gäste gewartet.

Gero breitete auf ihnen das Tüchlein aus, mit dem der Korb abgedeckt gewesen war, stellte die Köstlichkeiten darauf und stieß mit Mila auf eine junge Liebe an.

In den Rosenzweigen tschilpten Spatzen, die sofort herankamen, als die ersten Kuchenkrümel auf den Boden fielen.

„Na, na, na, wer wird sich denn streiten", schmunzelte Mila, ihnen ein paar Brocken von ihrem Stück zuwerfend.

Auch Gero krümelte immer wieder Bröckchen hin und bald waren beide von einem ganzen Schwarm verschiedenster Vögel umgeben. Eifrig pickten die gefiederten Gäste die Gaben vom Boden.

„Was sagt uns das?", blinzelte Mila.

Gero strahlte. „Dass wir zusammenpassen, weil wir viele Gemeinsamkeiten haben. Die kleinen Piepser spüren das. Auch scheint die Magie dieses Ortes nichts dagegen zu haben. Die Sonne ist weitergezogen, trifft aber noch genau die Stufe, auf der wir sitzen. Und so verkünde ich hier: Ich liebe dich, Mila."

Mila schmiegte sich an seine Schulter. „Ja, ich liebe dich auch. Du hast so viel Schlimmes erlebt, bist aber trotzdem kein verbitterter Mensch geworden. Du bist im Herzen ein Kämpfer, im Kopf ein Poet und du bist ehrlich. Alles Dinge, die mich wirklich überzeugen."

Dann lachte sie. „Adriana wird bestimmt sagen, kaum lässt man Mutter Mila einen Tag allein, schon heckt sie etwas aus." Gero stimmte herzlich in das Lachen ein.

Tausend kleine Wunder

Die Ausflügler kamen kurz nach Sonnenuntergang zurück. Sofort wieselte die Dienerschaft herbei, lud das Tagesgepäck aus, deckte die Tafel und kümmerte sich um Pferde und Wagen.

„Wie war dein Tag?", fragte Adriana mit leicht besorgtem Unterton, ihre Ziehmutter.

Mila strahlte auf. „Fantastisch. Einfach fantastisch."

„Oh, das klingt hellauf begeistert!", freute sich Adriana, während Jakon und die anderen halb ungläubig und halb neugierig schauten.

Gero lächelte kaum merklich. Sicher wäre in wenigen Augenblicken die Verblüffung noch größer.

„Ich habe den verschollenen Kräutergarten entdeckt, die Hexenküche, sämtliche Geheimtüren dahin und, dass ich geneigt bin, in Bälde Frau von Blaubrunn zu werden", zählte Mila schmunzelnd auf.

Jakon schlug sich schallend lachend auf die Schenkel. „Ich hab gewonnen! Ich hab gewonnen!"

„Sie haben nämlich gewettet, ob Ihr Euch sofort auf die Suche nach Kräutern macht", verriet Kronn. „Jakon hat dafür und Adriana dagegen gestimmt."

„Wirklich viel gewonnen hat aber ein ganz anderer." Daria nickte zu Gero hinüber, der einfach nur glücklich aussah und nun zustimmend Milas Hand streichelte.

„Herzlichen Glückwunsch zu Eurer Entscheidung!", rief Aron. „Adriana befürchtete schon, Ihr könntet Euch einsam unter all den Leuten hier fühlen und lieber wieder in den Wald auswandern."

Mila lächelte. „In die Wälder werde ich auch gehen – zum Kräutersammeln. Aber zusammen mit Gero oder Lupo, damit ich hinterher auch wieder den Weg zurück finde."

„Lupo solltet Ihr wohl auf solchen Wegen immer dabei haben", schlug Sirina vor. Dann erzählte sie die Geschichte vom Bärenangriff.

„Gütiger Himmel!", rief Mila. „Sie hätten ihn töten können!"

„Das ist unbestritten. Unser Held hat sich aber wacker geschlagen. Ich musste nicht einmal Chrysanthis bitten. Selbst Cedryk hielt sich zurück, weil er fest an Lupo geglaubt hat", berichtete Kronn.

„Bitten, ist das Stichwort", warf Daria ein. „Ihr müsst mich morgen zu den Speichern bringen, wo das Getreide für die Winteraussaat lagert. Nadromans Gaben sollen schließlich allen Bewohnern Paradans zugute kommen."

„Euer geheimnisvoller Stein hilft uns jetzt schon sehr", sagte Gero. „Die Hühner legen viel mehr Eier, die Kühe geben mehr Milch und das Obst ist prall und rund. Es wird eine gute Ernte werden, so uns nicht ein Hagelschlag dazwischen kommt."

„Keine Sorge, wo Cedryk bei Gewitter auftaucht und im Sonnenschein geht, dort gibt es auf ein ganzes Jahr keine Dürre und keine schlimmen Unwetter", beruhigte ihn Daria.

„Und dort hat auch das Unwohlsein junger Frauen eine ganz natürliche Ursache", schmunzelte Jakon in Richtung Daria und Adriana.

„Oh!", hauchte Mila verzückt. „Noch ein Grund, nicht wieder in den Wald auszuwandern."

„Ich wusste, du würdest dich freuen." Adriana blinzelte ihr verschwörerisch zu. „Großmutter Mila muss dem kleinen Würmchen alles beibringen, was sie die Mama gelehrt hat. Herr Gero wird Geschichte und Ahnenkunde vermitteln.

Bis dahin ist er sicher schon als potenzieller Großvater in die Familie aufgenommen. Bei dem Tempo, welches ihr beide vorlegt, ist das jedenfalls stark anzunehmen."

Mila und Gero schauten sich amüsiert an.

Gero seufzte. „Ja, ginge es nach Herrn Gero …"

„Aber?", fragte Jakon.

„Frau Mila ist die Ziehmutter der Königin. Herrn Geros Wünsche müssen warten", murmelte er.

Mila fasste nach seiner Hand. „Du nähmest mich sofort und ohne jeden Pomp zur Frau."

„So ist es", entgegnete Gero fast flüsternd.

„Und du?", wollte Adriana von Mila wissen.

„Ich denke wie er."

Adriana tauschte Blicke mit Jakon und den beiden Königspaaren. „Also dann, Herr Gero, lasst morgen früh den weisen Mann aus dem Wald von Cairn rufen. Er wird am Nachmittag Euern größten Wunsch erfüllen."

Gero sprang auf, um vor seiner Königin niederzuknien. Mit Freudentränen in den Augen dankte er ihr.

Miranda instruierte sie flüsternd, als diese Wein nachschenkte.

„Joiiii!", machte diese, rannte fast hinüber zum Küchenchef, um alles sofort in die Wege zu leiten.

Jakon sah ihr schmunzelnd hinterher. „Das scheint das nächste Freudenfest für ganz Paradan zu werden."

„Ich will es stark hoffen!" Adriana drückte ganz fest Milas Hände. „Zur Strafe müssen mir die beiden morgen alle Schätze zeigen, die sie heute entdeckt haben."

„Urteil angenommen!", riefen Mila und Gero synchron, worüber sich die anderen köstlich amüsierten.

Die Nachricht von der Blitzhochzeit musste sich wohl schon in der Nacht in ganz Paradan verbreitet haben. Im Morgengrauen heizte der geheilte Meister Kunz sein Schmiedefeuer an, um ein Geschenk für die beiden zu kreieren.

Zwar war er Plattner und kein Goldschmied, kannte sich aber bestens auch mit diesem Material aus. Oft genug hatte er schon Rüstungen und Dolchscheiden damit verziert. So war es kein Wunder, gleich früh Hammerschläge aus seinem Refugium zu hören.

Als Jakon die Morgenrunde mit Lupo ging, konnte er sich ein Bild von der gigantischen Betriebsamkeit zwischen den alten Mauern machen.

Der Hühnermann war dabei, die frisch gelegten Eier in ein Körbchen zu sammeln. Ein Dienstmädchen stand schon bereit, um dieses, wohlgefüllt, sofort in die Küche zu tragen.

Zwei Knechte fegten den Hof und ein kleiner Bursche holte Wassereimer um Wassereimer aus dem Brunnen. Die bunten Wagen der fliegenden Händler trafen ein, Spielleute baten, ihre Kunst zu Gehör bringen zu dürfen.

Auf König Jakons Geheiß, wies die Torwache niemanden ab. Die Brautleute hatten keinen Pomp gewollt, da war ein Volksfest genau die richtige Alternative.

Im Moment waren die drei Königspaare mit Mila und Gero zum alten Turm unterwegs, um die Entdeckungen des Vortags in Augenschein zu nehmen. Von der schnellen Heilung des Plattners erzählten inzwischen sogar schon die Spatzen auf den Dächern.

Anschließend machten sich die Brautleute für ihren großen Moment chic, während die Könige die Speicher besuchten. In jedem ließ Daria mehrere Hände voll Körner durch die Finger gleiten. „Käfer und Mäuse fort von diesem Ort", flüsterte sie, drei Mal mit dem Fuß aufstampfend, bevor sie den jeweiligen Speicher verließ.

„Nur gegen zweibeinige Diebe kann ich nichts ausrichten", gab sie lächelnd bekannt.

„Die Vögel werden nicht viel Schaden anrichten und Menschen werden es nicht wagen, hier zu stehlen", versicherte Adriana. „Sie wissen inzwischen, dass es auf Paradan Almosen für wirklich Bedürftige gibt.

Vielen Dank, für deine und Nadromans Hilfe. Auch den magischen Wesen im heiligen Hain in Tlul und Cedryk gebührt Dank. Wir werden nie vergessen, was ihr alle für uns getan habt."

Auf dem Rückweg blieb Daria stehen, deutete mit dem Finger auf den Boden. „Genau hier war der Scheiterhaufen, auf dem ich bei lebendigem Leibe verbrannt werden sollte. Kaum zu glauben, wie kurz das erst her ist."

„Ein kleines Wunder, dass du hier keine Albträume hast", fügte Adriana hinzu.

„Für das sicher auch der Nadroman sorgt", lächelte Daria. „Ich habe mein Blut für ihn gegeben und er beschützt mich, wo er kann. Wie auch immer, ich freue mich über alles, was ich in den letzten Tagen hier erlebt und erfahren habe. Auch darauf, Mila, die Kronn und ich sehr verehren, heute noch sehr glücklich zu sehen."

Mila war fürchterlich aufgeregt. Sie zupfte ständig an sich herum, obwohl das Gewand, welches ihr Adriana am Morgen geschenkt hatte, perfekt saß. „Schlimmer als ein junges Mädchen vor dem ersten Ball", kicherte Mila ihrem Spiegelbild zu.

Adrianas Zofe hatte Mila schon das Haar zusammengesteckt und sieben dunkelrote Rosenblüten hineingebunden. Mila konnte sich an dem Kunstwerk kaum sattsehen. Die Rosen ließen sie sogar vergessen, dass ihr Haar grau zu werden begann.

Gero ließ sich heute von einem Barbier rasieren, weil er zu sehr zitterte. Was, wenn Mila plötzlich nein zu ihm sagte? „Dummer Kerl!", schimpfte er sich schließlich selber aus. Wie konnte er nur auf solch absurde Gedanken kommen?

Endlich war es soweit. Er konnte sich auf den Weg zum kleinen Marmortempel machen, um dort auf seine Braut zu warten. Kaum angekommen erklangen zum allerersten Mal Fanfaren, die ankündigten, dass die Regentin die Burg verließ.

Geros Herz ließ vor Aufregung gleich ein paar Schläge aus. Mila schritt mit der Anmut einer Königin des Weges, begleitet von sechs wirklichen Königen zu Pferd.

Die drei Herren und Adriana trugen ihre Prunkrüstungen mit Wappenmänteln, Sirina und Daria prachtvolle Kleider. Lupo hielt sich stolz neben Adrianas Laurin, wie es sich für den königlichen Begleiter geziemte.

Mila konnte Geros Herz klopfen hören, als er ihr beide Hände reichte, sie am Arm in den kleinen Pavillon führte und dort mit Dornenzweigen mit ihr verbunden wurde. Diese verwandelten sich in Seidenbänder in der gleichen Farbe wie die Rosen in Milas Haar.

Die Schlange der Gratulanten nahm gar kein Ende und immer wieder rief ihnen jemand Glückwünsche aus der Menge zu. Als sie das Burgtor durchschritten, galt die Feier offiziell als eröffnet und es wurde geschmaust, gesungen und getanzt.

Kunz trat auf das glückliche Paar zu. „Eine kleine Gabe für zwei Menschen, die ich sehr schätze." Er hielt ihnen ein geöffnetes Holzkästchen entgegen.

„Wie wundervoll!", jubelte Mila. Gero staunte stumm. Dann zog er Kunz an seine Brust.

„Leg sie ihr an", raunte der mit einem Blinzeln.

Augenblicke später trug Mila eine breite Goldkette mit dem Wappen derer von Blaubrunn und sie steckte Gero einen dazu passenden Siegelring an den Finger.

„Meister Kunz, Ihr seid ein wahrer Künstler!", strahlte sie.

„Psssst, nicht verraten", blinzelte Kunz vergnügt, als alle anderen erstaunt die Kleinode betrachteten.

Lupo kuschelte sich an Kunzens Beine, als wolle er sagen: *Ich weiß schon lange, welch großer Künstler er ist. Schaut euch doch einfach mein Halsband an.*

„Nun wird er noch ein paar Helfer brauchen", prophezeite Jakon und sollte sich nicht geirrt haben.

Von Adriana und Jakon bekamen die Frischvermählten den Turm und den Kräutergarten als Geschenk. Kronn und Aron versprachen, die Handwerker zu bezahlen, die das Dachgeschoss der Burg als Wohnbereich für die Blaubrunns umbauen sollten.

Im Gegenzug versicherte Mila, immer wirkungsvolle Salben und Tinkturen für die Königshäuser und deren Ritter zu bereiten. Denn selbst in friedlichen Zeiten gab es genug Blessuren, wenn die Herren bei Turnieren aufeinander einschlugen.

Spät in der Nacht führte Gero seine Angetraute mit allerbestem Gewissen in seine Schlafkammer. Die Vorfreude auf Annehmlichkeiten, die ihm nun rechtmäßig zustanden, leuchtete aus seinen Augen. Auch in dieser Nacht werde es ohne stärkende Tränklein gehen.

Vielleicht war es ja der Magie des kleinen Pavillons zuzuschreiben – Gero zog so viele Register, dass selbst ein junger Mann ernsthaft ins Grübeln gekommen wäre.

Mila genoss die vielen Zärtlichkeiten, zahlte sofort mit gleicher Münze und war unbeschreiblich glücklich, diesem Mann zu gehören.

Am Morgen strahlte nicht nur die Sonne Mila an, sondern auch Gero. „Wie fühlt sich Frau von Blaubrunn heute?"

„Wie 20", entgegnete Mila fröhlich. „Mein Herr Gemahl wirkt nämlich als Jungbrunnen."

„Ein wundervolles Kompliment, das ich genau so erwidern möchte." Er zog sie in seine Arme, um noch ein paar Minuten die Zweisamkeit zu genießen.

„Stehen wir freiwillig auf oder warten wir, bis man uns mit Brachialgewalt aus dem Bett wirft?", fragte Mila blinzelnd.

„Ich hasse Gewalt, Königin Adriana ebenfalls und auch König Jakon wendet sie nur an, wenn diplomatische Mittel nicht fruchten." Gero reichte Mila die Hand, um ihr aus dem Bett zu helfen. „Wir sind lieber pünktlich, für all das Gute, was uns durch sie widerfahren ist."

„Wahre Worte", seufzte Mila. „Ich werde wohl noch ein paar Tage brauchen, um wirklich zu begreifen, dass das alles nicht nur ein wunderschöner Traum ist."

Miranda hatte schon auf zwei Bewohner aufrüsten und zwei Handtücher neben das Waschtischchen legen lassen. Das Wasser in der großen Schüssel war angenehm warm. Gero ließ natürlich seiner Gattin den Vortritt, sich das Gesicht zu spülen.

Hand in Hand erschienen sie bei Tisch.

„Die Frage, ob ihr glücklich seid, erübrigt sich", stellte Adriana lächelnd fest. „Mit dem Strahlen eurer Augen könnte man glatt die ganze Burg erleuchten."

Draußen beluden Knechte schon die Kutschen, die Eskorte putzte ihre Waffen auf Hochglanz. Hanno kontrollierte, ob die Pferde ordentlich gestriegelt waren und das Zaumzeug in Ordnung sei.

Nach einer überaus herzlichen Verabschiedung reisten die Hochzeitsgäste nach Hause. Adriana und Jakon schauten ihnen nach, bis sie im Wald in der Ferne verschwanden.

Jakon zog Gero für einige Verwaltungsdinge zurate. Adriana folgte Mila in den Kräutergarten, wo sie zusammen reiche Ernte hielten. Bei der Arbeit mit Reibeschale und Pistill reichte Adriana nur zu. Da hatte Mutter Mila ein besseres Händchen.

Bald duftete sogar die ganze Umgebung des Turmes aromatisch und ließ einige hingebungsvoll schnuppernd die Nasen heben. Der Koch erschien sogar persönlich, um herauszufinden, ob sein Küchenjunge nicht geflunkert habe.

Er fasste sich ein Herz, klopfte und trabte schließlich stolz mit frischen Salbeiblättern zur Küche zurück. Damit werde das Wildgericht heute besonders gut schmecken!

In den nächsten Tagen kamen immer wieder Menschen zu Frau Mila, die gegen fast alle Gebrechen ein Mittelchen kannte. Manchmal saßen mehrere Hilfsbedürftige auf einer Bank vor dem Turm und warteten darauf, auch endlich an die Reihe zu kommen.

Gero hatte sein Versprechen, ihr Töpfe fertigen zu lassen, nicht vergessen. Er gab so viel in Auftrag, dass sich der junge Töpfer unterhalb der Burg ein Stückchen Land erbat, auf dem er eine Werkstatt errichten wollte.

Jakon überließ es ihm zur Pacht und bald siedelten sich auf gleicher Basis verschiedene Gewerke an, die bevorzugt die Burg, aber auch das Umland belieferten.

Als der Winter hereinbrach, war, dank Jakons exzellenten Erfahrungen, für alle das Überleben gesichert, ohne, die Nachbarreiche um Hilfe bitten zu müssen.

Als im Dezember noch immer kein Hilfeersuchen kam, rieb sich Kronn zufrieden die Hände. „Ich wusste, dass sie es schaffen. Habe Jakon nicht umsonst die Geschicke Tluls übergeben, als ich auf der Suche nach dir war."

„Auf Silberfels scheint es aber auch seinen geregelten Gang zu gehen. Es hat noch keine Klagen der Bevölkerung gegeben", fügte Daria hinzu.

„Jakon weiß, wem er vertrauen kann. Ich rufe und Konrad erscheint mit seinen Männern. Nur Meister Kunz fehlt mir. Ich wusste ihn, bis er Jakon nach Paradan gefolgt ist, nicht zu schätzen. Geschieht mir recht!" Kronn hob bedauern die Hände.

„Das heißt doch nicht, dass er von dir keine Aufträge annimmt", schmunzelte Daria.

„Richtig! Ich möchte solch einen Prachtharnisch haben wie Adriana", verriet Kronn. „Das ist solide, gediegene Handwerkskunst, die weit Ihresgleichen sucht."

„Und die Kosten?"

Kronn zog aufseufzend eine Leidensmiene. Daria schmunzelte.

„Gib ihn in Auftrag. Du hast ihn dir hart genug verdient", tröstete sie ihn.

„Am liebsten zöge ich sofort los", murmelte Kronn. „Hab ein bisschen Sehnsucht nach Jakon."

„Nimmst du mich mit?"

Kronn ließ überrascht seinen Blick über Darias Babybauch huschen. „Du willst wirklich?"

„Ach bitte!!!"

„Wie du willst. Was aber, wenn unser Kleines auf Paradan zur Welt kommt?"

Daria winkte ab. „Dort herrscht jetzt so viel Liebe zwischen den Mauern, dass ich mir darum keine Gedanken mache. Es wird doch wohl eine Hebamme geben. Mila ist ja auch noch da. Außerdem hat Adriana das gleiche Problem, das sicher gar keins ist."

Kopfschüttelnd über so viele positive Argumente, ließ Kronn die Männer zusammenrufen und den Schlitten anspannen. Vier Tage später erklangen auf dem Turm Paradans Fanfaren. Adriana saß gerade am heimelig warmen Kamin, hob überrascht den Kopf und schaute Jakon fragend an.

„Ein König naht?", fragte der sich genau so verdattert selber. „Das muss ich sehen!" Er eilte zum Fenster.

Da hinten am Waldrand nahten tatsächlich mehrere Reiter, die jemanden begleiteten. Die hellroten Standarten erkannte Jakon schon von weitem. „Das ist Kronn! Hoffentlich ist mit Daria alles in Ordnung!"

Adriana trat ebenfalls ans Fenster. Der Schlitten näherte sich rasch und sie konnte deutlich zwei Personen darin erkennen. Schnell lief sie auf den Gang, öffnete ein Fenster, ehe ein Diener zufassen konnte, und rief quer über den Hof nach dem Koch.

Der hastete heran und wartete auf Order.

„Bereite ein Festmahl vor. Wir bekommen königlichen Besuch!"

Miranda, die in der Nähe gestanden hatte, nickte heftig, zum Zeichen, dass sie sofort die Zimmer bereit machen ließe. Da hatte die Vorhut schon die Zugbrücke passiert und bildete Spalier für das Königspaar. Jakon kam seinem Freund mit ausgebreiteten Armen entgegen.

„Wir hatten Sehnsucht", erklärte Kronn kurz. „Hoffentlich kommen wir nicht ungelegen."

„Aber niemals!", rief Jakon, Daria mit Handkuss begrüßend. „Kommt rasch ins Warme!"

Mila stellte schon eine große Kanne Kräutertee bereit und sechs wundervolle glasierte Becher.

„Solche möchte ich auch haben!", rief Daria spontan, worauf Kronn zu lachen anfing und die Geschichte ihrer überfallartigen Stippvisite erzählte. „Kunz geht es doch hoffentlich gut?", fragte er schließlich.

„Dank meiner holden Gattin erfreut er sich bester Gesundheit", schmunzelte Gero. „Er kann es offenbar nicht lassen, hin und wieder das heiße Eisen mit bloßen Händen anzufassen."

„Ach herrje!" Daria schlug die Hände vor das Gesicht.

„Soll ich ihn rufen lassen oder willst du ihn lieber in seiner Werkstatt besuchen?", wollte Adriana von Kronn wissen.

„Ich geh dann mal rüber. Wer weiß, was ich noch Schönes entdecke?"

Adriana blinzelte Daria zu. „Nicht übel, dann suchen wir den Töpfer heim. Wer weiß, was du noch Schönes entdeckst?"

In Begleitung Lupos, eines Ritters und eines Knechtes machten sich die drei Frauen auf den Weg zum Fuße der Burg. Der junge Töpfer konnte sein Glück kaum fassen, gleich zwei Königinnen begrüßen zu dürfen. Er bot den Frauen Stühle an und begann, seine schönsten Kreationen vor ihnen auf dem Tisch auszubreiten.

Am Ende musste der Knecht zwei Mal gehen, denn Daria kaufte ein komplettes Set aus großem Krug, sechs Bechern, genau so vielen Tellern und Schüsseln. Adriana erspähte eine große bunte Obstschale und Mila mehrere hohe Dosen mit Deckeln.

Die Bezahlung fiel wahrhaft fürstlich aus, sodass der junge Mann mit bestem Gewissen den Abend im Wirtshaus verbringen konnte, was er sonst niemals tat.

Kronn war noch immer in der Plattnerei. Kunz hatte bereits Maß genommen, eine Zeichnung angefertigt und sprach letzte Details für die Verzierungen mit Kronn ab. Am Feuer faltete ein Geselle gerade dünne Metallblöcke zusammen.

„Ihr fertigt jetzt auch Damaststahl?", staunte Kronn.

Kunz schmunzelte. „Man kümmert sich halt, wenn man keine Konkurrenz haben will. Ich beschäftige drei Gesellen und zwei Lehrburschen. Da bleibt immer ein wenig Zeit zum Experimentieren."

Kronn hob lustig die Augenbrauen. „Wenn mal einer von Euren Gesellen auf Wanderschaft gehen will, schickt ihn zu mir. Ihr lasst Euch ja sicher nicht hier abwerben."

Kunz schüttelte entschieden den Kopf.

Lupo kam hereingeschlichen, schüttelte den Schnee vom Pelz und streckte sich behaglich am Feuer aus.

„Na, Grauer, was gibt es Neues in Paradan?" Kunz kraulte ihm das Fell.

Kronn schmunzelte. „Mit Sicherheit ein paar Keramikwaren weniger, wenn Daria zugeschlagen hat."

„Das hat sie!", rief Jakon zur Tür herein.

Kunz begann zu lachen, als Kronn einen langen Blick zum Schmiedefeuer warf. „Bis morgen ist der Dolch fertig."

„Hervorragend!" Kronn rieb sich burschikos grinsend die Hände. „Jakon, du kriegst uns vor übermorgen nicht los!"

Die Frauen standen draußen und kicherten vergnügt über das Wortgeplänkel der Männer.

Miranda erschien, knickste. „Das Essen steht bereit, meine Königin."

„Danke! Wir sind schon unterwegs!"

Auf dem Weg zum Salon, wo es jetzt einfach wärmer war als im Saal, nahmen ihnen zwei Burschen die Mäntel ab. Ein Diener reichte die Fingerschalen herum und dann stand einem deftigen Essen nichts im Wege.

„Die Wildschweine kommen jetzt fast bis an die Burg. Davon gibt es so viele, dass wir sie wirklich abschießen müssen, damit sie nicht die ganze Saat auswühlen", erzählte Jakon. „Vielleicht siedeln sich ja irgendwann wieder Wölfe an, die im Wald für vernünftige Verhältnisse sorgen."

„Vielleicht sorgt ja Lupo irgendwann für Nachwuchs, der zu uns einwandert", sagte Adriana, ihm ein Stück Fleisch zuwerfend.

Königskinder

Kronn und Daria reisten erst eine ganze Woche später wieder ab. Die beiden Könige ritten beinahe täglich mit Lupo durch die Wälder und genossen die altbewährte Freundschaft.

Die Frauen saßen meist in der Wärme am Kamin, ließen sich von Mila und Gero alte Sagen und Geschichten erzählen. Nebenbei lernten sie von Mila das Stricken.

Mila, die seit sie auf Paradan lebte, viel Zeit für sich hatte, besann sich auf alte Handarbeitstechniken, welche sie einst von ihrer Mutter und Großmutter gelehrt bekam.

Adriana, die wegen unübersehbarer Mutterfreuden, auf das Kampfgeplänkel mit den Rittern verzichten musste, war eine gute Schülerin. Sie strickte und stickte, womit sie Jakon sehr beruhigte, der sich Sorgen gemacht hatte, sie könne unwirsch reagieren, sich nur auf *Frauenkram* konzentrieren zu müssen.

Adriana winkte ab. „Ich hab doch alles, wofür ich jemals kämpfte. Nun bist du dran, das zu beschützen."

„Da fallen mir mehrere Steine vom Herzen", gab Jakon unumwunden zu, dem das friedliche Leben behagte, selbst wenn er täglich mehrere Stunden mit seinen Rittern trainierte.

Gegen Ende des Winters begann Lupo, nervös zu werden. Er trieb sich stundenlang allein im Wald herum und kam eines Tages nicht mehr nach Hause. Adriana schaute Abend für Abend aus dem Fenster, immer in der Hoffnung ihn kommen zu sehen.

„Keiner würde es wagen, ihn zu töten. Schließlich trägt er ein weithin sichtbares Halsband", versuchte Jakon, sie zu trösten.

Adriana seufzte. „Damit kann er aber auch irgendwo hängen geblieben sein und sich stranguliert haben."

Jakon zog sie in seine Arme. Was hätte er auch entgegnen sollen? „Wir können nur hoffen, dass er eine nette Wölfin getroffen hat, die der Grund für sein Verschwinden ist."

Adriana nickte und genoss es, wie Jakon ihren Bauch streichelte. Vielleicht gab es ja wirklich bald einen Wurf junger Wölfe, deren stolzer Papa Lupo hieß.

Inzwischen war es Frühling geworden und Jakon ließ nach der Hebamme schicken, denn Adriana fühlte, dass die Zeit langsam reif wurde. Mila hielt sich mit Miranda bereit, die in wenigen Wochen selber die Hilfe der Hebamme brauchen werde.

„Dann bist du gleich gut in Übung", schmunzelte Mila.

Drei Stunden später ertönte endlich das ersehnte Babygeschrei. Jakon eilte herbei, um sein Söhnchen ans Herz zu drücken und zu schauen, ob Adriana alles gut überstanden habe. Die junge Mutter war etwas blass, aber wohlauf und Jakon beruhigte sich langsam wieder.

Er wollte gerade ein paar liebevolle Worte sagen, als am Waldrand ein Wolf zu heulen begann, worauf ein Zweiter einfiel.

„Lupo!", riefen beide wie aus einem Munde. Jakon rannte ans Fenster. Im Mondlicht konnte er deutlich die beiden Tiere erkennen, die soeben in den Wald zurückliefen.

„Ich sehe das als Gratulation zur Geburt unseres Sohnes an", freute sich Adriana und Jakon stimmte zu.

„Gleich morgen früh schicke ich Boten nach Tlul, Siddra und Uth!", rief er, seine kleine Familie zärtlich streichelnd. „Alle sollen erfahren, wie glücklich ich bin!"

Mila kochte einen Sud aus desinfizierenden Kräutern, in welchem Jakon seinen Sprössling eigenhändig badete. Für Mama Adriana hatte sie eine zweite Schüssel bereitet. Sie hatte oft genug Frauen am Kindbettfieber sterben sehen und bot ihr ganzes Wissen auf, um das zu verhindern.

Sauberkeit war für sie das oberste Gebot und dafür sorgte sie persönlich. Jakon wusste bei ihr seine Lieblinge in den allerbesten Händen. Mila schüttelte amüsiert den Kopf, als er die Nacht auf einem Stuhl am Bett der beiden verbrachte und sich am Morgen wie aufs Rad geflochten fühlte.

Gero reichte ihm die vorbereiteten Schriftrollen, die Jakon signierte, versiegelte und den Boten überantwortete. Gleichzeitig gaben Herolde allerorten die Geburt des kleinen Prinzen bekannt. Die Boten nach Tlul und Siddra ritten den größten Teil des Weges gemeinsam.

Am letzten Rastplatz, wo sie sich trennen wollten, trafen sie auf zwei Reiter aus Tlul, die mit einer Botschaft von Kronn nach Paradan und Uth wollten.

„Gute Nachrichten?", fragten sie sich gegenseitig.

„Sehr Gute! Wir feiern eine kleine Prinzessin", gaben die Männer aus Tlul Auskunft.

„Na so was! Wir einen Prinzen!" Die Boten aus Paradan lachten herzlich über die Gleichheit der Anlässe.

In Tlul war wohl alles auf den Straßen, was Beine hatte. Der Reiter bahnte sich langsam einen Weg zum Schloss, das mit Blumengirlanden und Fahnen geschmückt war.

Bei uns wird es sicher nicht anders sein, überlegte er.

Kronn ließ ihn sofort zu sich rufen. „Ihr bringt hoffentlich gute Kunde aus Paradan?"

Mit einem Nicken übergab der Bote die Schriftrolle. Kronn brach das Siegel und überflog den Inhalt. „Das sind wahrlich prächtige Nachrichten." Er winkte nach der Dienerschaft. „Bewirtet ihn reichlich und zeigt ihm, wo er schlafen kann. Heute wird gefeiert." Dann eilte er zu Daria, um die freudige Nachricht zu teilen.

„Wie es scheint, spinnt das Schicksal schon wieder seine Fäden", stellte Daria lächelnd fest. Sie streichelte ihr Töchterchen. „In Paradan ein Junge, hier ein Mädchen – da mag ich nicht an Zufall glauben."

„Wenn der Sohn nach dem Papa gerät, dann hab ich keine Bedenken, ihm meine Tochter anzuvertrauen", erklärte Kronn überzeugt.

„Wie wäre es, wenn du sie erst einmal wachsen und dann selber entscheiden lässt? Außerdem gehören dazu zwei. Es heißt ja auch nicht, dass Jakons Sohn sie mag, nur weil sie deine Tochter ist."

Kronn stutzte, dann begann er schallend zu lachen. Als er sich wieder beruhigt hatte, witzelte er. „Vielleicht gibt es hier dann von dieser Sorte zwei oder drei und er hat die Auswahl."

Daria warf mit einem Kissen nach ihm. Sie traf gut und Kronn begann noch einmal zu lachen. Er hatte sich bis dahin nicht vorstellen können, dass sein geliebtes Weib, auch nur ansatzweise gegen jegliche Etikette verstoßen konnte.

Am nächsten Morgen traf eine Schar Reiter aus Siddra ein, um die Ankunft des Königspaares zu melden. Aron konnte es kaum erwarten, seine Enkelin zu sehen, sodass er mit Sirina noch vor dem Morgengrauen losgefahren war.

Der Bote aus Paradan musste sogar eilends hinterherreiten, um die Botschaft zu übergeben. Er schloss sich dem Tross des Königs an und fiel nach der Ankunft in Tlul todmüde ins Bett. Ein Wunder, dass sein Pferd nicht aus Überanstrengung zusammengebrochen war.

Der zweite Mann Paradans beschloss, der Einladung Kronns zu folgen und auch erst am nächsten Tag den Heimweg anzutreten. So kam es, dass sie zu zweit einen gemeinsamen Brief der beiden Königshäuser im Gepäck hatten, als sie Tage später heimatliche Gefilde erreichten.

Auf Burg Paradan war man nicht weniger überrascht als in Tlul, weil beide Kinder am selben Tag zur Welt gekommen waren. Hier sagte Jakon ganz diplomatisch: „Na, vielleicht finden sie ja Gefallen aneinander."

Von Adriana kam als Entgegnung: „Wenn er nach seinem Papa gerät, wird sie ihn sicher mögen."

„Kronn hat jetzt bestimmt Ohrensausen", schmunzelte Jakon. „Er wird wohl ähnliche Überlegungen anstellen oder schon angestellt haben."

„Wir sollten die Linie Blaubrunn nicht ganz außer Acht lassen", riet Adriana. „Mila könnte durchaus noch ein Kind gebären. So alt, dass es völlig unmöglich wäre, ist sie nicht."

„Dann ist auch Sirina eine Kandidatin", schmunzelte Jakon. „Es könnte noch ziemlich interessant werden." Er wiegte sein Söhnchen im Arm. „Geben wir morgen seinen Namen bekannt?"

„Gern, aber erst, wenn wir das kleine Heiligtum aufgesucht haben." Adriana betrachtete lächelnd ihre beiden *Männer*, die es sich zusammen unter einer wärmenden Decke am Kamin gemütlich gemacht hatten.

„Tun wir es gleich heute?", fragte Jakon.

Adriana lachte herzlich. „Machen wir. Du hältst es ja kaum noch aus. Ich hätte nie erwartet, dich jemals so unruhig zu sehen."

Jakon grinste harmlos. Der Stolz, einen Sohn zu haben, musste sich einfach irgendwie Luft machen. Auch die Freude darüber, wie Adriana alles selbst in die Hand nahm.

„Das ist mein Sohn und den umsorge ich!", hatte sie gesagt, als man sie wegen einer Amme ansprach. „Auch hat er eine Großmutter, die mich in allem unterstützt."

Das war Adrianas erstes und letztes Wort zum Thema und Jakon, wie die Blaubrunns, fanden es gut so.

Nach dem Frühstück zogen die drei zum kleinen Tempel am Waldrand. Das Königspaar hatte Schwerter und Messer umgegurtet, weil sie ohne Begleitung den Weg zu Fuß gingen. Jakon trug sein Söhnchen in einem Steckkissen aus Bärenfell im Arm.

Wenige Meter vor dem Pavillon raschelte es im Unterholz und ein großer grauer Wolf trat hervor.

„Lupo!", riefen Adriana und Kronn.

Der Graue blieb stehen und schaute sich um. Es raschelte noch einmal und der zweite Wolf, den sie hin und wieder nachts im Mondlicht gesehen hatten, schlich an seine Seite.

„Kommt mit", lockte Adriana. „Wir wollen unserem kleinen Prinzen heute einen Namen geben."

Enttäuscht bemerkte sie, dass die beiden sofort wieder verschwanden. Jakon hob bedauernd die Schultern und führte sie am Arm in das kleine Heiligtum.

Da raschelte es wieder und beide Wölfe kamen zielstrebig auf den Eingang zu. Jeder von ihnen trug einen Welpen im Maul und legte ihn direkt neben dem Altarstein ab. Lupo stupste Adriana mit der Nase an.

Jakon legte seinen Sohn auf den Stein. Adriana fasste vorsichtig nach dem Welpen, den Lupo getragen hatte. Der große Graue blieb ruhig. Also hob sie das Kleine hoch auf die Platte neben ihren Sohn. „Es ist ein Weibchen."

Auch die Wölfin ließ es geschehen, dass die Menschenfrau ihren Welpen anfasste. „Ein Männchen", erklärte Adriana, den Kleinen auf die andere Seite neben ihren Sohn setzend.

Jakon passte auf, dass keiner der drei Winzlinge herunterfiel. Adriana schnitt einen Dornenzweig ab. Mit den Worten: „Leonardo soll unser Sohn heißen", legte sie ihm den Zweig auf die Brust, wo er sofort eine große reife Hagebutte ausbildete.

Die glücklichen Eltern nickten sich erfreut zu. Die Magie dieses Heiligtums prophezeite Leonardo viele Nachkommen.

Adriana schnitt zwei Stückchen vom selben Zweig ab. „Diese beiden kleinen Wölfe sollen die Namen Leo und Leonie tragen."

Eine kleine Rose an einem Zweiglein und eine kleine Hagebutte am anderen Stück, waren das Ergebnis.

„Wenn das keine gute Nachricht ist!", rief Jakon zufrieden.

Adriana setzte die beiden Wolfsjungen auf den Boden, dann streichelte sie Lupo. „Zwei prächtige Kinder habt ihr. Ihr seid uns mit ihnen jederzeit willkommen."

Sie schaute hinterher, bis die vier im Unterholz verschwunden waren. Schließlich hakte sie sich bei Jakon unter und spazierte gemütlich und ganz entspannt mit Mann und Sohn nach Hause.

Dort lauerten nicht nur die Blaubrunns auf Nachricht. Alles, was Beine hatte, lief zusammen und wartete darauf, den Namen des jungen Prinzen zu erfahren.

Adriana und Jakon stiegen auf die oberste Stufe der Treppe. Dort hielt er seinen Sohn hoch, damit ihn alle sehen konnten.

„Seine Name ist Leonardo und das wurde ihm geweissagt." Adriana präsentierte den Zweig mit der prallen, dunkelroten Hagebutte.

Jubel brach aus. „Ein Fest! Ein Fest!", rief die Menge.

Jakon zog lachend Adriana in den Arm. „Dann lasst den Frohsinn beginnen!"

Baby Leonardo verschlief den ganzen Trubel um seine Person. Opa Gero warf immer wieder halb liebevolle, halb wehmütige Blicke in seine Wiege, wie er es schon in den letzten Tagen getan hatte.

Adriana nahm schließlich seine Hand und wisperte ihm, von den anderen unbemerkt, ins Ohr. „Gib nicht auf. Warum soll sich die Linie Blaubrunn nicht durch euch beide fortsetzen. Mila wird schon die rechten Kräutlein kennen. Sprich mit ihr! Sag ihr, wie sehr ich mich über solch ein Wunder freuen werde."

Bei Einbruch der Nacht begann Jakon unruhig zu werden. Er wanderte auf und ab, schaute ständig aus den Fenstern.

„Was hast du?", fragte Adriana besorgt.

Er hob die Schultern, zog eine unwissende Miene. „Keine Ahnung. Am liebsten nähme ich mein Pferd und ritte ziellos umher."

Adriana haucht ihm einen Kuss auf die Nasenspitze. „Dann solltest du der inneren Stimme folgen, ehe du hier alle mit nervös machst."

Jakon rief nach seinem Knappen und ließ sich die komplette Rüstung anlegen. Warum er das tat? Er hätte es nicht erklären können. Hanno führte sein Ross aus dem Stall und bald verhallten die Hufschläge in der Ferne.

König Jakon ließ seinem Pferd die Zügel frei und es traben, wohin es mochte. Kurz vor den Sümpfen übernahm er wieder das Kommando. Das Alleinsein mit sich und der Natur hatte ihm gut getan.

Auf dem Rückweg kam er am Marmortempel vorbei, auf dessen unterster Stufe sich etwas dunkel abhob. Jakon sprang vom Pferd und riss ein Schwefelholz an, um besser sehen zu können. In tiefem Erschrecken identifizierte er es als totes Wolfsjunges.

Es ist aber keines der beiden, die wir heute gesehen haben, überlegte er. *Vielleicht haben Lupo und sein Weibchen heute darum gebeten, dass die beiden anderen überleben mögen. Denn dieser kleine Kerl hier ist bestimmt schon gestern gestorben.*

Er nahm das Junge auf, wickelte es in ein Tuch, um es innerhalb der Burgmauern zu begraben.

Unterwegs wandte er sich ständig um, in dem Gefühl beobachtet und verfolgt zu werden. Doch weit und breit war nichts zu sehen, so angestrengt er auch in die Dunkelheit starrte. Er erreichte die Burg, wo schon das Tor einladend offenstand.

Hanno eilte herbei, nahm das dampfende Pferd in seine Obhut. Ein Knappe kümmerte sich um Waffen und Rüstung. Kaum ihrer entledigt, strebte Jakon zum Schlafzimmer, wo Adriana mit Leonardo im Arm ganz fest schlummerte.

Jakon huschte sacht unter die Decke, um seine Lieblinge nicht zu wecken. Im Wegdämmern glaubte er ein kratzendes Geräusch an der Tür gehört zu haben.

Raubtieratem und lautes Hecheln rissen ihn mitten in der Nacht aus dem Schlaf. Adriana schreckte im selben Moment hoch und presste das Baby schützend an ihre Brust. Direkt neben ihrem Bett leuchteten zwei grüne Augenpaare in der Finsternis.

„Lupo?", hauchte sie mit zitternder Stimme.

Das Geräusch, mit dem das Tier antwortete, kannte sie bestens und so entspannte sie sich sofort. Jakon entzündete eine Laterne, worauf der eine Wolf einen Satz rückwärts machte, aber von der fast geschlossenen Tür gestoppt wurde.

Es waren tatsächlich Lupo und seine Gefährtin, die beide überlebende Junge zu ihnen in die Burg geschleppt hatten, in der Hoffnung, dass diese hier sicher seien.

Wie sie unbemerkt an der Torwache vorbeigekommen waren, sollte für immer ein Rätsel bleiben. Möglich, dass der Wächter kurz eingenickt war und Lupo die Chance genutzt hatte. Schließlich kannte er sich mit den Eigenarten der Menschen bestens aus.

Sein Kissen lag noch immer am selben Fleck. Nun trug er eines der Jungen da hin und forderte sein Weibchen auf, das Gleiche zu tun. Am Ende lagen drei Wölfe weich und warm, nur Lupo rollte sich auf dem kalten Boden zusammen. Jakon breitete schließlich seinen Umhang für ihn aus.

Leonardo begann vor Hunger zu weinen. Adriana stillte ihn, wobei sie von beiden Altwölfen sehr genau beobachtet wurde.

Jakon durchfuhr ein siedend heißer Schreck. „Ich habe völlig vergessen, dass an meinem Sattel das Bündel mit einem toten Jungwolf hängt!"

Adriana schüttelte den Kopf. Sie wollte keinesfalls mit vier Wölfen und dem Baby allein bleiben. „Nimm morgen Lupo mit und zeige ihm, wo du das Kleine begräbst. Ich weiß nicht, wie sein Weibchen auf all das hier reagieren wird."

„In Ordnung. Vielleicht gewöhnt sie sich ja rasch an uns. Vertrauen scheint sie schon zu haben, sonst wäre sie ihm nie hierher und erst recht nicht bis ins Haus gefolgt." Jakon stieg wieder ins Bett, ließ aber die Laterne als Nachlicht brennen.

Zum Schlafen kam er auch nicht, weil er ständig die fremde Wölfin taxierte. Die machte aber ganz und gar nicht den Eindruck, als wolle sie Dummheiten begehen.

Die Zofe und der kleine Page bekamen am Morgen den Schock ihres Lebens. Denn das Erste, was ihnen vor die Augen kam, waren die Wölfe.

Lupo stellte sich schützend vor sein Rudel, jedoch ohne zu knurren. Er wartete bis Jakon und Adriana angezogen waren und das Zimmer verließen, wobei die Türen offen blieb.

„Kommst du mit?", fragte ihn Jakon.

Lupo lief auf ihn zu, blieb in der Tür stehen, ging ein Stück zurück und nahm neuen Anlauf.

„Bist unentschlossen. Ich kann dich verstehen. Soll ich bei Tina bleiben?"

„Wer ist Tina?", fragte Adriana erstaunt.

„Ach! So nenne ich einfach die Wölfin!", erklärte Jakon. „Kann ja schlecht *Wölfin* oder *du* zu ihr sagen. Sie wird es lernen, darauf zu hören." Er kniete sich neben das Kissen.

Lupo schaute, rannte hinaus und war Augenblicke später wieder da, nachdem er sich erleichtert und die halbe Bevölkerung der Burg erschreckt hatte.

Er stupste Tina an, die mit ihm hinauslief, wobei sie noch einen langen Blick zurückwarf. Lupo werde schon wissen, weshalb er die Kleinen bei diesem Menschen ließ.

Das Geschrei auf dem Hof ließ Jakon breit grinsen und Adriana zog es vor, persönlich hinauszugehen, und bei Strafe zu verbieten, die Wölfe zu belästigen. Sie gab auch gleich bekannt, dass im

Augenblick vier Tiere in der Burg weilten und durchaus damit zu rechnen sei, dass diese vorerst hier bleiben werden.

Tina huschte an ihr vorbei ins Haus zurück. Lupo hockte sich neben sie. *Da bin ich wieder! Und diesmal nicht allein.*

Es dauerte auch nicht einmal zwei Stunden, dann quartierte sich das Wolfsrudel bei Meister Kunz ein. Tina schien jegliche Angst vor dem Feuer verloren zu haben. Auch vor Jakon und Adriana zeigte sie keine Scheu. Sie ließ ihre Kinder sogar allein im Zimmer zurück, um mit Lupo und Jakon das tote Junge zu begraben.

In einem stillen Winkel neben dem Turm der Blaubrunns fand es seine letzte Ruhe. Kunz trieb eine Tafel aus Metall, auf der ein Wolfskopf und darum herum die Wappen Paradans, Silberfels' und Blaubrunns zu sehen waren. Sie wurde als Gedenktafel an der Mauer über dem winzigen Grab angebracht.

Am nächsten Tag hatten sich bereits alle daran gewöhnt, unvermittelt einem der beiden stattlichen Alttiere zu begegnen. Lupo begann wieder, wie früher, mit allen zu schmusen, die er sehr mochte. Sein Nachwuchs schaute sich das rasch vom Papa ab. Selbst Tina begann, von sich aus, Kontakt zu den Menschen zu suchen.

Prinz Leonardo wurde praktisch in Lupos Rudel aufgenommen und balgte sich, als er zu krabbeln anfing, mit seinen ungewöhnlichen Spielkameraden herum. Die Altwölfe hatten stets ein wachsames Auge auf alle drei Kinder.

Bald trug Leonardo den Kosenamen *Wolfsprinz* und die Kunde davon eilte über die Grenzen Paradans hinaus.

Bevor ihm seine Wolfsbrüder endgültig über den Kopf wuchsen, deutete vieles darauf hin, dass sich bei den Blaubrunns das lang ersehnte Wunder ereignet hatte.

Gero schwebte auf Wolken. Er verbot seiner geliebten Gattin alle schweren Arbeiten im Garten. Er suchte und fand ein pfiffiges Bürschlein, das sich ein paar Münzen für die Familie verdienen wollte. Der Junge lernte rasch, wieselte durch die Beete, zupfte Unkraut und ging mit einer kleinen Kanne eben mehrmals gießen.

Im Gegenzug versprach ihm Mila, wenn er etwas größer geworden sei, ihn als Kräuterkundigen auszubilden. Dafür half sogar manchmal der Vater des Kleinen mit. Denn Heil- und Kräuterkundige genossen allerhöchstes Ansehen.

Für die Aussicht, für seinen Sohn, das Kind eines einfachen Knechtes, eine Chance zum gesellschaftlichen Aufstieg zu bekommen, hätte er wohl sogar noch die halbe Nacht für Mila gearbeitet.

Diebesgesindel

Bevor man zum Gegenbesuch nach Tlul aufbrechen konnte, lud Cedryk zum Königstreffen nach Uth ein. Lupo hielt es für sinnvoller, auf Paradan für Ordnung zu sorgen und blieb mit seinem Rudel bei Mila, Gero und Kunz zurück.

Zwei Tage nach Abreise der königlichen Familie vermisste Hanno ein Pferd im Stall. Die Einzigen, mit denen er darüber sprach, waren Gero und Meister Kunz.

„Vielleicht haben sie es zusätzlich als Packpferd mitgenommen?", mutmaßte Gero.

Hanno schüttelte verzweifelt den Kopf. „Nein, ganz bestimmt nicht. Heute früh habe ich es noch im Stall gesehen. Königin Adriana wird furchtbar wütend sein, weil ich nicht aufgepasst habe! Was soll ich denn nur machen?"

„Abwarten. Wo willst du denn auch suchen?", warf Kunz ein.

„Wie soll ich das nur der Königin erklären!", jammerte Hanno in einer Tour und rang die Hände. „Mir kommt es auch vor, als fehlten zwei Sättel."

„Wie jetzt?" Gero schaute ihn skeptisch an.

„Doch, doch. Ich bin ganz sicher. Es lag ein dunkelbrauner Sattel ganz oben, und ein ähnlicher hing an der Wand. Beide sind weg!"

„Ich werde heute Nacht mit den Wölfen im Stall schlafen", legte Meister Kunz fest. „Sollten wirklich Diebe kommen, dann gibt es handfesten Ärger." Er hielt drohend einen Streitkolben hoch.

Hanno beruhigte sich langsam und schüttete für seine fleißigen Helfer dick frisches Stroh auf, damit sie es gemütlich hatten. Er band sogar eines der Pferde als Lockmittel ganz vorn an.

Meister Kunz verschwand am Abend ungesehen im Stall und bald gesellten sich die vier Wölfe dazu. Lupo schmiegte sich eng an seinen zweibeinigen Freund, ihn so zugleich auch wärmend.

Es war eine mondlose Nacht. Dunkle Wolken ballten sich am Himmel. Dann fing es an zu nieseln. Lupo hob lauschend den Kopf und drehte die Ohren in Richtung des Stalltores.

Bei der aufgeweichten Erde könnte man ja nicht mal einen Hufschlag hö-ren, überlegte Kunz, sich auf die Wölfe konzentrierend.

Die Tür knarrte, ein kalter Luftzug drang herein, dann war schweres Atmen zu hören. Jetzt lief das Pferd plötzlich zur Tür. Lupo sprang knurrend auf, rannte zum Tor, Kunz und die drei anderen Wölfe hinterher. Fast lautlos passierte das Pferd soeben das halb geöffnete Haupttor.

„Auf sie!", schrie Kunz und hieb mit dem Streitkolben auf den treulosen Torwächter ein. Einer der Jungwölfe biss diesen in den Arm und setzte ihn matt. Lupo und die anderen sprangen in riesigen Sätzen dem Reiter hinterher, holten ihn ein und rissen ihn vom Pferd.

Lupo verbiss sich in der Schulter des Diebes, während Tina und ihre Tochter das scheuende Pferd in Schach hielten und zur Burg zurücktrieben.

Gero hatte bereits Alarm geschlagen und die Bewohner liefen mit Laternen und Fackeln zusammen. Er eilte mit drei Wächtern im strömenden Regen zu Lupo und dem Dieb hinaus. Der graue Wolf ließ erst von seinem Opfer ab, als es einer der Männer am Kragen packte, um es am Fliehen zu hindern.

„Bist ein toller Kerl", lobte Gero den Wolf, ihn kräftig am Hals kraulend.

Hanno fing das Pferd ein. „Schaut mal! Der Verbrecher hat ihm Lappen um die Hufe gebunden, damit man es auf dem Pflaster des Hofes und dem Holz der Zugbrücke nicht hören sollte!"

Leo, der Jungwolf, stand noch immer mit den Vorderpfoten auf der Brust des abtrünnigen Wächters und knurrte, wenn der sich zu bewegen versuchte.

„Zieht ihm die Rüstung aus!", rief der Hauptmann der Wachen. „Er ist nicht würdig, die Zeichen unserer Königin zu tragen! Sperrt die beiden in den alten Ziegenstall! Da können sie schmoren, bis über sie Gericht gehalten wird."

Mit Schimpf und Schande warf man sie in den stinkenden Stall und spannte mehrere Eisenketten vor die Tür. Der Hauptmann stellte zwei Bewaffnete davor, um ganz sicher zu gehen.

„Zweimal am Tag gibt es Essen und in der Zwischenzeit könnt ihr euch überlegen, wo die anderen Beutestücke abgeblieben sind." Gero wandte sich zum Gehen.

Fluchtversuche wären zwecklos gewesen. Das Wolfsrudel patrouillierte mit gefletschten Zähnen um die Mauern. Selbst die Knechte, die Wasser und Essen brachten, wurden von ihnen begleitet.

Hanno stiftete für die Wölfe ein frisch erlegtes Reh. Dem Jäger war es egal, wer bezahlte, Hauptsache, er bekam sein Geld. Die vier fraßen das Reh genau vor der Tür des Stalles, womit sie die Delinquenten völlig verschreckten.

Die tiefen Bisse in Arme und Schultern schmerzten noch immer höllisch und Hilfe werde kaum kommen. Möglicherweise gäbe es noch mehr Schmerzen, wenn die Königin nach ihrer Rückkehr das Urteil über sie spräche. Drei Tage nach dem Vorfall kündeten die Fanfaren auf dem Turm von der Rückkehr der Königin. Miranda drückte Hannos Hand. „Sie wird dich bestimmt nicht davonjagen. Wir werden versuchen, das Geld für das verschwundene Pferd und die Sättel zusammenzusparen."

Dass plötzlich doppelte Posten am Tor standen, fiel den Heimkehrern schon von weitem auf. „Was ist denn da los?", murmelte Jakon erstaunt.

„Es muss wohl Ärger gegeben haben, den sie allein lösen konnten. Sonst hätten sie sicher einen Boten nach Uth geschickt", erwiderte Adriana.

Der Hauptmann der Torwache, Gero und Lupo warteten schon auf dem Hof. „Besondere Vorkommnisse mit gutem Ausgang."

„Hoffentlich", seufzte Hanno gequält.

Jakon nickte. „Kommt in einer halben Stunde in den Thronsaal. Da könnt Ihr uns in Ruhe berichten, was vorgefallen ist."

Adrianas Blick traf zufällig den Stall mit den Wachposten, wo sich auch die drei anderen Wölfe aufhielten. „Kerkerhaft auf Paradan?"

„Es ging nicht anders, meine Königin", erklärte Gero. „Gern hätten wir Euch solch einen Anblick erspart."

Mila kam aus dem Haus gelaufen und Adriana wandte sich ihr sofort zu, um nach Befinden und Befindlichkeiten zu fragen.

„Alles bestens!", bekam sie mit einem glücklichen Lächeln zur Antwort. Und ins Ohr geflüstert: „Bitte bestrafe Hanno nicht so hart. Er hat sein Bestes getan, um den Schaden gering zu halten. Miranda und das kleine Würmchen brauchen doch den Papa."

„Ich muss mir erst ein Bild machen." Adriana legte Mila den Arm um die Schulter, führte sie ins Haus und versorgte Leonardo, der schon wieder wahren Wolfshunger hatte.

Lupo schaute nach dem Rechten, stupste beide mit der Nase an, ehe er sich wieder auf den Hof trollte.

Das Bürschlein, welches Mila täglich im Garten half, hockte bei den Jungwölfen und kraulte beide gleichzeitig unter dem Kinn. Es biss sich auf die Unterlippe, als Hanno hinüber zum Thronsaal ging. *Au weia, jetzt gibt es Ärger.*

Hanno war totenbleich, in seinem Kopf raste das Gedankenkarussell. Er wäre beinahe vornüber gestürzt, als er sich vor dem Königspaar auf den Thronen verneigte.

„Erzähle uns, was geschehen ist", bat Adriana.

Hanno holte tief Luft, dann begann er zu berichten. Kein Detail ließ er aus, bis zu jenem Augenblick, als die beiden Ehrlosen im Ziegenstall eingesperrt wurden.

„Hattest du von irgendjemandem den Auftrag im Pferdestall zu schlafen, an jenem Tag, als das erste Pferd gestohlen wurde?", fragte Adriana.

„Nein", antwortete Hanno wahrheitsgemäß.

„Wenn ich das richtig verstanden habe, dann hast du sofort mit Gero und Kunz gesprochen", warf Jakon ein.

„Ja, genau so war das", gab Hanno zu.

Die beiden angesprochenen Herren bestätigten das sofort.

„Warum hast du dann ein schlechtes Gewissen?", bohrte Adriana weiter.

Hanno seufzte. „Weil … weil … weil das doch passiert ist, obwohl ich für den Stall und alles darin die Verantwortung habe."

„Hast du auch die Verantwortung dafür, wer wann abends das Tor passiert?"

„Nein", erwiderte Hanno, heftig den Kopf schüttelnd.

„Dann musst du dir auch keine Sorgen machen. Du hast innerhalb deiner Möglichkeiten vollkommen richtig gehandelt. Sogar das zweite Pferd hast du damit gerettet." Adriana lächelte beruhigend. „Ich werde auch nicht den Hauptmann meiner Wache bestrafen, weil einer seiner Männer böse Ränke geschmiedet hat. Strafe sollen die bekommen, die sie verdient haben. Nimm auf der Bank an der Seite Platz."

Sie wandte sich dem Hauptmann zu. „Lasst die Diebesbande hereinbringen!"

Mit den Wölfen als Nachhut traten die Bewacher mit den Dieben ein. Die wagten kaum, die Königin anzuschauen.

„Habt ihr Essen und Wasser erhalten?", lautete die erste Frage.

Verschämtes Nicken als Antwort.

„Ich habe nichts gehört! Oder seid ihr plötzlich stumm?" Adriana zog die Augenbrauen zusammen.

„Ja", murmelten daraufhin beide."

„Wer von euch hatte die Idee, hier zu stehlen?", wollte die Königin wissen.

„Er!", beschuldigten sich die Männer gegenseitig.

Adriana kniff die Augen zusammen und taxierte die beiden. „Na, meinetwegen. Habt ihr zufällig davon gehört, wie man mancherorts mit Dieben verfährt? Nein? Man hackt ihnen die Hand ab, die die Beute gegriffen hat." Sie machte eine Pause, um die Reaktionen zu beobachten.

Die Männer wurden blasser, als Hanno zuvor gewesen war.

Sie schaute den Ersten durchdringend an. „Wie lebt es sich wohl ganz ohne Hände?"

„Du bist, dem Unterzeug nach, der, der Torwache hatte", sprach sie zum Zweiten. „Du hast mit dem Kopf den Diebstahl mitbegangen. Wie gefiele es dir, wenn wir ihn dir vor die Füße legten?"

Der Wächter dahinter fasste den Mann am Kragen, weil er sonst zu Boden gegangen wäre.

„Dein Verrat wiegt doppelt schwer, denn du hattest mir Treue geschworen. Du hattest freie Unterkunft, freie Kost und hast obendrein Sold bekommen. Eigentlich schade, dass du nicht zwei Köpfe hast."

Der ehemalige Wächter zitterte wie Espenlaub. Ihm fiel erst jetzt langsam ein, in seiner zierlichen Königin, den gefürchteten weißen Ritter vor sich zu haben, der mit Feinden kurzen Prozess machte. Dessen Schwert durch Fleisch und Knochen wie durch Butter ging.

„Wo ist die Beute?!", fragte eben diese Königin in barschem Ton.

„Bei einem Bauern unterhalb der Burg versteckt. Er weiß nicht, dass es Diebesgut ist", flüsterte der ehrlose Wächter.

„Halts Maul", zischte ihm der andere Dieb zu.

„Wo genau?" Adriana gab dem Hauptmann der Wache ein Zeichen.

Der Gefangene beschrieb Weg und Gehöft.

„Schaut nach, ob er die Wahrheit sagt! Bringt sie zurück in ihren Kerker, bis Eure Leute wieder hier sind!"

„Du willst doch nicht wirklich …?", fragte Jakon verstört, als sie mit Gero allein im Thronsaal waren.

„Ein bisschen was abhacken? Ich? Keineswegs!" Adriana schmunzelte. „Der eine ist doch so schon vor Angst halb tot."

Sie war nicht willens, weitere Erklärungen zu geben und Jakon sah keinen Grund, ihr irgendwelche Vorschriften zu machen. Auch ihm war zu gut bewusst, den weißen Ritter neben sich zu haben.

Eine Stunde später ritten die Beauftragten in den Burghof, ein braunes Pferd mit zwei Sätteln am Halfter führend. Hanno hastete ihnen entgegen, untersuchte fachmännisch das Pferd, führte es in den Stall zurück und deponierte die Sättel da, wohin sie gehörten.

Vor lauter Aufregung bekam er hektische Flecke im Gesicht. „Es ist wieder da!", rief er zu Kunzens Werkstatttür hinein, streichelte die Wölfe und schwenkte Miranda im Kreis, die mit ihrem Töchterchen auf dem Arm auch herausgekommen war.

Jakon sah das alles vom Fenster des Kreuzganges aus. „Er muss fürchterliche Nächte gehabt haben."

„Glaub ich dir gerne. Hast ja gesehen, wie er kurz vor dem Zusammenbrechen stand." Adriana trat ebenfalls ans Fenster und schaute zu, wie sich die Wölfe um Hanno scharten. Der zog einen Wurstzipfel und ein Messer aus der Tasche und teilte gerecht an das kleine Rudel aus.

„Ein Schäfer, der Wölfe füttert – immer wieder ein unglaubliches Bild", amüsierte sich Jakon.

Sie kehrten in den Thronsaal zurück, um ein Urteil zu fällen. Hanno saß wieder mit dem Hauptmann, Gero und Meister Kunz auf der Bank.

Die beiden Diebe wurden hereingeführt. Sie sahen ziemlich ramponiert aus. Offenbar hatten sie sich geprügelt, bluteten aus diversen Schürfwunden, dunkelblaue Veilchen prangten um die Augen, weil sie sich gegenseitig mit den Köpfen an die Wände gedroschen hatten.

Niemandem hatte wirklich etwas daran gelegen, die Kampfhähne zu trennen. Jakon zwang sich, keine Miene zu verziehen, obwohl die beiden ein zu komisches Bild abgaben.

„Wir haben das Pferd und die Sättel am angegebenen Ort gefunden", erklärte Adriana. „Das rettet dem Geständigen das Leben."

Der Mann schlug beide Hände vor das Gesicht. Mit so viel Milde hatte er nicht gerechnet. Vielleicht werde man ihm nun auch eine Hand abhacken, aber wenigstens durfte er leben.

Dem anderen blieb der Mund offen stehen.

Adriana nickte Gero zu, das Urteil aufzuschreiben: „Ich verurteile euch zu zehn Peitschenhieben auf den nackten Rücken und lebenslanger Verbannung aus dem Burgbezirk. Das Urteil werden Hanno und der Hauptmann der Wache vollstrecken. Es wird nicht öffentlich geschehen." Ein Wink an die Vollstrecker: „Meine Herren, waltet Eures Amtes!"

Die Verurteilten wurden zwischen die Außenmauern geführt und ausgepeitscht. Für die ausgestandenen Ängste gab sich Hanno richtig Mühe. Auch der Hauptmann ließ seinen ehemaligen Untergebenen deutlich spüren, was er von ihm hielt.

Wenigstens hatte der den Willen, die Strafe möglichst klaglos über sich ergehen zu lassen, weil er sie als verdient ansah. Der andere jammerte und schrie, dass es bis in den hintersten Winkel der Burg zu hören war. Man ließ sie getrennt hinaus. Zuerst den Einsichtigen, eine halbe Stunde später den Trotzköpfigen.

„Zufrieden?", fragte Adriana Jakon.

„Vollkommen. Paradan hat eine wirklich weise Königin."

„Schmeichler."

„Es ist die nackte Wahrheit." Jakon hauchte ihr einen zärtlichen Kuss auf die Wange. „Nicht nur Hanno wird heute dein Loblied singen."

Hanno lud Meister Kunz und Gero abends zu einem Becher Wein ein, um sich gebührend für alles bedanken zu können. Miranda nahm es nicht tragisch, als er das erste Mal im Leben leicht angesäuselt nach Hause kam. Sie wusste, wie sehr er in den letzten Tagen unter der Ungewissheit gelitten hatte.

Am nächsten Morgen tauchte die Sonne die alte Burg in strahlenden Glanz, als wolle sie das unschöne Ende der Gerichtsverhandlung vergessen machen.

Trotzdem floss noch einmal Blut, denn die Wölfe holten sich zwei alte Hühner, die bestenfalls noch für den Suppentopf getaugt hätten. Jakon bezahlte seufzend und ließ als Ersatz zehn neue Hennen für den alten Mann bringen.

Der zuckte nur mit den Schultern. „Was wollt Ihr? Es sind Raubtiere! Aber dafür sind sie verdammt brav."

„Wenigstens nimmst du es mit Humor, wenn unsere Wolfsbande zuschlägt." Jakon setzte sich noch einen Augenblick zu ihm und schaute dem munteren Völkchen Federvieh zu, das emsig nach Würmern und Käfern scharrte. „Taugen die auch für den Spieß?"

„Das sind nur Legehennen", erklärte der Alte. „Unten im Ort zieht ein Bauer zarte Hähnchen auf. Die kommen sicher auch bei Euch auf den Tisch. Was die Wölfe heute hier gerissen haben, kaute sich für uns wie altes Leder. Es war also kein wirklicher Verlust, zumal diese beiden schon lange keine Eier mehr legten."

Er ließ seine Augen erfreut über das junge Federvieh schweifen, welches ihm der König spendiert hatte. „Wenn überzählige Hähnchen darunter sein sollten, lasse ich es Euch wissen."

Jakon lachte. „Abgemacht! Falls die wilde Rasselbande dann nicht schneller ist."

Der Alte stimmte in das fröhliche Lachen ein.

Freunde

Den Vormittag verbrachten die Familien von Silberfels und von Blaubrunn damit, im Duft von Milas Kräutergarten zu sitzen und über das Treffen in Uth zu sprechen.

Leonardo lag mit den Wölfen zusammen auf einer Decke im Schatten eines großen Strauches und schlief. Seine vierbeinigen Beschützer hätten nicht einmal einen Käfer an ihn herangelassen.

„Erzählt alles, selbst, wenn es völlig banale Dinge sind", bat Mila, deren erste und einzige Reise bisher, nach Paradan geführt hatte.

Adriana kannte das und lachte. Mutter Mila hatte stets alles ganz genau wissen wollen, wenn der weiße Ritter nach Wochen wieder einmal nach Hause kam. Jakon blinzelte Gero zu, der lustig die Augen verdrehte.

„Uth ist ein Land, in dem Frauen hoch geachtet werden", begann Adriana zu erzählen. „Besonders jene, die Kinder und Kindeskinder großgezogen oder Waisenkinder aufgenommen haben."

Mila strich unbewusst über ihren Bauch, dessen süßes Geheimnis die weite Kleidung noch nicht einmal ahnen ließ.

„Cedryk hat mir das für dich mitgegeben." Adriana zog ein silbernes Armband aus der Tasche. „Es soll und es wird dir Glück bringen, wenn deine schwere Stunde naht. Mit Kräutern kennst du dich genau so gut aus wie er, hat er gemeint."

Mila legte erfreut das wundervolle Geschenk an. Sie wusste, dass sie es in ihrem Alter mit dem ersten und wohl auch einzigen Kind schwerer haben werde als junge Frauen. Cedryks geheimnisvolle Kräfte gaben ihr jetzt schon Mut für alles, was da noch kommen werde.

Adriana beschrieb die wundervollen Gärten, die Landschaft, die keine wirklich kalten Jahreszeiten kannte und, dass man dortzulande zwei bis drei Ernten im Jahr einfahren konnte.

„Ich habe noch etwas für dich", verriet sie dann, Mila mehrere beschriftete Papiertütchen in die Hand drückend.

Mila bekam riesengroße Augen. „Ohhhhh!" Alles andere ging in einem gewaltigen Staunen unter. Das waren zehn Päckchen verschiedener Samen, die sie im Zimmer kultivieren sollte.

„Du gehst nicht leer aus", schmunzelte Jakon. „Für dich hat er uns die Abschrift eines Geschichtswerkes über Uth mitgegeben." Er zog es hervor und reichte es dem völlig überraschten Gero.

„Für die beiden Kleinen hat er einen süßen Brei bereitet, dessen Rezept er uns verraten hat", erzählte Adriana.

„Etwa Grießbrei?", kramte Mila aus ihrem Gedächtnis hervor.

„Ja", bestätigte Adriana erstaunt. „Er nennt es Milchgrieß und dazu gab es Butter und ein braunes aromatisches Gewürz."

„Zimt!", rief Mila.

„Du kennst es?" Jakon schüttelte ungläubig den Kopf.

Mila nickte. „Hab vor sehr langer Zeit ein winziges Stückchen Zimtrinde als Zahlung für die Behandlung einer Pfeilwunde bekommen. Es war mir mehr wert, als Gold- und Silbermünzen.

Ich kann Weizengrieß mit einem Handstein mahlen oder einem Müller zeigen, wie er seinen Mahlstein einstellen muss."

Adriana fiel ihr um den Hals. „Du bist die Größte!"

„Und du nach wie vor ein Leckermäulchen", schmunzelte Mutter Mila.

„Wie haben sich die beiden Kleinen vertragen?", wollte Gero wissen.

„Ach, die waren einfach goldig!" Jakon schaute zu Leonardo hinüber, der noch immer schlummerte. „Sie machen ja beide erste Versuche, sich an allem aufzurichten, wonach sie greifen können. Manchmal haben sie es halt aneinander versucht und sind miteinander umgefallen."

„Geweint hat aber keiner von beiden", schmunzelte Adriana. „Prinzessin Rosalia zog höchstens missmutig die Augenbrauen zusammen, wenn ihr solch ein Missgeschick passierte. Leonardo gab schlimmstenfalls ein kurzes Geräusch von sich, wie manchmal die Wölfe – ein Zwischending zwischen Schnüffeln und Luft durch die Nase blasen."

„Die beiden halten es wohl jetzt schon unter ihrer Würde, in der Öffentlichkeit Schwächen zu zeigen", amüsierte sich Gero. „Sie haben sehr viel von ihren tapferen Eltern geerbt."

„Leonardo, ganz Kavalier, hat Rosalia stets den Vortritt gelassen", schmunzelte Jakon. „Bin wirklich auf das nächste Wiedersehen mit Kronn, Daria und der Kleinen gespannt."

„Schau nicht so traurig", lachte Adriana über Mila. „Wir fahren hin, wenn euer Kleines stark genug ist, eine Mehrtagesreise zu verkraften."

„Opa Aron ist mächtig stolz auf das Prinzesschen", erzählte Jakon weiter. „Die kleine Dame hat das gleiche goldlockige Haar wie die Mama und genau so strahlend blaue Augen."

Mila blinzelte. „Siehst du, Leonardo kann seine Herkunft auch nicht verbergen. Der ist dem Papa ganz aus dem Gesicht geschnitten."

„Das hat Cedryk auch gleich festgestellt!", kicherte Adriana. „Wir sollen jetzt schon die Mütter mit Töchtern warnen, hat er gewitzelt."

Miranda erschien, um zu Tisch zu bitten. Leonardo öffnete blinzelnd die Augen. Lupo tupfte ihm die feuchte Nase mitten ins Gesicht, worauf der Kleine hellwach war und fröhlich auf den grauen Wolf einplapperte.

Jakon schnappte seinen Sprössling, der vor Vergnügen quietschte, weil ihn der Papa in die Luft warf und sicher wieder auffing. Das herzerfrischende Lachen des kleinen Prinzen steckte auch die anderen an.

Das Wolfsrudel hielt nicht viel von Etikette. Es stürmte den Speisesaal und machte sich über die vier Näpfe mit Fleisch her. Dann belagerten sie die Küchentür, bis der Koch noch ein paar Hammelknochen spendierte. Mit diesen verschwanden sie irgendwo zwischen den Mauern und benagten sie voll Wonne.

Jakon schmunzelte. „Wie sagt der Hühnermann? Es sind Raubtiere. Die kann man nicht abrichten, auf Befehl zu fressen. Ab sofort bekommen sie draußen ihr Futter."

Adriana stimmte zu. Solch ein Chaos musste wirklich nicht im Haus sein. Leonardo sollte in erster Linie die Regeln des Hofes und der Ritter lernen und nicht, wie man sich am besten in einem Rudel Wölfe behauptete.

Mit denen war er sowieso den halben Tag zusammen, kaum dass er richtig laufen konnte. Weil er ständig versuchte, auf Lupos Rücken zu steigen, schenkte ihm Papa Jakon schließlich ein Pony.

Jetzt war Leonardo kaum noch zu bremsen. Er bekam einen der jungen Ritter als persönlichen Leibwächter zugeteilt, der mit dem Kleinen und dem Wolfsrudel weite Ausritte unternahm und ihn langsam in den richtigen Umgang mit Pferden einweihte.

„Das muss er wohl von seiner Mama haben", amüsierte sich Mila, worauf sich Adriana und Jakon wortlos schmunzelnd gegenseitig die Zeigefinger hinstreckten.

An einem Sonntagmorgen, ließ Gero die Hebamme rufen. Jene Frau, die daraufhin erschien, war nicht die, die er erwartet hatte. Auf seinen fragenden Blick zog sie ein Amulett aus dem Ausschnitt ihre Kleides. Freudig überrascht erkannte er das Wappen Cedryks von Uth.

„Ihr seid doch sicher nicht erst heute hier eingetroffen?", stellte er fest.

„Vor zwei Wochen schon", entgegnete sie. „Keine Sorge, mein König hat mich reichlich mit Barschaft ausgestattet", fügte sie hinzu, als Gero erschrak.

Mila war es inzwischen völlig egal wer ihr half, Hauptsache rasch. Adriana, Miranda und eine Zofe kümmerten sich um all die Dinge, die die Hebamme benötigte. Vor allem bereitete Adriana persönlich das desinfizierende Bad für das Baby.

Sie wäre ihrer Ziehmutter jetzt um nichts in der Welt von der Seite gewichen. Sie verkündete auch vier Stunden später, dem aufgeregten Papa und Jakon, dass es eine Junge sei und Mutter wie Kind alles gut überstanden hätten.

Mit stolz geschwellter Brust eilte Gero in das Geburtszimmer, um seinen Sohn zu begrüßen und Mila zärtlich zu küssen. Sie hatte ihm den Traum aller Träume erfüllt und der fast erloschenen Linie von Blaubrunn einen kräftigen Stammhalter geschenkt.

Er steckte der Hebamme einen Beutel Goldmünzen zu und dankte Cedryk in stillem Gebet. Adriana hüllte das Kleine in eine mollig warme Decke, welche über und über mit den Wappen der Blaubrunns bestickt war.

Leonardo bestaunte den kleinen neuen Menschen mit großen Augen und schwor: „Ich werde immer gut auf dich aufpassen!" Ein Schwur, den er auch ein Leben lang hielt, egal in welche Widrigkeiten sie sich brachten.

Schon eine halbe Stunde nach der Geburt herrschte auf Burg Paradan Feststimmung. Gero ließ Wein und Kuchen austeilen. Jakon schickte am nächsten Morgen Boten nach Uth, Tlul und Siddra, die den Königen die frohe Botschaft überbrachten. Auch das Wolfsrudel beschnüffelte eingehend das neue Mitglied der großen Gemeinschaft.

Mila und Gero zogen am siebenten Tag mit dem Kleinen zum Marmortempel hinaus. Er erhielt den Namen Sebastian und auch sein Dornenzweig zeigte rasch eine pralle Hagebutte. Gero hätte die ganze Welt vor Glück umarmen mögen!

Sebastian musste von Anfang an lernen, dass Leonardo, wenn auch sein bester Freund, der war, dem er Respekt zu zollen hatte. Denn Leonardo werde einst sein König sein. Jakon erinnerte das an seine eigene, tiefe Freundschaft zu Kronn. Auch wenn dieser gesellschaftlich über ihm gestanden hatte, waren sie immer ein Herz und eine Seele gewesen.

Als dicker Schnee das Land überzog, ließ Jakon den Schlitten anspannen und brach mit Familie, den Blaubrunns und seinen Rittern zum Besuch nach Tlul auf.

Der Hauptmann der Garden verdoppelte die Posten und Meister Kunz bekam das Kommando über alles. Die Wölfe begleiteten die Reisenden bis an den Waldrand, dann rannten sie zur Burg Paradan zurück.

In jenem Bauerngehöft, wo Kronn und Daria nach ihrer Flucht vor Marrakana untergeschlüpft waren, übernachteten sie. Die

Bäuerin konnte ihr Glück kaum fassen, erneut königliche Gäste beherbergen zu dürfen. Nur wusste sie es diesmal. Jakon zahlte königlich und so öffnete sich auch der Weinkeller fast von selbst.

Mila und Gero erzählten den zahlreichen Kindern der Familie Geschichten aus alten Zeiten, denen auch die anderen nur zu gern lauschten. Leonardo lag schlummernd in Papas Armen und Gero wiegte sacht Sebastian.

Die Ritter tranken in dieser Runde gemächlich ihren Wein, statt ein wildes Gelage zu feiern, wie die Knechte zuerst befürchtet hatten. Und sie schickten auch niemand fort, als sie sich auf den Boden setzten, um den Erzählern zuzuhören.

Nach kurzem, aber erholsamem Schlaf nahmen die Gäste die letzte Etappe nach Tlul in Angriff. Wie ein Lauffeuer verbreitet sich die Kunde in ganz Tlul, Königin Adriana von Paradan sei mit ihrem Gatten Jakon von Silberfels auf dem Weg zum Schloss.

Kronn ließ den kleinen Laufburschen gleich mehrmals berichten. Er instruierte sein Hauspersonal, die Zimmer herzurichten und lief wie in Tiger im Käfig hinter den Fenstern auf und ab.

Schließlich erspähte er die Banner von Paradan und rannte die Treppe hinunter. Daria eilte mit Prinzessin Rosalia herbei und schaute gebannt zu, wie die Reiter immer näher kamen, die Straße zum Schloss nahmen und kurz darauf den Schlitten in den Hof begleiteten.

Eine Schar Diener kümmerte sich um Gepäck und Pferde, während Kronn seinem Freund mit ausgebreiteten Armen entgegenging. Natürlich begrüßte er zuerst die Damen, ehe er Jakon an seine Brust drückte. „Hab ich dir gefehlt?", witzelte er.

„So ähnlich will ich das verstanden wissen", lachte Jakon.

„Hat er oft Sehnsucht nach Silberfels?", fragte Daria Adriana mitfühlend.

Die schaute überrascht auf. „Er spricht nie von Silberfels."

Jakon hatte die Frage vernommen. „Ich denke oft an Silberfels. Aber darin sind weder Sehnsucht noch Wehmut. Wir schaffen uns doch gerade ein kleines Paradies, das meiner Heimatburg kaum noch nachsteht.

Das Einzige, was dort wirklich nicht ersetzt werden kann, ist Kronn, mein Freund aus guten und schweren Zeiten. In Adriana habe ich aber eine Frau an meiner Seite, mit der ich genau so offen über alle Probleme sprechen kann. Sie kennt sich bekanntermaßen mit *Männersachen* und *Frauenkram* gleich gut aus. Also genügen wenige Worte, wo ein bloßer Blick nicht ausreicht."

„Fazit", warf Kronn ein. „Du bist glücklich."

Jakon nickte. „Ich wäre ein Lügner, wollte ich anderes behaupten." Er zog Frau und Sohn an seine Brust.

Leonardo erspähte von Papas Arm aus ein Pony, das Auslauf auf der Wiese hinter dem Schloss suchte. „Da, da!" Er klatschte in die Hände.

Adriana seufzte. „Oh je."

Kronn folgte dem Blick. „Willst du es ihm von nahem zeigen? Dann komm!"

„Zeigen?!", lachte Jakon. „Er wird dir gleich etwas zeigen!"

Einen Augenblick später kratzte sich Kronn am Kopf. „Ich glaube, Jakon, du hast recht. Dein Kleiner zeigt es mir wirklich."

Leonardo saß auf dem Pferdchen, krallte sich an der Mähne fest und trieb es im Galopp über die Wiese.

„Ahnst du, womit er sich beschäftigt?", schmunzelte Jakon seinen Freund an. Ritter Vincent ist sein persönlicher Leibwächter. Mit ihm ist er oft stundenlang in Wald und Flur unterwegs. Manchmal begleitet sie dabei unser ganzes Wolfsrudel."

„Der Kleine ist nicht mal zwei Jahre alt!" Kronn rieb sich die Augen. Das Bild blieb das gleiche – ein Winzling auf einem Pony, das durch den aufstiebenden Schnee galoppierte."

„Er kennt sich übrigens auch schon bestens mit Waffentechnik aus", ließ sich Gero vernehmen.

„Glaub ich unbesehen", murmelte Kronn, ohne sich zu ihm umzudrehen. Er schaute noch immer völlig perplex Prinz Leonardo zu, der das Pferd nun langsam zurückgehen ließ.

Adriana lachte herzlich über die leicht verstörten Gesichter von Daria und Kronn.

„Aber Sebastian reitet noch nicht?", fragte Daria ganz vorsichtig mit Seitenblick auf das Baby, worauf die Paradaner in schallendes Gelächter ausbrachen.

„Es dürfte aber in zartestem Alter damit gerechnet werden, wenn er mit Prinz Leonardo aufwächst", gab Mila bekannt.

Diesmal blinzelten sich Kronn und Jakon zu. Sie hatten auch die unmöglichsten Dinge unternommen, worüber zumindest Kronns Vater oft geneigt war, die Hände über dem Kopf zusammengeschlagen.

Jakon war mit sieben Jahren Vollwaise geworden und König Attra von Tlul hatte den Sprössling seiner angesehensten Adelsfamilie ohne Aufheben davon zu machen, unter seine Fittiche genommen. Der unheilbaren Seuche, die ganze Familien auslöschte, war auch seine Frau zum Opfer gefallen.

Die beiden gleichaltrigen Knaben trösteten sich gegenseitig über die Verluste hinweg und hielten fortan zusammen, wie Pech und Schwefel.

Wenig verwunderlich, wie sehr beiden nun an einer intakten Familie gelegen war, die sie mit allen Mitteln beschützten. Ihre Frauen, ebenfalls Kämpfernaturen, wenn auch unterschiedlicher Art, machten es ihnen dabei nicht schwer. Beide hatten sehr früh die Entscheidungen über ihr Leben selbst in die Hand genommen und wussten genau, was in welcher Situation wirklich sinnvoll war.

Jakon hob seinen zufriedenen Stammhalter vom Pony. „Ein schönes Pferd hat Rosalila", lobte der Kleine.

„Sie heißt Rosalia", versuchte Adriana zu erklären.

Kronn kicherte. „Sie selber sagt auch, sie heiße Rosalila."

„Und wie heißt das Pferd?", kam es sofort von Leonardo.

„Heinrich", antwortete Daria, die sich amüsierte, wie genau der königliche Winzling das Pony betrachtete.

„Mein Pferd heißt Blitz, weil es so schnell ist", verriet Leonardo, das Pony zum Abschied streichelnd.

„Oh je!" Daria zupfte sich am Ohr. „Er wird Rosalia sicher für die Unwissenheit in Person halten, weil sie sich nicht mit Pferden auskennt."

Wieder lachten die Paradaner.

Nach dem Mittagsschlaf beschäftigten sich die beiden Kleinen ausgiebig miteinander und es wurde deutlich sichtbar, dass sich Leonardo zum Beschützer des zarten Prinzesschens berufen fühlte.

Kronn lehnte sich behaglich zurück. Jakon blinzelte. Daria drohte ihnen scherzhaft mit dem Finger und Adriana sprach aus, was wohl auch Daria dachte: „Untersteht euch, Pläne zu schmieden, die die beiden vielleicht nicht erfüllen wollen!"

Gero und Mila schmunzelten. Jeder der Anwesenden wusste, dass das Schicksal mitunter wirre Wege ging.

Daria spielte am Nachmittag mit Rosalia und Sebastian, während Kronn und die Gäste nach Silberfels hinüber ritten. Gero hatte Mila vor sich aufs Pferd genommen, da sie noch nie selber zu Ross gesessen hatte. Leonardo ritt zwischen seinem Papa und Kronn auf dem Pony.

Ritter Konrad blieb beinahe die Luft weg, den Knaben so zu sehen. „Ihr seid ein würdiger Herr von Silberfels, mein junger Prinz", sagte er mit einer tiefen Verbeugung.

Leonardo lachte fröhlich. Er konnte mit all dem Kram noch nicht viel anfangen. Er hatte seinen Spaß zu Ross und nur das zählte im Moment.

Konrad führte seine Herren und die Gäste stolz herum. Alles war in bestem Zustand und Bewohner der Burg und Bevölkerung des Besitztums zufrieden.

„Wirklich hervorragend", freute sich Jakon.

Für Gero war der Besuch die Besonderheit schlechthin. Er kannte aus früheren Jahren zwar das Königsschloss, aber die wundervolle Burg auf dem fast silberweißen Felsen hatte er bisher nur von weitem gesehen.

Also packte Jakon ein paar Geschichtsbücher ein, die Gero zu Hause Buchstabe für Buchstabe studieren konnte. Darauf freute sich auch Adriana.

Mila durfte sich einige Rosenstecklinge von der gigantischen Kletterrose am Wachturm schneiden.

Am Brunnen balgten sich drei Hunde. Leonardo schaute ihnen zu.

„Habt Ihr auch Hunde, mein Herr Leonardo?", fragte Ritter Konrad.

„Ich habe Wölfe!" Der kleine Prinz hielt vier Finger in die Luft.

„Ach ja! Ich vergaß", schmunzelte der Verwalter von Silberfels. Wer in diesem Alter zu Pferd reiste, gab sich auch nicht mit irgendwelchen banalen Haushunden ab. *Wolfsprinz* war wohl der rechte Kosename für den jungen Herrn der Burg.

Leonardo streckte Gero die Arme entgegen.

„Müde, mein Prinz?"

„Ja." Er kuschelte sich an und schlief auf der Stelle ein.

Kronn, Adriana und Mila besuchten inzwischen die Waffenkammer. Adriana legte einige Prunkstücke beiseite, die sie auf Paradan im gerade entstehenden Rüstsaal auszustellen gedachte. Jakon ließ alles sofort verpacken. Er freute sich auf den Tag, an welchem man die Erbstücke der Familie jederzeit allen zeigen konnte.

Zwei Gemälde seiner Eltern nahm er auch noch mit. Die sollten ihren Platz neben den Bildnissen von Adrianas Familie finden. Mila machte ihn auf zwei zusammengerollte Gobelins aufmerksam, die denen auf Paradan ähnelten. Hier lagen sie ungenutzt und ungesehen herum.

„Gute Idee!", strahlte Jakon, die Wandteppiche zum Abtransport bestimmend. Mit einem zusätzlichen Packpferd kehrten sie zum Schloss zurück.

Mila konnte sich die Frage bei der Ankunft, ob Sebastian sehr anstrengend gewesen sei, sparen. Der Kleine lag auf einer Decke und wurde von Rosalia liebevoll umsorgt.

„Na, da weiß ich doch, was ich zu tun habe", schmunzelte Kronn. „Ich habe es ja prophezeit, dass die Knaben die Auswahl haben werden."

Jakon lachte Tränen. Er zog Adriana an seine Schulter. Es war durchaus damit zu rechnen, freie Wahl auf beiden Seiten zu haben.

Mila wurde regelrecht verlegen, von Kronn darauf hingewiesen zu werden, dass Sebastian zum Kreis dieser Elite gehörte. Das Geschlecht derer von Blaubrunn gehörte seit jeher dem Hochadel an. In Paradan waren sie, durch die Auslöschung aller anderen Linien durch Marrakana, nach dem Königshaus die höchste Adelsfamilie.

„Prinzen gibt es nicht auf Bestellung", erklärte Kronn sehr ernst. „Aber es gibt die seltene Möglichkeit, durch eine Heirat die Königswürde zu erlangen, wenn man sich als Mann besonders ehrenvoller Taten rühmen kann." Bei diesen Worten legte er Jakon die Hand auf die Schulter.

Daran, dass Sebastian die beste Schule durchliefe, um ein ehrenvoller Mann werden zu können, bestand nicht der geringste Zweifel.

Kronn und Jakon nutzten die Gelegenheit am nächsten Tag, gemeinsam durch die Wälder zu reiten. Auf einer Rast bewarfen sie sich mit Schnee, wie zu Kinderzeiten, wenn es König Attra nicht sehen konnte. Durchnässt, aber bester Laune galoppierten sie irgendwann auf den Hof.

Daria ahnte wohl, was die beiden getrieben hatten, denn das heiße Bad stand schon bereit. Das Angebot nutzte auch Gero, der stundenlang durch die Gegend gestreift war und Eindrücke gesammelt hatte.

So hockten die drei in den Holzzubern und wärmten sich ordentlich auf. Gero hatte tausend Fragen, die Kronn und Jakon gern beantworteten.

„Euch werden noch Schwimmhäute wachsen!", rief Daria nach fast zwei Stunden zur Tür hinein. „Das Abendbrot wartet!"

Die drei Genießer beeilten sich, aufs Trockene und an den Tisch zu kommen.

Zwei Tage später war die Stunde des Abschieds gekommen. Leonardo zeigte, was er alles an Etikette ganz nebenbei gelernt hatte, indem er sich mit Handkuss von seiner kleinen Freundin und deren Mama verabschiedete. Vor Kronn zog er mit einer Verbeugung den Hut, der in diesem Fall eine dicke Fellmütze war.

„Ein putziges Kerlchen", schwärmte Daria, Schlitten und Reitertrupp hinterherschauend.

„Also doch der ideale Schwiegersohn", stichelte Kronn.

„Ich habe nichts dagegen. Das musst du ganz allein mit deiner Tochter aushandeln", konterte Daria. „Ich schätze, er wird sich, wenn er das richtige Alter hat, erst einmal austoben, ehe er nach einer Frau zum Heiraten Ausschau hält."

„Besser vorher als danach", lachte Kronn. „Sein Papa hat jedenfalls genau zum richtigen Zeitpunkt die Kurve gekriegt."

Daria warf einen halb spöttischen Blick zu Kronn.

„Ich gebe es ja zu, dass ich den Draufgänger immer bewundert habe. Aber meine Variante ist auch nicht schlecht." Er küsste sie so leidenschaftlich, dass ihre Knie weich wurden.

Ritterregeln und andere Vorschriften

Die Heimreise verlief entspannt, bei maximal sonnigem Wetter. Eis und Schnee ließen die alte Burg wie einen Diamanten aus der Ferne funkeln.

„Fast so schön wie Silberfels", sagten Adriana und Jakon gleichzeitig, worauf selbst die Ritter in Lachen ausbrachen.

Leonardo klatschte vor Freude in die Hände. Als dann auch noch wie aus dem Nichts die Wölfe auftauchten und sie auf den letzten Kilometern begleiteten, strahlte er mit der Sonne um die Wette.

„Das nenne ich Nachhausekommen", murmelte Jakon mit tiefer Zufriedenheit in der Stimme.

Da erklangen auch schon die Fanfaren, um die Rückkehr der Königin bekannt zu geben. Fröhliche Gesichter auch hier überall und Meister Kunz meldete: „Alles in bester Ordnung!"

Die Knechte hatten, schon als die Gruppe am Waldrand auftauchte, die beiden Kamine in den Wohnräumen angeheizt. Es war gerade so warm geworden, um sich in der Nähe des Feuers wohlfühlen zu können.

Kunz erhielt den Auftrag, sich die Waffen und Harnische in den Kisten anzuschauen und eventuelle Schäden zu beheben. Er bekam tellergroße Augen, als die Knechte den Deckel von der ersten Kiste nahmen und die festen Leinentücher aufschlugen.

„Das sind Schätze!", flüsterte er, sanft mit den Fingerspitzen über Schildbuckel und Schwebescheiben streichend. Fast zwei Tage nahm er sich Zeit, um jeden winzigen Schaden aufzuspüren und unsichtbar auszubessern. Jakon ernannte ihn zum Hüter der königlichen Waffenkammer.

„Recht so!", meinte auch Adriana. „Wer sollte sich sonst so gut auskennen, wie einer, der selber solche Kunstwerke erschafft."

Kunz machte den Waffensaal zu einem Gesamtkunstwerk. Die ausgestellten Harnische wirkten, als steckten tatsächlich Ritter in ihnen, bereit, jeden Augenblick ihre Schwerter zu ziehen. Für die beiden prächtigsten Pferdeharnische ließ er lebensgroße Tiere schnitzen.

Der Schnitzkünstler brachte die beiden Statuen persönlich mit einem Pferdefuhrwerk zur Burg. Gemeinsam mit Kunz stellte er sie sicher im Boden verankert auf.

Die Bezahlung war wahrhaft fürstlich und die Königin gab ihm diverse Aufträge, die ihm für eine ganze Weile das Auskommen sicherten. Kunz orderte ebenfalls Schnitzarbeiten, in Form von ausgefallenen Dolchgriffen, die mit Perlmuttintarsien ausgelegt werden sollten.

Gero machte sich ans Werk, auf einem riesigen Pergament die Ritterregeln aufzulisten, mit Bildern aus dem Ritterleben verzieren zu lassen und gleich neben dem Eingang des Rüstsaales anzubringen.

Leonardo und auch Sebastian mussten diese Regeln in- und auswendig beherrschen, wenn sie geachtete Männer werden wollten. Dem Prinzen schien das Ritterleben schon im Blut zu liegen. Ob Sebastian vielleicht den Federkiel dem Schwert vorzöge, blieb noch offen. Er begann ja gerade erst auf allen vieren die Welt zu erkunden.

Jakon hielt es mit Sebastian, wie es Attra mit ihm getan hatte. Er ließ die Knaben, als Sebastian fünf Jahre alt geworden war, gemeinsam in allem unterrichten.

Der wissbegierige Spross der Blaubrunns ließ die Lehrer schnell vergessen, dass er der Jüngere war. Er büffelte sich mit Feuereifer durch Schreib- und Rechenübungen.

Im Aufsagen aller Regeln und Gebote waren beide Knaben meisterlich – es haperte nur manchmal mit der Einhaltung selbiger. Die Väter zogen strenge Gesichter im Beisein ihrer Söhne, lachten sich aber halb tot, kaum dass die beiden außer Sicht- und Hörweite waren.

Warum sollten der Nachwuchs zahmer sein, als sie selber einst gewesen waren?

Adriana atmete in solchen Situationen einfach tief durch, wo Mila fast verzweifelt die Hände rang. „Es ist ein Junge", pflegte sie ihre Ziehmutter zu trösten. „Mit mir war es sicher auch nicht leichter."

Dann huschte meist ein Lächeln über Milas Gesicht. „Aber da lebten wir im Wald und standen nicht mitten im Licht der Öffentlichkeit."

Sebastian absolvierte mit sieben Jahren den üblichen Knappendienst, übte sich, wie auch Prinz Leonardo, im Waffenhandwerk. Mit vierzehn galten beide bereits als ernst zu nehmende Gegner.

Nun begannen sie auch, sich für das andere Geschlecht zu interessieren. Beide Elternpaare hielten es für ratsam, doch ein paar Tipps aus dem Nähkästchen zu holen. Um durch ihre Söhne *nicht jeden Baum mit Obst zu schmücken, den der Windhauch kurz streifte*, wie es Jakon sehr treffend umschrieb.

Über das WIE waren beide wohl bestens unterrichtet, da es unter den Mägden und Knechten der Burg kaum züchtig zuging, wenn die Obrigkeit außer Sichtweite war. Die Stallungen erwiesen sich als genau der rechte Ort für Neugierige, um als Spanner sehenswerte Anregungen zu bekommen.

In den letzten Jahren hatte es in Paradan und den umliegenden befreundeten Königreichen mehrere denkwürdige Ereignisse gegeben. Das begann mit der Geburt einer Prinzessin in Siddra, die alle Reiche gleichermaßen freudig feierten, weil kaum noch jemand damit ernsthaft gerechnet hatte.

Wenige Wochen später brachte Daria Kronn den ersehnten Sohn zur Welt und Adriana schenkte im Jahr darauf Zwillingen das Leben.

„Wie war das mit der Auswahl?", erinnerte sich Kronn schmunzelnd an seine Prophezeiung. Leonardo konnte, so er sich nicht völlig anders entschied, zwischen zwei Prinzessinnen wählen. Für Sebastian gab es sogar zwei Mädchen mehr zur Brautschau in königlichen Kreisen.

Die gut gebauten, bärenstarken Jünglinge hätten einigen Adelsherren als Schwiegersöhne gefallen. Besonders Prinz Leonardo stand hoch im Kurs. Der hatte sich von seinem Vater einige Ratschläge sehr zu Herzen genommen und vermied es peinlichst, sich näher mit den Töchtern der Betreffenden zu befassen.

Suchte er ein Abenteuer der besonderen Art, dann bezahlte er lieber eine hübsche Dirne, als sich irgendwo in die Nesseln zu setzen und heiraten zu müssen.

Sebastian hielt es gleichermaßen und so waren die Unzertrennlichen meist zur gleichen Zeit am gleichen Ort zu finden. Die Väter stellten die Finanzen bereit, mussten sich im Gegenzug aber keine Sorgen um diplomatische und ähnliche Verwicklungen machen.

Mit jedem Königstreffen wurde deutlicher, dass Leonardo zwar den formvollendeten Kavalier gab, die sanfte Rosalia sehr hoch achtete, aber sicher nicht um ihre Hand anhalten werde.

Das tat einer, den keiner auf der Rechnung hatte – Cedryk von Uth. Mitten im Treffen der Königshäuser ging er vor ihr auf die Knie und bat sie vor allen, die Seine zu werden.

Kronn glaubte, sich verhört zu haben, Daria erstarrte regelrecht sprachlos, Rosalia wurde feuerrot und sagte laut und vernehmlich *ja.*

„Da waren es nur noch drei", flüsterte Sebastian.

„Eine, mein Lieber, eine", raunte Leonardo zurück.

Sebastian grinste breit. „Nur von deiner Warte aus. Deine Schwester Marisa hätte nämlich durchaus meine Kragenweite." Er schaute zu der Vierzehnjährigen hinüber, die mit der zwei Jahre älteren Prinzessin von Siddra auf einem schneeweißen Schimmel um die Wette ritt.

Leonardo legte ihm beide Hände auf die Schultern, schob ihn auf Armlänge zurück und betrachtete ihn mit einem kaum merklichen Blinzeln von Kopf bis Fuß.

„Was treibt ihr denn?", fragte Jakon hinter ihnen.

„Ich taxiere meinen potenziellen Schwager", erwiderte Leonardo schmunzelnd. „Nicht übel, was der Ritter von Blaubrunn an Gestalt und Können zu bieten hat."

„Meint ihr das ernst?" Jakon fasste beide an den Handgelenken.

„Falls sie mich mag und du mir deine Tochter Marisa überhaupt zur Frau geben würdest", erklärte Sebastian sehr ernst.

„Hast du mit ihr gesprochen?"

„Nein. Ich habe wohl gerade eben erst gemerkt, dass sie das gewisse Etwas hat, das mich träumen lässt."

Leonardo hob inzwischen Prinzessin Liliana vom Pferd. Das junge Mädchen schmiegte sich für einen Moment in die starken Arme des Prinzen, schenkte ihm einen Augenaufschlag aus seegrünen Augen, der ganze Gletscher zum Schmelzen gebracht hätte. Der Prinz zuckte von dem Stich im Herzen regelrecht zusammen.

Königin Sirina tippte ihren Gatten an, der das ebenfalls beobachtet hatte. „Da hat wohl soeben Amors Pfeil genau ins Schwarze getroffen."

Aron rieb sich blinzelnd die Hände. „Besser kann es nicht gehen. Die große Tochter ist eine glückliche Königin, die Enkelin erwählt einen Magierkönig, die jüngste Tochter einen Prinzen – Herz, was willst du mehr? Bei Familie Silberfels scheint es sich aber auch gerade ums Thema zu drehen."

Prinzessin Marisa hielt ihr Pferd neben ihrem Vater und Sebastian an, die beide unübersehbar ernst miteinander sprachen. Sebastian beeilte sich, ihr vom Pferd zu helfen.

„Habt ihr Ärger miteinander?", wollte Marisa schließlich wissen, wobei sie Sebastian mitfühlend anlächelte.

Der junge Mann erwiderte das Lächeln. „Nein. Wir sprachen soeben über dich."

„Oh! Wie wäre es mit einer Erklärung?"

Jakon bedeutete Sebastian mit der Hand, dass dies sein Teil wäre.

„Ich möchte dich heiraten", sagte Sebastian kurz und bündig.

Marisa schloss die Augen. „Sag das noch mal."

„Ich möchte dich heiraten", wiederholte der junge Ritter von Blaubrunn und erwartete innerlich zitternd ein kategorisches Nein. Immerhin stellte er dieses Ansinnen an die Tochter seines Königs.

„Halt mich fest", hauchte Marisa und kippte ihm in die Arme. Sebastian trug sie zu einem Stuhl und kniete neben ihr, bis sie die Augen wieder aufschlug.

Die Anwesenden hatten inzwischen gemerkt, worum es gegangen war und fieberten mit Ritter Sebastian einer Antwort entgegen. Mila klammerte sich an Geros Arm, obwohl Vater Gero wie paralysiert dastand und außer den beiden jungen Leuten nichts mehr wahrnahm.

„Ja. Ja und nochmals ja. Du bist der einzige Ritter weit und breit, bei dem meine Knie weich werden", seufzte Marisa.

„Dann ist es beschlossene Sache", erklärte Jakon, nachdem Adriana freudig genickt hatte. „Du musst dich allerdings noch zwei Jahre gedulden."

Sebastian kniete vor Adriana und Jakon nieder. „Nun habe ich etwas, auf das ich mich zwei Jahre lang freuen kann."

Aron tippte Jakon auf die Schulter. „Weil wir gerade beim Heiraten sind – dein Großer hat mich vor einigen Augenblicken um die Hand meiner Kleinen gebeten. Feiern wir heute oder morgen?"

Jakon musste sich setzen, das haute ihm dann fast die Beine weg. „Morgen", schmunzelte hingegen Adriana. „Heute versuche ich erst einmal, den freudigen Doppelschock zu verdauen."

Aron lachte. „Für mich war es nicht anders. Euer Leonardo ist bestimmt der Richtige, unseren Wildfang zu zähmen."

„Genau das wird es wohl sein, was ihn zur ihr hinzieht. Eine Frau, die sich mit Pferden auskennt, die es mit den besten Reitern aufnehmen kann und überdies treffsicher mit dem Bogen ist, war schon immer sein Traum." Adriana breitete allumfassend die Arme aus. „Cedryks Magie hat heute eben nicht nur bei Rosalia zugeschlagen."

Raphaela, die Zwillingsschwester Marisas, presste die Lippen aufeinander. Alle Prinzessinnen hatten ihren Traummann gefunden, nur sie nicht. Prinz Linhart versuchte sie mit sanften Worten zu trösten, worauf ihm Raphaela den Kopf an die Schulter legte.

Diese Nähe tat ihr gut und Linhart flüsterte. „Falls du geneigt bist, zu warten, und dich nicht daran stößt, dass ich nur wenig älter bin als du, dann werde ich in zwei Jahren um deine Hand anhalten."

„Schwörst du es?", hauchte Raphaela.

„Ich schwöre."

„Ich glaube dir." Sie drückte fest seine Hand, wischte eine Träne von der Wange und einen Augenblick später zierte ein strahlendes Lächeln ihr Gesicht.

Auch auf der glanzvollen Doppelhochzeit der beiden Paare am nächsten Tag lächelte sie. Aus ehrlichem Herzen wünschten sie ihnen Glück, Zufriedenheit und reichen Kindersegen.

Linhart blieb stets an ihrer Seite, tanzte den ganzen Abend mit ihr und niemand ahnte, dass das nicht nur der Etikette wegen geschah.

Wenige Tage nach Rückkehr von der Hochzeit Prinz Leonardos begann Sebastian auf dessen Bitte hin, die gewünschten Kleidungsstücke und Waffen zusammenzupacken.

Jakon und Adriana hatten zugestimmt, dass der Prinz mit seiner jungen Frau in Siddra blieb, um eines Tages die Regentschaft über das riesige Reich von Aron zu übernehmen.

In Paradan deutete alles darauf hin, eines Tages Prinzessin Marisa auf den Thron vorzubereiten und somit Sebastian als König an ihrer Seite. Zwillingsschwester Raphaela erhob keine Ansprüche, nachdem die beiden einander versprochen worden waren.

Noch vor dem Morgengrauen wollte Sebastian losreiten. Hanno belud die beiden Packpferde mit den Säcken und genügend Proviant. Er führte alle drei Pferde auf den Hof, wo er sie anband.

König Jakon kam aus dem Haus, um für seinen Sohn noch einige persönliche Botschaften mündlich mitzugeben. Hufschlag eines vierten Pferdes erklang. „Nimm den jungen Knappen unter deine Fittiche und passe gut auf ihn auf", bat er, mit dem Kopf auf den Reiter deutend. „Er ist nur des Bogenschießens mächtig, also fordere ihn nicht zu sehr."

„Keine Sorge, mein König, ich werde mich um ihn kümmern." Sebastian stieg auf und ritt, die beiden Packpferde an seinen Sattel gebunden zum Tor hinaus.

Der Knappe verabschiedete sich mit erhobener Hand von seinem König und folgte den Pferden. Außer Sichtweite zur Burg drehte sich Sebastian um. „Kommt ruhig neben mich. Ich beiße nicht, auch wenn ich manchmal so aussehe. Zu zweit und trotzdem allein muss man ja wirklich nicht reisen."

Der Knappe lenkte sein Ross neben das Sebastians.

„Wie heißt Ihr?", fragte der Ritter.

„Marisa", drang es dumpf unter dem geschlossenen Helm hervor. Dann klappte der vermeintliche Knappe lachend das Visier auf.

„Prinzessin!" Sebastian hielt sein Pferd an. „Weiß dein Vater, dass du unter der Rüstung steckst?"

„Aber sicher! Sonst hätte er dir nicht aufgetragen, besonders gut auf den Knappen zu achten." Marisa ließ ihr Pferd wieder antraben und Sebastian folgte ihr kopfschüttelnd.

„Fühlst du dich jetzt überwacht?", fragte sie leise.

„Ganz und gar nicht. Ich bin einfach überrascht und sehr, sehr glücklich. Du weißt aber auch, dass ich alle Regeln einhalten werde. Versuche bitte nicht, mich auf Abwege zu führen, indem du Forderungen stellst, die ich nicht erfüllen darf. Schon deshalb nicht, weil du die Tochter meines Königs bist."

„Ich versuche, ganz brav zu sein", versprach Marisa. „Ein paar kleine Zärtlichkeiten sind doch sicher drin?"

Sebastian schaute sie amüsiert an. „Siehst du? Es geht schon los. Ich schwöre dir, dass ich zeitig genug die Notbremse ziehen werde, selbst wenn ich dir dafür den Hintern versohlen muss. Dein Vater wird es verstehen."

Er begann zu lachen, als er ihren Blick sah. „Schmollen hilft dir dann auch nicht weiter."

„Gut, dann sind wenigstens die Fronten geklärt", kicherte Marisa. Vater hatte ihr ebenfalls deutlich genug gesagt, dass sie einen

Teil der Strafe mittragen werde, sollte sie Sebastian verleiten, Verbote zu missachten.

In Paradan wandte sich Jakon gerade vom Fenster ab, weil die beiden Reiter mit den Packpferden im Wald verschwanden. Bekümmert schaute er Raphaela an, die am Kamin mit den Wölfen schmuste. „Tut mir leid Kleines. Gern möchte ich dich genau so glücklich sehen. Vielleicht findet sich dein Traumprinz auch noch ein."

„Du musst dich nicht grämen", entgegnete Raphaela. „Auf mich wartet auch ein Prinz. Linhart hat geschworen, dich in zwei Jahren um meine Hand zu bitten."

„Wie???" Jakon hätte sich vor Verwunderung fast neben den Stuhl gesetzt. „Und das sagst du erst heute??? Wo sind Tinte und Pergament? Ich muss sofort Sebastian einen Brief für Kronn hinterherschicken!"

„Warum? Es sind doch noch zwei Jahre Zeit", stotterte Raphaela.

„Mädchen, du bist goldig! Tausend andere könnten plötzlich um dich werben und ich sage vielleicht zu, weil ich nichts von eurem Schwur gewusst habe. Kronn sollte auch informiert sein, dass er nicht nach einer Braut für Linhart Ausschau halten darf, weil schon eine da ist!

Wo ist denn nur die verdammte Tinte???" Jakon wühlte im Regal. Schließlich hatte er gefunden, wonach er suchte. Er schrieb eilig die Nachricht, rollte sie zusammen, ohne sie zu versiegeln und schickte einen markanten Brüller vom Fenster aus auf den Hof, der die halbe Belegschaft der Burg strammstehen ließ.

Ein Bote rannte die Treppe hinauf, griff das Schriftstück, bekam noch ein paar Ordern und galoppierte in halsbrecherischem Tempo Sebastian hinterher.

Jetzt erst informierte Jakon seine Frau darüber, was in den letzten Minuten geschehen war.

Große und kleine Geheimnisse

Die beiden Reisenden trabten gemächlich dahin, philosophierten, lachten und schmiedeten Pläne. Die Grenze zu Siddra war in weiter Ferne bereits zu erkennen. Trommelnder Hufschlag ließ sie innehalten und sich umdrehen.

„Ein Bote deines Vaters", murmelte Sebastian. „Wohin mag er so eilig reiten?"

„Er kommt in unsere Richtung", stellte Marisa fest, die Augen etwas mit dem Visier ihres Helmes beschattend.

Da war der Reiter auch schon heran, zügelte sein Pferd, grüßte und reichte Sebastian die Schriftrolle. „Ihr und Prinzessin Marisa sollt sofort den Inhalt lesen und die Botschaft nach Eurem Besuch in Siddra zu König Kronn von Tlul bringen. Meine Aufgabe ist hiermit beendet." Er wendete sein Pferd und ritt in gemäßigtem Tempo zurück.

Sebastian las während des Weiterrittes das Schriftstück. Mit den Worten: „Nicht uninteressant", reichte er es Marisa.

Die ballte am Ende die Faust, riss sie in die Höhe. „Noch eine Doppelhochzeit! Ja!" Dann gab sie die Schriftrolle Sebastian zurück, der sie wieder in das Leder einschlug und in seinen Reisesack am Sattel steckte.

Ihre ungleiche Zwillingsschwester passte, wie der Deckel auf einen Topf, genau zu dem stillen, besonnenen Prinzen Linhart.

„Deshalb hat sie auch keine Ansprüche auf Paradan angemeldet, als mein Vater uns einander versprach", sinnierte Marisa.

„Exakt", bestätigte Sebastian. „Das garantiert uns und deinen Eltern ein sorgenfreies Leben. Keiner ist jemandem etwas schuldig."

„Und du wirst eines Tages König an meiner Seite sein."

„Falls du es dir in den nächsten zwei Jahren nicht anders überlegst", warf Sebastian ein.

„Solange du nicht versuchst, mir die Rüstung zu verbieten, Pfeil und Bogen aus der Hand zu nehmen und gegen Kleider, Nadel und Stickgarn zu ersetzen, hast du nichts zu befürchten", lachte Marisa.

„Du wirst deiner Mutter in der Tat immer ähnlicher", schmunzelte Sebastian. „Und ich kann deinen Vater immer besser verstehen. Ich klebe ja auch seit ein paar Tagen an dir, wie die Fliege am Sonnentau."

„Aber ich habe nicht vor, dir das Leben auszusaugen." Marisa blinzelte in die Mittagssonne. „Wo werden wir heute übernachten? Ich kann weit und breit keine Siedlung entdecken."

„Im Waldhäuschen meiner Mutter", erklärte Sebastian.

„Oh, da hat ja auch meine Mama gelebt!", rief Marisa. „Ich freue mich darauf, das alles endlich kennenzulernen."

Mit der untergehenden Sonne erreichten sie den Wiesenhang, an dessen Rand, genau zwischen den ersten Bäumen, die Hütte stand. Sogar der alte Zaun war noch intakt. Sebastian half Marisa vom Pferd, nahm den vier Tieren Sättel und Gepäck ab.

Mit zwei alten Holzeimern holte er Wasser aus dem nahen Bach, um die durstigen Pferde zu tränken, schüttete mitgebrachten Hafer und trockenes Brot in einen Trog und ließ sie in Ruhe fressen, ehe er sie in den Stall führte.

Marisa drückte vorsichtig die Tür auf und spähte in die Hütte. Ein Tisch, vier Stühle, eine Kochstelle und zwei Schlafnischen.

„Alles in Ordnung?", hörte sie Sebastian rufen, der mit einem Armvoll Brennholz aus dem Wald auftauchte.

„Weiß nicht", erwiderte Marisa. „Das ist wie in einer anderen Welt. Ich fürchte mich ein wenig."

„Das musst du nicht. Eine große Königin hat hier ihre ganze Kindheit und Jugend verbracht", erklärte Sebastian, im Herd ein Feuer entfachend. „Und meine Mutter hat, wenn deine Mutter kämpfend durch die Lande zog, ganz allein hier gesessen und gehofft, sie möge heil und unversehrt nach Hause zurückkehren."

Sebastian hängte einen kleinen Wasserkessel in die lodernden Flammen.

„Ich habe oft den Erzählungen gelauscht", verriet Marisa. „Aber erst jetzt kann ich verstehen, was sie bedeuten. Du bist sicher oft hierher geritten."

„Ja. Sehr oft. Ich habe mit Leonardo manchmal mehrere Tage hier gewohnt. Von hier aus sind wir zur Jagd geritten, haben Turniere mit anderen Rittern gefochten, um irgendwann in die große feste Burg zurückzukehren."

Er zog ein Wappenschild aus seinem Beutel, Hammer und Nägel. Wenig später zierte das Zeichen derer von Blaubrunn die Tür des Häuschens. „Die meisten Ritter haben nicht einmal eigenes Land", schmunzelte er. „Ich habe eine Wiese, ein Stückchen Wald und ein winzige Burg aus Holz."

Sebastian brühte Tee auf, schnitt Brot, Wurst und stellte ein Buttertöpfchen auf den Tisch.

„Alles Arbeiten, die dein Knappe machen müsste", seufzte Marisa. „Aber der hat davon keine Ahnung."

„Drehen wir doch den Spieß einfach um. Alles Arbeiten, die ein Ritter machen muss, wenn er die Tochter seines Königs begleitet und keinen Knappen dabei hat. Pech für den Ritter."

„Ich liebe dich."

Sebastian stellte den Teebecher ab. Er zog Marisa auf seinen Schoß, wo sie sich mit geschlossenen Augen fest an seine Brust schmiegte. „Das macht mich sehr glücklich. Ich liebe dich auch. Du musst aber erst einmal kräftig essen, sonst fällst du morgen vom Pferd."

Marisa nickte. „Ich habe Vater versprochen, deinen Anweisungen zu gehorchen. Sonst hätte er mich sicher nicht mitreiten lassen." Sie fasste nach einer belegten Brotscheibe.

Sebastian bereitete ihr später das Nachtlager und bettete sich in die zweite Schlafnische. Die Geräusche der Nachttiere ängstigten Marisa sehr. Ein Kauz saß wohl genau im Geäst vor dem Fenster und stieß seine schaurigen Schreie aus. Als dann auch noch eine Rotte Wildschweine aus dem Wald hervorbrach, schrie die Prinzessin auf. „Sebastian!"

Er sprang auf und setzte sich zur ihr. „Kein Grund zur Sorge. Das haben Wälder nachts so an sich.“

„Mag sein. Mir macht das Angst.“ Sie tastete mit zitternden Händen nach ihm.

„Oh je. Hier kann ich nicht sitzen bleiben, sonst falle ich morgen vom Pferd“, seufzte er.

„Geh nicht weg! Ich mach mich auch ganz dünn“, bettelte Marisa, bis an die Wand rutschend.

Sebastian überlegte lange, ob er ihren Wunsch erfüllen solle. Schließlich legte er sich neben sie. Marisa kuschelte sich in seine Arme und schlief sofort ein.

Ich habe kein Tabu gebrochen, blitzte als letzter Gedanke auf, als ihn endlich auch der Schlaf umfing.

Als Marisa am Morgen durch Vogelgezwitscher geweckt wurde, schaute sie in zwei strahlende Augen.

„Guten Morgen Prinzessin.“

„Guten Morgen! Bist du schon lange wach?“

„Ein Weilchen.“ Sebastian hauchte ihr einen Kuss auf die Stirn. „Wenn du möchtest, kannst du noch ein paar Minuten liegenbleiben. Ich geh mich derweil waschen.“

„Wo denn?“ Marisa schaute suchend um.

Sebastian lachte. „Am Bach hinterm Häuschen.“ Er schwang die Beine aus dem Bett, streifte sein Hemd ab und ging mit freiem Oberkörper hinaus.

Marisa schaute verträumt lächelnd hinterher. Sebastian sah nicht nur in der Rüstung umwerfend aus. Das ganz darunter, war genau so mehrere Blicke wert. Sie schlug die Decke beiseite und steckte den Kopf zur Tür hinaus.

In der aufgehenden Sonne funkelte der Tau in Spinnennetzen, ein Reh verschwand mit großen Sprüngen in der Ferne. Heute erschien ihr das alles besonders geheimnisvoll. Schließlich riss sie ihren Blick von der Morgenidylle los, um Sebastian an den Bach zu folgen.

Die Wassertropfen glitzerten auf seiner Haut nicht minder schön und sie ließ ihre Fingerspitzen über seine Brust gleiten.

Sebastian hielt ihre Hand fest, schüttelte bedauernd den Kopf und sagte: „Das solltest du lieber bleiben lassen, auch wenn es mir noch so sehr behagt."

„Schade", murmelte Marisa. „Ist denn wirklich alles Tabu?"

„Fast alles", gab Sebastian zurück.

„Man sagt, du seiest ein feuriger Liebhaber."

Sebastian blieb äußerlich völlig gelassen, als er mit einem amüsierten Blinzeln erwiderte: „Ob es stimmt, musst du in zwei Jahren allein herausfinden." Innerlich wurde er unruhig, worauf sie wohl mit ihrer Frage hinaus wollte.

„Kein Streicheln, kein Kuss – was ist dann erlaubt?" Sie zog einen Schmollmund.

„Als Knappe den Anweisungen seines Ritters zu gehorchen und das immer und überall", gab Sebastian mit sehr ernstem Blick Auskunft.

Marisas Mundwinkel zuckten, als wolle sie zu weinen anfangen. Dann straffte sich ihre Gestalt, sie zog die Nase hoch. „Tut mir leid. Ich schwöre, dir keinen Ärger zu machen. Im Grunde genommen weiß ich schon, welch eine Last du durch meine Anwesenheit zu tragen hast. Ich nehme, was du freiwillig zu geben bereit bist."

„Einverstanden." Er hob ihr Kinn an und küsste sie überaus zärtlich, blinzelte und befahl: „Knappe, wir frühstücken, dann reiten wir los!"

„Sehr wohl, mein Herr!" Marisa deutete eine Verbeugung an und half im Haus bei den Vorbereitungen.

Nach dem Beladen der Pferde legte sie Sebastian mit kundiger Hand die Rüstung an. Natürlich revanchierte sich der Ritter, indem er seinem *Knappen* die Schienen befestigte und die Schnallen des Brustharnischs schloss. Schließlich hielt er ihm sogar den Steigbügel.

„Ist es eine vermessene Bitte, wenn sich mein Knappe jetzt wieder in meine Liebste verwandeln soll?", fragte er lächelnd.

„Nein. Ich werde auch versuchen, dir in beiden Rollen keinen Kummer zu bereiten." Marisa lächelte glücklich.

244

Langsam kamen sie in bewohnte Gegenden.

„Ihr seid spät dran, mein Herr", rief ihm ein Bauer zu, als er die Straße nach Schloss Siddra einschlug.

Sebastian zügelte sein Pferd. „Wie meint ihr das?"

„Nun, das Lanzenstechen hat schon am frühen Morgen begonnen. Wollt Ihr den Preis noch erringen, müsst Ihr Euch sputen."

„Danke, für die Auskunft!" Sebastian nickte Marisa kurz zu, dann ließ er die Pferde galoppieren.

Der Tumult des Turniers war weithin zu hören. Sebastian erspähte den Turniermeister und hatte Glück, sich gerade noch mit anmelden zu dürfen.

Weil alle den Kämpfen zusahen, merkte auch keiner, dass der Ritter eigenhändig sein Zelt aufbaute. Er schraubte eilig seinen Rüstspieß an den Brustharnisch und schickte Marisa zu Leonardo, um eine Lanze für den Ritter zu erbitten, der zufällig vom Turnier erfahren hatte.

Die Prinzessin behielt den Helm auf und verriet sich auch nicht durch Gesten, obwohl sie ihrem Bruder am liebsten um den Hals gefallen wäre. Sie durfte sich zwei Lanzen aussuchen, dankte und eilte zu Sebastian zurück.

„Du bist ein wahrer Schatz! Haben sie dich erkannt?"

Marisa lachte. „I wo! Weder mein Bruder noch König Aron haben gemerkt, wer unter der Rüstung steckt." Sie streichelte Sebastians Gesicht. „Pass bitte auf dich auf!"

Sebastian nickte, zog einen strahlend blauen Straußenfedernbusch aus dem Beutel und steckte ihn an seinen Helm. „Kennst du die Regeln?"

„Bestens. Dein Knappe wird dir keine Schande bereiten." Marisa folgte ihm zum Turnierplatz.

Der Turniermeister kündigte den *Blauen Ritter* an, weil er glattweg vergessen hatte, nach dessen Namen zu fragen. Auf der Tribüne des Königs reckte man die Hälse, als der stattliche Recke vorritt. Er nickte grüßend, sein Pferd neigte den Kopf, dann tänzelte es zum Startplatz.

„Wenn ich nicht ganz genau wüsste, dass er es nicht sein kann, dann möchte ich ihn für Sebastian halten", flüsterte Leonardo seiner Gattin zu. „Aber ich kenne weder den wallenden Federbusch noch den Knappen in der ausgesprochen prunkvollen Rüstung."

Marisa bekam vor Aufregung feuchte Hände. Bisher hatte sie in Frauenkleidern auf den Tribünen gesessen und Preise huldvoll an Ritter vergeben. Als Knappe direkt am Ort des Geschehens zu stehen, war ihr völlig neu.

Sebastian ließ sein Pferd auf die Hinterhand gehen, dann preschte es vor. Seine Lanze hob den Gegner glatt aus dem Sattel. Die beiden nächsten Ritter traf er an den Helmen und sammelte Punkt um Punkt.

Beim siebenten Kampf brach seine Lanze, riss dem anderen aber den Helm vom Kopf. Wieder Punkte für den geheimnisvollen Fremden. Sein Knappe reichte ihm die zweite Lanze und die brachte dem Recken den endgültigen Sieg.

Er ritt zur Tribüne, um von Königin Sirina den wertvollen Goldpokal mit den riesigen Edelsteinen entgegenzunehmen.

„Wollt Ihr mir nicht Euer Gesicht zeigen?", bat sie lächelnd. „Ich weiß nicht einmal Euren Namen."

„Sebastian von Blaubrunn, meine Königin." Er nahm den Helm vom Kopf.

„Das gibt es doch nicht! Er ist es wirklich!" Leonardo rannte ihm fast entgegen.

Sebastian sprang vom Pferd, um die feste Umarmung seines Freundes zu erwidern.

„Wer ist dein neuer Knappe? Ich habe ihn noch nie gesehen."

„Das glaube ich dir nicht!", lachte Sebastian und winkte endlich Marisa heran, die sich erst jetzt zu erkennen gab.

Leonardo riss seine Schwester in die Arme und schwenkte sie im Kreis. „Du wirst Mutter wirklich immer ähnlicher."

Marisa kicherte fröhlich. „Den Satz hab ich doch schon mal irgendwo gehört."

„Ihr seid allein?", fragte Leonardo sich forschend umschauend.

„Richtig", gab Marisa Auskunft. „Ritter von Blaubrunn und sein Knappe, der jetzt beim Abbau des Zeltes helfen wird."

„Lasst den Unsinn, das können meine Leute machen." Leonardo winkte ein paar Knechte heran. „Wie hast du Vater herumbekommen?"

„Mit bloßem Betteln", verriet Marisa. „Hätte er nicht felsenfestes Vertrauen zu Sebastian, dann hätte aber auch die Drohung, mich vom Turm zu stürzen, nicht geholfen.

Sebastian hat erst unterwegs gemerkt, dass er ein Kuckucksei im Nest hat. Und das hat ihm Vater persönlich untergeschoben."

Leonardo brach in schallendes Gelächter aus. „So was willst du heiraten?", fragte er Sebastian grinsend.

„Natürlich. Schon, weil es mit Marisa sicher nicht langweilig wird." Er hauchte ihr einen Kuss auf die Stirn.

„Wie geht es Raphaela? Ich muss oft daran denken, wie einsam sie sich jetzt fühlen muss, unter all den glücklichen Paaren." Leonardo schaute Marisa wehmütig an.

„Sag du es ihm", bat sie Sebastian.

„Ich fange mit dem Ende an. Wir müssen im Auftrag deines Vaters noch Kronn einen Brief überbringen. Prinz Linhart hat Raphaela die Ehe versprochen, was keiner wusste. Damit es keine diplomatischen Verwicklungen gibt, wenn plötzlich auf beiden Seiten andere Anträge gestellt werden, will dein Vater Kronn sofort vom Stand der Dinge unterrichten.

Raphaela ist also in einer ähnlichen Situation wie Marisa. Nur, dass in diesem Fall halt beide noch zu jung sind und sich Linhart zwei Jahre ausbedungen hat."

Aron schüttelte fassungslos den Kopf. „Wie hat es Jakon herausgefunden?"

„Das wissen wir auch nicht, denn der Bote kam uns wie der Teufel hinterhergeritten", berichtete Marisa. „Ich schätze, Vater wollte sie trösten, weil ich mit Sebastian losgezogen bin und sie hat ihm stolz berichtet, gar nicht einsam zu sein."

Leonardo nickte. „Ja, diese Variante passt zu Raphaela. Gut, dass Vater gleich alle Konkurrenten fernhält, um Prinz Linhart nicht in Bedrängnis zu bringen. Wir reiten morgen gemeinsam hin. Je eher Kronn davon erfährt, umso besser ist es für alle."

„Darf ich mitkommen?" Marisa schaute Sebastian flehend an.

Leonardo staunte. Langsam glaubte er an die Sache mit dem Knappen.

„Aber natürlich, Prinzessin. Ich kann doch nicht ohne meinen Knappen aufbrechen. Allein bin ich doch völlig hilflos", schmunzelte Sebastian.

„Du siehst schon ganz hilflos aus", witzelte Leonardo. „Ich kann mich deutlich erinnern, dass du vorhin erst ein ganzes Turnier gewonnen hast."

„Ich glaube, so was macht er nebenbei", bemerkte Marisa trocken. „Wir haben erst auf dem Weg zum Schloss davon erfahren. Deshalb musste ich ja auch um zwei Lanzen bitten."

„Von denen er ordentlich Gebrauch gemacht hat", schwärmte Königin Sirina. „Ich habe schon lange keinen Ritter mehr derart zustechen sehen."

Leonardo blinzelte Marisa schelmisch zu. „Spätestens heute hätte er dich also überzeugt, der Richtige zu sein."

„Oh ja! Ich werde ein Loblied singen, wenn wir wieder zu Hause sind! Aber eigentlich muss ich das nicht. Dieser wundervolle Pokal spricht ganz allein für seinen Besitzer."

„Das ist wahr", schmunzelte Liliana, Leonardos Frau. „Es werden heute einige ihre Wunden lecken, die sich für unbesiegbar hielten. Sebastian hat der ganzen Elite Siddras die Schau gestohlen."

Kaum im Schloss ließ Aron sofort seinen Hofplattner rufen. Er deutete auf Sebastians Rüstung. „Bessert bitte sofort die Schäden aus. Ritter von Blaubrunn braucht den Harnisch morgen früh." Einem Diener rief er zu: „Ein Bad für den edlen Ritter!"

„Jetzt wirst du deinen Knappen sicher nicht dabeihaben wollen", seufzte Marisa.

„Den stecken wir in die Wanne daneben", schlug Leonardo vor und erntete ein begeistertes Nicken seiner Schwester. Er tupfte ihr mit der Fingerspitze auf die Nase. „Kopf hoch, Kleines! Brüderchen kennt die Spielregeln und weiß sie hin und wieder zu umgehen."

Sebastian drückte fest Leonardos Hand, was Marisa deutlich zeigte, wie sehr er litt, um nicht über die Stränge zu schlagen.

Eine halbe Stunde später war das Bad bereitet, auf Tabletts standen Getränke, Obst und Gebäck bereit. Leonardo ließ den Schlüssel von innen anstecken und bedeutete Sebastian, auch sofort zuzuschließen. Darauf, dass dieser nichts anstellen werde, was er einmal zu bereuen habe, konnte er sich fest verlassen.

Sebastian ließ Marisa eintreten und schloss ab. Die Prinzessin wirkte unsicher, wie er sie nie zuvor erlebt hatte. „Was hast du?", fragte er erstaunt.

„Ich habe Angst, Dummheiten zu begehen, die unser Glück zerstören könnten", flüsterte sie.

„Du weißt doch, dass ich Mittel kenne, dich zu bremsen", gab Sebastian zurück, sie fest an sich drückend.

„Ja. Ja, das weiß ich", hauchte Marisa.

„Gut, dann werde ich dir jetzt die Regeln so auslegen, wie es dein Bruder in gleicher Situation tun würde.

Erstens: Es steht nicht geschrieben, dass der Ritter seinem Knappen nicht beim Entkleiden helfen darf."

Sebastian begann, sie langsam und sehr genüsslich auszuziehen. Dann streifte er rasche seine Kleider ab.

„Zweitens: Es gibt keinen Paragrafen, der besagt, dass der Ritter seinen Knappen nicht in die Wanne heben darf."

Er nahm sie auf die Arme, genoss einen Moment die Wärme ihrer Haut und stellte sie in der Wanne ab.

„Drittens: Es ist mir weder schriftlich noch mündlich verboten worden, die Tochter meines Königs heimlich beim Baden zu beobachten. Ich soll lediglich auf meinen Knappen achten."

Er weidete sich am Anblick ihres nackten Körpers, blinzelte verschwörerisch. „Prinzip verstanden?"

Marisa nickte amüsiert.

Sebastian begann, sich Staub-, Öl- und Metallgeruch von der Haut zu waschen. Das Olivenöl, mit welchem er seinen Harnisch pflegte, bekam wenigstens nicht diese ranzige Duftnote wie viele andere Öle.

Königin Adriana achtete sehr darauf, regelmäßig neuen Nachschub in Uth zu kaufen. Das war auch schon der einzige wirkliche Luxus, den sie sich und ihren Rittern gönnte.

Marisa wusste das sehr zu schätzen. Als junges Mädchen in einer stinkenden Rüstung zu stecken, wäre für sie inakzeptabel gewesen.

Sebastian schloss für einen Moment entspannt die Augen. „Die Wärme tut nach den Strapazen des Turniers unendlich gut."

„Bist du wenigstens unverletzt geblieben?", fragte Marisa. „Dein Brustharnisch sah ja furchtbar aus!"

„Fast unverletzt." Sebastian hielt seinen Arm hoch, der großflächig schwarzblau gefleckt war und eine lange Risswunde durch die gesplitterte Lanze trug. „An der Brust sieht es ähnlich aus."

Marisa erschrak gewaltig und beugte sich zu ihm hinüber, um die anderen Blessuren zu begutachten.

„Keine Angst, Prinzessin, übermorgen ist alles wieder gut. Vergiss nicht, dass ich der Sohn einer sehr weisen Kräuterfrau bin."

Ihr entging nicht das Funkeln in seinen Augen, als sie ihn fast mit ihren nackten Brüsten berührte. „Viertens", sagte sie unvermittelt, „ist es mir weder schriftlich noch mündlich verboten worden, durch Streicheln die Lust des mich begleitenden Ritters zu stillen." Ihre Hand glitt rasch zwischen seine Schenkel. „Mir ist einzig der Beischlaf, festgeschrieben, untersagt. Und daran werde ich mich, um unser beider Willen, halten.

Sechstens: Habe ich die Befugnis, meinem Ritter Befehle zu erteilen. Also befehle ich dir, über das soeben Stattfindende und ähnliche Vorkommnisse in den nächsten beiden Jahren, ein Leben lang zu schweigen." Sie schmiegte sich fest an seine Brust und ließ, als sie etwas später langsam ihre Hand über seinen Körper nach oben huschen ließ, einen sehr glücklichen Ritter in dessen Wanne zurück.

„Ich glaube, mit diesem Regelwerk halte ich zwei Jahre durch", erklärte er mit tiefster Zufriedenheit.

250

Beim Abtrocknen war Ritter Sebastian seinem *Knappen* sehr behilflich, besonders an den Stellen, die ihm ins Auge stachen. Dafür nahm ihm Marisa, das Salbentöpfen aus der Hand.

„Das wiederum ist Aufgabe deines Knappen." Sie trug das duftende Gemisch hauchdünn auf seine Arme und den ausgeprägten Sixpack auf. Seufzend gab sie ihm schließlich das Töpfchen wieder zurück.

Die völlig unbefangenen Mienen der beiden am Abendbrottisch hätten den ärgsten Zweifler zufriedengestellt. Der Blick den Leonardo und Sebastian wechselten, hätte ja auch kein anderer deuten können.

Prinz Leonardo war sofort umfassend im Bilde, ohne, dass Sebastian ein einziges Wort gesprochen hatte. Der wusste nun wiederum für den äußersten Notfall eine starke Rückendeckung in Bereitschaft.

Die Aufregungen des vergangenen Tages ließen Marisa schnell einschlafen, als sie nachts ihr Zimmer aufsuchte. Sie lächelte im Schlaf, weil sie von Sebastian träumte.

Der träumte ebenfalls, aber mit offenen Augen. Immer wieder überlegte er, ob das gemeinsame Bad nicht nur seiner überhitzten Fantasie entsprungen war. Irgendwann schaffte er es doch noch einzuschlafen und fuhr erschreckt empor, als es laut an seiner Zimmertür klopfte.

„In einer halben Stunde gibt es Frühstück", meldete ein kleiner Page.

Sebastian dankte und sah zu, dass er aus dem Bett und in seine Kleider kam. Für die üblichen körperlichen Ertüchtigungen war es viel zu spät. Nun kam es nur noch darauf an, bei Tisch einen ordentlichen Eindruck zu machen, obwohl er kaum die Müdigkeit abschütteln konnte.

„Hat es dich beim Turnier doch schlimmer erwischt?", fragte Leonardo unbemerkt von den anderen. „Du siehst ziemlich mitgenommen aus."

„Wenn es eine Waffe war, dann hat mich Amors Pfeil mitten ins Herz getroffen", raunte Sebastian zurück. „Ich habe fast die ganze Nacht kein Auge zugetan."

„Ja, die verbotenen Früchte …", schmunzelte Leonardo.

„Besonders, wenn sie so süß sind", fügte Sebastian hinzu. Das kleine Wortgeplänkel weckte endlich seine Lebensgeister.

„Die Frage, ob ich für dich die Kutsche anspannen lassen soll, erübrigt sich wohl", wandte sich Leonardo an seine Schwester, die nicht ein einziges Kleid in ihrem Reisegepäck hatte.

Sie trug stattdessen Männerkleidung, wie einst ihre Mutter und machte damit eine erstklassige Figur.

„Seit wann begleiten die Knappen ihre Ritter in der Kutsche?", fragte sie lachend.

König Aron und seine Frau warfen sich amüsierte Blicke zu. Marisa war eindeutig ein größerer Wildfang als Liliana, die Leonardo gerade zu zähmen begonnen hatte. Sebastian schien das nichts auszumachen.

Er schaltete blitzschnell von Prinzessin auf Knappe um, dass den anderen glatt die Luft wegblieb. Marisa folgte dem Tempo und hielt es mühelos hoch. Die beiden waren eindeutig füreinander geschaffen.

„Hast du noch irgendeinen besonderen Wunsch, den ich dir heute erfüllen soll?" Leonardo blinzelte Marisa zu.

„Ja. Ich möchte, dass ihr beide", sie deutete auf ihn und Sebastian, „mich ein wenig im Schwertkampf unterweist."

„Das musste jetzt kommen", kicherte Liliana. „Sie hat gestern den Rüstsaal gar nicht mehr verlassen wollen."

„Mal sehen, wann wir zurück sind. Sonst müsst ihr einen Tag länger bleiben", erwiderte Leonardo.

„Ermutige sie nicht zu sehr. Ich muss es ausbaden", schmunzelte Sebastian, der ihr breites Lächeln durchaus richtig deutete.

„Sie liebt ihn wirklich sehr", murmelte Liliana, den dreien nachschauend, als sie nach Tlul ritten. „Sonst würde sie es nie auf sich nehmen, öffentlich als sein Knappe aufzutreten."

252

„Hast du daran gezweifelt?" Aron wandte sich seiner Tochter zu.

„Ein wenig. Sie ist eine äußerst willensstarke Königstochter und er ein Ritter ohne wirklichen Grundbesitz. Dass er sie liebt, stand für mich außer Frage", erklärte Liliana. „Umso mehr überrascht es mich, wie sie ihre Identität verschleiert, wenn es ihm einen Vorteil bringt."

„Mich überrascht einzig immer wieder, wie ungleich die Zwillingsschwestern sind", warf Königin Sirina ein. „Eine stolze Löwin und ein scheues Reh."

Eben jene Löwin ritt soeben zwischen den beiden Respekt einflößenden Rittern auf Schloss Tlul zu. Sebastian trug wieder seinen Federbusch am Helm, den seit gestern wohl jeder kannte. Nur wusste noch nicht jeder, wer sich unter dem Harnisch des Blauen Ritters verbarg.

In Tlul wurden Prinz Leonardo und sein schlagkräftiger Begleiter mit allen Ehren empfangen. Der Knappe hielt sich hinter seinem Herrn. Königin Daria fiel fast aus allen Wolken, als er endlich seinen Helm abnahm und sie fröhlich anstrahlte.

„Prinzessin Marisa?! Ich glaube, ich träume!" Daria schloss die Tochter Jakons und Adrianas fest in die Arme. Dass Sebastian, der ehrenvolle Held des vergangenen Tages war, hatte sie sie sofort begriffen, als der das Visier seines Helmes öffnete.

„Ich wähnte Kronn im Anmarsch, als mir drei Geharnischte gemeldet wurden", erklärte sie. „Befürchtete ich doch, er sei nach Siddra zum Turnier geritten, um sich zu schlagen. Ich war in Sorge, wegen der Meldungen, ein Haudrauf habe die Elite in Grund und Boden gestampft."

Die drei Ankömmlinge brachen in schallendes Gelächter aus. Sebastian hatte in der Tat alle das Fürchten gelehrt, wenn selbst die Königin davon erfahren hatte.

„Ich habe Nachricht von König Jakon für König Kronn." Sebastian übergab das Pergament Daria, die in Abwesenheit des Herrschers die Geschicke des Landes lenkte. „Wir sind alle über den Inhalt informiert, deshalb hat es mein König nicht versiegelt."

Während den Gästen die Rüstungen abgenommen wurden, vertiefte sich die Königin in den Inhalt der Schriftrolle. Hin und wieder hob sie den Kopf, um Marisa einen nachdenklichen Blick zuzuwerfen. Die Prinzessin nickte als Antwort aufmunternd.

„Ich bin über den Inhalt ziemlich überrascht, aber keinesfalls unzufrieden damit", erklärte Daria, den Brief auf den Schreibtisch Kronns legend.

Sebastian erklärte kurz, wie ihn das Schreiben erreicht hatte und die letzten beiden Tage verlaufen waren.

Es klopfte, ein Diener trat ein: „Der König kehrt von der Jagd zurück!"

„Sag ihm, er möge sich mit Linhart sofort hier einfinden!", befahl Daria.

Kurze Zeit später erklangen schnelle Stiefeltritte auf der Treppe. Kronn nahm wohl gleich zwei Stufen auf einmal, um den ungewöhnlichen Wunsch seiner Gattin zu erfüllen. Er trat mit dem Helm unter dem Arm ein. Linhart folgte ihm.

„Oho!!! Königlicher Besuch!" Er küsste Marisa die Hand und umarmte Leonardo und Sebastian fest und herzlich. Als er seinen Helm ablegen wollte, stach ihm der strahlendblaue Federbusch ins Auge.

Ein Zug des Begreifens huschte über sein Gesicht. „Aha, Paradan hat in Siddra zugeschlagen. Respekt Ritter Sebastian. Das Loblied auf dich pfeifen inzwischen die Spatzen von den Bäumen. Ich hab mich nur gewundert, weil von einem prunkvoll geharnischten Knappen die Rede war. Nun gehen mir ganze Kronleuchter auf!"

Linhart hatte sich nach der Begrüßung etwas abseits gehalten und mit, für Kronn, undefinierbarem Blick Marisa gemustert. Dem gingen nach der Lektüre der Depesche sogar die Kronleuchter in einem ganzen Ballsaal auf.

„Junger Mann", wandte er sich an ihn, „du solltest das hier ebenfalls lesen und mir danach ein paar Erklärungen geben."

Schon nach den ersten Worten wurde Linhart feuerrot, zumal auch noch alle buchstäblich auf seine Reaktionen lauerten. Er rollte am Ende das Schriftstück wieder zusammen, reichte es seinem Vater und sagte: „Das entspricht Buchstabe für Buchstabe den Tatsachen. Ich bin dankbar, dass das Geheimnis nun keins mehr ist und König Jakon zustimmt, mir Raphaela zur Frau zu geben, wenn die Zeit reif ist.

„Bitte lasst mich mit nach Paradan reiten, um ihn standesgemäß mit eigenen Worten um seine Tochter zu bitten."

„Einverstanden. Das ist eines Prinzen würdig." Kronn klopfte seinem Sohn auf die Schulter. „Ich komme mit und du kannst unterwegs von Marisa ein wenig über den normalen Knappendienst lernen. Denn wie du siehst, ist sich nicht einmal eine Prinzessin zu schade, für einen edlen Ritter Arbeiten zu verrichten.

Wir reiten morgen mit euch über Siddra nach Paradan", fügte er für Sebastian und Marisa hinzu.

„Dürfen wir heute für zwei Stunden das Turnierzimmer nutzen?", fragte Leonardo, der sich inzwischen bestens hier auskannte.

„Wollt ihr euch etwa schlagen?", staunte Kronn.

„Nein, Marisa hat um Unterricht im Schwertkampf gebeten", erwiderte Leonardo, „und ich habe ihr versprochen, dass Sebastian und ich zu ihrer Verfügung stehen."

„Ganz die Mutter", schmunzelte Kronn. „Jakon muss mächtig stolz auf dich sein."

„Sonst hätte er mich nicht mit Sebastian ziehen lassen", bestätigte Marisa und erzählte noch einmal kichernd, wie Jakon Sebastians Knappen ausgetauscht hatte.

„Du liebst ihn sehr", stellte Daria in den Raum.

„Ja, das gebe ich gern und immer wieder zu", bestätigte Marisa. „Er ist edel, gutherzig, aber auch sehr streng, wenn es die Situation erfordert. Dass er gut aussieht, muss ich nicht betonen, das sagen mir die Blicke der anderen Mädchen. Wie sehr man ihn als Feind zu fürchten hat, davon künden die, die ihn in Turnieren erlebt haben."

„Eine interessante Liebeserklärung", sinnierte Kronn laut und Marisa blinzelte schelmisch.

Sebastian hauchte ihr einfach einen Kuss auf die Stirn.

„Recht so!", nickte Leonardo. „Wenn das Schwesterherz so große Stücke auf den zukünftigen Ehemann hält, dann bin ich, als sein bester Freund, hellauf begeistert."

Auf, nach Paradan!

Nach einem reichhaltigen Mittagessen und einer ausgiebigen Mittagsruhe durfte sich Marisa ein passendes Schwert in Kronns riesigem Arsenal aussuchen. Sebastian stand ihr beratend zur Seite und so hielt sie am Ende ein leichtes, höllisch scharfes und ihrer Körpergröße angemessenes Schwert in der Hand.

Er hingegen hatte sich ein stumpfes Trainingsschwert geben lassen. Leonardo erklärte Marisa noch einmal die wichtigsten Regeln für Anfänger. Sebastian streifte sich sein langärmeliges Kettenhemd über. Das und seine Erfahrungen mussten genügen, um die Hiebe und Stöße der kleineren und viel schwächeren Marisa abzufangen.

Sie begannen mit einfachen Übungen, ein Schwert richtig zu halten, zu führen und vor allem, es ohne Probleme ziehen zu können. Marisa gab sich wirklich Mühe, die Erklärungen bestmöglich in die Tat umzusetzen. Erst recht, als plötzlich auch noch das Königspaar mit Linhart auftauchte, um das Training zu beobachten.

Den Schlussapplaus der Zuschauer hatte sich die Prinzessin hart verdient. Beide Lehrer waren mit ihren Leistungen hoch zufrieden. Marisas blau gefleckte Arme zeugten davon, dass sie nicht immer zimperlich mit ihrer Schülerin umgegangen waren, zumal diese kriegstauglich bewaffnet gewesen war.

Sebastian zog sofort sein Salbentiegelchen hervor und trug das Wundermittel hauchdünn auf. Kronn steckte das Seine mit einem Lächeln wieder ein. Ritter Sebastian von Blaubrunn war für alle Fälle bestens gewappnet.

„Wie geht es deinen Eltern?", fragte er ihn, mit Blick auf die Salbe.

„Sie tragen das Altern mit Humor", berichtete Sebastian. „Mutters Tränklein und Pülverchen lindern die meisten Gebrechen. Ich hoffe sehr, dass beide meine Hochzeit mit Marisa noch erleben können."

„Dann wird es ihnen wohl auch an der Kraft fehlen, hier nach Tlul zu kommen", überlegte Kronn. „Ich sollte mit Jakon reden, ob wir nicht gleich eine Doppelhochzeit auf Paradan feiern können."

Sebastian nickte freudig. „Ehrlich gesagt haben Marisa und ich das sofort ins Auge gefasst, als wir den Brief gelesen hatten."

„Dann habe ich doch genügend Argumente", lachte Kronn. „Leonardo wird für das Glück seiner Schwestern und seines besten Freundes sicher in die gleiche Kerbe hacken."

„Stets zu diensten, mein König!", rief Leonardo, sich verbeugend.

Kronn winkte Linhart heran. „Was gedenkst du, deiner Angebeteten als Geschenk mitzunehmen?"

Der junge Prinz lächelte. „Ich werde es euch zeigen." Er ging zu seinen Räumen, um mit einem recht großen Päckchen wieder zu erscheinen. Vorsichtig öffnete er es.

„Das ist wundervoll!", staunte Marisa. „Darüber wird sie sich riesig freuen."

Linhart breitete einen dunkelblauen Samtmantel aus, der über und über mit den Wappen Tluls und Paradans bestickt war. Allein das Goldgarn musste ihn Unsummen gekostet haben.

Kronn nickte Daria achtungsvoll zu. Prinz *Träumer*, wie er Linhart manchmal scherzhaft nannte, schien seit dem Schwur an seine zukünftige Frau langsam erwachsen zu werden. „Meine Hochachtung! Jetzt hast du uns alle überrascht. Diese Gabe ist eines Prinzen an seine Liebste würdig."

Sebastian überprüfte das Schwert, mit welchem Marisa gekämpft hatte, und brachte es an seinen Aufbewahrungsort zurück. Ehe er die kunstvolle Lederscheide an die Wand hängen konnte, rief ihm Kronn zu: „Ritter Sebastian, das wäre sicher etwas, was deine Liebste hocherfreut entgegennähme. Leg es ihr zu Füßen."

Marisa bekam riesengroße Augen und bedankte sich bei beiden Männern überschwänglich. Dass sie damit bis zur Perfektion üben werde, konnten sich alle Anwesenden locker vorstellen.

„Mit einem Spaziergang durch den Park und Gärten kann man dich sicher nicht erfreuen", mutmaßte Daria.

„Doch, doch, auch das mag ich sehr", erwiderte Marisa. „Ich muss mich auch dringendst bemühen, von meiner zukünftigen Schwiegermama Kräuterwissen gelehrt zu bekommen. Ich könnte es mir nie verzeihen, wenn sie wegen meiner Faulheit dieses Wissen nur außerhalb der Familie weitergäbe.

Bisher habe ich ganz sicher nur halbherzig zugehört. Das muss sich sofort ändern, wenn wir wieder zu Hause sind. Die Reise mit Sebastian lässt mich viele Dinge in neuem Licht sehen. Ich muss mich bemühen, eines Tages meine Eltern wirklich würdig vertreten zu können, so, wie es Leonardo stets getan hat."

„Er ist von Anfang an als Thronfolger erzogen worden", warf Kronn ein.

Marisa nickte bestätigend. „Weiß ich alles. Nur wird das unser Volk nicht als Ausrede gelten lassen, wenn ich irgendwann aus Unwissenheit die Staatsangelegenheiten in den Sand setzen sollte."

Auf die Blicke der anderen hob Sebastian abwehrend die Hände. „Ich habe ihr keine Moralpredigt gehalten, wie ihr zu glauben scheint. Das hat sie durch Denken mit eigenem Kopf herausgefunden. Soviel zum Thema *Reisen bildet*."

Daria dachte an ihre Mädchenjahre zurück. An jenen Tag, als sie beschloss, an Großmutters Stelle dem Nadroman zu dienen. Sie war damals genau so alt wie Marisa heute gewesen. Sie hatte diesen Schritt nie bereut. Er war der Anfang vom Ende, welches Adriana Marrakana bereitet hatte. Nun stand Adrianas Tochter vor ihr, bereit, Verantwortung für ein ganzes Volk zu übernehmen.

Marisa folgte Daria gern in den wundervollen Garten. Die Königin erzählte von sich aus, was alles geschehen war, nachdem sie die Prüfungen des magischen Steines bestanden, bis man sie nach Paradan verschleppt und monatelang gequält hatte.

Prinzessin Marisa nahm ihre Hand. „Ich verspreche dir, immer dafür zu kämpfen, dass nie mehr solche Dinge geschehen, egal wo, egal durch wen. Ich bin sehr stolz darauf, eine Nachfahrin der alten Könige zu sein."

Daria legte ihr den Arm um die Schulter. „Du hast auch das Recht dazu. Geh deinen Weg, wie du ihn begonnen hast, dann werden folgende Generationen stolz sein, deine Nachfahren sein zu dürfen." Sie drückte Prinzessin Marisa fest an sich. „Aber jetzt komm, die Männer warten sicher schon."

In der Tat schauten die vier schon nach ihnen aus. Sie hatten die ganze Zeit bei den Pferden gesteckt und gefachsimpelt. Sebastians braunes Streitross war das ultimative Objekt der Begierde. Der junge Ritter hatte das wertvolle Tier bei einem Schwertkampf gewonnen, hegte und pflegte es, wie seinen Augapfel.

Kronn wurde immer wieder an Jakon erinnert. Sebastian war inzwischen ebenfalls zum besten Mann seines Königs avanciert und verteidigte diese Ausnahmestellung mit Bravour. Er hatte auch die gleiche ungezwungene Lockerheit, wenn er sich in Schlössern und Burgen bewegte.

Gerade eben reichte er seiner Herzensdame den Arm, um sie in den Salon zu führen, wo schon aufgetafelt war. Er rückte ihren Stuhl zurecht und nahm erst Platz, als sich alle Mitglieder der verschiedenen Königshäuser gesetzt hatten.

Er legte Marisa auch die Speisen vor, die sie am liebsten aß.

„Verwöhne sie nicht zu sehr", witzelte Leonardo.

„Meinst du, dass ich dann zu anhänglich werde und ihm die Luft zum Atmen nehme?", fragte sie sofort.

„Das dürfte bei euch kaum zu erwarten sein, da ihr über alles sprecht", tröstete Daria Prinzessin Marisa sofort. „Sebastian hält sicher nicht hinter dem Berg, wenn er mehr Freiraum braucht und du ganz bestimmt auch nicht."

Das glückliche Pärchen nickte zustimmend.

Am nächsten Morgen ließ Kronn genügend Wegzehrung für vier Personen auf die Packpferde laden. Marisa verrichtete wieder ihren selbst auferlegten Knappendienst, indem sie Sebastian die Rüstung anlegte. Prinz Linhart hielt ihr dafür den Steigbügel.

Drei Stunden später erreichten sie die Grenze zu Siddra und bald darauf das Schloss. Liliana kam ihnen auf der Treppe entgegen, um ihren Leonardo mit einem zärtlichen Kuss willkommen zu heißen. Sebastian und Marisa packten ihre Siebensachen zusammen, wobei die Prämie des Turniersieges besonders gut eingewickelt und direkt am Sattel des Braunen festgezurrt wurde.

Leonardo klopfte Sebastian wortlos die Schulter. Seine Augen sagten: *Kommt bald wieder einmal zu uns.*

Dann ritten die vier auch schon wieder vom Hof. Voran Sebastian und Kronn, dahinter Linhart und Marisa, die sich wie selbstverständlich um die Packpferde kümmerte. Linhart hob auf den Blick seines Vaters hilflos die Hände. Kronn grinste.

Wenn sich Marisa etwas in ihr hübsches Köpfchen gesetzt hatte, dann hätte man schon wirklich stichhaltige Gegenargumente anbringen müssen. Das wäre höchstens Sebastian gelungen. Aber der ließ ihr die Freude, sich wirklich nützlich zu machen. Denn auf sie konnte er sich verlassen.

Linhart gelang es nach anfänglichen Schwierigkeiten doch noch ein Gesprächsthema zu finden, welches die Prinzessin wirklich interessierte. Er hatte rasch begriffen, dass man bei ihr mit seichter Unterhaltung nicht punkten konnte.

Der Bericht, wie er wegen des wundervollen Umhanges heimlich den besten Schneider aufgesucht hatte und was ihn das für Nerven kostete, amüsierte sie sehr. Am Ende fragte sie ihn kreuz und quer zu allem Möglichen aus. Linhart gab schmunzelnd auch kleine Dummheiten zum Besten, die ihm dabei aus echter Unwissenheit passierten.

Das Gelächter ließ Kronn Sebastian zublinzeln. „Na endlich taut er auf! In Gesellschaft, besonders junger Damen, ist er meist stumm wie ein Fisch."

„Dafür reden die Damen sicher umso mehr", bemerkte Marisa schmunzelnd, worauf Linhart verhalten nickte.

„Meine Güte! Sie hat die Ohren eines Luchses!" Kronn wandte sich überrascht um.

„Frag Sebastian", lachte Marisa, „wenn mir eine Gesellschaft nicht behagt, dann bekomme selbst ich Schweigeanfälle. So geschehen auf mehreren Turnieren, wo sich fremde Ritter vorher schon beweihräuchert haben, was für tolle Hechte sie doch seien. Leonardo und Sebastian haben anschließend alle Großmäuler in den Sack gesteckt! Mal der eine, mal der andere."

„Und nun hast du einen ganz verträumten Glanz in den Augen", stellte Kronn anzüglich fest.

„Ach ja", seufzte Marisa. „mehr bleibt mir im Augenblick auch nicht."

Wieder nickte Linhart kaum merklich. Ihm blieb, aufgrund der riesigen Entfernung, noch weniger. Er konnte nur von seiner Liebsten träumen.

„Vater", sprach er Kronn plötzlich an, „gäbest du Ritter Wenzel für mich frei? Allein wirst du mich in den nächsten Monaten sicher nicht nach Paradan reiten lassen."

„Wenzel? Der spricht doch noch weniger als du!", wunderte sich Kronn wirklich sehr.

„Eben drum. Wir verstehen uns wortlos. Hab mit ihm schon einige harmlose Abenteuer erlebt. Ich sage nur: Umhang."

„So soll es sein. Er wird dein persönlicher Leibwächter werden. Vernünftige Bitten kann ich nicht abschlagen." Kronn behagte sehr, dass Linhart endlich seine Lethargie ablegte, um vor Raphaela eines Tages nicht als Waschlappen dazustehen.

Nach einer kurzen Mittagsrast ritten sie bis zum Häuschen am Waldrand, wo Sebastian die Nachtruhe vorschlug. Kronn sagte gern zu. Im Haus war es warm und gemütlich, die Pferde hatten Stroh und auch ein Dach über dem Kopf.

Die Pferde wurden abgeladen, das Gepäck im Haus in Sicherheit gebracht. Marisa holte Wasser vom Bach und bereitete alles für das Abendessen vor. Sebastian schlug Feuer, damit es warm und gemütlich wurde, wobei gleichzeitig das Teewasser zu sieden begann.

Bei der Bettenverteilung lachte Marisa. „Macht es nicht so kompliziert. Der König schläft mit dem Prinzen in den Betten.

Ritter Sebastian und sein Knappe im Stroh, wie sich das gehört. Gute Nacht, meine Herren!"

„Widerworte vermutlich zwecklos", murmelte Kronn kopfschüttelnd.

Linhart lächelte still, weil Marisa so offen die Zweisamkeit mit Sebastian jedem Bett vorzog.

Sebastian schüttete eine dicke Schicht Stroh auf, ehe er seine Decke ausbreitete. Marisa kuschelte sich fest an seine Brust. Er hüllte sie zusätzlich noch in seinen wärmenden Umhang, ehe er ihre Reisedecke über beide zog.

„Schlaf gut, mein Liebling", flüsterte er.

„Du auch. Gute Nacht. Ich werde sicher von dir träumen."

In dieser Nacht konnten die Waldtiere Marisa keine Furcht einjagen. In Sebastians Armen fühlte sie sich genau so sicher, wie hinter den dicksten Mauern der heimatlichen Burg.

Bevor die Schläfer in der Hütte erwachten, hatten sich beide voneinander gelöst. Natürlich erst, nach einem langen, innigen und alles sagenden Kuss. Marisa musste sich mit einer Katzenwäsche begnügen, während Sebastian das übliche Kaltwasserritual zelebrierte, welches ihr wieder diesen unübersehbaren Glanz auf das Gesicht zauberte.

Als sie mit Sebastian in der Hütte werkelte, gingen sich Kronn und Linhart waschen.

„Alles in Ordnung?", fragte Sebastian besorgt, als sie sich wehmütig im Häuschen umblickte.

„Am liebsten möchte ich mit dir hierbleiben, bis die zwei Jahre um sind", murmelte Marisa. „Ich zähle jeden einzelnen Tag." Sie zog ein winziges Kerbholz aus der Tasche, in welches sie einen neuen Schnitt setzte. „Auch wenn es widersinnig klingt, ich kann Vater trotzdem verstehen." Sie ließ es rasch verschwinden, als Kronn das Haus betrat.

Kurz vor der Grenze zu Paradan trafen sie auf einen Reiter mit einem Beipferd, der ihnen den Weg freigab, kaum dass er die wehenden Banner zweier Königshäuser erkannte.

Kronn hielt an. „Wohin wollt Ihr?"

„Nach Paradan. Man sagt, dort sei Handwerkskunst hoch angesehen." Er schenkte Sebastian, dessen *Knappe* die Standarte dieses Landes trug, einen fast flehenden Blick.

„Schließt Euch uns ruhig an, wenn Ihr möchtet", schlug Kronn vor und der Fremde folgte ihnen dankbar.

„In etwa vier Stunden werden wir die Burg erreichen", erklärte Sebastian auf der nächsten Rast.

Der Fremde wollte etwas erwidern, als lang gezogenes Wolfsgeheul aus dem Wald ganz in der Nähe erklang und immer lauter wurde.

„Wie viele werden es wohl diesmal sein?", fragte Marisa in die Runde. „Ich wette, mindestens acht!"

Der Fremde schaute sich ängstlich um, froh Bewaffnete bei sich zu haben. Doch die schienen offenbar keine Furcht zu kennen. Die blieben sogar ganz ruhig sitzen, als ein ganzes Rudel aus dem Wald hervorbrach und direkt auf das Feuer zurannte.

„Thanatos, alter Junge!", freute sich der Ritter aus Paradan, als ihn der Leitwolf ansprang und dabei fast umriss. Die anderen schmiegten sich schniefend an den *Knappen,* der seinen Helm abnahm, um die Liebkosungen erwidern zu können.

Auch die beiden anderen Herren, mit den Bannern von Tlul wurden bestürmt und beschnüffelt.

„Prinzessin, du hast gewonnen", lachte Sebastian. „Es sind neun Wölfe. Die Kleinen aus dem neuen Wurf sind schon recht forsch." Einer der Jungwölfe hatte versucht, ihm ein Stück Brot zu stibitzen.

Nun wandte sich das ganze Rudel dem Fremden zu, der völlig erstarrt und mit weit aufgerissen Augen dasaß und sich nicht zu mucksen traute. Ein Knappe, der eigentlich eine Prinzessin war. Neun wilde Raubtiere, die mit dieser kuschelten und schmusten. Die Legenden um Paradan. Er hatte davon gehört. Nun war er mittendrin, ohne es begreifen zu können.

Thanatos schien mit der Untersuchung des Fremdlings nicht unzufrieden zu sein. Er legte sich Marisa zu Füßen und wartete darauf, ausgiebig gestreichelt zu werden. Den Gefallen tat sie ihrem pelzigen Freund nur zu gern. Kronn und Linhart teilten ein paar Wurstscheiben an die immer hungrige Bande aus.

„Ihr seid eine Prinzessin von Paradan?", fragte der Fremde nach langem Zögern.

„Ja, ich bin Marisa. Und diese Herren hier sind König Kronn von Tlul, sein Sohn Linhart und Ritter Sebastian von Blaubrunn", erhielt er allumfassende Auskunft.

Völlig verdattert verneigte er sich vor allen sehr tief. „Ich bin Eckhardt, Goldschmied aus Schönland."

„Oh, ein Goldschmied ist bei uns noch nicht ansässig geworden", staunte Marisa. „Ihr solltet meinen Vater um ein Stück Pachtland unterhalb der Burg bitten."

„Ihr meint, er werde mich anhören?" Der Goldschmied schaute Marisa zweifelnd an.

„Habt Ihr Schmuckstücke dabei", stellte sie die Gegenfrage.

„Habe ich." Er nahm seinen Brustbeutel ab und breitete Dutzende Ringe, Ketten, Gewandspangen und Ohrgehänge auf einem Tuch aus.

Sebastian schnellte vor. „Diesen Ring muss ich haben! Was soll er kosten?" Er zog seinen Geldbeutel und zahlte auf der Stelle den geforderten Betrag.

Ehe sich alle von ihrer Überraschung erholt und das teure Stück überhaupt angesehen hatten, trug es Marisa schon am Finger. „Nimm dies, als Zeichen meiner großen Liebe", flüsterte ihr Sebastian ins Ohr und sie hauchte ihm einen Kuss auf die Wange.

Dann hielt sie Kronn und Linhart die Hand hin, wo diese das wundervolle Kleinod bestaunen konnten.

Eine rasch breiter werdende Ringschiene gipfelte in einem großen Herz, dessen Inneres ein Liebespaar zierte. Von beiden waren nur die von Locken umrahmten Gesichter zu sehen, die sich, einander zugewandt, mit geschlossenen Augen berührten.

Die Gesichter waren aus mattiertem Gold gearbeitet, das Haar glänzte, Einfassung des Herzes und Ringschiene waren hochglanzpoliert. Unterhalb des Herzes zierten den Ring, beidseitig quer an der Schiene, einige kleine Diamanten.

Kronn blinzelte Marisa zu, dann sagte er: „Nun, Meister Eckhardt, der Hochadel Paradans weiß Eure Arbeit bereits zu schätzen. Warum sollten Euch Königin Adriana und König Jakon nicht anhören? Aber jetzt muss ich mich beeilen, sonst kauft mir Ritter Sebastian die schönsten Stücke vor der Nase weg."

Er suchte für Daria ein Collier, ein Armband und einen dazu passenden Ring heraus. Meister Eckhardt war selig. Für das Geld konnte er sich durchaus eine kleines Häuschen pachten, um sich eine Werkstatt einzurichten.

Sebastian schaute nach dem Stand der Sonne. „Es ist Zeit, aufzubrechen." Er kraulte Thanatos am Hals. „Kommt ihr mit?"

Der stupste ihm die Nase ins Gesicht, als wolle er sagen: *Na klar, was dachtest du denn?*

Eckhardts Pferde scheuten anfänglich, gewöhnten sich aber schnell an die ungewöhnlichen Begleiter. Hinter dem Wald gab das Tal den Blick auf die riesige Burg Paradan frei.

Eckhardt staunte. Er hatte sowohl von der bösen als auch der guten Burgherrin gehört. Dann begriff er plötzlich, mit wem er reiste. Sein Blick blieb Kronn nicht verborgen.

„Richtige Gedankengänge", sagte der nur, weil Eckhardts Gesicht ganz Bände sprach. Darias und seine Geschichte war schon lange zur Legende geworden, die die Grenzen überflog.

Auf Paradans Turm erspähte der Wächter die Ankömmlinge, noch bevor sie das freie Feld erreichten. „Sechs Reiter, davon fünf Geharnischte, mit zwei Standarten, und mehreren Packpferden!", meldete er.

Augenblicke später war das Königspaar informiert, weil zweifellos hoher Besuch nahte, der direkt zur Burg wollte.

Minuten später präzisierte der Wächter seine Beobachtung. „Es nahen König Kronn, Prinzessin Marisa, Ritter Sebastian und zwei Begleiter."

Mila eilte, so schnell sie ihre alten Beine trugen, auf den Hof. Sie bangte jedes Mal um ihren Sohn, wenn der irgendwohin auf Reisen ging. Auch die Königsfamilie fand sich ein.

„Ich habe den mir anvertrauten *Knappen* wohlbehalten wieder mitgebracht, mein König", blinzelte Sebastian, als er Marisa zu ihrem Vater führte.

„Du hast ihn wohl auch gleich noch allumfassend ausgebildet", schmunzelte Jakon, auf das Schwert an Marisas Seite deutend.

„Er bat darum, mein Herr." Sebastian deutete eine Verbeugung an.

Jakon zog Sebastian an seine Brust. „Schön, dass ihr beide wieder da seid. Aber wer ist der Fremde, den ihr mitgebracht habt."

„Das ist Meister Eckhardt, ein Goldschmied", verriet Marisa. „Er erwägt, in Paradan sesshaft zu werden."

„Seine Kunst ist umwerfend", hakte Kronn ein. „Wir haben ihn schon um einige Stücke erleichtert."

„Dann muss sie wirklich einzigartig sein", stellte Adriana mit interessiertem Blick zum Gepäck des Fremden fest.

„Ist sie." Marisa hielt ihr die Hand mit dem Ring entgegen. „Sebastian konnte nicht widerstehen. Er hat sich, wie ein Adler auf die Beute, auf diesen wunderschönen Ring gestürzt und ich bin glücklich."

Miranda kam aus der Küche.

„Versorge Meister Eckhardt mit allem, was für das leibliche Wohl nötig ist", wies die Königin sie an. „Ich möchte mich morgen früh mit ihm über seine Pläne unterhalten."

Der Meister staunte, wie unkompliziert man hier Probleme löste. Er folgte Miranda ins Haupthaus, wo er ein Zimmer für die Nacht bekam und seine Schätze sicher deponieren konnte. Ein Stallbusche kümmerte sich derweil um seine Pferde. Eckhardt fand schon jetzt viele Gründe, warum er gern den Vorschlag der Prinzessin in die Tat umsetzen wolle.

Während er in der Küche bestens versorgt wurde, stießen im Saal die Könige auf ihr Wiedersehen an. Bei der ersten Gelegenheit fasste sich Linhart ein Herz, Jakon offiziell um die Hand seiner Tochter Raphaela zu bitten und ihr sein Verlobungsgeschenk zu überreichen.

Wie es Marisa vorausgesehen hatte, freute sich ihre Schwester riesig. Das strahlende Lächeln, welches sie zeigte, seit sie Linhart zu Pferd in den Burghof hatte einreiten sehen, wurde noch heller.

Dann kam der Augenblick, als Adriana Sebastian bat, von der Reise zu erzählen. Er ließ nur das gemeinsame Bad aus, alles andere beschrieb er so lebendig, das Adriana fast glaubte, das Bersten der Lanzen beim Turnier zu hören.

Jakon musste immer wieder lachen, wenn die beiden das Ritter-Knappe-Prinzessin-Spiel beschrieben, welchem sogar König Aron aufgesessen war. Er hätte das Gesicht seines Sohnes sehen wollen, als der vermeintliche Knappe den Helm abnahm.

Natürlich musste Sebastian seine Siegprämie holen, die alle sofort sehen wollten. Marisas Augen glänzten vor Stolz auf ihren schier unschlagbaren Ritter.

Adriana nahm Marisas Hand, betrachtete noch einmal den herrlichen Ring, der Sebastian ein kleines Vermögen gekostet hatte. „Ihr müsst euch nicht verstecken, wenn es euch drängt, Zärtlichkeiten auszutauschen. Was Tabu ist, wisst ihr und wir sind sicher, dass ihr das einhaltet.

Dieser Hinweis betrifft auch euch beide", erklärte sie Raphaela und Linhart, die beide deutlich sichtbar Farbe annahmen. „Ihr müsst auch nicht, der Etikette wegen, stundenlang bei uns sitzen. Geht spazieren und schmiedet Pläne!"

Sekunden später waren vier Plätze leer. Die amüsierten Eltern schauten lächelnd hinterher.

Abwarten und Tee mischen

Raphaela führte Linhart in den Kräutergarten, um wirklich ungestört zu sein. Sebastian und Marisa huschten unbemerkt in sein Zimmer im Turm. Im Gegensatz zum anderen Pärchen lief hier auch kein vorsichtiger Annäherungsversuch, sondern ein besitzergreifendes hautnahes Liebkosen.

Sebastian beschränkte sich darauf, Marisas heiße Haut von der Stirn bis zur Gürtellinie in Besitz zu nehmen. Das aber so intensiv, dass Marisa höchsten Genuss verspürte und ahnte, welchen Höhenflug wenig später Sebastian erlebte. Denn sie fand zielsicher einen Punkt, um mit den Hand zwischen Haut und Hosenbund zu gelangen.

„Wir werden nicht oft die Gelegenheit haben", flüsterte sie, sich an seine Brust schmiegend.

„Ich weiß. Wir sollten auch langsam wieder hinüber gehen."

Sie kamen zurück, ehe man nach ihnen schickte und einen Moment später traten auch Raphaela und Linhart ein. Die beiden hatten auf einer Bank gesessen, sich unterhalten und die Prinzessin hatte es vorsichtig gewagt, ihren Kopf an seine Schulter zu legen. Sie war schon glücklich, als er sie fest in den Arm nahm und einfach nur festhielt. Er war zu jung, um Sebastians Erfahrungen zu haben.

Aber er nahm sich vor, Ritter Wenzel zu bitten, ihm beim Erlangen der nötigen Kenntnisse zu helfen. Denn der stand bei den Frauen und Mädchen hoch im Kurs. Den nächsten Tag verbrachten die Männer auf einem ausgedehnten Jagdausflug, begleitet von Thanatos, für dessen Rudel etwas von der Beute reserviert blieb.

Adriana ließ den Goldschmied kommen. Zusammen mit Gero hörte sie sich seine Pläne an, betrachtete die Schmuckstücke und bat Gero schließlich, Meister Eckhardt bei der Suche nach einem Häuschen behilflich zu sein.

Die Prinzessinnen steckten mit Mila und dem jungen Mann, den sie ausgebildet hatte im Garten, um zu lernen. Marisa hatte keine Sekunde gezögert, ihre Bitte vorzutragen und Adriana begeistert zugestimmt. Jakon war hoch zufrieden, wie schnell sich seine Tochter ihrer zukünftigen Königinnenstellung bewusst wurde und dem, was dazugehörte.

Nicht nur das Geschichtswissen um die Familien war wichtig, sondern auch, und das noch mehr, die Kenntnisse auf allen anderen Gebieten, die in jahrelanger mühevoller Arbeit gesammelt worden waren.

Wie es Marisa in Tlul gesagt hatte, wäre es unverzeihlich, dieses Wissen ausschließlich anderen zu überlassen. Es hatte nicht vieler Worte bedurft, ihre Schwester zu überzeugen, mit zu den Beeten zu kommen. Der junge Kräuterkundler zeigte ihnen praktisch, was Mila erklärte.

Bis in die Mittagsstunden zupften die Mädchen Blätter, stellten frische und getrocknete Kräuter für Tees zusammen und durften beim Zerstoßen der Pflanzen für Tinkturen zuschauen.

Das Geheimnis um ihre wundersame Salbe, welche sie einst Kronn, Ziehtochter Adriana und ihrem Sohn gegeben hatte, verriet Mila nur Marisa. Wäre ihre zukünftige Schwiegertochter nicht selbst auf den Gedanken gekommen, die alten Geheimnisse zu bewahren, hätte sie die Rezeptur auf ihrem Sterbebett Sebastian vererbt.

Linhart genoss die wenigen Stunden, in denen er mit Sebastian allein querfeldein reiten konnte. Er war auch äußerst dankbar dafür, dass der streitbare Ritter nie Knappen mitnahm, sich stattdessen lieber selber um sein Wohlergehen kümmerte.

Eingedenk dessen, wie sich Prinzessin Marisa als Knappe bewährt hatte, machte er es seinem Ritter auch nicht schwer.

„Du wirst oft genug in Situationen kommen, in denen du nur dich und dein Können hast", erklärte Sebastian. „Denk an deinen Vater, der monatelang unerkannt und ohne jegliche Unterstützung nach deiner Mutter gesucht hat. Oder an den fast unbesiegbaren weißen Ritter, von dem nur wenige Menschen wussten, dass er eine Frau ist.

Ich verehre Königin Adriana zutiefst und so habe ich auch kein Problem damit, dass meine zukünftige Frau lieber Rüstung statt Ballkleid trägt und besser mit dem Bogen als einer Nadel umgehen kann."

Linhart atmete tief durch. „Mein Vater verbietet mir, an Turnieren teilzunehmen."

„Damit tut er gut", entgegnete Sebastian sofort. „Du bist noch nicht in dem Alter und auf dem körperlichen Stand, wo du auch nur die geringste Chance auf einen Sieg hättest." Er riss einen Ast vom Baum. „Zerbrich ihn!"

Der Prinz mühte sich vergeblich. Sebastian hielt ihm die Hand hin. Ohne sichtbare Anstrengung brach er das Holz mittendurch, welches ihm Linhart zurückgegeben hatte. „Verstehst du, was ich meine?

Wenn du alle Übungen gewissenhaft ausführst, mit dem Willen, der Beste zu werden, dann wirst du im nächsten Jahr schon ernsthaft gegen gestandene Ritter antreten dürfen."

Über Linharts Gesicht huschte ein verhaltenes Lächeln. „Danke. Ich werde deine Ratschläge beherzigen. Im Klartext möchtest du sicher sagen, der Prinzenbonus könnte für andere Kämpfer ein Grund sein, besonders erbarmungslos zuzuschlagen."

„Richtig erkannt. Das möchte ich dir ersparen."

„Nochmals danke."

Die beiden Reiter trabten langsam über die Wiese zurück zur Burg. Die Prinzessinnen standen bei Meister Kunz in der Schmiede und schauten zu, wie er Stahl für einen Damaszenerdolch faltete.

Raphaela hatte sich bisher kein bisschen für Derartiges interessiert. Seit sie mit Marisa bei Mila in die Lehre ging und sich öfter, als sonst mit ihr unterhielt, begann sie langsam zu begreifen, dass es besser war, wenn sie sich, als zukünftige Königin, auch darüber informierte.

Marisa warf hin und wieder eine Bemerkung zu den Arbeitsschritten ein, worauf Meister Kunz anerkennend nickte. Sie bemerkten nicht, dass Linhart und Sebastian von der Tür aus die

Szene beobachteten und sich ebenfalls erstaunt anschauten, was die Prinzessin alles wusste.

Als Meister Kunz die fertige Messerschneide ins Ätzbad tauchte, schwärmte Raphaela: „Es ist wundervoll! Meister Kunz, ich kauf es Euch ab!"

„Gemach, Prinzessin! Erst muss noch das Heft angenietet werden." Er griff nach Ebenholz mit Perlmuttintarsien.

Fertig poliert reichte er es ihr. Raphaela zog sofort den Geldbeutel und zahlte königlich. Marisa lächelte. Sie hatte soeben die Männer in der Tür bemerkt und ahnte, was gleich geschehen werde.

„Ich möchte es", Raphaela machte eine überraschte Pause, „meinem Schatz schenken", beendete sie den Satz amüsiert. Den Dolch auf beiden Handtellern haltend, wie bei einer Opferung, trat sie auf Linhart zu.

Der beugte sich über das wertvolle Stück hinweg, um ihr einen flüchtigen Kuss auf die Lippen zu hauchen, ehe er es entgegennahm und in die Halterung an seinem Gürtel steckte.

Na, endlich reagiert er wie ein Mann, dachten Marisa und Sebastian zugleich. Und wie Sebastian, nahm auch Linhart seine Prinzessin in den Arm, um sie ins Kaminzimmer zu führen.

„Ihm scheint der kleine Ausflug gut zu tun", flüsterte Adriana Kronn zu.

„Beiden, vermute ich", bekam sie genau so leise zur Antwort, weil sich Raphaela wie selbstverständlich an Linharts Schulter schmiegte.

„Ich habe in diesem Augenblick beschlossen, erst übermorgen nach Hause zu reiten", gab Kronn bekannt.

„Wirklich?", freuten sich Adriana und Jakon.

„Danke, Vater!", rief Linhart.

Raphaela strahlte wortlos mit der Sonne um die Wette.

Am Abend lieferten sich Linhart und Sebastian im Waffensaal ein Gefecht mit Parierdolchen und Schwertern. Der junge Prinz hatte in Ritter von Blaubrunn wohl den besten Lehrmeister gefunden. Denn der verriet ihm Stück für Stück Tricks und Kniffe, um stärkere Gegner zu ermüden.

Beim letzten Kampf fanden sich nicht nur die beiden Könige ein, sondern alles, was auf Paradan Rang und Namen hatte. Es war in Windeseile verbreitet worden, dass Sebastian Prinz Linhart in den wenigen Tagen zu einem erstzunehmenden Kämpfer ausgebildet hatte.

Sebastian bestimmte einen Ritter Paradans zu Linharts Gegner und übernahm selber die Rolle des Punktrichters. Raphaela knetet vor Aufregung in einem fort ihr Taschentuch und hielt sich manchmal entsetzt die Augen zu, wenn der Ritter die Deckung Linharts durchbrach.

Der Kampf endete mit einem Punkt Unterschied zugunsten des Ritters. Die Zuschauer waren begeistert. Man hatte Linhart die mentale Stärke, sich nach jedem Treffer neu zu motivieren wohl nicht zugetraut, denn der Jubel über die knappe Niederlage war gewaltig. Sogar sein Gegner zollte ihm den vollen Respekt für so viel Mut.

Raphaela kümmerte sich persönlich um ihren Helden, indem sie ihm nach einem heißen Bad, Milas Wundersalbe auftrug. Linhart genoss es und noch mehr, als ihre Fingerspitzen wie zufällig auch da salbten, wo ganz bestimmt kein Bluterguss zu erwarten war und sich ganz heftig männliche Gefühle in ihm regten.

„Du hast ganz offensichtlich eines der Geheimnisse von Sebastian und Marisa ergründet", flüsterte ihr Linhart ins Ohr.

„Habe ich", gab die Prinzessin blinzelnd zu.

„Lass es uns genau so halten."

„Nichts lieber als das", hauchte Raphaela zurück. Sie ließ ihre Hand noch einmal unter Linharts Gambeson huschen. Der Prinz zeigte ihr rasch, womit sie ihn am meisten begeistern konnte.

„Schade, dass Tlul so weit weg ist", seufzte das junge Mädchen.

„Ich werde dich alle drei Monate besuchen kommen", versprach Linhart. „So kann ich von Wenzel und Sebastian gleichermaßen lernen. Ich hoffe auch sehr, vor unserer Hochzeit erfolgreich auf einem Turnier gekämpft zu haben, damit du stolz auf mich sein kannst."

Am nächsten Tag ritt Raphaela mit Linhart aus, um die neuen Erfahrungen fernab von jeder Störung zu genießen. Weil sich ihnen unterwegs auch noch Thanatos mit seinem Rudel anschloss, fühlten sich die beiden gut beschützt.

Adriana schaute erstaunt hinterher. „Ich glaube, ich träume! Raphaela auf einem Pferd?"

Jakon und Kronn schmunzelten. „Linhart hält sie doch vor sich fest."

„Sie werden es beide genießen", lächelte Adriana. „Wie wäre es, wenn du uns inzwischen ein wenig über deinen Schwiegersohn erzählst?"

Kronn stutzte, dann begann er zu lachen. „Ich habe noch immer Mühe Cedryk so zu nennen, weil er ja etliche Jahre, wenn nicht mehrere Hundert Jahre, älter ist als ich.

Ihr habt ja nur die zwei Tage nach der Hochzeit erlebt, in denen Rosalia regelrecht aufgeblüht war.

Zuerst glaubte ich an eine optische Täuschung, denn Cedryks Haar bekam immer mehr graue Strähnen im Silberweiß. Auch schien sich seine Haut zu glätten. Am vierten Tag war offensichtlich, dass ihm seine junge Frau gut tat. Die silberweißen Haare wurden grau, die grauen Strähnen schwarz. Als sie nach einer Woche in sein Reich zogen, glänzte sein Haar blauschwarz wie das Gefieder eines Raben. Runzeln schien er nie gehabt zu haben."

„Das freut mich für deine Tochter." Jakon nickte Kronn zufrieden zu. „Dann wirst du wohl bald den ehrenvollen Titel Großvater tragen."

„Ich will es meinen!" Kronn lehnte sich behaglich zurück. „In zwei Jahren tretet ihr ja auch in den Klub der Großeltern ein."

Jakon schmunzelte. „Das kannst du wissen! Zumindest Marisa und Sebastian werden nichts Eiligeres zu tun haben, als uns mit Enkeln zu beglücken.

Ich kann nachfühlen, wie sehr die beiden leiden, noch zwei Jahre warten zu müssen. Dabei hat sich Sebastian meinen Respekt verdient. Es wäre rasch ein offenes Geheimnis, ginge er zu den Dirnen in die Stadt, um sich abzureagieren.

Welche Mittel und Wege die beiden gefunden haben, sich miteinander die Zeit zu verkürzen, werde ich nicht fragen. Mich interessiert nur die Einhaltung des Verbots."

Am Ziel aller Sehnsüchte

Als Kronn mit Prinz Linhart aufbrach, zerfloss Raphaela fast in Tränen. Noch Stunden später stand sie auf dem höchsten Turm und schaute in die Ferne. Doch der dichte Wald versperrte jede Sicht.

Marisa versuchte, ihre Schwester zu trösten, so gut es eben ging. Sie war neben Sebastian auch die einzige Person, die wirklich Gehör fand. Raphaela stürzte sich auf die Arbeit im Kräutergarten und ließ sich von ihrem Vater detailliert über die Geschichte des Landes Tlul unterrichten, dessen Königin sie eines Tages werden sollte.

Marisa hatte ihre Lektionen beendet und ließ sich von Sebastian quer durch Paradan begleiten, um ihrem Volk wirklich nah zu sein. Sie war eine würdige Botschafterin ihrer Eltern und man liebte sie nicht weniger als diese.

Sebastian baute seinen Sympathiebonus, welchen er als bester Ritter des Königshauses hatte, weiter aus und bald zweifelte niemand mehr daran, dass Paradan unter seinem Schutz auch in Zukunft friedlich weiterblühen werde.

Linhart fand sich, wie versprochen, vier Mal im Jahr in Paradan ein, um seine Liebste zu besuchen. Von Mal zu Mal wurde offensichtlicher, dass sich der Jüngling zu einem Mann mauserte, der nicht nur in Tlul etwas galt.

Er schlug sich immer wieder auf Turnieren und recht bald stellten sich die ersten Siege ein. Er schenkte auch Leonardo nichts, mit dem er dabei zwei- oder dreimal zufällig aufeinandertraf. Zwar konnte er diesen nie besiegen, verdiente sich aber allerorten Respekt, sich nur diesem geschlagen geben zu müssen.

Auch auf den Schlachtfeldern zwischen den Kissen sammelte er fleißig Erfahrungen. Ritter Wenzel nahm ihn kurzerhand inkognito mit in die Frauenhäuser, wenn sie auswärts zum Hauen und Stechen antraten. Zogen sie wieder nach Hause, sah dem stattlichen Linhart manche Dirne noch lange verträumt hinterher. Raphaela ging es nicht anders, wenn er seine Kurzbesuche beendete, zu denen er die letzten beiden Male allein erschienen war.

Im Augenblick rüstete sich Paradan, die Doppelhochzeit der Prinzessinnen zu feiern. Die Einladungen an die Königshäuser Tlul, Siddra und Uth wurden den Boten übergeben und drei Wochen später trafen die Zusagen ein, an denen glücklicherweise nie Zweifel bestanden hatten.

Meister Kunz, langsam in die Jahre gekommen, ließ die Prunkrüstungen des Königs und des Bräutigams von seinen beiden besten Gesellen fertigen. Auch Eckhardt, der Goldschmied, kam kaum noch zum Schlafen, weil beide Herren den Schmuck für ihre Damen bestellten und ja alles zur gleichen Zeit fertig sein musste. Egal wer, egal was, überall wurde auf Hochtouren gearbeitet, um die Hochzeiten zu einem Jahrhundertereignis werden zu lassen.

Schon Tage vor der Ankunft der ersten Gäste wuchs auf den abgeernteten Äckern unterhalb der Burg eine bunte Zeltstadt empor. Die Bauern rühmten Weitsicht und Güte ihrer Königin, die Ernten nicht dem Vergnügen zu opfern. Auch bedankten sie sich bei den vier Brautleuten, noch einige Wochen länger gewartet zu haben, weil die Früchte noch nicht ganz reif gewesen waren.

Heute meldeten die Fanfaren vom Turm die ersten königlichen Gäste. Cedryk von Uth nahte mit Familie und Gefolge. Am nächsten Morgen trafen die Könige von Tlul und Siddra in vollem Staat der Banner, mit Familien und allen Rittern ein. Die Rüstungen und Waffen glänzten in der Herbstsonne, als nähere sich ein ganzes Heer. Raphaelas glückliches Lächeln stellte beinahe alles in den Schatten.

Leonardo zog, entgegen jeder Etikette, gleich beide Schwestern fest an sich, ehe er Sebastian eine Umarmung widmete, die einen Bären zu Mus gedrückt hätte. Dabei raunte er ihm „fehlst mir immer noch" ins Ohr.

Der blinzelte. „Komm dich demnächst mit meiner Gattin besuchen."

Marisa lachte herzlich.

Am übernächsten Morgen erwachte ganz Paradan zu gigantischer Betriebsamkeit. Linhart und Sebastian verehrten ihren Bräuten wundervollen Schmuck, um sie auf den Tag einzustimmen. Raphaela fand zierliche Blüten an Kette, Ohrringen und Armband, während sich Marisa über massiven Goldschmuck mit Drachen freute. Ohne zu ahnen, was es damit auf sich hatte.

Mehrere Dienerinnen kümmerten sich um die Prinzessinnen, kleideten sie an und wanden Blüten in ihr Haar. Marisa trug ein Seidenkleid in Goldorange und einen fast blutroten Samtumhang. Raphaela präsentierte sich in hellen Blautönen.

Sie schritten Seite an Seite den Wiesenpfad zum Tempel hin, begleitet von den weiblichen Verwandten. Die Männer warteten am Marmorpavillon auf die beiden Schönen.

Wie es Sebastian geschafft hatte, mit seiner Prunkrüstung sogar Linhart, den Königssohn in den Schatten zu stellen, wunderte sich wohl jeder. Sein Harnisch war über und über mit in den Stahl geätzten Drachen bedeckt, mit Gold und Silber verziert und die Ränder der einzelnen Platten zeigten weichen Lederbesatz. Auf dem Helm prangte der bekannte blaue Federbusch, dessen Anblick Freunde liebten und Feinde fürchteten.

Linhart und Raphaela wurden, wegen der ranghöheren Stellung des Bräutigams, zuerst rituell miteinander verbunden. Ihnen folgten sofort Sebastian und Marisa.

Zu viert verließen sie den kleinen Tempel und erst jetzt zeigte sich für alle, was ihnen vom Schicksal vorbestimmt wurde. Der Zweig Tlul bildete eine große sattrote Hagebutte aus. Der Zweig Blaubrunn teilte sich an der Spitze in zwei gleichstarke Triebe, die, jeder für sich, eine pralle Hagebutte ansetzten.

König Jakon rieb sich verwundert die Augen. Dieser Prophezeiung nach mussten sich in absehbarer Zeit zwei starke Geschlechter in Paradan herausbilden. Nur wie?

Als das Fest auf seinem Höhepunkt anlangte, verkündete er: „Ich schenke Linhart und Raphaela Burg Silberfels als Wohnsitz.

Sebastian und Marisa werden vorerst mit uns auf Paradan fürliebnehmen müssen."

„Mach dir um uns keine Sorgen", ließ sich Sebastian lächelnd vernehmen. „Meine Gattin wird, ihrem Stand gemäß, auf meiner Burg Drachenstein residieren. Die, wie ich glaube, Silberfels kaum nachsteht."

Es wurde schlagartig still.

König Jakon sprang auf. „Du bist der geheimnisvolle neue Herr von Drachenstein?"

„So wahr ich hier stehe. Als der alte Besitzer die Ruine vor drei Jahren wegen ständiger Misswirtschaft als Turnierpreis setzte, war ich so frei, alle Konkurrenten aus dem Feld zu stechen. Unter anderem auch Leonardo, der nicht einmal ahnte, dass ich unter der schwarzen Rüstung steckte.

Seitdem habe ich mein ganzes Wissen daran gesetzt, sie bis zu meiner Hochzeit in vollem Glanz erstrahlen zu lassen und alle Speicher wohlgefüllt an meine Gattin übereignen zu können."

Marisa schmiegte sich in Sebastians Arme. „Gibt es Fragen, ob ich glücklich bin?"

„Keine", lachte Adriana. „Nun ist auch klar, was uns euer Dornenzweig sagen wollte. Bis jetzt sind alle Weissagungen aus Tlul, Siddra und Paradan eingetroffen. Wir werden also weiterhin sehr glückliche und friedliche Zeiten erleben.

„Wisst ihr was? Ich lade euch alle für morgen nach Drachenstein ein!", schlug Sebastian vor.

„Eine wundervolle Idee!", jubelte Marisa und natürlich stimmten die anderen nur zu gern zu, denn alle kannten die Burg nur von Ferne als halbe Ruine.

Kurz nach Mitternacht huschten die beiden frisch vermählten Paare davon, um endlich eine übergroße Sehnsucht stillen zu können. Müßig, zu fragen, wo man kreativer zu Werke ging. Es grenzte schon fast an ein Wunder, dass das Bettzeug in der Hitze der Gefechte nicht Feuer fing.

Schließlich ging die Sonne auf und weder die Tluls noch die Blaubrunns machten sich die Mühe, jetzt noch zu schlafen. Bestens gelaunt erschienen sie Arm in Arm zum Frühstück und langten mit bestem Appetit zu. Auf anzügliche Bemerkungen reagierten alle vier mit breitem Lächeln.

„Müssen wir etwas Spezielles mitnehmen?", fragte Adriana unvermittelt über den Tisch.

Sebastian schüttelte amüsiert den Kopf. „Für die Damen wird bestens gesorgt werden und die Ritter haben ihre Waffen meist dabei."

„Sag bloß, du hast einen Turnierplatz?!", rief Kronn erstaunt.

„Habe ich. Sogar einen recht Großen. Das Einzige, was mir zu klein erscheint, ist die Bibliothek. Meine Vorgänger hielten es wohl nicht so mit dem Lesen", verriet Sebastian. „Zumindest konnte ich die alten Schriften beinahe ausnahmslos retten, bevor sie Nässe und Schimmel zum Opfer fielen."

Vater Gero machte große Augen.

„Ihr kommt auch mit", versprach Adriana. Sie rief nach Hanno und befahl, die ruhigsten Pferde an die Kutsche der alten Blaubrunns zu spannen.

Zwei Stunden darauf führte Sebastian mit Leonardo den langen Zug der Gäste an. Marisa, heute ganz brav in Damenkleidern, saß mit Raphaela bei ihren Schwiegereltern im Wagen und freute sich darauf, mit ihnen gemeinsam das neue Domizil zu entdecken.

Sie folgten der Straße Richtung Uth und wurden bald von ihrem Wolfsrudel eingeholt und ein Stück des Weges begleitet. Gegen Mittag passierten sie einen dichten Laubwald, an dessen Ende sich eine ausgedehnte Flussaue anschloss. Hinter der nächsten Wegbiegung fiel der Blick auf das zerklüftete Felsmassiv, auf dem die wundervolle Burg Drachenstein thronte.

„Oh!", seufzte Marisa verzückt. „Ist das ein Anblick! Jetzt weiß ich auch endlich, warum mich Sebastian stets von hier ferngehalten hat."

„Wohl nicht nur dich", schmunzelte Mila, die Gesichter der anderen Reisenden richtig deutend.

Sebastian hatte den Zug anhalten lassen, damit sich alle am Anblick des imposanten Bauwerks weiden konnten. Die vier Könige schüttelten nur immer wieder beeindruckt die Köpfe. Unter ihnen Cedryk, den man eigentlich kaum wirklich überraschen konnte.

Am Fuße des Berges duckten sich mehrere Bauernhöfe an den Hang. Fleckvieh stand auf der Weide, Gänse schnatterten an einem Weiher und man winkte ihnen fröhlich zu. Sebastian und auch die anderen erwiderten lächelnd die Grüße.

Zugbrücke und Tor standen einladend offen und warteten nur darauf, den Tross der Gäste zu empfangen. Ein paar halbwüchsige Bürschlein wieselten heran, kümmerten sich um die Pferde, trugen Gepäck und meldeten, dass alles in bester Ordnung sei.

Die Ordnung und die Sauberkeit behagten den Ankömmlingen schon jetzt. Die Gästezimmer waren genau so blitzsauber, wie das ganze Areal der Burg. Rasch fanden sich die vielen Besucher im Rittersaal ein, den die Sonne angenehm erwärmt hatte und wo schon Holz neben den beiden Kaminen lag, um es auch am Abend mollig warm zu haben.

Aus der Küche zog Bratenduft heran, während ein Mundschenk zur Begrüßung Wein kredenzte und Obst servieren ließ.

„Ich bin perplex!", gab Jakon gerne zu. „Mir fehlen wirklich die Worte und das kommt wohl nicht oft vor."

Marisa hatte noch immer vor Staunen riesengroße Augen, die einfach nur glücklich strahlten.

Aron tippte amüsiert Liliana an. „Eindeutig ein Ritter ohne wirklichen Grundbesitz."

Die lachte herzlich. „Da kannst du mal sehen, wie sehr man sich täuschen kann. Sebastian zieht immer und überall einen Trumpf aus dem Ärmel, wenn man denkt, man hätte ihn in der Enge."

„Wir Blaubrunns sind zäh und erfinderisch", schmunzelte Sebastian, seinen sturmerprobten Eltern zublinzelnd.

„Was hast du dir einfallen lassen, um aus der Ruine innerhalb so kurzer Zeit solch ein Schmuckstück zu machen?", fragte Adriana.

„Ich habe den Bauern für drei Jahre die Steuern auf ein absolutes Minimum gesenkt und sie gebeten, mir stattdessen zu helfen", erzählte Sebastian. „An finanziellen Mitteln hat es mir, durch die vielen Turniersiege, glücklicherweise nie gefehlt.

Als ich ihnen dann auch noch drei gefährliche Bären vom Hals geschafft habe, die hier ständig Vieh rissen, haben sie sich im Winter fast ganztägig auf meiner Baustelle beschäftigt."

„Wo kommen die vielen jungen Leute her, die in deinen Diensten stehen?, wunderte sich Kronn. „So viele Häuser gibt es ja in der direkten Nachbarschaft nicht."

Sebastian schaute in die Runde seiner Gäste. „Es sind Waisenkinder, aus einiger Herren Länder, denen ich nicht nur Arbeit, um zu überleben, sondern ein Zuhause gegeben habe. So viele Knappen, wie sich mir immer anboten, habe ich nicht gebraucht, also schlug ich ihnen vor, anderweitig für mich zu arbeiten. Sie haben allesamt angenommen."

„Wenn das nicht Weitsicht und Weisheit sind, dann müsste ich mich sehr irren", murmelte Cedryk, der sich auf Burg Drachenstein sichtlich wohlfühlte.

Nach einem reichhaltigen, wenn auch späten, Mittagessen führte Sebastian seine Gattin und die vielen Gäste durch das Außengelände der Burg mitsamt den Wehranlagen. Auf dem Bergfried wehte weithin erkennbar die himmelblaue Fahne mit dem Straußenfederzeichen, dem Wappen derer von Blaubrunn.

Der Turnierplatz wurde sofort von den Herren eingehend untersucht und rasch stand fest, dass man nicht von hier fortreiten werde, ohne sich freundschaftlich geschlagen zu haben.

Die Königinnen verdrehten gespielt komisch die Augen. Allerdings wusste auch jeder, dass sie genau diesen Ausgang der Besichtigung erwartet hatten.

Sebastian lobte als Siegprämie einen kostbaren Schild mit reichem Goldbesatz aus.

„Zwanzig Jahre jünger, müsste man sein", seufzte Jakon, worauf Kronn zustimmend nickte, ehe beide in Gelächter ausbrachen.

Auf dem Rückweg kamen sie an einem liebevoll angelegten und gepflegten Kräutergarten vorbei, dem die Damen sofort einen

Besuch abstatteten, ehe sich die Herbstsonne völlig aus den hohen Mauern zurückzog.

Mila wiegte bewundernd den Kopf. Man hätte dieses Fleckchen Erde für einen Zwilling ihres eigenen Gartens halten können. Sogar der große wilde Rosenbusch fehlte nicht, unter dem Sebastian als Baby mit den Wölfen geschlafen hatte.

In diesem Moment sagte Adriana. „Fehlt nur noch das Wolfsrudel."

„Damit kann ich leider nicht aufwarten. Aber ich habe einen sehr wehrhaften Freund, der hier eine kleine Attraktion ist." Sebastian ließ sich von einem Laufburschen ein blutiges Stück Fleisch aus der Küche bringen. Er hielt es auf dem Wehrgang in die Luft und stieß einen schrillen Pfiff aus.

Ein lang gezogener Schrei als Antwort, dann rauschte es in der Luft und im nächsten Augenblick landete auf seinem gepanzerten Arm ein großer Steinadler. Er rieb seinen Kopf an Sebastians Wange, griff das Fleisch und hob mit kräftigem Flügelschlag wieder ab, um hinter der nächsten Felsnadel zu verschwinden.

„*Kleine Attraktion* ist gut!", schmunzelte Leonardo. „Der geht glatt als *der* Drache von Drachenstein durch! Wie bist du denn zu dem stattlichen Burschen gekommen?"

„Der hatte sich, kurz nach Beginn des Wiederaufbaus der Burg, im Netz eines Vogelfängers verheddert. Ich habe ihn gefunden, befreit und mit einem frisch erlegten Hasen beschenkt, damit er schnell wieder zu Kräften kam.

Seitdem erscheint er auf Zuruf, oder vielmehr Pfiff, zumal er immer ein Häppchen Fleisch dafür erhält. Wenn wir allein sind, lässt er sich sogar anfassen."

Zuletzt besichtigten sie das Innere der Burg. Zum Auftakt führte Sebastian seine Gäste in den Waffensaal, wo auch die drei riesigen Bärenfelle an den Wänden hingen. Er machte mit der Hand eine allumfassende Geste. „Jedes dieser Stücke, ganz gleich, ob Gemälde, Harnisch, Waffe oder Jagdtrophäe habe ich selbst erbeutet."

Cedryk legte ihm und Jakon die Arme um die Schultern. „Paradan bekommt nicht erst zwei starke Linien. Die sind unübersehbar schon da. Es freut mich aufrichtig, Teil der großen Allianz zu sein, die unsere vier Länder beinahe unbesiegbar macht.

Das Königsgeschlecht von Paradan hat nun zwei mächtige Trutzburgen im eigenen Land, die es für Feinde unangreifbar werden lassen. Trinken wir auf Frieden und Wohlstand. Jedoch, ohne zu vergessen, dass beides schnell vergehen kann, wenn nicht ständig daran gearbeitet wird."

Die Mitglieder der vier Königshäuser und die Ritter hoben grüßend ihre Becher in die Runde und besonders zu Sebastian. Daran, dass er, der junge und umsichtige Herr von Drachenstein, diesen Ratschlag stets beherzigen werde, zweifelte wohl keiner.

Sie sollten sich nicht getäuscht haben. Das Geschlecht der Blaubrunns herrschte nach Jakon und Adriana viele Jahrhunderte friedlich und weise in Paradan.

* ENDE *